Мелани Джексон

НАВАЖДЕНИЕ

КНИЖНЫЙ КЛУБ СЕМЕЙНОГО ДОСУГА

Харьков Белгород
2008

ББК 84.7США
Д40

Выражаем особую благодарность литературному агентству «P&R Permissions & Rights Ltd» за помощь в приобретении прав на публикацию этой книги

Перевод с английского:
«Divine Madness» by Melanie Jackson, published by Dorchester Publishing Co., Inc., New York USA 2006

Переводчик *Юлия Лелюк*

Дизайнер обложки *Татьяна Коровина*

ISBN 978-966-343-871-9 (Украина)
ISBN 978-5-9910-0335-3 (Россия)
ISBN 978-0-505-52690-5 (англ.)

Дженнифер Риз, истинной воскресительнице,
которая принесла свет в темноту

Человек попадает в этот мир на ограниченный срок. Если бы вы могли выбирать, то насколько продлили бы свою жизнь?

Из письма Нинон де Ланкло Сен-Эвремону

На следующий день они поймали какого-то чудака, который утверждал, что его зовут Сен-Жермен. Он не стал говорить нам, кто он и откуда, и своего настоящего имени тоже не назвал. Он прекрасно играет на скрипке, безумен и лишен способности здраво мыслить.

Из письма сэра Хораса Вэлпола Хорасу Мэнну, в котором говорится об аресте Сен-Жермена в Лондоне, в декабре 1745 года

Первое — следует предаваться лишь тем удовольствиям, которые лишены боли.

Второе — следует избегать боли, которая не несет в себе удовольствия.

Третье — следует избегать лишь того удовольствия, которое мешает получить еще более сильное удовольствие или вызывает более сильную боль.

Четвертое — следует терпеть ту боль, которая защищает от боли более сильной, или ту, которая содержит в себе великое удовольствие

Эпикурейская философия монсеньора де Ланкло (отца Нинон)

Пролог

Шотландия, лето 2002

Мигель Стюарт, кряхтя от напряжения, воткнул заступ в сырую землю. Утро выдалось прозрачным и чистым, от тумана над залитой солнцем пустошью остались одни воспоминания.

Все было восхитительно — солнце, пот. Давно пора было взять отпуск. Работа слишком долго держала его вдали отсюда. Ему нравилось то, чем он занимается, но это место… Северное нагорье было поистине волшебным. Здесь он превращался в другого человека. Его посещали другие мысли. Здесь он прекращал искать разрозненные фрагменты и толкования, в нем даже просыпалась слабая надежда. Здесь он не был белой вороной. Никто, кроме его отца, не знал, что он проклят.

Наслаждаясь щебетанием птиц, он отбросил в сторону новый пласт черного торфа. Он помогал отцу по хозяйству, получая удовольствие от физического труда, когда было задействовано тело, а не один лишь ум. Он бы с радостью отбросил все мысли, но для него это было слишком сложно. В последнее время его донимали размышления о том, что отец уже старый и больной человек, гораздо более больной, чем сам готов признать, и его хрупкие кости больше не выдержат работы на ферме. Давно следовало сре́зать пласт торфа, чтобы дать ему высохнуть, но у старика не было сил, а гордость не позволяла позвонить сыну в Америку и попросить приехать. Мигель, чтобы наверстать упущенное и сделать всю работу по дому, работал не покладая рук с того самого момента, как вернулся, но насчет угля на зиму все же придется договариваться отдельно.

Словно напоминая о том, что зима не за горами, легкий осенний ветерок пробрался за пазуху и провел ледяными пальцами по спине. Птицы неожиданно смолкли и поспешно улетели — все, кроме вороны, которая уселась на каменную стену и оттуда холодно глядела на него. Мигель поежился и постарался не думать о серой вороне как о плохом предзнаменовании, вестнике смерти. Осень вступала в свои права, а ей в затылок дышала суровая зима, время кромешной тьмы, — по крайней мере, так он ее ощущал. И ничего, кроме тьмы. Лучшим спасением от холода было тепло горящего торфа и чашка черного чая. При воспоминании о былых временах, проведенных в Шотландии, ему вдруг нестерпимо захотелось оказаться у домашнего очага с чашкой чая в руках. Это желание было таким же сильным, как и тот, другой голод, вечно живущий в нем. Опасный голод. Тот, который он старательно скрывал от отца, хотя старик наверняка знал, по крайней мере, догадывался, что зверь в нем берет свое.

Ворона открыла клюв, зашипела и посмотрела ему за спину. Громко хлопая крыльями, она поднялась в воздух.

— Мигель! — услышал он резкий окрик. Он обернулся и увидел госпожу МакГуин, ковыляющую к нему. Его темная половина рада была узнать, *что* спугнуло птиц. — Мигель!

— Я здесь!

Его снова пробрал леденящий душу холод, но на этот раз уже другого рода — при виде кровавых пятен на переднике Катрионы. Ему не нужны были слова, чтобы догадаться, что происходит, но они уже криком слетели с ее губ.

— Поторопись, это твой отец. Его легкие кровоточат. Мигель, Кормак умирает!

Мигель отбросил заступ и побежал к дому.

— Пообещай, что после того как я умру и окажусь в могиле, ты и дальше будешь жить в Штатах. Пообещай, что будешь держаться подальше от *нее*.

От нее. Матери Мигеля, которая тоже была мертва, но находилась не в могиле.

— Я знаю, какая жажда мучает тебя, но ты не должен испить из этой чаши скорби. Пообещай мне это.

Голос Кормака Стюарта становился все слабее, но не утратил настойчивости, пока он силой выталкивал слова через посиневшие губы. Катриона ушла за доктором, хотя все они знали, что он уже не поможет. Отец Мигеля наконец признал, что у него рак желудка и легких.

Мигель готов был успокоить отца любой ценой, но Кормак Стюарт больше всего на свете ненавидел ложь. Поэтому Мигель решил ограничиться полуправдой.

— У меня и в мыслях не было встречаться с матерью, — заверил он человека, который дал ему жизнь и которого он любил, но чья кровь больше не текла в его жилах. И он не хотел возвращаться — в этом он не солгал. Потому что если он вернется к матери, это будет означать, что демон внутри него побеждает.

Удовлетворенный услышанным, Кормак кивнул и закрыл глаза. Мигель стоял у изголовья постели и держал отца за руку, пока его душа не отлетела.

Затем был черный чай и огонь за каминной решеткой. Но без Кормака, рассказывающего истории и попыхивающего старой трубкой из шиповника, ритуал утратил всякий смысл. И Мигель знал, что этого в его жизни больше не будет.

Настало время предстать перед своими демонами, настоящими, теми, которые живут в Мексике.

НИНОН:
Ее история

…Пока на беду им туда не явилось ада исчадие:
Гренделем звался пришелец мрачный,
живший в болотах, скрывавшийся в топях,
муж злосчастливый,
жалкий и страшный выходец края,
в котором осели все великаны с начала времен,
с тех пор, как Создатель род их проклял.
Не рад был Каин убийству Авеля, братогубительству,
ибо Господь первоубийцу
навек отринул от рода людского,
пращура зла, зачинателя семени эльфов, драконов,
чудищ подводных и древних гигантов,
восставших на Бога,
за что и воздалось им по делам их.

Беовульф

И сказал: что ты сделал? Голос крови брата твоего вопиет ко Мне от земли. И ныне проклят ты от земли, которая отверзла уста свои принять кровь брата твоего от руки твоей; когда ты будешь возделывать землю, она не станет более давать силы своей для тебя; ты будешь изгнанником и скитальцем на земле. И сказал Каин Господу: наказание мое больше, нежели снести можно: вот, Ты теперь сгоняешь меня с лица земли, и от лица Твоего я скроюсь, и буду изгнанником и скитальцем на земле; и всякий, кто встретится со мною, убьет меня. И сказал ему Господь: за то всякому, кто убьет Каина, отмстится всемеро. И сделал Господь Каину знамение, чтобы никто, встретившись с ним, не убил его.

Бытие 4:10—15

Глава 1

Рождество, 2005

Женщина с золотисто-рыжими волосами и угольно-черными глазами отодвинула в сторону ворох запоздалых рождественских открыток и заново перечитала телеграмму. Она еле слышно повторила фразу, которая завершала краткий отчет: «*C'est un vrai cinglé, ce type*»[1]. Конечно же, ее информатор ошибался, что, впрочем, и неудивительно. Великий поэт Байрон не был психом. Просто он оказался в нестандартной ситуации, поэтому и вел себя несколько подозрительно.

Ей это было только на руку, потому что, судя по всему, он очень основательно подошел к проблеме Диппеля. Но все же у избранников Диппеля, которые все еще страдали своим недугом, оставалась проблема. И она не знала, удобно ли открыто интересоваться намерениями *le comte de Saint Germain*.

— И настанет ли вообще этот момент? — спросила она у Элистер, который в ответ на ее вопрос из вежливости приоткрыл один глаз. Кот зевнул, демонстрируя тонкие, но очень острые клыки, — пожимая плечами на свой манер.

«*Je ne le crois pas*»[2], — явственно читалось в его зеленых глазах, уставившихся на нее с каминной доски. Она тяжело вздохнула, соглашаясь с котом.

— Но что же мне в таком случае делать? Какой линии поведения придерживаться?

Элистер фыркнул в пахнущий франжипаном[3] воздух. Ему нечего было предложить. Это было весьма прискорбно, но это была не его проблема. Он только что съел огромную миску вареных креветок, и теперь настало время погрузиться в состояние глубокой отстраненной задумчивости, которое отчасти напоминало дрему. Но в полудреме он раздумывал над важны-

---

[1] Это горькая правда, это он (*фр.*). (*Здесь и далее примеч. пер.*)

[2] Я ему не верю (*фр.*).

[3] Цветок.

ми кошачьими вопросами и слушал, как в воде плещется воображаемый обед. Будучи весьма проницательным существом — Элистер всегда подозревал, что в хозяйке очень много от кошки, — женщина поняла тонкий намек и великодушно оставила его в покое.

Она бесшумно, почти не касаясь тростниковых циновок на полу, прошла через комнату. Осторожно чиркнула спичкой и зажгла одну из многочисленных свечей на старомодном письменном столе. Другой на ее месте вряд ли смог бы разглядеть что-то при столь скудном освещении, но больше зажигать она не стала. В этом не было необходимости: она и так видела все, что было нужно. Да особенно и видеть было нечего. На столе не было ни компьютера, ни телефона.

Писать или не писать?

В девятнадцатом веке ей несколько раз приходилось сталкиваться с Байроном. Затем поэт исчез из Греции и не появлялся вплоть до двадцатого столетия. Было бы весьма заманчиво его разыскать и заручиться его поддержкой. Она знала, что интересовала его раньше. Но как обстоят дела сейчас?

Нет, она еще выждет. Непохоже, чтобы за ней кто-то следил, — у нее мастерски получилось подстроить свое исчезновение в Чертовом треугольнике [1]. Но ее новое местонахождение вполне могли вычислить, и снова пришлось бы срываться с насиженного места. Не стоило рисковать и приводить сына Черного человека к Байрону и его новому убежищу. Возможно даже, что Сен-Жермен до сих пор не знает, что поэт остался жив. Бульварные листки пестрели заметками о том, что Байрон — или как он там сейчас себя называет — был похищен пришельцами на Рождество. Если Сен-Жермен считает его погибшим, то пусть будет так. Ей не хотелось своим появлением усложнять Байрону жизнь.

Снова вздохнув, женщина, которая некогда была известна как Нинон де Ланкло, свернула телеграмму вчетверо и поднесла к пламени свечи. Когда бумага превратилась в пепел и пере-

---

[1] Имеется в виду Бермудский треугольник.

кочевала со стола в мусорную корзину, женщина повернулась к коту и, вслушиваясь в его легкое сопение, довольно улыбнулась. Ей нравилось наблюдать, как он дремлет. Легкий, безмятежный сон без кошмаров и призраков прошлого остался в прежней жизни, и ей этого очень не хватало. Впрочем, теперь у нее появился ряд преимуществ.

Она тихонько кашлянула. Не больно. Пока. Но с этим придется что-то делать, причем очень скоро. Все говорило о том, что близится время обновления.

— *Très bien*[1], — мягко произнесла она, обвеваемая ветерком, наполненным цветочными ароматами. Она нагнулась и задула свечу. При этом ворот ее шелковой блузы опал, и любой прохожий мог увидеть маленькие золотистые шрамы у нее над сердцем. Но в этой части острова прохожих не было. Именно поэтому ей здесь так нравилось.

---

[1] Очень хорошо (*фр.*).

В вечер ее восемнадцатилетия слуга объявил о визите незнакомца. Нинон, томящаяся от одиночества, прикованная болезнью к постели, согласилась его принять, хотя неизвестный гость даже не представился. Он выглядел довольно странно: старик неопределенного возраста с темными как ночь глазами под стать длинному черному плащу с капюшоном. Она почему-то была уверена, что где-то уже видела его. Возможно, во сне.

— Вы удивлены, быть может, даже напуганы моим визитом, — сказал он. — Но вам нечего бояться. Я здесь для того, чтобы предложить вам одно из трех благ: высочайшее положение в обществе, несметное богатство либо вечную красоту. Но вы должны выбрать не раздумывая. Когда я досчитаю до семи, эта возможность будет утрачена навсегда.

Он поднял руку, чтобы откинуть капюшон, и она увидела, что кожа его покрыта паутинкой золотистых шрамов.

— В таком случае я выбираю вечную красоту, — ответила она, не задумываясь. — Но какова плата за этот поистине бесценный дар?

Мужчина, что стоял перед ней, был так же похож на великого чародея, как и то жалкое создание, которое она встретила днем в пещерах Жантийи. Она надеялась раздобыть у него лекарство для своих истерзанных легких.

— Вы должны поставить свою подпись в моем блокноте и не говорить ни одной живой душе о нашем соглашении.

У него в руке появилась толстая пачка листов пергамента.

— Я должна расписаться кровью?

При этом ее снова одолел приступ кашля.

Темный человек оскалился в ухмылке.

— В этом нет необходимости. На данном этапе нашего соглашения сгодятся и чернила.

Когда Нинон сделала то, что он велел, незнакомец сказал:

— Это величайшая сила, которой может обладать человек. За шесть тысяч лет скитаний по земле я наделил ею лишь четверых смертных: Семирамиду, Елену Прекрасную, Клеопатру и Диану де Пуатье. Вы станете пятой и последней, кто получит этот дар. А теперь нам нужно выйти под покров ночи, чтобы я мог завершить начатое. Найдите меня по истечении пятидесяти лет в ночь, когда разразится сильная буря. И, увидев меня вновь, трепещите, ибо у вас будет всего три дня, чтобы отдать мне плату, которую я назначу.

Он снова набросил капюшон на голову.

— И запомните, что имя мое Ноктамбул.

Встреча Дьявола с Нинон де Ланкло
в трактовке Сен-Эвремона

[Сен-Жермен] наверняка поддерживает связь с духами и потусторонними силами, которые появляются по первому его зову.

Ландграф фон Гессен-Баркфельд

Глава 2

Мехико, 2006

Женщина, которая некогда была Нинон, а сейчас носила имя Серафины Сандовал, ехала в глубь пустыни, изо всех сил стараясь затеряться, прежде чем обрести себя вновь. Ее состояние сейчас напоминало пейзаж вокруг — раскаленный, безжизненный, однообразный. Кроме нее, единственным живым существом в этом пекле был кот. Раньше он звался Элистер, но прежний Элистер остался в прошлом, хотя сам об этом и не подозревал.

В пустыне царила поздняя весна, жизнь текла своим чередом. Ястребы слетались к термальным источникам, резвились луговые собачки, цвели агавы. Все вокруг снова начинало жить. Даже женщина, поскольку у нее был гораздо более мощный стимул, — в отличие от всех этих существ она знала, что умирает. Снова. И кто-то всячески старался приблизить ее конец.

— Бедный котик, — произнесла она по-французски и погладила его, выйдя наконец из глубокого, бездумного транса. Услышав себя, она нахмурилась. Нельзя забывать, что теперь она должна говорить только по-испански. И думать на испанском. Даже когда не чувствует за собой слежку.

— *Pobrecito*[1]. Но ведь у тебя осталось еще восемь жизней.

Кот пристально глядел на нее с пассажирского сиденья. Его опаленная шерсть, черная, как и волосы хозяйки, под цвет ее обсидиановых глаз, понемногу отрастала. И все же он был еще далек от прежнего прекрасного, исполненного достоинства образа. К тому же химический привкус краски на языке приводил его в бешенство всякий раз, когда он начинал вылизываться. Нинон собственный цвет волос мало заботил, но Дьявол — или, по крайней мере, его сын — следовал за ними по пятам, и им ничего не оставалось, кроме как скрывать то, кем они были на самом деле.

---

[1] Бедняжечка (*исп.*).

Новая внешность и новая личина должны были на время сбить его с толку, но особо рассчитывать на это не приходилось. После долгих лет, проведенных отчасти на острове, отчасти в Новом Орлеане, уйдя глубоко на дно, в одно прекрасное утро она обнаружила, что лежит в сырой земле, в яме размером с могилу, а мир вокруг горит ярким пламенем. Взрыв. Не будь она тем, чем была, и не будь в пруду воды, ей бы пришел конец. И коту тоже.

— Мя-я-у.

— Нужно еще поработать над твоим произношением. Любой догадается, что ты иностранец. Ты должен научиться скрывать свое презрение, — произнесла она рассеянно, пытаясь придать голосу нотки веселья, но тщетно. Наглотавшись дыма, она еще не успела полностью прийти в себя. К тому же у нее снова начинался кашель. Но взрыв тут был ни при чем.

На кота ее притворная беззаботность не подействовала.

Все пошло вверх дном в новогоднюю ночь, приблизительно в час пополуночи, с наступлением нового и, конечно же, лучшего года, если бы только старый враг не настиг ее и непонятно как не передал гостинец в виде бомбы. Записка не прилагалась либо не уцелела после взрыва, хотя она и без того знала, кто был отправителем. Он гнался за ней уже долгое время — по меньшей мере, двести лет.

Поначалу его атаки были скрытыми, косвенными — они лишь докучали ей, не представляя реальной угрозы. Но после того как его отец, Черный человек, сошел с ума и умер от руки лорда Байрона, Сен-Жермен перешел к более активной форме наступления. Он сейчас наверняка в отчаянии, боится, что его может постигнуть участь отца и придется искать лекарство от безумия, которое было вызвано тем, что бо́льшая часть клеток мозга отмерла вследствие получения обязательной дозы электрического тока. Сен-Жермен, также как и она, примется искать помощи у посторонних. Это была гонка, в которой побеждал тот, кто первым заручится чьей-либо поддержкой.

Она крепче сжала руль. Она обычно не придавала особого значения своим столкновениям со смертью, но в этот раз смерть подкралась слишком быстро. Если бы она в тот момент не оказалась на улице, спасая рыбешку, которой среди ночи решил перекусить Элистер, они бы оба погибли. Выпаривание и огонь были верными способами лишить ее жизни. Ее несчастный пруд и без того вскипятили.

Нинон заставила себя думать о настоящем, стараясь очистить и успокоить мысли. Сильных переживаний следовало избегать. Казалось, они срабатывали как приманка, притягивая к ней врага, если тот оказывался поблизости. Прежде удавалось сдерживать свои чувства, но с каждым днем сознание все меньше подчинялось ей. Она не могла рисковать, оставляя за собой ментальный след, по которому он смог бы ее отследить, — тем более сейчас, когда она более-менее точно знала, куда направляется. Она тщательно следила за тем, чтобы не оставить никаких электронных или бумажных зацепок для Сен-Жермена или кого-то еще, кто последует за ней, поэтому не пользовалась ни кредитной карточкой, ни депозитной, ни сотовым телефоном. Но были и другие способы выйти на ее след.

— Извини, понимаю, что это банально, но что поделаешь. Мне нужно выбрать тебе новое имя, согласен? Как насчет Коразон [1]? — спросила она, и лишь потом поняла, что в уме уже так его называла. — Оно довольно милое и станет для тебя отличной маскировкой. Не нужно быть таким щепетильным в вопросах пола.

Кот закрыл глаза. Он не был сентиментален, поэтому ему было глубоко безразлично, как называет его хозяйка, лишь бы она регулярно кормила его и почесывала под подбородком.

Нинон все понимала и не судила строго. Даже будучи ее самым близким другом, кот оставался животным с животным восприятием мира. Он нуждался в крове и пище, а также в физическом проявлении привязанности. Она же не была так проста. Больше не была. Уже долгое время, с момента обретения бессмертия, ее мучил очень непростой вопрос: была ли она

---

[1] Сердце, любовь, душа. (Здесь может быть *душа моя, любовь моя,* но что характерно — слово женского рода.)

лишь разумным животным, которое то и дело озаряли проблески духовности, или одухотворенным созданием, которое послано на землю, чтобы приобрести земной опыт, прежде чем начать новую жизнь? Если верно последнее, то она явно просчиталась, позволив отцу своего врага продлить ей жизнь с помощью прометеева огня. Как же может перейти в следующий мир тот, кто не может умереть в назначенный час?

Не в ее правилах было долго горевать над жизненными неурядицами и посыпать голову пеплом. Она была полностью согласна с Шарлоттой Бронте в том, что сожаления отравляют жизнь, и старалась не испить из этой чаши. Но ненависть, которая не угасла и во втором поколении и будет существовать еще долго — ненависть достаточно сильная, чтобы толкнуть человека на многочисленные убийства и даже причинение вреда коту, — разве это не веский повод на секунду призадуматься и, возможно, еще раз пересмотреть жизненные приоритеты?

Да, но не сейчас.

Нинон вздохнула и поерзала на далеко не роскошном сиденье джипа. Как же ей не хватало «кобры»[1]! Но обожаемая машина вместе с другим домом осталась в Новом Орлеане, куда ей путь заказан из страха быть обнаруженной шпионами Сен-Жермена. Он уже однажды посылал своих миньонов, чтобы те открыли дамбу, и без того разрушенную ужасным ураганом. Тогда он затопил Новый Орлеан при очередной попытке убить ее, а заодно и уничтожить следы своих собственных частых набегов на старые кладбища.

Она сморщила нос. Из-за выхлопных газов невозможно было дышать. Этого следовало ожидать. Из выхлопной трубы вырывались клубы дыма, как из пасти огнедышащего дракона. Ее теперешняя машина походила на жертву «гонок с выбиванием», но для настоящих условий она подходила как нельзя лучше. В этих местах приличную машину, как доверчивую собаку, мог поманить за собой любой, сумевший обойтись без ключа зажигания. К тому же эта машина была быстрее, уверен-

---

[1] Марка автомобиля: *Shelby Cobra*.

нее взбиралась на пригорки и оказывалась гораздо надежнее других в самый разгар полуденного пекла.

А полдень словно никогда и не заканчивался — он длился целый день, каждый день — в этом краю, затерянном где-то между тем, что уже когда-то было, и тем, что еще должно случиться. Человек был здесь незваным гостем. Иногда на горизонте появлялись серые тучки как намек на спасительный дождь, но дальше намеков дело не шло — матушка природа не трудилась выполнять свое обещание. Нинон даже начала подозревать, что та была на вражеской стороне и пыталась подорвать ее силы, медленно поджаривая на солнцепеке и отказывая в живительном пламени грозы. Это будет одним из способов Сен-Жермена избавиться от нее. Пусть не таким быстрым, как обезглавливание, но таким же действенным.

Конечно же, девятимиллиметровый пистолет, который Нинон сунула себе в носок, служил слабым успокоением.

Коразон фыркнул. Его не волновал ни запах ружейного масла, ни выхлопы.

— Мы должны быть сильными, — пробормотала Нинон.

Обе Америки были достаточно странным местом. Вот уже триста лет она время от времени наведывается в Новый Свет, но до сих пор еще не привыкла к разнообразию ландшафтов. Пейзаж, который открывался перед ней сейчас, был слишком ярким, слишком четким, слишком большим. И этот край был слишком сухим. *Por Dios!*[1] Дождя уже никогда больше не будет?

Люди здесь тоже были другими — грубыми, неотесанными, не признающими каких-либо правил игры. Даже тех, которые устанавливали сами.

«Можно подумать, ты когда-нибудь играла по чьим-то правилам», — прозвучал голос, возможно, ее совести.

«У меня были правила. Мои собственные».

Кот приоткрыл глаз и уставился на нее. Казалось, он слышит всякий раз, когда она начинает разговаривать сама с собой, хотя диалог и ведется у нее внутри. Этот голос всегда жил в ней,

---

[1] Ради бога! (*Исп.*)

но лишь в последние недели стал посещать ее ежедневно, вызывая на немного бредовую сократическую беседу. Возможно, голос исчезнет, как только она оправится после контузии, — как только она излечится, объятая небесным пламенем.

В надежде заглушить внутренний голос Нинон вставила кассету в плеер, и оттуда полились звуки йодля в исполнении Сордоу Слима. Кот еще некоторое время не спускал с нее глаз. Он не обращал ни малейшего внимания на звуки йодля.

Нинон взглянула отметку бензобака. Топлива хватало, к тому же, если карта не лгала, она приближалась к главному шоссе — 111. А там, где это шоссе пересекалось с 30, на окраине заповедной территории был расположен город. Бак был еще на четверть полон, когда ей на глаза стали попадаться знаки, оповещающие о въезде в Кватро Сьенегас. Четыре озера — это хорошо. Хотя после Сьерра дель Муэртос — Гор мертвеца — любое название звучало неплохо.

«*Oui*, но ты по-прежнему не знаешь, зачем бежишь, не говоря уже о том, куда».

Чушь. Она бежала в… Она посмотрела вниз и прочла слова, нацарапанные ею же на карте: отель «Ибарра».

«Я не это имею в виду, *cherie*[1]».

«Я знаю. Но ты же понимаешь, что мы должны… что-то делать. В Европе не осталось никого, кто мог бы нам помочь, — Сен-Жермен уничтожил всех. След в Греции оказался ложным. Единственным местом, о котором мы слышали, что там якобы есть люди, которые воскресают из огня, является Мексика».

Если верить легендам, то они воскрешались и другими путями. Тезкатлипока, Дымящееся Зеркало, Бог ночи, был заинтересован в жрицах-вампиршах, отобранных из женщин, умерших при родах. Эти существа были по-настоящему страшны, не то что рядовые европейские кровопийцы, не сходящие с киноэкранов. Они любили человеческий мозг не меньше, чем кровь. Конечно, это настораживало, но Нинон так отчаянно нуждалась в помощи, что готова была обратиться за ней к моз-

---

[1] Дорогая, милая (*фр.*).

гососущим демонам. Она лишь надеялась, что успеет взглянуть на древние каменные скрижали, пока их не украли из музея. И тогда будет иметь более четкое представление о том, с чем ей предстоит столкнуться.

«Ну вот, теперь ты ищешь помощи у нечестивых богов ацтеков?»

«Послушай, да хоть у Дьяво...» — начала было она, но тут же оборвала себя на полуслове.

«Не у Дьявола? — спросил голос. — А почему бы и нет, если он может помочь?»

«Сам знаешь почему. Что-то мне подсказывает, что именно Дьявол загнал меня сюда. Или, по крайней мере, один из его приспешников».

«Возможно. Невзирая на это, мы сейчас колесим по захолустью Нового света в поисках решения наших проблем. По-твоему, это мудро? Разве мы уже исчерпали все остальные возможности?»

«Да, они исчерпаны — преимущественно мертвы и похоронены. Я была бы только рада, если бы ответы на свои вопросы могла найти на небесах, — ты действительно думаешь, что я бы не хотела сейчас нежиться на солнышке в Канкуне? Я уже побывала в райских кущах в поисках Спасителя, но нашла там только змея-искусителя. И никакого дождя — никаких гроз даже там, где они должны были быть. Наверняка тут не обошлось без Сен-Жермена».

Голос молчал. Возможно, из-за того, что кот впился когтями ей в ногу. Коразон выглядел встревоженным. Будто бы догадывался, что его хозяйка постепенно лишается рассудка.

Теперь, когда она задумывалась над этим, то понимала, что в ее райском уголке долгое время не было змея-искусителя, зато было много дождя, пусть даже и без молний. Но как всегда бывало, современный мир стал вторгаться в ее Эдем, и рай постепенно терял свое очарование. На земле, где раньше цвели буйным цветом тропические цветы, пустили ростки роскошные виллы, которые так и оставались бы прелестными архитектурными шедеврами, не поселись там люди.

Ее уголок острова был населен преимущественно американскими экспатриантами, хорошо обеспеченными и беззаботными, — в основном детками трастовых фондов, которые не пожелали идти по стопам мамочек и папочек или производить им внуков, к именам которых крепились бы порядковые номера III или IV. Также встречались незадачливые первые жены, оказавшиеся за бортом, когда их бывшие муженьки отправлялись заглушать кризис среднего возраста покупкой дорогих безделушек, а домой возвращались с какими-то девицами — не в пример моложе и глупее — вместо ожидаемых шикарных машин и «ролексов». Было также несколько ветеранов Силиконовой долины [1], уставших отражать набеги корпоративных рейдеров [2], для которых новые приобретения были чем-то вроде кровавого спорта, особенно теперь, когда доткомы [3] терпели крах и становились лакомой приманкой для акул бизнеса. Хотя, раз уж она об этом вспомнила, обитал на острове и один из таких убийц-разорителей доткомов Силиконовой долины.

Среди прочих была парочка бухгалтеров, также жертв «технобума» [4], промышлявших составлением «липовой» отчетности, но однажды пришли официальные лица, которым это пришлось не по вкусу, и выслали исковые ордера. Был даже один парень, который зарабатывал на жизнь тем, что стал донором мочи для спортсменов-профессионалов, которые самостоятельно не могли пройти допинг-контроль. Все они были забавными соседями, легкими в общении, с аппетитами, присущими остальной части современного мира, но обладающими более умеренным метаболизмом. Они чем-то напоминали ей общество, в котором она росла, — люди, воспитанные в семьях, где слова «зима»

---

1 Район в штате Калифорния, США; технопарк, мировой центр компьютерной и электронной индустрии.

2 «Фирма-налетчик», компания, потенциально способная поглотить другие компании.

3 Интернет-компания, бизнес которой сосредоточен исключительно в Интернете.

4 Массовое банкротство в 2000 г. компаний, работающих в области высоких технологий.

и «лето» воспринимались не как времена года, а скорее как курортные сезоны, например «зимой — Вейл, летом — Хэмптонс», но которые от многого отказались ради более скромного, уединенного образа жизни. Они понимали, что географическая близость еще не означает дружбу.

Но кем бы они ни были в прошлом, сейчас все они стали духовными детьми Джимми Баффетта[1] и невозмутимо, с удовольствием потягивают «маргариту». Также мало они интересовались и ее жизнью. Что для нее было огромным плюсом. По правде говоря, эти люди не блистали интеллектом, соседские отношения носили весьма поверхностный характер, из-за чего она порой чувствовала себя одинокой, но в остальном была полностью довольна таким положением вещей. И уж тем более это было гораздо лучше того, как ей приходилось жить сейчас. Было гадко осознавать, что у нее и дома своего нет. Нинон вздохнула, кот тоже.

Несправедливо было бы утверждать, что все последнее время она не вылезает из захолустья, даже несмотря на то, что во время своего последнего приезда в Мексику сельскую она останавливалась в маленьком отеле в Гуанахуато около Музея мумий, который явно значился в почтовых справочниках ада.

Она затруднялась сказать, что побудило ее тогда посетить этот музей, поскольку ни в одной из легенд о воскрешениях мумии не значились, и, как правило, она избегала подобных мест — кладбищ и церквей, которые служили местами для поклонения культу мертвых. Ей хватило этого с головой на свое восемнадцатилетие. И тем не менее что-то заставило ее войти в это ужасное стеклянное здание, возведенное в честь мертвецов.

Предыстория возникновения музея была, с одной стороны, ужасна, а с другой, если вы любитель «черного» юмора, забавна. Эти несчастные останки откопали на кладбище Св. Себастиана еще в тысяча восемьсот пятьдесят третьем году из-за задол-

---

[1] Музыкант, сценарист, продюсер, основатель собственной звукозаписывающей студии. Написал несколько романов, два из которых стали бестселлерами.

женности по налогам перед местными органами власти, хотя каким образом стали бы мертвые платить налоги...

«Тебе же как-то это удается, — немедленно отозвался внутренний голос. — А ведь ты уже много веков как мертва».

От этих слов она испуганно хихикнула.

«А что, хорошая идея для комиссии по франшизному налогу, — тем временем продолжал голос. — Годичный кладбищенский сбор, которым облагается каждая семья в Америке. Его можно включить в билль о налоге на собственность. И если ты не уплатишь налог, то в наказание они выкопают твою любимую бабушку и сделают экспонатом музея».

Нинон зажала рот ладонью, чтобы хоть как-то унять жуткий смех, переходящий в кашель. Раньше она не находила тему смерти или налогов забавной — ни вместе, ни по отдельности. Это было одним из признаков того, что ее разум слабеет.

«В тот год выкопали сто девяносто девять душ, тела, захороненные в угле и извести, достали из усыпальниц и перевезли в новое здание на окраине города», — радостно вещал экскурсовод перед посетителями музея.

Стоило им начать поиски, как тут же нашлись другие кладбища, где мумификация тел произошла естественным путем, а посему их тоже откопали. В общей сложности вышло одна тысяча двести восемнадцать. Тела выкапывали и дальше до тех пор, пока в тысяча девятьсот пятьдесят восьмом году не были внесены поправки в закон, и практике взимания этого кладбищенского сбора был положен конец.

Если Нинон правильно поняла экскурсовода, чей испанский был настолько далек от литературного, насколько это вообще возможно, то есть свидетельства того, что пара людей были похоронены заживо. Эти несчастные проснулись в кошмарных гробах в удушливой темноте гробниц, куда поместили их тела. У одной бедняжки руки оказались подняты вверх, а на лице остались царапины от ногтей. Прижизненное погребение, вот как это называется. В наше время в условиях современной медицины подобное встречается не так часто. Если только, конечно, это кому-то не понадобится. Иногда во время революций солдаты торопились поскорее предать земле тела своих врагов, упокоить их в братских могилах. А уж психов с извращенным вкусом во все времена было предостаточно.

Нинон поежилась от этой мысли. Уж она-то знала, каково это воскресать из мертвых в одиночестве и темноте.

Все экспонаты музея производили гнетущее впечатление. На многих телах не было одежды, за исключением разве что туфель и носков. Но самое неизгладимое впечатление на нее произвело иссушенное тело беременной женщины. Экскурсовод, игнорируя либо уже перестав замечать ужас в глазах посетителей, тем временем рассказывал о природной засоленности и нитрации почвы, что и вызывает мумификацию тел. Нинон склонилась к витрине, в которой находилась самая молодая мумия в мире, и ощутила знакомую тяжесть неприязненного взгляда. А поскольку единственный мужчина в зале был давно мертв, да к тому же без глаз, она испытала привычный ужас. Оцепенение поползло по телу, делая ее холодной и слабой, словно жертва вампира. Никогда ее страх не оказывался беспричинным либо вызванным неуемной фантазией. Она не могла ошибиться — интуиция слишком часто предупреждала ее о надвигающейся опасности, посылая леденящие тело сигналы, предвестники беды. Она всякий раз ощущала, когда Сен-Жермен прокрадывался в ее сны. Сон превращался в полумрак, в котором двигались жуткие тени, в бесконечный коридор, освещенный лишь призрачным светом Рук Славы, завоеванных его отцом. Но никогда раньше он не приходил днем, с тех самых пор как она сбежала из Нового Орлеана. Это было плохим знаком. Это означало, что круг его поисков сужается.

Она немедленно покинула Гуанахуато и отправилась в пустыню Чихуахуа, потому что до нее долетели слухи о странных ритуалах, проводимых там во время летних гроз, как то воскрешение мертвых, изменение облика, левитация. А еще потому, что гостиничному клерку она сказала, будто поедет совсем в другом направлении. Для стремительного бегства из города, отказа от долгожданного душа в номере отеля не было конкретных причин, за исключением разве что обостренного чувства опасности, которое говорило о том, что преследователь дышит ей в затылок и что снова нужно бежать как можно быстрее и как можно дальше.

Элистер — нет, теперь уже Коразон — не горел желанием снова отправляться в дальний путь на их видавшем виды джипе, заслуженном ветеране автомобилестроения, который наверняка одним из первых сошел с ленты конвейера и, конечно же, был напрочь лишен такой мелочи, как амортизаторы. Поначалу кота хоть как-то развлекали птица в шипах агав и нелепый вид мексиканской луговой собачки. Когда они проехали длинный, в форме трубки кактус, неотъемлемую часть настоящей пустыни, он перестал разглядывать наскучивший пейзаж и снова задремал. Это было мудрым решением, так как, чтобы быть на высоте, кот нуждался в восемнадцати часах полноценного сна.

Нинон понимающе охнула и полезла в сумочку за лакричной конфетой, чтобы смягчить кашель. По вкусу конфета напоминала анисовое драже, которые она обычно ела на ночь, чтобы освежить дыхание перед встречей с любовником. Конфета растаяла на языке и растеклась во рту сладким вкусом лакрицы. Этот вкус не соответствовал миру вокруг. Место, в котором они сейчас находились, было скорее горьким, нежели сладким. Оно резало глаза, во рту стоял неприятный привкус. Более мягкая природа казалась ей почти съедобной, любое растение можно было использовать для кулинарных изысков. Таким был берег ее детства: залитые солнцем земляничные поля, заросли апельсиновых деревьев, выращиваемых в теплицах, молочные фермы с нежнейшей травой, где фермеры делали широкие круги козьего сыра и пекли домашний ржаной хлеб, которым угощали путников и школьниц-беглянок. А потом были цветочные просторы лугов в Грассе…

Коразон дернулся во сне и тихо заворчал.

Но это место было совершенно другим, даже кот понимал это. Все здесь было колючим и грубым. Человек, которому случится потеряться в этой пустыне, умрет с голоду или отравится, если, конечно, сначала его не прикончит солнце. Если бы у нее был выбор, она бы устроила себе сиесту и проспала до тех пор, пока жара не уляжется, — даже если, поворачиваясь на бок, ловишь запах Судьбы на подушке рядом с собой. Ты знаешь, что это Смерть приходила и делила с тобой ложе, в то время как ты бредила демонами и призраками.

Ей нужно было отдохнуть. Покой, передышка от бесконечных тревог казались чем-то призрачным, недостижимым. Этой ночью, несмотря на полное моральное и физическое истощение, они с Коразоном не сомкнули глаз, так и пролежав всю ночь в убогой, душной гостинице в крохотном городке без названия, настолько мал он был. Хотя гостиница — это громко сказано, просто двухкомнатная халупа из необожженного кирпича, построенная рядом с полуразвалившимся баром, воздвигнутом еще в тысяча девятьсот двадцать девятом году в приливе непродолжительного воодушевления и трудового энтузиазма. Ни гостиница, ни бар, в котором она рискнула поужинать — иначе это не назовешь, — не видели тряпки и швабры с самого дня основания. Пожелтевшие простыни в ее комнате были припорошены чем-то подозрительным, поэтому она просто стянула их с кровати, постелив прямо на голый матрас свой спальный мешок. Наверное, в кровати жило несметное количество насекомых, а в углах комнаты виднелись прямые доказательства того, что по доскам пола, как по проспекту, разгуливали грызуны всех размеров и мастей. Несколько хвостиков скорпиона позволяли предположить, что является любимым блюдом обитателей.

Да, сон бежал от нее, но, чувствуя себя в безопасности за толстыми стенами и тяжелой дверью, к которой на всякий случай был придвинут еще и стул, Нинон наконец-то перестала паниковать после происшествия в музее и смогла трезво решить, как быть дальше. Прожить остаток своих дней, если это вообще можно было назвать жизнью, в местах, подобных этому, ее не устраивало. Во что она превратилась? В последнее время она только и делала, что спасалась бегством, никогда не встречаясь с врагом лицом к лицу. Хуже того, вот уже двадцать лет, как она не может позволить себе завести друзей, по крайней мере из числа людей. И у нее не было ни близких людей, ни любовников с тех пор, как умер Сен-Эвремон. Она была одна, не считая мышей и мух… и кота.

Словно в ответ на ее мысли из замочной скважины выполз маленький таракан и пробежал по спинке единственного в комнате стула. Он остановился на полпути и поднялся на задние лапки. Казалось, он насмехается над ней: «*Buenos noches, Senorita gringa*[1]. Добро пожаловать в эту *perrera*[2], пристанище для бродяг и отщепенцев. Я уверен, теперь вы останетесь с нами навсегда. Моя миллионная родня и я с удовольствием познакомимся с вами поближе, будем спать с вами, делить пищу, плескаться в выгребных ямах. Я отлучусь ненадолго, чтобы сообщить им о вашем приезде. Устроим сегодня вечеринку?» Затем он пропел: «*Porque necessito marijuana que fumar*»[3].

La cucaracha[4] сказал бы еще что-то, если бы Коразон не посчитал нужным его съесть, а поскольку таракан издевался над ней, Нинон позволила коту насладиться трапезой. Не то что бы она была без ума от его новых предпочтений в еде, но не думала, что от насекомого будет много вреда. Тем более что год назад он пристрастился к употреблению горных скорпионов, даже несмотря на то, что яда в них хватало, чтобы лишить кота всех девяти жизней и в придачу расправиться с неистребимыми бородатыми козлами. Он также скучал по замороженному зеленому горошку и был настроен крайне негативно к произошедшим в его рационе переменам.

Нинон смотрела, как он ест, — для нее это была возможность отвлечься, пусть даже по столь отвратительному поводу. Однако уничтожение насекомого длилось недолго, и вскоре они с Коразоном снова размышляли в тишине, такой же глубокой и торжественной, как безмолвие храма, но от которой хотелось застрелиться.

---

[1] Доброй ночи, американская сеньорита.

[2] Собачья будка, конура (*исп.*).

[3] Зачем нужно курить марихуану? (*Исп.*)

[4] Таракан (*исп.*).

Она прекрасно понимала, что в конце концов придется прекратить бегство от Сен-Жермена и продумать план столкновения с заклятым врагом. Этот человек сейчас был известен как Рамон Латигазо, крупный владелец недвижимости, но уж она-то знала, что под этой маской скрывается сын Черного человека. Именно Рамон, он же Сен-Жермен, был сыном того самого змея-искусителя, предложившего ей плод с дерева несчастий. Это он гнался за ней, а не Черный человек собственной персоной. Об этом следовало помнить. Потому как одно дело отец, и совсем другое — сын. Черный человек погиб в Нью-Йорке на прошлое Рождество от руки лорда Байрона — да благословит его Господь за то, что избавил мир от этого полоумного чудовища. У противника, с которым она столкнется сейчас, свои сильные и слабые места.

Следующий шаг в их танце смерти может быть за ней, если она решится его сделать. Она была не в восторге от этой мысли, но стоит ей перейти в наступление, начать отстаивать свои интересы, как шансы на выживание существенно возрастут.

Единственным положительным моментом в покушениях Сен-Жермена на ее жизнь было то, что Нинон больше не чувствовала себя виноватой за то, что собирается стереть его с лица земли. На угрызения совести не оставалось времени. Это будет не убийство, а самооборона. Ее сознание, в котором скопились опыт и знания нескольких прожитых жизней, хорошо развитая логика и саднящие душу воспоминания, постепенно угасало. Она чувствовала, как начинает понемногу раскисать. Ее былая способность казаться уверенной в себе, контролировать выражение лица, сдерживать рвущиеся наружу эмоции тоненькой струйкой мучительно вытекала наружу. С каждым днем она все меньше походила на человека. Ее легкие возвращались в прежнее упадочное состояние. Но даже не это теперь толкало ее на борьбу с Сен-Жерменом и поиски темного дара Мексики — дара, который наверняка станет ее проклятием, если она до сих пор еще не проклята. Нет, она искала способ обрести былые силы не для того, чтобы спасти жизнь или избавиться от боли, а чтобы остановить Сен-Жермена, пока тот не впустил в мир новое зло. А в том, что он задумал нечто подобное, она ни на секунду не сомневалась.

И она сделает это, как только достаточно окрепнет.

Либо раньше, если ей не суждено вновь стать сильной.

В соседнем помещении заскрипела кровать, и сквозь осыпавшуюся штукатурку в ее комнату проникли недвусмысленные звуки, но только одного из партнеров. Партнерша же хранила молчание, которое наталкивало на мысль, что она принадлежит к числу надувных резиновых барышень. Нинон слушала с легким любопытством, как мужчина пытался договориться со своим мужским достоинством, используя при этом такие живые и емкие выражения, о существовании которых она раньше и не подозревала, по крайней мере в испанском. Спустя две долгие минуты любитель постонать разразился таким хвалебным йодлем, что ему бы позавидовал сам Слим Уитман, в то время как Коразон лишь пренебрежительно фыркнул. Нинон была с ним согласна. Она с презрением относилась к торопливости и небрежности в столь тонком деле.

«Зачем ты это сделала? — внезапно спросил голос. — Зачем ты приняла темный дар Диппеля?»

Нинон отвернулась от стены и пожала плечами. В свое время такой выбор показался ей правильным, сложно было устоять перед заманчивым предложением обрести вечную красоту. Слишком много ее друзей умерли молодыми от ужасных болезней. Еще больше людей были обезображены оспой, их нутро оказалось таким же испорченным, как и их плоть, когда они потеряли всякую надежду вступить в брак и горечь одиночества отравила их души. В год, когда она стала жертвой замысла Диппеля, смерть опустилась на квартал, в котором она жила в Париже, практически на все окрестные дома обрушилась эпидемия чумы. Ее собственное здоровье угасало с каждым днем, когда на пороге дома в день ее восемнадцатилетия возник Черный человек. Его предложение долгой, здоровой, прекрасной жизни показалось тогда ответом на ее молитвы. Впрочем, он забыл упомянуть, что речь идет о вечной жизни. И о молнии, огнях Эльмо — пламени, от которого выворачивает наизнанку и в которое она должна окунаться каждые полвека, чтобы поддерживать свои силы, но эффект от которого постепенно снижается. Он также не сказал ей, что она будет жить вечно, а сознание будет медленно покидать ее, пока она не совершит грех самоубийства.

«Грех? Ты до сих пор в это веришь?»

Да, часть ее все еще верила. Можно вырвать девочку у Церкви, но нельзя вырвать Церковь из девочки. И это была горькая правда. Ребенком она жила в мире религиозных оков и предубеждений, которые подавляли все душевные порывы. Три раза в день месса и часы молитв в промежутках. Она попыталась сбежать от этой непроходимой серости, живя с отцом-гедонистом[1], а затем получая «мужское» образование, которое давало пищу для ее живого ума. Но никакой из этих вызовов, брошенных обществу, не сделал ее по-настоящему свободной: один раскрепостил ее тело, другой — мозг, но ни один не расковал душу. Один из родителей должен выиграть в схватке за мировоззрение ребенка, и она предпочла музыку, математику, познания и, чего уж таить, гедонизм заточению в стенах монастыря. Но, несмотря на принятое решение, внушения матери, заложенные еще в раннем детстве, прочно укоренились у нее в душе, не давая навсегда проститься с прошлым. Она старательно работала над собой, чтобы избавиться от материнских нравоучений, но они прицепились как репей. Детские воспоминания могут быть строжайшим наставником, тираном ума, которого не так-то просто свергнуть. Возможно, она любила Бога, но вместе с тем и боялась Его.

Ее решение съездить к заклинателю в Жантийю было последним демонстративным актом неповиновения, наивной попыткой сбежать от родителей, каждый из которых тянул одеяло на себя. Знакомство с ним преподало ей один из важнейших жизненных уроков: оковы, не дающие свободно дышать, были внутри нее, а не снаружи, и посторонний человек не мог дать

---

[1] Жизнелюбивый человек, отрицающий усмирение духа и плоти, предающийся наслаждениям.

ей долгожданной свободы, пока она ограничивала себя чужими ожиданиями.

Mea culpa[1]. Черт побери! Кто же мог предположить, что все так далеко зайдет?

«*Cherie*, мне бы не хотелось, чтобы ты ругалась по-американски. Это вульгарно».

Нинон взглянула на кота, изо рта которого до сих пор торчали две крохотные шевелящиеся лапки, и подумала: «Вот *это* вульгарно».

— Лапочка, тебе нужна салфетка.

Коразон просто облизнулся и деликатно отрыгнул. И снова перевел взгляд на масляную лампу, которую все это время восхищенно разглядывал. Ему всегда нравилось дрожащее пламя свечи, особенно в безлунную ночь. Он был идеальным другом. Тем вечером она полностью разделяла его потребность в свете. В пустыне ночь была всеобъемлющей, не то что в городе. Но даже в этой кромешной темноте им было негде спрятаться. Они пребывали в темной половине мира, где обитали темные создания темной наружности, поэтому она тоже предпочитала не гасить на ночь свет.

Но той ночью она не то что бы очень нуждалась в свете. Нинон посмотрела на ставни. Лунный свет пробивался сквозь них и резал темноту на дольки. Невольно она снова подумала о Сен-Жермене. Его улыбка тоже была похожа на месяц, с той лишь разницей, что она никогда не меркла, а практически непрерывно озаряла все вокруг. Как и луна, она была прекрасной и холодной. Но люди не замечали ее холода, так их ослепляло его физическое присутствие. А те, кого не подкупала его чертовская привлекательность, таяли от его завораживающего голоса. Он был обаятелен, красив. И бездушен. Он был во много раз хуже своего отца, который хотя бы занялся темным промыслом из любви к науке.

«Ты боишься его до дрожи в коленках, — отметил голос. — Даже больше, чем отца».

---

[1] Моя вина (*лат.*).

Она видела Черного человека лишь однажды, еще в прошлом веке, но этого оказалось достаточно, чтобы вызвать у нее отвращение. Первым делом она отметила для себя, что отец Сен-Жермена напоминает гнилой сыр. С ее обостренным обонянием он показался ей жутко зловонным, тошнотворный запах выходил наружу через поры в его восковой коже. Его тело само по себе было желтоватым, как прогорклый жир, с провалами оспин, покрывавших лицо и руки. Это выглядело так, словно он гниет изнутри.

И все же, несмотря на все его уродство, отец не был и наполовину так страшен, как красавец-сын. Этот прекрасный безумец. Он был самоё зло.

Равно как и она. Она тоже была немного не в себе и чертовски красива. Она не могла точно сказать, была ли она злом. Это являлось одной из отличительных особенностей ее положения — большинство злых существ не считали себя таковыми. Они даже не подозревали, что творят зло.

«Конечно же, он пугает меня. Глядя на него, я смотрю в свое темное отражение, предостережение о том, что могу стать такой же». Эта мысль не была продиктована тщеславием. Нинон уже давно перестала гордиться своей знаменитой красотой и обаянием, которые сделали ее звездой Парижа более чем на три четверти века. Как и Сен-Жермен, она была одаренным художником и музыкантом, воспетой обществом и вознесенной до небес. Их обоих почитали за взгляды и умение владеть сердцами людей.

Однако в этом объяснении была не вся правда. Она боялась Сен-Жермена большей частью потому, что однажды он чуть не соблазнил ее. Это бы произошло, если бы она не заглянула ему в глаза, затуманенные преждевременной радостью победы от сознания, что удалось сломить ее сопротивление. В тот момент она поняла, что он хочет не столько ее тело, богатство, секреты, сколько ее душу. Ей оставалось только догадываться, как он собирался ею распорядиться.

Какой же дурой она была! Словно ослепла!

Ее внутренний голос вздохнул:

«Что ж, есть определенная польза в том, чтобы сожалеть о том, чего не воротишь. А теперь тебе нужно поспать. Элистер тебя посторожит».

«Коразон, — поправила она. — Элистер сгорел во время взрыва, вместе со мной».

Нинон проснулась с чувством решимости. Настало время перейти в наступление.

Они с котом рано покинули гостиницу, отказавшись даже от завтрака, зато заправив джип и наполнив две запасные канистры бензином. Запах бензина напомнил ей о недавнем пожаре, в котором она едва не погибла, и о том, насколько жалкой она выглядела с опаленными волосами.

«Ты сегодня немного не в себе, не так ли?»

Нинон мрачно рассмеялась и тут же закашлялась. Смех был не самым подходящим ответом на вопрос, но именно это она делала все чаще и чаще, постепенно теряя над собой контроль.

«Это мудрый план? В газете написано, что у местной полиции сейчас учения в этих местах. Возможно, они охотятся на наркоторговцев. Хотя кто знает? Ходят слухи, что военным в США тоже стало известно о тебе. Как и об остальных экспериментах Диппеля».

Нинон поежилась. Это вполне могло быть правдой, особенно после того как американское правительство совершило облаву на многоэтажку, в которой жил Байрон. Но даже если они что-то и накопали, это еще не значит, что они станут делиться информацией с мексиканскими *Federales*[1]. Ни один здравомыслящий человек не рискнет в открытую распространяться об экспериментах в духе Франкенштейна, тем более посвящать в них коррумпированных иностранных чиновников. И даже в США найдется совсем немного ненормальных, которые бы не только обладали уровнем доступа к секретным данным, какой есть только у генералов и божков местного масштаба, а еще услышали эту историю и поверили в нее. По крайней

[1] Федералы (*исп.*).

мере, так Нинон себя успокаивала. Ее защитой была крайняя нелепость правды.

Она рассмеялась, но как-то без настроения.

Хорошо, что по этим проселочным дорогам никто не ездит, потому что у нее не было никакого желания сбавлять скорость или соблюдать меры предосторожности. Отныне и навеки. Да, сегодня она как никогда четко понимала, куда — если не зачем — они движутся. Они с Коразоном ехали в вечно белый край Кватро Сьенегас[1], чтобы найти кровожадное божество, живущее в пещере, которое перемещается по подземной реке и собирает там души. Конечно, это была поистине сумасшедшая затея. К тому же опасная. Но других вариантов у нее не оставалось. Люди говорят, что лучше иметь дело со знакомым тебе дьяволом, но они ошибаются. Иногда дьявол, с которым раньше не связывался, более предпочтителен. Особенно когда нуждаешься в особых силах, таких, которые помогут справиться с врагом, владеющим магией и командующим демонами. На худой конец, все, чем она рискует, это навлечь на себя гнев божества.

Демоны? Но возможно ли это? Может ли она доверять собственным ощущениям? Может, эти монстры — всего лишь вымысел?

«Они вполне реальны», — заверила она себя. Ей нужна была защита от них и от того, кто их послал.

«Говорят, *cherie*, что бесплатный сыр бывает только в мышеловке. Зачем Дымящемуся зеркалу тебе помогать?»

Нинон вздохнула.

«Я знаю, что за все придется платить. Поверь, уж я знаю. Я заплачу, сколько бы это ни стоило».

У нее просто не было выбора.

---

[1] Озерный край на севере Мексики, окруженный пустыней Чихуахуа. Возможно, называется белым из-за повышенного содержания соли в почве.

Нинон взяла в руки перо и быстро написала:

Надежда пусть зря не мани́т,
Пытаясь мужества лишить.
Мой возраст уж в могилу тянет,
Что сделать я могу еще?

Это послужит прощальным письмом. Она не хотела причинять страдания друзьям своей якобы безвременной кончиной, но настало время уходить. Она больше не могла скрывать того, что не стареет.

И это на самом деле может стать ее концом, если молния не вернет ее к жизни. Вот уже в третий раз она бросается в огненные объятия, и с каждым разом исцеление протекает все медленнее, а значит, ее сердце и мозг постепенно теряют способность восстанавливаться. Но эту процедуру нельзя было откладывать в долгий ящик — она знала, что может в одночасье постареть. Меньше чем за месяц у нее выпадут волосы, суставы скрутит артрит, резко упадет зрение, а легкие наполнятся жидкостью. Болезнь после долгой спячки, длиной в несколько жизней, возьмет свое и сожрет ее изнутри. Но даже тогда она не умрет.

Часть ее хотела сдаться и покончить со всем этим. Но будет ли это самоубийством? Если бы Бог не хотел оставить ее в живых, стал бы он посылать Черного человека ей навстречу? Безусловно, на нее возложена некая важная миссия.

Она прожила девяносто лет в окружении лучших умов в области философии и религии, но так и не нашла ответа на свой вопрос. Что ж, на все воля Божья — она всецело доверится Ему. Она будет жить, если Он того желает. В противном случае — сгорит в огне.

Нинон отложила перо и вздохнула.

Ибо, где будет труп, там соберутся орлы.

От Матфея 24:28

Наибольший потенциал для контроля, как правило, существует там, где действия происходят.

Нинон де Ланкло[1]

Не принимался ни один новичок, который не умел бы исцелять — да, возвращать к жизни после очевидной смерти тех, кто, будучи выпущенными из виду, умер в летаргическом сне.

Е. П. Блаватская о культе Сен-Жермена. Тайная доктрина

1 На самом деле автор этого изречения Louis A. Allen.

Глава 3

Грязная дорога, по которой она ехала, сохранилась, по всей видимости, еще со времен Кортеза или по крайней мере Панчо Вилья[1]. И чем дальше Нинон ехала по ней, тем сильнее было ощущение, что она движется назад во времени, куда-то в прошлое, а не в будущее, — и она совершенно не была уверена, нужно ли ей это. Еще она очень жалела, что ее DVD с упражнениями для ягодиц так и не сделал ее задницу «железной». Равно как и мочевой пузырь.

Этот край был ближе к бронзовому веку, нежели к эпохе неолита. И древние божества тоже казались ближе. Возможно, потому что люди здесь до сих пор в них нуждались, и в ответ на их зов из земли, пропитанной по́том и кровью, поднимались фонтаны силы, подобные бьющим артезианским источникам. Идея поклоняться этим богам ее не прельщала, но она отметила, насколько удобно иметь возможность созерцать своих идолов в образе животных-тотемов, свободно расхаживающих на заднем дворе. Собственное бесплотное божество, которое посещало ее только в церквях и соборах, казалось слишком далеким здесь, в пустыне.

Не успела она и глазом моргнуть, как грязная дорога оказалась заполнена птицами, сразу превратившись в площадку для боулинга с участием домашних птиц-самоубийц. Коразон принялся истошно мяукать при виде своего любимого блюда. Нинон, в отличие от него, кровавого столкновения не хотела, поэтому резко нажала на тормоза, что заставило кота когтями проткнуть еще двадцать отверстий в обивке и приборном щитке, на котором он лежал. Недовольный ее малодушием, Коразон фыркнул и сиганул в открытое окно машины вдогонку за удирающим обедом.

---

1 Франсиско «Панчо» Вилья (1878—1923) — один из лидеров повстанцев во время Мексиканской революции.

— Коразон, *merde*[1]! Чем тебя не устраивает корм?

Нинон заглушила двигатель и выскочила вслед за котом. Она запихнула пистолет в задний карман джинсов. Возможно, и был какой-то закон по поводу брошенного посреди дороги транспорта, но в этой ситуации она готова была его нарушить.

— А ну иди сюда, негодный кот! — позвала она его, но негромко. Пожалуй, не стоило нарушать внезапно воцарившуюся тишину.

В глазах пекло, они устали от пыли и контактных оттеночных линз коричневого цвета, которые она в последнее время носила не снимая. От пыли запершило в горле, и Нинон начала кашлять чаще.

Еле переставляя ноги, она отправилась вслед за котом. За гребнем белой гипсовой дюны, покрытой низкорослыми чахлыми сосенками, она наткнулась на маленькое озерцо — *poza*[2] — цвета кофейной гущи, обрамленное выгоревшей золотистой травой, закрученной, как ресницы у кокетки. В смолянистой воде цвели прелестные водяные лилии.

Кватро Сьенегас. Наконец-то она на месте.

Но лилии были не единственной прелестной деталью. Вернее, поправилась она, стоя в жидкой тени дерева, не единственной *прекрасной* деталью. Второе существо, будучи не менее великолепным снаружи, вряд ли было прелестным.

Мужчина был высокого роста, темноволосый, с бледной кожей, на которой поблескивали капельки воды или пота. Возможно, дело было в отражении, которое давала золотистая трава, частично его прикрывающая, но создавалось впечатление, что он с головы до пят покрыт золотой краской. Он был худощавый, ни грамма лишнего веса. К тому же он не был *indio*, по крайней мере чистокровным. Испания пустила свои щупальца глубоко в сердце Мексики, пытаясь отыскать там золото, но Нинон сомневалась, что бледной кожей и высоким ростом этот мужчина был обязан конкистадорам. Наверное, аист перепутал

---

[1] Черт! (*Фр.)*

[2] Тихая заводь, омут (*исп.*).

и оставил сверток с младенцем не на грядке с капустой где-нибудь в Айове, а под кактусом.

«*Cherie*, сейчас не время отвлекаться по пустякам», — предостерег внутренний голос.

«*Oui, oui*».[1]

И все же ей всегда нравились темноволосые мужчины. Они казались более темпераментными, чем блондины, — взять хотя бы того худосочного поэта Рамбулье. Но в то же время на севере все обстояло иначе. Скандинавы всегда были сильны и неистовы. Однако среди более цивилизованных южных народов она предпочитала черноволосых.

Почувствовав ее взгляд, мужчина сунул что-то в носок и повернулся. Держа в руке пистолет, он направился к Нинон, хотя вряд ли мог нормально разглядеть ее в рваной тени дерева, так как солнце било ему прямо в глаза.

Нинон нельзя было назвать высокой ни в каком смысле, за исключением разве что интеллекта. В этом она превосходила многих, по крайней мере так было до тех пор, пока клетки ее мозга не начали отмирать. Но от мозгов, пусть даже таких великолепных, в подобных ситуациях было мало проку. Многие мужчины при виде одинокой девушки думали, что раз она такая хрупкая и миниатюрная, то ее легко обидеть. Но в ее случае это правило не срабатывало. Пусть она весила не так много, но каждая ее унция при необходимости превращалась в боевую единицу. И хотя она над этим мало задумывалась, но в некоторых ситуациях без применения грубой силы было попросту не разобраться. Именно поэтому она всегда держала в кобуре на поясе девятимиллиметровый пистолет. Он умел прекрасно урезонивать в момент, когда разумные доводы заканчивались и начинались тупые разборки со всякими отморозками.

У благовоспитанных граждан идея противления злу насилием вызывала шок, но агрессия сродни наркотику — чем чаще ее применяешь, тем менее чувствительным к ней становишься.

---

[1] Да (*исп.*).

Нинон давно уже не была невинным младенцем, поэтому перестала ее избегать. Ей лишь оставалось гадать, был ли этот мужчина закоренелым агрессором, сдвинутым на жестокости. Понять было невозможно. В любом случае пистолет ничего не значил. Только ненормальный станет в одиночку разгуливать по пустыне без оружия для самозащиты.

Наверняка мужчина разделял ее точку зрения, потому что с собой у него был дробовик двенадцатого калибра. Он отлично смотрелся рядом с темным мешком камней, который незнакомец выронил, направляясь в ее сторону.

Дробовик ее совсем не радовал, особенно если мужчина привык использовать его по назначению. Возможно, Нинон и сможет перенести один выстрел, только не в сердце и не в голову, но боль будет адской. К тому же это задержит ее на пару дней, так как придется потратить драгоценное время и силы на заживление раны.

Время решать. Спрятаться или принять вызов, брошенный Судьбой?

Она огляделась по сторонам в поисках возможного укрытия. Но все они были малы, даже для нее. Прятаться в редких зарослях было бесполезно. *Merde*! Придется принимать вызов, чем бы это для нее ни закончилось.

— Привет! — воскликнула она, выходя из тени, и помахала ему рукой, выразительно шевеля пальчиками. Она одарила незнакомца улыбкой, припасенной для особых случаев, потому что от нее уровень IQ у мужчин, как правило, зашкаливал вниз. Но болван и пистолет — плохое сочетание. Она тут же добавила по-американски: — Вы не видели здесь моего кота?

Судя по всему, для него это стало настоящим шоком: он споткнулся, выражение его лица кардинально изменилось. Она чуть не рассмеялась, когда у него глаза полезли на лоб. Наверное, он бы не так удивился, даже если бы здесь откуда ни возьмись возник клоун и начал играть в «хонк-хонк» [1] с его пенисом.

---

[1] Так часто играют с маленькими детьми: сжимают им нос как грушу клаксона со словами «honk-honk» (би-бип!).

Как ей наконец-то удалось разглядеть, у него были темно-карие, почти черные глаза. Его взгляд скользнул по ее телу и снова уткнулся в лицо. Она знала, что он сейчас видит: светлую кожу, узкие джинсы, прозрачную белую блузку, в которой с трудом помещалась грудь, и копну развевающихся на ветру черных волос. А вот вид сзади мог бы его спугнуть, так как взгляду открылась бы не только обтянутая джинсами попка, но и кое-что большее, скрывающееся за воротом блузки. Но спереди она выглядела как живое, безоружное воплощение мечты.

Он опустил дробовик и начал смеяться. Звук вышел приглушенный, словно где-то на уровне подсознания он чуял опасность и не хотел, чтобы громкий звук, разнесшийся по белым дюнам Затонувшего края, выдал его присутствие.

— Привет, я думал, что вы мне привиделись.

У него был легкий акцент, напоминавший высокогорный шотландский. Все остальное было черной магией. Его речь, также как и цвет кожи, указывала на то, что он не из работяг, которые трудятся в поте лица на полях. Но был ли он джентльменом?

— Вы сказали, что ищете кота?

— Да, он погнался за какими-то роуд раннерами [1]. Наверняка возомнил себя койотом.

Мужчина прищурил свои прекрасные темные глаза и начал подниматься к ней по склону. Он сказал:

— Я не видел здесь никаких котов. — Он на секунду наклонил голову и пробормотал про себя что-то, явно не предназначенное для ее ушей: — Хотя почему бы и не кот? Все остальное у нас есть.

Нинон прекрасно все расслышала, от первого до последнего слова, несмотря на свистящий в ушах ветер, но не подала виду, продолжая улыбаться и притворяться совершенно безобидной. Она хотела, чтобы он окончательно расслабился. Это было важно, так как у него в руках было ружье.

---

[1] Роуд Раннер — персонаж мультфильмов серии «Песенки с приветом», созданной режиссером Ч. Джонсом, — калифорнийская кукушка, которая всегда ускользает от койота Вилли, пытающегося ее поймать.

— Что ж, я больше не думаю, что вы вор или шпион, который случайно возит с собой кота, — предположил он, видя что она не делает попыток поддержать разговор или подойти ближе.

Видимо, поняв, что одинокая женщина может быть напугана видом оружия в его руках, он перебросил дробовик через плечо и оставшиеся пять футов по склону преодолел медленно. Он пытался казаться безобидным, но у него это не очень-то получалось. У Нинон на затылке волосы стояли дыбом.

— Не сегодня, — ответила она честно, стараясь, чтобы ее французский акцент не вылез наружу. Она не чувствовала на себе враждебного взгляда Сен-Жермена, но готова была согласиться с незнакомцем, что в воздухе повисло какое-то странное напряжение. Они находились в месте, где обитало нечто, любящее наблюдать и слушать, и возможно — даже действовать.

— А вы кого-то ждали?

Жестом она указала на ружье. Она прижалась к дереву, слегка выставив грудь вперед. Нинон завела руку назад, словно опираясь на грубый ствол, а на самом деле расположила ее поближе к пистолету. Хотя неизвестно было, насколько оружие будет эффективно, если все же придется им воспользоваться.

— Ждал? — Он рассмеялся. — Не совсем. Скажем так, здесь можно ожидать чего угодно. При таком количестве хищников, сами понимаете.

Причем некоторые из них люди, а некоторые — не совсем. Она его поняла.

— А что, вы думали, я пришла украсть? Ваши камни? — спросила она, указывая на мешок, который мужчина бросил у пруда. Казалось, он набит мокрой галькой.

— Скорее я переживал, что вы пришли за моим сердцем, — ответил он просто. — Мужчины, как известно, часто его здесь теряют.

Заигрывает. Это она изобрела эту древнюю игру, и Нинон не было в ней равных. Казалось, что и он неподдельно увлекся ею, но это ровным счетом ничего не значило. Даже самый хладнокровный убийца мог наслаждаться видом женской груди, блистать остроумием и сыпать прозрачными намеками в перерывах между тем, как резать глотки. В том числе и ее.

Не успела Нинон решить, как ответить на этот пробный бросок, как появился Коразон, вышагивающий с горделивым видом и чрезвычайно довольный собой. К морде его прилипли легкие коричневые перышки. Ей хотелось расцеловать его — и даже эти перышки — за то, что теперь ее история не выглядела вымышленной. Ничто другое в этой ситуации не выглядело бы и наполовину так обезоруживающе.

— Так вы действительно искали своего кота…

Голос его звучал слегка удивленно. Да что там удивленно, он звучал волшебно! Неожиданно в нем послышались нежные нотки — как только он решил, что она не представляет опасности. От этого у нее даже волоски на руках встали дыбом, и она молилась, чтобы он этого не заметил. А даже если и заметит, то пусть примет за обычное влечение, возбуждение.

— По-моему он даже успел пообедать. Быстро же он!

— Конечно.

Она опустилась на колени, стараясь не подать виду, что напряглась, когда незнакомец подошел ближе.

— Коразон, негодник ты эдакий! Где тебя носило?

— Коразон? — переспросил он.

Судя по тону, его это позабавило. У него был очень гибкий и выразительный голос, способный передать любые чувства. Она почувствовала, что все в нем начинает ей нравиться.

— А вы знаете, что он кот, а не кошка?

— О да! — беззаботно воскликнула она, изо всех сил сдерживая кашель. Кашель не помогал снять тяжесть с легких, к тому же это было совсем не эстетично. Он наводил мужчин на мысли о туберкулезе, а не о поцелуях. Она вновь улыбнулась, на этот раз, с появлением кота, более уверенно. Она очень хорошо научилась изображать из себя «блондиночку»-американочку. — Просто я иногда его так называю.

Высокий, Темненький и Симпатичненький выглядел полностью покоренным, готовым по мановению руки упасть к ее ногам. Она хотела, чтобы он отвлекся и не присматривался слишком внимательно, чтобы заметить контактные линзы, макияж, прическу и другие уловки, с помощью которых Нинон пыталась замаскировать исходящее от нее неестественное свечение. Она также очень тщательно следила за своим голосом. Ошеломить мимолетной улыбкой — это одно, а соблазнить голосом — это уже совсем другое. Когда-то она была сильна и в том, и в другом. Она обладала даром убеждать людей в их неотразимости, остроумии, красоте, заставляла их верить, что ничего в мире не хочет так сильно, как услышать их новое произведение, стихотворение, песню, — в общем, все, что они готовы были положить к ней на алтарь. А сейчас стала еще сильнее. Умение, отточенное веками практики.

И все же, несмотря на свои невероятные чары, она чувствовала, что с этим мужчиной ей не по пути. Его голос был нечеловечески прекрасен. Ей приходилось слышать нечто подобное от человека, который за право обладания таким голосом продал душу дьяволу.

Ее внутренний голос неодобрительно проворчал что-то насчет тотального недоверия, смахивающего на паранойю, но Нинон не торопилась терять бдительность. Люцифер, ангел света, тоже был прекрасен. Это отнюдь не означало, что он безобиден. Нет, она полностью доверится этому человеку лишь тогда, когда свиньи войдут в олимпийскую сборную по плаванию.

По небу пронеслась тень, и оба дружно задрали головы вверх. Грифы. Нинон не любила их и еле удержалась, чтобы не скривиться. Ей далось это с трудом. Если она умрет здесь, то стервятники тут же ринутся клевать ее плоть. Именно этим они занимались — крали у мертвых. То, что они видят в ней потенциальную пищу, делало грифов еще более противными, чем они были на самом деле.

— Но почему? Я имею в виду, почему вы так называете своего кота? — спросил мужчина снова, придвигаясь чуть ближе.

— Потому что он плохо себя ведет.

Она бросила еще один мимолетный взгляд на его лицо и отметила одинаковые шрамы на обеих щеках, сразу под скулой.

Такие остаются от пореза очень острым ножом или большой иглой. Спустя мгновение они исчезли.

— Почему? — переспросил он. Его тело казалось расслабленным, рука спокойно покоилась на ноге, которую он поставил на небольшой валун, но при всем при этом она видела, что его мышцы по-прежнему напряжены. Возможно, он всегда был таким — напряженным и собранным, и все же она изо всех сил старалась изобразить из себя девушку, которая не знает разницы между «физическим» и «метафизическим». — Я имею в виду, как? Гоняет птиц? А может, симпатичных кошечек?

Она энергично закивала головой, тем самым и отвечая, и пытаясь избавиться от наваждения.

— Он маячит передо мной. Когда я сплю. Он забирается на подушку и нависает надо мной, словно сторожевая башня, и дышит мне в лицо.

— Маячит? Наверное мне стоит отойти, — сказал мужчина. — А то вдруг тоже начну маячить… Только разве что в лицо вам не дышу… надеюсь.

— О нет. — Она снова скользнула по нему взглядом. — Может, вы все-таки назовете свое имя?

Она перевела взгляд на его ноги, делая вид, что засмущалась. На мужчине были пыльные туристические ботинки и толстые носки. Но это не все. Была еще одна деталь, не типичная для большинства путешественников и не бросающаяся в глаза человеку, стоящему прямо, но Нинон, которая по-прежнему сидела на корточках, смогла разглядеть бережно завернутый в ножны клинок, выглядывающий из его правого носка. Он был черным, но это был не традиционный шотландский *sgian dubh*[1]. Он был вырезан из обсидиана и имел короткую рукоять с отверстиями для пальцев, которая как влитая ложилась в ладонь. Ей приходилось видеть ножи наподобие этого, спрятанные в пряжке ремня, но ни один из них не был сделан из обсидиана.

---

[1] На шотландском диалекте «черный нож» — традиционное оружие шотландских горцев, которое изначально прятали в складках тартана (вид одежды). Сегодня его носят поверх килта как часть национального костюма.

У себя в носке она держала похожий. Нинон была заинтригована. Много лет назад она видела почти такой же в музее Мехико. Он использовался при ритуале жертвоприношения.

Она взглянула на его руки. Мозолистые и привычные к работе, но в крохотных рубцах. Она готова была поспорить, что в чрезвычайной ситуации этот клинок в его руках станет смертоносным. Бывают ситуации, когда нож предпочтительнее хотя бы потому, что не оставляет следов для баллистической экспертизы. К тому же в умелых руках он бесшумен. Эта мысль отнюдь не подняла ей настроение.

— Я Мигель Стюарт, доктор Мигель Стюарт. Моя мать была местной, — пояснил он, тоже из всех сил стараясь казаться милым и безобидным. Его взгляд ни разу не скользнул ей под блузку, хотя она и оставила чересчур много пуговиц расстегнутыми. Она отвечала ему тем же, хотя его обнаженная грудь впечатляла не меньше.

— А отец нет? — поинтересовалась она.

— Нет, он был геологом из Шотландии. Когда я был младше, мы не так уж часто здесь бывали. Я провел пару лет с ним там, по ту сторону океана. Отсюда и акцент.

Который пропадает и появляется по мере необходимости или по желанию.

— Перекрестное скрещивание дает порой непредсказуемые результаты, — заметила она и тут же об этом пожалела, увидев, как его брови поползли вверх. Она оступилась. Истинная блондинка не должна знать слова «скрещивание», не говоря уже о том, что оно бывает перекрестным. Впредь нужно быть осторожнее!

Она встала быстро, но все же не настолько, как могла бы. Она уже давно научилась скрывать, какими быстрыми могут быть ее видоизмененные рефлексы.

— Я Серафина Сандовал, одновременно из Испании и Калифорнии. Но в основном все же из Калифорнии.

Она не протянула руку. Прикосновение могло таить опасность.

— Приятно познакомиться, — ответил он официально.

— Возможно, но это мы еще посмотрим, — съязвила она.

Он снова прищурился и бросил на нее долгий взгляд. Флирт продолжался. Она чувствовала, как его флюиды атакуют ее.

— Как вы называете его в остальных случаях? — спросил Мигель, глядя на кота, который невозмутимо умывался. Казалось, мужчину задевает полное безразличие кота к его присутствию. Обычно хищники чувствуют себя некомфортно в компании друг друга. Попробуйте свести вместе двух борющихся за господство самцов, и они обязательно подерутся.

— О... Терзающий душу мерзавец, — солгала она и снова улыбнулась. Ей нравилось сбивать его с толку в этой сцене обольщения.

— Возможно, именно этим он и занимается, сидя ночью у вас на подушке, — предположил Мигель.

Нинон вздрогнула. Коразон в образе инкуба [1] ее не прельщал. Он бы преуспел в этом занятии.

— И что же здесь делает доктор Мигель Стюарт? — спросила она после секундной паузы, идя ва-банк, так как ни в чем не повинному человеку, особенно испытывающему симпатию, свойственно проявлять любопытство, особенно к объекту влечения.

— Я исследователь, работаю на НАСА.

Настала ее очередь прищуриться. Такое заявление было слишком серьезным для человека с дробовиком наготове и обсидиановым ножом в ботинке. Кроме того, для НАСА у него были слишком длинные волосы — если, конечно, они еще не сотрудничают с торговцами наркотиками для финансирования своего «Шаттла». Его слова походили на ложь, по крайней мере — на полуправду.

И все же она не могла осуждать его за то, что он не хочет полностью раскрыться. У нее самой была пара-тройка фрагментов биографии, о которых она предпочитала не распространяться.

— Я собираю строматолиты, — продолжил он как ни в чем не бывало. — Водоросли попадают в слой ила, где спрессовы-

---

[1] Дьявол в образе мужчины; нападает на женщин во сне и совокупляется с ними.

ваются и образуют горную породу. Эта порода появилась приблизительно за два биллиона лет до динозавров. С ее помощью мы можем получить хотя бы общее представление о том, какой была наша планета на ранних стадиях формирования.

Она кивнула, изо всех сил стараясь выглядеть заинтересованной, но в меру, чтобы не представлять собой угрозу его дальнейшим исследованиям — если он действительно их здесь проводил. В чем она очень сильно сомневалась. Она как-то смотрела научную передачу о строматолитах, и они не имели ничего общего с камнями у него в мешке.

— А я и не знала, что здесь кто-то работает, — сказала она. — Это место выглядит абсолютно пустынным.

— На этот раз вся группа не приехала. Я работаю здесь неофициально, — пояснил Мигель. — У меня, ко всему прочему, еще и семья в этих краях, поэтому я периодически сюда возвращаюсь, для… поддержания старых связей. Считайте это чем-то вроде работы на выходных.

А вот это уже выглядело правдоподобно. У него, как и у нее, действительно имелись «старые связи», но, судя по выражению лица, особой радости он по этому поводу не испытывал.

Неожиданно поднялся ветер. Он был колючим и обжигал ей кожу, ни капли этим не смущаясь. Обычно она была нечувствительна к холоду, но сейчас ослабевала и с каждым днем становилась все уязвимее. Глумливо каркая, пролетел ворон. Коразон задумчиво посмотрел вверх, хотя птица и была раза в полтора больше его, а сам он совсем недавно пообедал.

— Проклятые птицы, — проворчал Мигель. — Терпеть их не могу. В Шотландии они считаются предвестниками несчастья и даже смерти.

Нинон рассмеялась и, взяв кота на руки, прижала к себе, наслаждаясь теплом его упругого тельца. Блондинкам не положено знать о всяких там предвестниках, к тому же ей пора было уходить. Она кивнула.

— Мы, пожалуй, пойдем, пока Коразон не успел еще чего-нибудь здесь натворить. Думаю, бедняга и не догадывается, что до пумы ему далеко.

Мигель кивнул.

— Наверное, он был ею в прошлой жизни. Вы остановитесь где-то неподалеку? — спросил он словно между прочим.

Спрятаться или принять вызов? У Нинон была всего секунда, чтобы принять решение.

— В отеле «Ибарра».

Мигель снова кивнул.

— Я знаю. У них там довольно милый бар, чего не скажешь об администраторе. Может, как-нибудь и увидимся вечерком.

— Буду только рада, — сказала она и почти не покривила душой.

Она нерешительно попятилась, делая вид, что очень не хочет первой отвести взгляд. На самом же деле Нинон просто не хотелось, чтобы он увидел у нее пистолет, пока она не окажется под защитой кактусов и агав, растущих вдоль дороги.

Мигель Стюарт, если, конечно, это было его настоящее имя, может, и работал в НАСА на какой-то невразумительной должности, но она очень сильно сомневалась, что он приехал в Мексику исключительно ради породы. Как и в том, что он был обычным человеком.

Он не был таким, как она, — по крайней мере, не совсем таким. Но он был не просто человеком. Он впитал в себя все прекрасное, чем мог обладать человек. В своем сверхъестественном проявлении он мог быть как очень хорошим, так и очень плохим.

Коразон заворчал, глядя на небо. Нинон надеялась, что Мигель был неправ, посчитав ворона дурным предзнаменованием, но знала, что он вряд ли ошибся. В конце концов, смерть всегда где-то рядом.

Странно, что главным украшением женщины является ее скромность, в то время как мужчины кичатся своей дерзостью.

Нинон де Ланкло

Иногда он исчезает на продолжительное время, а появляясь вновь, дает понять, что общался с мертвыми в потустороннем мире. Более того, он хвастает тем, что умеет приручать пчел и заставлять змей слушать музыку.

Сипестейн о Сен-Жермене.
Исторические воспоминания

Светила дуга. Она ехала в своем экипаже, город вокруг выглядел умиротворенным и безлюдным, как это обычно бывает возле плац д'Арма. Возница был черным, но не рабом. Ей нравился дух и свобода Нового Орлеана, но отнюдь не порабощение темнокожих, поэтому ее кухарка, горничная и возница — все были свободными людьми. Она даже научила свою горничную читать, заметив у девушки способности к этому, хотя и приходилось держать это в тайне. Вообще-то, если кого-то и надо было жалеть, так это ирландцев, которые приехали копать городские каналы и тысячами умирали от желтой лихорадки.

Воздух был влажным, сонно-жарким. Ночь наполняли запахи — как приятные, так и ужасные. Везде буйно цвели растения, но они же и гнили. Город был отрезан от воды, и иногда ей казалось, что вода негодует по этому поводу. Она безустанно искала пути назад. Это был очень плодородный город — возможно, он был обречен. То, что не унесла с собой вода, тянула к земле прекрасная, но разрушительная лоза.

Она прикидывала, сколько еще сможет оставаться здесь, прежде чем люди начнут замечать, что она не стареет. Она не опасалась, что ее примут за жрицу Вуду, но поползут слухи. И сюда придут двое мужчин, которых она предпочла бы никогда больше не встречать.

Невидимые руки потянулись к ней и коснулись лица. Она отвернулась, понимая, что это всего лишь плод воображения, но все же боясь этих прикосновений. Она пережила попытку соблазнения и попытку изнасилования. С того самого дня, несмотря на то что она покинула материк, этот призрак следовал за ней повсюду, вызываемый к жизни ее злостью, ненавистью и... страхом. Однажды она найдет способ его изгнать. Однажды.

Глава 4

Она ожидала увидеть очередной обветшалый отель, но «Ибарра» оказался довольно милым. «Хотя и недостаточно гостеприимным по отношению к кошкам», — подумала она, ставя на пол переноску для Коразона. Естественно, эта нелюбовь была взаимной. Кот не любил места, в которых имели наглость требовать, чтобы его держали в клетке.

Администратором оказалась дама с неровно, полосками, наложенным тональным кремом, словно нанесенным лопаткой с зубцами, который напоминал кусок штукатурки и делал лицо женщины похожим на стену за спиной. Она не потрудилась даже улыбнуться. Наверняка опасалась, что маска может потрескаться. Нинон явственно ощущала враждебность и порицание на застывшем лице. Это было незаслуженно, так как женщина ее совершенно не знала. И Нинон наглухо застегнула блузку под самое горло. К тому же она путешествовала не одна. С ней был кот. А женщины, склонные к распутству, не возят с собой домашних питомцев.

Затем Нинон увидела мужа этой дамы и сразу поняла, чем вызвана неприязнь. Она очень надеялась, что не придется ломать ему пальцы за попытку пробраться к ней в комнату поздней ночью.

Он, затягиваясь сигаретой, вышел из темной ниши за стойкой. Мужчина со слишком большой грудью и чересчур маленькими мозгами, из тех, которые всегда ищут что полегче, чтобы заполнить пустоту в уме и сердце. От него несло перегаром и по́том. Запах выходил через поры, свидетельствуя о хроническом пьянстве. Нинон прикинула, успело ли пиво сделать его импотентом. Даже если этого еще не случилось, то в скором времени обязательно произойдет. Пивное бессилие приходило вместе с пивным животом.

Он шел вразвалочку, словно яйца мешали ему двигаться и не помещались в штанах. Ей хватило одного взгляда, чтобы понять, что это не так: если уж на то пошло, аппарат у него, скорее всего, крошечный. Странно, что он не замечал своей проблемы. Хотя большинство мужчин страдает этим, что лишний раз доказывает силу самовнушения.

Нинон улыбнулась женщине за стойкой, поняв, что толстый слой косметики предназначен для того, чтобы скрыть синяки. Она решила, что ничуть не пожалеет, если придется сломать этому человеку пальцы. Мужчины, которые бьют женщин, вызывали у нее отвращение.

Регистрация не заняла много времени, и Нинон с удовольствием обнаружила, что душ в ее номере исправный. Без мыла и зубной пасты можно было прожить, но мозги лучше работали, когда телу было комфортно. Коразон, освобожденный из унизительного заточения, присоединился к ней, с не меньшим удовольствием отмывая в раковине дорожную пыль с лап, но шампунем и ванной принципиально не воспользовался.

Нинон вышла из душа и обнаружила, что за ней наблюдают. На подоконнике стояла статуэтка пернатого злобного божка, который даже в уменьшенном виде выглядел устрашающе. Она улыбнулась. Старые верования никуда не делись, только покрылись панцирем четырехсотлетнего принудительного католицизма. Для ее целей это подходило как нельзя лучше.

Все еще мокрая после душа, она стояла перед забрызганным зеркалом над раковиной и критически рассматривала свое тело. Снаружи оно полностью восстановилось после взрыва. Ожоги прошли. Единственной отметиной была тонкая паутинка золотистых шрамов, которые кружевом окутывали ее тело. Они смотрелись как искусно сделанная татуировка, хотя на деле таковой не являлись. Силы регенерации до сих пор ее изумляли. Бомба должна была ее обездвижить, кожа оказалась выжженной до черноты и шелушилась. Но даже учитывая то, что силы Нинон таяли, она, уже стоя одной ногой в могиле, смогла выкарабкаться, отделавшись незначительными ожогами на груди и ногах.

И это чудо, что они уцелели! Той же ночью они с Коразоном уплыли на лодке, тайно позаимствованной у соседа, торговца кокаином с простреленным брюхом, который отошел от дел, но оставил яхту в память о былых временах. Или еще для чего-то. Нинон чувствовала, что сосед бы одобрил ее действия, будь у нее время с ним связаться.

Переправа на большую землю выдалась сложной, но она не могла пожаловаться на цену билета и обрадовалась легкомысленным тряпкам, найденным на одной из коек. А после было совсем несложно присоединиться к группе туристов, высадившихся с круизного судна, сделавшего остановку в этом порту, чтобы насладиться серф'н'терф [1], и затеряться в их толпе. Из таксофона она сделала пару звонков друзьям, у которых тоже были друзья, которые, в свою очередь, делали полезные и незаконные вещи за большие деньги. Так спустя два дня на свет появилась Серафина из Калифорнии.

Она не могла решить, посылать Байрону телеграмму или e-mail, чтобы предупредить его о случившемся. Нинон была уверена, что он вместе со своей любимой Брайс покинул ее дом и уже находится в бегах. В противном случае ее поступок может нанести им вред, сообщая властям или даже Сен-Жермену, что поэт жив и, возможно, имеет отношение к инциденту с Диппелем в замке Рутвена. Поэтому она просто, минуя таможенные посты, незаметно пересекла границу США и направилась по последнему известному адресу жены Байрона, надеясь там напасть на их след.

На следующее утро она услышала об «инциденте», при котором были застрелены какие-то нелегалы. Мысль о том, что убийцы искали ее, напрашивалась сама собой.

Нинон знала, что слишком привлекательна, чтобы заставить нелегалов, путешествующих с ней в одной группе, поверить, будто она едет в Америку делать карьеру в сфере сельского хозяйства, но никто из них не сомневался, что в «стране возможностей» о ней позаботятся. Она и выглядела как девушка, которая рассчитывает на доброту и щедрую плату от богатых

---

1 Сочетание жареного мяса и морепродуктов: мраморная говядина, свинина, куриное филе, осетр и тигровая креветка.

покровителей. Конечно, такой образ подходил для общей связки, но лишь до поры до времени. Даже в глазах человека, не отличающегося проницательностью, образ высокооплачиваемой жрицы любви таял, словно снег под солнцем. Пара часов, проведенных с ней, не оставили от легенды камня на камне. Есть женщины, которые никогда не станут шлюхами. Мужчины тактично удалились, а она при первой же возможности покинула эту группу, чтобы прибиться к другой, — из соображений своей и их безопасности.

Она думала над тем, чтобы отказаться от своего замысла. Проститутка — не та роль, которую сто́ит играть часто или долго, да и правительство вряд ли станет искать ее среди нелегалов, движущихся на север, поэтому это было безопаснее.

«Так ты решила вернуться в Штаты, когда со всем этим покончишь?» — спросил внутренний голос.

«Конечно, как только мне помогут с моей проблемой».

Нинон провела рукой по животу. Гладко, ни намека на рубцы. Удивительно. О взрыве напоминала только шерсть Коразона. Ни одна клеточка ее тела не выглядела поврежденной. Однажды она попросила бывшего друга с острова, спортивного врача на пенсии — он ушел на отдых раньше срока, так как выписывал слишком много стероидов для вполне понятных целей, — осмотреть ее, как если бы она собиралась участвовать в марафонском забеге. Ее максимальный пульс составил четыреста ударов в минуту, что было почти вдвое больше, чем у велосипедиста Лэнса Армстронга. Ее мышцы не вырабатывали молочную кислоту, поэтому она почти никогда не уставала, по крайней мере физически. Но она была подвержена моральной усталости, особенно когда ее тело все настойчивее требовало обновления. Эту усталость мог бы измерить разве что невропатолог или психоаналитик, однако ни того ни другого она к себе подпускать не хотела.

Нинон наклонилась к зеркалу, пристально разглядывая себя. Она улыбнулась при виде участка золотисто-рыжих лобковых волос, которые не стала красить. Она позаботится об этом, как только найдет аптеку, в которой продается краска для волос.

Достаточно покрашенной головы и кота, все остальные участки ее тела должны оставаться нетронутыми. Она не собиралась ни перед кем раздеваться в ближайшие несколько недель, но прекрасно знала, насколько важны детали. Наверное, просто следует побриться.

Повернувшись, она взяла «автозагар» и принялась растирать его по телу. Ей приходилось повторять эту процедуру почти ежедневно. Коразон, учуяв запах размоченных кукурузных хлопьев, умчался прочь. Он и так уже пропустил целый час обязательного послеполуденного сна.

Нинон подождала, пока лосьон впитается, и оделась. В антикварном магазинчике Техаса она наткнулась на прелестное платье бирюзового цвета оттенка морской волны от Альфреда Шахина и не смогла удержаться. Она аккуратно расправила ангельские крылья над грудью. Получился идеальный образ женщины-вамп — соблазнительна и в то же время капельку невинна. Она надеялась, что Мигель это оценит.

Она последний раз прикоснулась к платью, восхищаясь текстурой и пошивом. Ей нравилось ощущение одежды из лубяных волокон, ее цвет, утонченность фасона. «Волк в овечьей шкуре от винтаж-дизайнера»[1], — подумала она, криво усмехаясь. Но то же самое можно сказать и о Мигеле Стюарте. А посему не существовало никаких правил игры, которых она вынуждена была бы придерживаться. Ей нравилась красивая одежда сама по себе, и она надевала ее при любом удобном случае. Иначе это было бы равносильно тому, что купить породистого скакуна, чтобы потом подрезать ему сухожилия. Правда, в этом захолустном городишке в таком платье она будет смотреться, как шлюха на церковном собрании.

Мысль об этом снова вызвала у нее усмешку.

«Спасая жизнь бегством, ты еще находишь время подбирать одежду», — ее внутренний голос был поражен.

---

[1] «Винтаж» — одежда ушедших времен, обретшая вторую жизнь в руках поклонников антиквариата; покоряет сердца людей, проповедующих романтику, шарм и нестандартность как стиль жизни.

«Конечно». И Мигель Стюарт придет, чтобы повидаться с ней этим вечером. Нинон была уверена в этом на все сто. Он не из тех мужчин, которые покорно ждут желаемого.

Словно в подтверждение этих мыслей, когда она вышла из ванной, на прикроватном столике ее дожидалась записка и букет добытых неизвестно где стерлиций [1]. Она сомневалась, что это принесла горничная.

«Этой ночью тебе придется позаботиться о надежности двери».

«Конечно». Хотя легенда гласила, что ни один замок не остановит вампира, если он пришел по приглашению.

«Вампира?»

«Возможно».

Нинон нахмурилась, глядя на аккуратные ровные строчки — наверняка навыки, заложенные в одной из элитных школ Великобритании, которые не удалось испортить даже длительным пребыванием в Америке. Ее опыт подсказывал, что, как правило, самые беспощадные люди являются обладателями чуть ли не каллиграфического почерка. Это объясняется внутренней силой и собранностью.

Конечно, Мигеля Стюарта могли бить плеткой по рукам, пока он не овладел правильным письмом. Дети умеют учиться на собственных ошибках. Воспоминания о детстве вызвали у нее легкую грусть. Но ностальгия исчезла, стоило ей предположить, что приглашение Мигеля было лишь способом выведать правду о ней и что, каким бы он ни был в детстве, сейчас у него не самые благородные намерения. Сентиментальная жалость была не тем чувством, которое она могла себе позволить.

---

[1] Райские цветы.

Я не знаю, есть ли у тебя причины ее бояться. Но, сын мой, если ты чувствуешь, что должен ее убить, тогда знай, что делаешь это с моего благословления. Однако ты должен сделать это в одночасье, пока она не догадалась о твоих намерениях и не тронула струны твоего сердца своими коварными пальцами. Я долго наблюдал за ней и могу с уверенностью сказать, что ее сердце — это не та крепость, которая не выдержит любовной осады. Особенно остерегайся ее голоса, который способен порабощать, и ее глаз, которые как атакующее войско заполоняют сознание и лишают воли. Там, куда упадет ее взгляд и где раздастся ее голос, даже мудрейшие из мудрейших попадают в плен, и их сердца и умы горят ярким пламенем, пока не превращаются в пепел, который она одним дуновением развеет по ветру. Она долго выжидает, но когда все-таки нападет, пощады не жди.

Письмо Черного человека сыну,
графу Сен-Жермен

Итак, его отец тоже пробовал ее соблазнить, но потерпел поражение. Ничего удивительного в этом не было — она столь же сильна, сколь красива. Но если ее не удалось взять таким способом, то нужно найти другой. Это было опасно, возможно, даже глупо, но трусливые сердца не убивают прекрасных дам.

Красавец-волшебник воздел к лунному свету правую руку. В левой он держал серебряный клинок.

— Взываю к вам, Злой дух, Жестокий дух, Беспощадный дух; взываю к вам, на кладбище восседающим, забирающим силы у человека, пожирающим его душу. Ступайте и возложите метку на называющую себя Нинон де Ланкло. Узлом завяжите ей голову, глаза, уста, горло, легкие и наполните чрево ее отравленной водой. Заклинаю вас этими шестью узлами лететь что есть мочи, убить ее и принести мне ее душу, потому что так того желаю я. Я расплачиваюсь за это своей кровью. Аминь. Аминь. Аминь.

Мужчина, называющий себя Сен-Жерменом, с улыбкой полоснув лезвием по запястью, смотрел, как из раны на заледеневшую землю капает черная кровь.

Нинон, на этот раз известная как Анна Сен-Сир, села на поезд в Гаре ду Норд[1] *в скверном расположении духа. Стоя под металлическим сводом купола «собора» современных перевозок, она ощутила первую легкую дрожь беспокойства. Глупо, что тогда она не послушалась своей интуиции — предчувствие буквально дергало ее за подол юбки и призывало вернуться домой. Не было никаких оснований оставить багаж или отложить поездку в Лондон, где в то время, если верить слухам, пребывал лорд Байрон.*

[1] Вокзал в Париже.

Она замешкалась на верхних ступеньках. В поезде ехали еще люди, замотанные шарфами и укутанные в зимние одежды, но их было меньше, чем обычно, — многие остались дома из-за свирепствующей непогоды и болезней. Было там и несколько носильщиков и торговцев, пытающихся сбыть свой товар. Вокруг них сгустилась зловещая тишина.

Нинон прошла по полутемному коридору, все сильнее чувствуя неприятное покалывание в ладонях и шее. Она подошла к своему купе, испытывая нарастающую тревогу, хотя опасности в полупустом вагоне не ощущалось.

Вагон качнулся, словно от сильного порыва ветра. Волосы на затылке встали дыбом, и что-то запершило в горле, возможно, глоток отравленного воздуха. Воздух наполнялся озоном, как перед грозой.

Но это было решительно невозможно. По крайней мере, не внутри здания вокзала.

Опасность. Она больше не могла этого отрицать. Что-то нехорошее было уже совсем близко. Возможно, привидение. Возможно, кое-что похуже.

Нинон остановилась. Она сделала глубокий вдох, позволяя глазам сконцентрироваться на занавешенной стеклянной двери напротив. Стекло, зеркала, спокойная водная гладь — все это вводило в состояние транса, в котором она начинала чувствовать по-новому. Она уставилась на стекло, глядя сквозь свое отражение.

И увидела, как что-то движется внутри. Что-то, напоминающее человека — размером, но не очертаниями. Что-то темное. До нее донесся еле уловимый запах гниения и серы.

Диппель? Это был он? Или одно из созданий его больного разума? Но почему? И почему именно здесь?

Поезд начал двигаться, отчего она потеряла равновесие в своих туфлях на тоненьких каблучках. Она оперлась рукой о стену и принялась медленно поворачивать голову в сторону черной тени. Есть! В конце коридора, за открытой дверью ее кто-то поджидал. Кто-то огромный, в черных туфлях и темных шерстяных брюках.

Ноги, покачиваясь в такт движению поезда, переступили с места на место, и она поняла, что никакие это не туфли. Перед ней были самые настоящие копыта. И это существо не носило брюк — у него были кривые, мохнатые лапы. Оцепенев от ужаса, она смотрела, как из-за двери показалось вытянутое свиное рыло; по длинным клыкам, выглядывающим из-под пернатой маски, стекала слюна. На голове, размером с бычью, поблескивали рога. Длинный высунутый язык щелкал в ее сторону. Она подумала, что это невообразимое существо наверняка плод ее воображения.

Но тут чудовище посмотрело ей в глаза и улыбнулось.

Отвращение волной прокатилось по телу, выводя ее из оцепенения. Она развернулась и бросилась к двери, через которую вошла в вагон. Все мысли были только о том, как бы скорее сбежать отсюда. До этого ей уже приходилось видеть привидения, ее бросало в нервную дрожь от действия черной магии на оскверненных, захваченных Диппелем кладбищах…Но такое случилось с ней впервые.

«Демон». Это слово произвело эффект взрыва у нее в голове. Затем: «Сен-Жермен». Было ли это местью отвергнутого поклонника? Без сомнения, он был достаточно тщеславен, чтобы хотеть ее смерти.

Ее остановил запах. Она затормозила так резко, что едва снова не потеряла равновесие. Она чуть было не налетела на существо, как две капли воды похожее на первое, которое вышло в коридор в противоположном конце вагона и широко раскрыло свои обезьяньи объятия. Когтистые лапы с кучей пальцев потянулись к ней. Существо яростно мотало головой из стороны в сторону, словно показывало, как будет вспарывать ее, пригвожденную к полу, рогами.

Она попыталась закричать, но от ужаса перехватило дыхание и из горла вырвался лишь сдавленный хрип. Нинон распахнула первую попавшуюся дверь, влетела в пустое купе и, подстегиваемая страхом, с силой захлопнула за собой дверь. Маленькое окошко треснуло, и оконное стекло звякнуло за занавеской.

Замка нет. Но все равно человеческое изобретение не в силах остановить дьявольское создание, тем более если оно является вымышленным.

«Радуйся, Благодатная: Господь с Тобою, благословенна Ты между женами…»[1]

Поезд мчался на всех парах, но Нинон было все равно. Она думала только о том, как бы спастись и успеть закончить свою неистовую молитву.

Она вскочила на ноги, сорвала с себя пальто, бросилась к замерзшему окну и изо всех сил рванула его. Дверь за ее спиной распахнулась настежь, и что-то тошнотворное и холодное потекло в комнату.

Не мешкая ни секунды, даже не оглядываясь на преследователей, Нинон выбросилась из поезда, яростно размахивая ногами, пока перелетала через подоконник. Она молила о том, чтобы по колее, на которую она должна приземлиться, не шел встречный поезд. И ее тело с ужасающим хрустом ломающихся костей и рвущихся затяжек корсета покатилось, подпрыгивая, по земле.

Кувырки наконец-то прекратились. Она пыталась сделать первый мучительный вдох, а вокруг падал, кружась, снег.

Она не попала под поезд! Merci, bon Dieu![2] *Но даже если бы навстречу несся другой состав, она бы все равно выпрыгнула, гонимая нечеловеческим ужасом. Стального коня она боялась гораздо меньше, чем тех монстров.*

Она перевернулась на спину, не в силах ровно дышать из-за боли в ребрах, и смотрела вслед исчезающему вдалеке поезду. С уверенностью она утверждать не могла, но ей показалось, что из окна, из которого она только что выпрыгнула, вылезло что-то невообразимо большое и черное. Было это создание из плоти или всего лишь привидение? Это не имело значения. Если ей повезет, демоны вернутся к тому, кто их послал, и потребуют его собственную жизнь за нанесенный им ущерб. Это

---

1 Евангелие от Луки, 1:28.

2 Спасибо тебе, Господи! (*Фр.*)

было бы замечательно, но не с ее везением. Он сможет как-то от них откупиться. Максимум, на что она могла надеяться, — это то, что демоны своими требованиями доставят Сен-Жермену столько хлопот, что он больше никогда их не вызовет.

Черт! Черный человек и его сын снова ее нашли. Ей нужно было подготовиться.

Превозмогая боль, она выдохнула и поднялась на колени, поправляя порванные юбки левой рукой, так как правая была сломана.

Боже! Даже самые лучшие из них до сих пор боятся женщин, умеющих думать, а уж эти двое — трусливые ублюдки! Нет, с ними определенно нужно что-то делать. Знать бы только что. Как можно убить то, что в принципе бессмертно?

Глава 5

Стоило только Нинон зайти в бар, как она почувствовала на себе устремленные со всех сторон оценивающие мужские взгляды. Музыкальный автомат в углу был старым, но стойко держался из последних сил, предоставляя свои, всегда пользующиеся спросом, услуги. Отыграла «*Forever Nightshade Mary*» и воцарилась продолжительная тишина, пока игроки в футбольный пул[1] наконец не вспомнили, что пришли сюда играть, а не пялиться на очаровательную длинноногую *gringa*[2] с походкой амазонки.

Нинон прошла к старому музыкальному автомату, не показав виду, что заметила обращенные на себя взгляды, хотя ощущала их также отчетливо, как капельки пота, выступившие на коже, и тяжесть в легких. Она знала, что если они принимают ее за «латино», то она должна быть оскорблена таким разглядыванием. Если за американскую туристку, то польщена. Француженку это лишь слегка позабавило бы. Но вряд ли такую реакцию здесь правильно поймут, поэтому она решила не усложнять и повела себя вполне предсказуемо.

Она была приятно удивлена, увидев вперемешку с музыкой сальса кое-что из старых американских поп-хитов, в том числе и «*Saint Elmo's Fire*»[3]. Ее пальцы зависли над D9, но она решила не искушать судьбу, и перешла на E2. И снова помедлила. Ей нравилось кое-что из *Nine Inch Nails*[4], потому что в их песнях были подлинные чувства. Но это было не то место, где одинокая женщина могла слушать, как Трент Резнер поет на весь мир о том, что хочет «трахнуть ее как животное». Вместо этого она выбрала Пэтси Клайн «*Crazy*»[5]. Заказав песню, она продолжала сто-

---

1 Футбольный почтовый тотализатор.

2 Иностранка (*исп.*).

3 «Огни святого Эльма» (*англ.*).

4 «Девятидюймовые гвозди» (*англ.*).

5 «Сумасшедшая» (*англ.*).

ять спиной к залу, раскачиваясь в такт музыке и предоставив окружающим возможность вдоволь налюбоваться ее телом. Сексуальная фантазия была милым подарком незнакомцам. К тому же, кто знает, а вдруг ей однажды понадобится помощь кого-то из них. Таким образом она выдавала им аванс.

В тусклом зеркале над проигрывателем она следила за отражением мужа администратора отеля. Он стоял за барной стойкой и пересчитывал выручку в кассе, все так же пялясь на нее, сально ухмыляясь и всем своим видом напрашиваясь на то, чтобы ему сломали пальцы. В ее взгляде не было ответа на его призыв, но от этого его раздутая самооценка — миф о собственной сексуальности — ничуть не страдала. Нинон искренне посочувствовала его жене. И отдала должное Мигелю, который сумел распознать, что это за человек.

Она глубоко вдохнула. Казалось, в баре подают исключительно пиво, текилу и *vin ordinaire*[1], которое, на ее вкус, попахивало уж слишком «обычно». Вот и все, из чего приходилось выбирать женщине.

По мурашкам, которые пробежали по коже, Нинон поняла, что пришел Мигель, и медленно повернулась ему навстречу. Он был одет во все черное, ходячая тень. Темный на темном, он мягко и бесшумно передвигался по плохо освещенному, прокуренному помещению. Не то чтобы остальные расступались перед ним, но куда бы он ни ступил, везде освобождалось для него пространство.

Казалось, его ничуть не тяготил дар красоты, которым его наделила Мать-природа, или Прародитель Лжи. По собственному опыту Нинон знала, что люди науки никогда хорошо не одеваются. Если уж они решались на костюм или галстук, то обязательно выбирали похожий на тот, который мама покупала им на выпускной еще в тысяча девятьсот шестьдесят восьмом году. Мигель этим явно не страдал. Тончайший батист его рубашки и идеально отглаженные стрелки на брюках хотелось потрогать, чтобы убедиться, что это не наваждение. А еще он

---

1 Вино обычное (*здесь*: дешевое красное вино) (*фр.)*.

был без пистолета, хотя она готова была поспорить, что нож из носка он так и не вынул. Она тут же оценила стоимость его наряда, в том числе и туфель ручной работы. Ученые-то, оказывается, неплохо получают! А может, у него были другие источники дохода, например ежегодный оброк в золоте от суеверных крестьян.

Он медленно прошелся по ней взглядом, оценивая каждую деталь. Она готова была поспорить, что он узнал, из чьей коллекции это платье и что такой «винтажной» штучке место скорее в музее дизайнерского искусства, нежели в дешевой забегаловке. Глаза его пылали. Наверное, он не меньше, чем она, хотел прикоснуться к ее одежде. Он понятия не имел о том, что она из себя представляет, и видел лишь острый аналитический ум и хорошо сложенное тело. Позже он, возможно, и узнает, что способность четко мыслить, стойкость к заклятиям, да и к пулям тоже, входят в число ее качеств. Позже, но не сейчас. Она готова была поспорить, что он никогда бы не поместил в Интернете объявление, гласящее: «Одинокий привлекательный мужчина ищет такую же женщину: должна жить вечно, уметь драться с магами, прыгать из несущихся на полной скорости поездов, долго не раздумывая…»

Ей вдруг почему-то стало грустно. Что само по себе было глупо — как может женщина, с которой мужчина глаз не сводит, быть чем-то расстроена? Просто все дело в том… В чем? В том, что она хочет, чтобы ее воспринимали такой, какая она есть? Монстром, который во много раз сильнее обычного человека?

«Сумасшедшая, — пела Пэтси. — Я схожу с ума от одиночества».

Как заметил ранее внутренний голос, Нинон тоже была сумасшедшей.

«А он чертовски хорош», — подумала Нинон.

«Он не черт, *cherie*».

«Если не черт, то хотя бы его родственник. Ты только посмотри на него!»

— Вы пялитесь, — сказала она, когда он отступил на шаг. Это не было обвинением, наоборот — звучало очень мягко и не выделялось из общего гула мужских голосов на заднем плане.

— В этих краях увидишь не так много женщин, которые одевались бы с такой любовью к собственному телу, — ответил он.

Это ее немного удивило. Он только что сказал умную вещь — видимо, из расчета на то, что у нее все-таки есть мозги. Наверное, он собирается играть с ней в «читай между строк». Ей всегда нравилось ходить по острию.

«Не расслабляйся, — предостерег ее голос. — Это тебе не игра».

«Это не что иное, как игра. На выживание».

— Тело очень много для меня делает. Мне нравится давать ему в награду красивую одежду.

Между строк читалось предположение, что ее тело может сделать многое и для него в том числе. Она присела на край табурета у стойки бара и закинула ногу на ногу.

— Вы не откажетесь поужинать со мной? — спросил Мигель. Он тоже сел. Его голос был плавным, как накатывающийся прилив искушения, которому невозможно было противостоять.

«Сказал паук мухе».

«Мудро ли это, *cherie*? Он очень хорош...»

«Именно за этим я сюда и пришла».

Хотя она не знала, насколько это мудро и мудро ли это вообще. Мудрость была еще одной роскошью, которую она не могла себе позволить.

— Конечно, — ответила Нинон, стараясь, чтобы это прозвучало как можно более непринужденно и по-калифорнийски. Хотя и без того было ясно, кто кого собирается съесть за ужином.

Мимолетный образ своего обнаженного тела, прижатого к нему, мелькнул перед глазами, указывая на то, что ее мысли тоже были с подтекстом. Этот двойной смысл, даже на подсознании, пугал ее и беспокоил. Она гадала, был ли этот образ ее собственным или почерпнутым из его сознания. Возможно, он посылал ей какие-то импульсы обольщения. Было ли это частью его силы?

— Вы скрасите мне вечер, — сказал он. Его тело, выражение лица, голос — все говорило о том, что он восхищается ею и с нетерпением ждет, что же она на это ответит. Она прекрасно понимала, что всему причиной его природная, или не природная, харизма, ничего личного — свои чары он использовал везде и со всеми. И все же им сложно было не поддаться.

Он протянул руку, но она ее не приняла. Она была готова, контролировала себя, и все же тот мимолетный образ, когда они были вдвоем, не выходил у нее из головы. Прикоснуться к нему было слишком рискованно. Не здесь. Не сейчас. Его умелые пальцы могли вобрать в себя ее волнение, ее влечение. Он наверняка ожидал чего-то подобного, и не нужно, чтобы он получил этому подтверждение.

— Может, вы хотели бы взять с собой вашего сопровождающего? Я уверен, что за отдельную плату Коразону разрешат составить нам компанию.

Его задела ее нерешительность, и он выразил это в своем предложении. Однако больше не пытался ее коснуться — видимо, понял, что рискует остаться без пальцев. Не то чтобы он боялся боли, просто был достаточно умен, чтобы осознавать, что их отношения еще не зашли настолько далеко, чтобы дать жертве понять, что дело может дойти до кровопролития.

Однако мысль захватить с собой кота была не так уж и плоха. Ведьма должна всегда находиться рядом со своим талисманом… Нет, нельзя. Она не может подвергать Коразона опасности. Это всего лишь кот, а не маленький чертенок.

— Нет, спасибо, он равнодушен к местной кухне. К тому же он сейчас на диете Аткинса, поэтому не употребляет углеводы. А следовательно, бобовые и черепашье мясо вряд ли ему подойдут. — Нинон выдавила из себя улыбку.

— Не думаю, что в перьях много углеводов, — согласился Мигель.

— Думаю, их там вообще нет. Впрочем, у него есть дурная привычка слизывать соль с моих «маргарит».

Мигель снова улыбнулся, но на этот раз она почувствовала искренность и личную заинтересованность, улыбка предназначалась именно ей. У нее свело мышцы живота, и она вынуждена была отвернуться. Она не ожидала столь сильного физического влечения.

Мимолетного взгляда, брошенного в окно, хватило, чтобы заметить кое-что необычное. На горизонте внушительным строем собирались черные тучи. Они должны пролиться дождем. И будет молния. Неужели Сен-Жермен покинул Мексику, и Мать-природа снова вошла в свои права? Или все наоборот?

— Он скоро будет здесь, — мягко произнес Мигель, проследив за ее взглядом. — Я всегда любил дождь. Это настоящее чудо в таких засушливых землях. Иногда я выхожу под дождь и купаюсь в струях воды.

Обнаженный… Он все с себя снимает при этом. Как и Нинон, с тем лишь отличием, что она купается в огне, а не в воде. У нее даже дыхание перехватило от картины, где оба они обнаженные. Она запнулась и отогнала это видение.

— Позвольте купить вам что-нибудь выпить, с двойной порцией соли, если пожелаете. «Огненная вода» здесь тоже ничего, а вот к вину я бы не рискнул притронуться. — Он придвинулся ближе, и волоски на руках Нинон встали дыбом, словно от статического напряжения. — А потом можно сходить поужинать.

— «Маргариту», пожалуйста, — сказала она, не глядя на него, не глядя на грозу. Она уставилась на свои позолоченные пальцы ног, выглядывающие из сандалий, и старалась дышать ровнее.

Уже через секунду он держал бокал с напитком в руке. Либо она что-то пропустила и на самом деле прошло больше времени, чем она предполагала, либо он каким-то образом умудрился предугадать ее желание и передать его бармену прежде, чем она успела его озвучить.

— Это вам, — сказал он.

Чувствуя ее замешательство, он тут же отступил, перестав будить в ней основной инстинкт. Это было непостижимо, но он читал ее, как раскрытую книгу. Он мастерски умел манипулировать людьми.

— Спасибо. И еще соли.

Нинон взяла бокал неохотно — не успела проследить, чтобы в текилу и лайм не подмешали ничего лишнего. Она с опаской сделала маленький глоток. Есть такая едкая текила, от которой на губах и гортани вполне могут появиться ожоги второй степени, но она боялась не этого.

Впрочем, ее опасения не оправдались. Напиток оказался довольно мягким, а ее обостренные вкус и обоняние не выявили в нем никаких опасных добавок, кроме разве что растворенного в бокале желания затащить ее в постель. Мигель отпил из своего стакана и провел языком по ободку. И снова вспышка воображения: его язык путешествует по ее телу, слизывая соленый пот. Ее или его? Нинон не знала. Она глядела, мимо воли заинтересовавшись.

Что-то там было еще. У нее была лишь доля секунды, чтобы разглядеть, пока он слизывал соль со стакана, но она была уверена, что видела две черные полосы с обеих сторон языка. Врожденная окраска языка не была чем-то невиданным. У некоторых пород собак языки черно-синие, но эти полоски были симметричными и, по всей видимости, появились там не случайно, также как и тонкие шрамы на щеках. Но кто, черт возьми, сделал такую татуировку у него на языке? Это же, наверное, адская боль! «Скажи спасибо, что не раздвоенный».

Она снова посмотрела в окно. Туда смотреть было безопаснее.

— Может, выйдем на улицу? — спросил он. — Я знаю беседку, где мы могли бы сесть и любоваться грозой.

Идея оказаться снаружи, где так много мест, куда можно бежать, выглядела заманчивой. И еще ее пьянило близкое к экстазу ощущение от бьющих рядом молний. Конечно, если они будут где-то совсем близко, ей придется покинуть Мигеля. Под слоем «автозагара» скрывались золотистые линии, свидетели всех ее предшествующих встреч с огнями Эльмо, и они начнут светиться, если рядом ударит молния.

— Отличная мысль, — сказала она, лишь немного покривив душой.

Они шли бок о бок по протоптанной дорожке, окаймленной шелестящими пальмами, которые тоже были завезены сюда белыми людьми. Беседка была построена в стиле, слегка напоминающем мавританский, и из нее открывался вид на церковь, *Iglesia de San-Jose*[1], которая представляла собой пару перпендикулярных белых башен, увенчанных ярко-красными куполами. Ей было далеко до жемчужины зодческого искусства, но Нинон отметила ее для себя, так как это было самое высокое здание в городе. Возможно, придется воспользоваться им, если ее время придет, а она так и не найдет помощи.

Мигель был предупредителен, считаясь с ее очевидным желанием избежать прикосновений, и все же она чувствовала его взгляд на своем лице, когда они поднимались по ступеням беседки. Она понимала, что его любопытство и голод растут. Кто она такая? Чем занимается? Почему она сразу же не упала в его объятия? Наверное, с ним такое впервые.

Принять вызов или спрятаться? Прекратить игру? Нужно ли говорить ему, чем она занимается и чего хочет? Если, конечно, он сам еще не догадался.

Нет. Еще рано. Может быть, ее по-настоящему к нему влечет, но это ровным счетом ничего не значит. Страсть обманчива. Он может оказаться вторым Сен-Жерменом. Нужно быть полной дурой, чтобы только из-за красоты принять его за странствующего рыцаря. Другие женщины, оглушенные первыми приступами желания, может, и верили. Она же всегда считала, что предаваться слепой страсти — это все равно что смотреть, как двухлетний малыш играет с огнем. Она в свое время сильно обожглась и теперь была более осмотрительной.

— Расскажите хоть немного, чем вы занимаетесь, — поддержал разговор Мигель.

Нинон улыбнулась.

— Я была чем-то вроде Мэри Поппинс для людей, у которых не ладились отношения. — Видя, что он растерянно заморгал, она пояснила: — Ну… знаете, Мэри Поппинс, волшебная няня, которая прилетала вместе с северным ветром… или восточным, я уже точно не помню. Так вот, она занималась с ребенком, пока он не исправлялся, а затем, как только ветер менялся, улетала.

---

[1] Церковь святого Хосе (*исп.*).

— Я знаю, кто такая Мэри Поппинс, — сказал он. — Просто образ оказался таким… неожиданным, что я на секунду растерялся.

— Я работаю не с детьми, а со взрослыми, но суть от этого не меняется.

Она поднималась по ступенькам, покачивая бедрами. Пусть смотрит на что-то еще, помимо ее лица, которое она с трудом контролировала.

— Так вы вроде сексопатолога?

Он долго обдумывал эту идею, так как предполагал найти в ней объяснение непохожести Нинон на остальных. Почему, будучи сексуальной, она не подчинялась этой сексуальности?

— Сексопатолог. Мне нравится. Я представляла себя больше в роли советника, но…

— Советник мне нравится больше, — перебил он ее.

Так-так, значит, у него имеется парочка старомодных предубеждений. Будем иметь это в виду. Это забавляло ее, но в то же время возвращало утраченное самообладание. Ох уж эти мужчины! Как у них все просто: женщина может быть либо святой, либо шлюхой.

— Вы уверены? Мне кажется, у женщин-сексопатологов белье получше будет, — сказала она, возобновляя флирт. — При условии, что они вообще его носят, конечно.

Нинон поставила бокал на ограждение беседки и прислонилась к древнему дереву, заставив себя наконец-то встретиться с ним взглядом и улыбнуться с напускным спокойствием. Она оставила пистолет в номере в кошачьей переноске, но чувствовала острие штыка в атласных ножнах, покоящихся на бедре. Он был сделан из чистой стали и остро наточен. Он не входил в перечень модных летних аксессуаров со страниц глянцевых журналов, но, как хороший скаут, она верила, что всегда нужно быть готовой ко всему. Не стоит рассчитывать, что кто-то одолжит вам клинок в случае необходимости.

— Ночью вы еще красивее, — сказал он, сменяя тему. Банально, но от того, как он это произнес, казалось, что фраза звучит впервые. О этот голос! Либо у него было задание подольше держать ее на каждой остановке, либо он просто устал отбиваться от женщин и прятался от них у сомнительных озерец в пустыне.

— Как ни странно, но вы тоже. — Голос ее не был так ровен, как хотелось бы. — Расскажите же что-нибудь о себе. Любимый цвет или есть ли у вас прозвище? Как насчет домашнего питомца?

Он склонил голову набок.

— Да, у меня есть другое имя. Но оно довольно сложное. Мало кому удается его выговорить. Вы хотели бы его услышать? Или, может, сами его для меня придумаете?

«*Ciuateto*», — шепнул насыщенный озоном ветер.

Его глаза! Черт побери! Она только на секунду встретилась с ним глазами, как уже заблудилась в их глубине, словно там скрывался лабиринт зеркал, в каждом из которых отражалось ее собственное желание, преумноженное до бесконечности, порыв страсти, отскакивающий, словно мячик, от одних глаз к другим и снова тонущий в туннеле необходимости, которую она так долго гнала от себя. Встречаться с ним ночью было ошибкой. Ночью темные силы достигают пика своей мощи, а она, наоборот, слабеет.

И она могла прочитать сейчас, что творилось в его голове. Он заглянул внутрь нее, почувствовал ее непреодолимое желание, ответом на которое послужило его немое послание: «Подойди ближе. Я знаю, что тебе нужно, и не осуждаю тебя за это. Только попроси. Все, что угодно, — удовольствие, боль, забытье, даже смерть. Я могу дать тебе все это. Только произнеси мое имя. *Ciuateto*. Скажи его, и я отдам тебе все».

Она силой пыталась заставить свои глаза не отвечать ему, благодарная тонкой пленке контактных линз, которые помогали скрыть все, что в них было. Утратив невинность, она чувствовала в равной мере страх и безудержное влечение.

Это его стандартный набор приемов? Или к ней у него отдельный подход? Она родилась в век сексуальных и моральных репрессий, поэтому для нее предложение свободы и признания, вожделения без границ и моральных запретов было по-настоящему большим искушением. А мысль о наказании — да, она тоже таила в себе некий соблазн. Желание принять его предложение в ней было гораздо сильнее, нежели в любой из его современниц, которые никогда не знали, что такое запрет на сексуальное выражение, запрет под страхом смерти.

Нинон пыталась заставить себя мыслить трезво, пыталась пойти на попятную, но все было бесполезно. Часть ее хотела пройти это испытание до конца. Она была сильнее, чем он! По крайней мере, должна была быть.

Но, глядя на него, она понимала, что он разрушит даже самые прочные чувственные барьеры и унесет ее в мир вожделения — так глубоко, как она только мечтала.

«А возможно, и глубже. Готова ли ты принести себя в жертву, обречь на мучительную пытку? — спросил ее внутренний голос. — Неужели ты действительно думаешь, что боль принесет облегчение?»

Нет, но она должна была узнать, насколько он силен. Сможет ли она противостоять ему при необходимости? Если соблазнение — единственное ее прибежище, единственное средство убеждения, то сможет ли она быть с ним и выжить? И, что более важно, так ли он силен, как Сен-Жермен?

«Кто руководит ситуацией?»

«Я. Но думаю, что позволю ему еще некоторое время считать себя королем положения».

Нинон надеялась, что так оно и окажется.

«Ты играешь с огнем, *cherie*».

«Вот уже четыреста лет. И это то, что заставляет меня жить».

Приняв окончательное решение, она вздохнула, позволила векам опуститься и приблизила к нему лицо в ожидании поцелуя. Потом прижалась к нему плотнее. По легенде, вампира нужно пригласить в дом; возможно, и Мигель, кем бы он ни был, нуждался в приглашении, чтобы начать действовать.

Его глаза слегка расширились, отреагировав на ее призыв. Он явно этого не ожидал, учитывая предыдущее сопротивление. Сейчас он наверняка думал о венериной мухоловке[1] как воп-

---

1 Цветок-хищник.

лощении женского коварства. Но, несмотря на легкое подозрение, все же подошел на шаг ближе. Медленно, но не излишне, он наклонил голову и, не отпуская ее взгляда из-под полуопущенных век, припал к ее губам.

«Бери все, что захочешь, — читалось в его взгляде. — И я сделаю то же».

Губы прижались к губам. Она и не подозревала, понятия не имела, каким может быть истинное желание, что могло бы вооружить ее против него. Это была радость. Это был ужас. Это была сумасшедшая дрожь в каждом нерве, словно через нее пробегал электрический заряд и заставлял ее мышцы сокращаться.

Она ахнула и отшатнулась от него, едва не упав на одно колено, и с трудом выпрямилась, держась за перила. В ужасе она увидела золотую паутину шрамов на руках, сияющих в темноте, горящих так, словно в ее тело ударила настоящая молния.

Он сделал это! Он разбудил их! Только молния была на это способна.

«Теперь ты знаешь. Это не человек».

«И он знает, что я тоже».

Единственным утешением служило то, что Мигель, ошеломленно разглядывая свои руки, был потрясен не меньше ее, даже больше. Она не могла его в этом винить, потому что он сиял, светился изнутри ярче луны, и было видно, что и у него есть какие-то непонятные шрамы. Будь на его месте кто-то другой, она бы назвала их стигматами.

— Кто ты? — прошептал он, подняв на нее взгляд.

Теперь в нем не было искушения. Его глаза были как бездонные холодные колодцы. Он вернул свою силу в себя, поэтому, наверное, и светился изнутри фосфоресцирующим светом.

— Я…

И в тот момент она почувствовала, как на ее разум опускается жуткая, беспроглядная тьма. Сен-Жермен дождался, пока она потеряла контроль над собой, и засек мощную эмоциональную вспышку, которую она, сама того не желая, выпустила наружу и которая сейчас вела его к ней. У нее все внутри сжалось, запал сразу пропал.

Помрачнев, Мигель взглянул на небо. А, так он тоже это ощущает!

Часть ее по-прежнему хотела Мигеля, даже несмотря на опасность, хотела смешать их свет и воссоединить рассыпавшиеся фрагменты эмоциональной бури. Но разум больше ей не подчинялся. Сен-Жермен только подогревал ее ужас. Она подозревала, что сто́ит ей подойти ближе, как ее подсознание попытается искалечить или убить Мигеля — сделать все возможное, чтобы не раскрыться перед врагом. Инстинкт выживания оказался сильнее вожделения. На самую малость.

Нинон поднялась и одним прыжком перемахнула через перила беседки. Она легко приземлилась на камни дорожки и даже не ушиблась.

— Извини, — крикнула она, бегом возвращаясь в отель, — но нам угрожает опасность!

Мигель не последовал за ней, но в голове у нее четко отпечаталось:

«Тогда позже».

Все говорят, что мне грех жаловаться и что по сравнению с другими у меня все не так плохо. Как бы то ни было, если бы мне предложили подобную жизнь, я бы повесилась.

Из письма Нинон Ланкло к Сен-Эвремону

Актеры должны быть очень неординарными личностями. В повседневной жизни встречаешь довольно посредственных, непримечательных людей, и я не понимаю, зачем лицезреть их еще и на сцене.

Нинон де Ланкло

Как бы там ни было, но становится ясно, что его знания вложили в тело его ростки крепкого здоровья, которые позволят, или уже позволили ему, жить дольше отведенного обычному человеку срока. И оно [знание] снабдило его способами уберечь свое тело от разрушительного влияния времени.

Из письма графа Грега V, в котором он упоминает о встрече с Сен-Жерменом по прошествии пятидесяти лет

Мысленно возвращаясь к Первой мировой войне, она всякий раз вспоминала ужасный запах — выпавших внутренностей, гангрены, смерти. И шум. Она ненавидела раскаты грома, потому что они напоминали далекий гул канонады.

В Бельгии во время вторжения она пошла добровольцем в один из госпиталей, надеясь хоть как-то облегчить ужасные страдания, которые видела вокруг. Она знала, что мать бы это одобрила: она использует свой дар, свой иммунитет к болезням, чтобы помогать другим. Разве не этому учил их Христос?

Поначалу никто в госпитале не падал духом, даже невзирая на непрерывную цепочку чрезвычайных случаев, происходящих еженедельно. Повсюду твердили, что Антверпен непоколебим, неуязвим и никогда не падет под натиском немецкой машины войны. Но Нинон знала другое. Исторический опыт показывал, что любая крепость рано или поздно будет взята.

Но все же там было безопаснее, чем во многих других городах. Оборонная подготовка превратила Антверпен в обширный комплекс уродливых, но надежных защитных сооружений. Город был опоясан глубокими траншеями, в которых могли укрыться солдаты, и милями колючей проволоки под напряжением, которая только и ждала, чтобы кто-то включил рубильник и можно было ударить противника током. Кроме того, были еще и примитивные ловушки вроде замаскированных ветками «волчьих ям» с частоколом внутри, рассчитанных на зазевавшуюся кавалерию. Поля были утыканы острыми штыками, спрятанными в высокой траве, на которые напарывались лошади противника, — зрелище, которое ей уже приходилось видеть и которое по сей день вызывало у нее тошноту и страх.

Под стенами города были выкопаны широкие рвы, которые не давали проехать транспорту. Их дополнял высокий, покрытый травой крепостной вал, ощерившийся оружейными стволами. Все дороги на Антверпен проходили, как минимум, по одному мосту, и каждая из них была заминирована. Стоит нажать на кнопку, как все взлетит на воздух. И в довершение ко всему на въезде в город стояли стальные ворота, которые днем и ночью охранялись неусыпными стражами. «Мы в безопасности!» — убеждали они себя и ее. Город неприступен.

Но как она и боялась, ничего из этих хитроумных приготовлений не пригодилось, когда на город обрушилась Смерть, потому что никто не рассчитывал на осадные орудия и гаубицы дальнего действия, которые были у врага. И противник смог воспользоваться своим преимуществом, так как в городе были вражеские шпионы.

Первыми пали небольшие города, чьи не такие уж солидные укрепления разлетелись за считанные дни, как замки из песка, под яростным натиском врага. Разрушенные города были кровавыми предвестниками грядущего краха, хотя все продолжали упорно твердить, что Антверпену подобное не грозит. Тысячи увечных хлынули в город на машинах «скорой помощи» — тела их были безнадежно изломаны и покалечены, порой все части невозможно было собрать воедино. Пока шли бои, операционные работали круглосуточно, но все же многих так и не удалось спасти. С каждым днем немцы подступали все ближе. Страх овладел городом. А вместе с ним и гули. По крайней мере, один. Она видела его поздно ночью, когда тот поедал труп в импровизированном морге. Именно тогда она и сняла траншейный нож с тела мертвого солдата. Если бы у нее была такая возможность, она бы убила эту тварь.

На город стали сыпаться артиллерийские снаряды. В конце концов это привело к тому, что нарушилась система водоснабжения и вооруженную до зубов столицу накрыла волна эпидемии. Медсестры и врачи заболевали, и их приходилось укладывать рядом с истекающими кровью пациентами. Животные падали замертво прямо на улицах, и некому было убрать их. Все были в состоянии, близком к панике. Кроме Нинон. Она ненавидела артобстрелы, но не боялась болезни. Пока продолжалась бомбардировка, она работала не смыкая глаз, помогая чем могла раненым, ожидающим эвакуации.

Лишь в последнюю ночь перед отправлением она была ранена шрапнелью в ногу. Понимая, что не может позволить медикам осмотреть себя, она заползла в подвал ближайшего разрушенного дома, где и ожидала, пока рана затянется, в компании едва живого от голода кота и разлагающихся тел бывших жильцов. Возможно, это был лишь бред, но однажды ночью ей показалось, что она увидела Сен-Жермена, в сопровождении стайки гусей идущего по улице среди мертвых и раненых. С улыбкой на лице он осматривал останки и швырял оставшихся в живых своей свите.

Глава 6

Едва человеческая особь Коразона вошла в комнату, как тут же переоделась и бросила платье в раковину отмокать. Он был рад, что запах страха и беспомощности смоется. Он не выносил этих запахов. Зная, как плохо сейчас Нинон после проигранной схватки, Коразон попытался развлечь ее игрой в «догони-зубную-нить», которая специально для этих целей была вытащена из мусорной корзины. По крайней мере, он, находясь в подавленном состоянии, всегда так делал.

Если только причиной его депрессии не была волосяная «опухоль».

Но она отказалась играть, и после долгих раздумий он решил, что, видимо, ей требуется побыть одной, чтобы вдоволь накашляться, пока не выйдет все наболевшее.

Нинон рассеянно погладила его в благодарность за проницательность и отправилась в ванную, чтобы спускать там воду в древнюю бадью. Коразон размышлял, стоит ли пойти за ней, потому что ему нравился сам процесс. Вода зачастую оказывалась коварной и играла с ним злые шутки, но здесь она текла тонкой струйкой, была странного цвета и пахла ржавчиной, поэтому он всегда мог ее найти. К тому же было весело гоняться за тараканами, которые бежали под воду, пытаясь в ней спрятаться. Он оставил там одного специально для этого и собирался перекусить им перед сном.

И все же он был французом и обладал хорошими манерами. Не нужно вмешиваться, когда кто-то кашляет над волосяной «опухолью». Он позволит своему человеку поиграть с его игрушкой. Она никогда раньше не ела то, что принадлежало ему, поэтому переживать не стоило. А перекусить он может и позже.

Он дежурил под дверью, пока не услышал, как Нинон тихонько ойкнула от отвращения, — это означало, что она нашла его таракана в ванне. Довольный собой, он свернулся калачиком на постели в ожидании ее.

Выйдя из душа, Нинон решила, что неплохо было бы последовать примеру кота. Устроившись на кровати рядом с Коразоном, она запустила руку в его шерстку. А сама держала ухо востро и не выпускала из поля зрения дверь, ожидая услышать в коридоре шаги Мигеля. Коразону это было неинтересно, он наверняка считал, что переживать не из-за чего, — если «переживать» было подходящим словом.

Она не спала до тех пор, пока луна не исчезла и в воздухе не запахло рассветом. Все это время она смотрела в окно и вспоминала прошлое — раньше она никогда этим не злоупотребляла, зато в последнее время делала с завидной регулярностью.

Мужчины! Они всегда были с ней, отметки на ее жизненном пути: отец, любовник, сын, смертельный враг. Они заставляли ее переживать самые сильные чувства — от восторга до печали. В том числе и опасность.

Второй любовник появился в жизни Нинон, когда ей было пятнадцать. После первого отказаться от него было не так-то просто, но она знала, что, несмотря на столь явно и часто выказываемое восхищение ею, от него следовало держаться подальше. Он был опасным человеком. Он стоял за спиной у короля, не считался ни с кем, а потому зачастую был непредсказуем и жесток. Кардинал Ришелье обладал такими непомерными амбициями, что они не оставляли места для иного сильного чувства. Любого другого это беспокоило бы, но его индивидуальность была настолько яркой, что лишь единицы, включая самого кардинала, осознавали этот недостаток. И уж точно не король, который был ослеплен даже больше, чем она. А когда стали появляться первые проблески озарения, было уже слишком поздно. Бедный Людовик постепенно отстранялся от власти, и виной тому были не столько происки Ришелье, сколько то, что король полностью попал под влияние столь сильной личности.

Сен-Жермен во многом напоминал Ришелье, но действовал несколько иначе. Он тоже был «публичным искусителем», но выступал скорее в образе денди, привлекающего своим богатством и талантом, — он был обольстителем, который совращал без секса. И поэтому был холоднее кардинала. А поскольку его победы не носили откровенно сексуального характера, люди зачастую и не догадывались, что их уводит с пути истинного один из опаснейших искусителей. Он был волшебником, который с помощью ловкости рук скрывал от публики свои истинные намерения. Выглядело это так, словно он даром отдавал то, над чем люди тряслись и что откладывали «про запас»: информацию, драгоценности, ценные знакомства с высокопоставленными лицами. Но когда его так называемый дар обретал владельца, Сен-Жермен тянул крючок с проглоченной наживкой на себя, тщательно скрывая удовольствие при виде того, как ягненок послушно идет на заклание. В конце концов каждому приходилось расплачиваться за «бесплатный сыр».

«Рыбак рыбака видит издалека, разве не так?»

«Да, я такой же искуситель, как и он».

В свою эпоху Нинон была чем-то вроде эмоционального и умственного трансвестита — непосредственность и туманность женской логики интриговала большинство мужчин, вместе с тем в этом прекрасном теле уживались еще и типично мужские суждения наряду с мужским образованием. К тому же она была — и оставалась — умелой обольстительницей. Конечно! Все мудрые женщины ее эпохи прибегали к обольщению, источнику их силы и способности защищаться, которое противопоставлялось грубой мужской силе. Искать помощи у закона было бесполезно. По крайней мере до тех пор, пока злобный карлик Наполеон не внес в закон поправки, которые позволили женщинам покупать и продавать имущество от своего имени и в своих интересах.

Внутренний голос не отвечал. Но в этом молчании не было осуждения, всего лишь ожидание того, что она закончит свою мысль. Нинон легонько погладила кота, который, как и она, проявлял бдительность и думал о чем-то своем.

Да, она обольщала. Обольщение было «бархатной» войной как против общества в целом, так и против отдельных его представителей, о которой всегда было известно политикам, священникам, актерам и королям. Этот метод всегда считался исконно женским, потому что бытовало наивное мнение, будто мужчин заманивают исключительно при помощи красоты и секса. Сен-Жермен знал об этом. Но знал он и то, что истинное обольщение носило скорее психологический характер и могло применяться обеими полами по отношению к противоположному. Как и пистолету, силе все равно, в чьих она руках. Соблазнение под силу каждому, кто обладает желанием и возможностями.

Во все времена были люди, которые считали обольщение чем-то зазорным. Это происходило лишь потому, что они не умели мудро распоряжаться своими желаниями. Они не желали по-настоящему сильно того, что действительно стоило желать. Будучи искушаемой человеком или мыслью, нельзя терять бдительность — в этом Нинон смогла убедиться на собственном горьком опыте. Если бы она ограничила свои желания тягой к образованию или уважением к сверстникам, то не обожглась бы так сильно. Но желание сохранить красоту и, прежде всего, здоровье…

«Ты была молода и неразумна, — пытался утешить голос. — Боль в груди с каждым днем становилась все сильнее, а оспины были повсюду».

«Думаешь, Бог учтет это как смягчающие вину обстоятельства? Если я, приняв темный дар, пошла против Его воли? И беспокоится ли Он о том, что я отвернулась от Церкви не потому, что она выдвигала непосильные требования или мне было лень их выполнять, а потому что все они оказались продажны и жестоки, а я жаждала равноправия между полами?»

Голос молчал. Может, просто не знал, что на это ответить.

Поймет ли Бог? Может ли простить? Даже если она не покается? Ведь о многом из того, что сделано, она не жалела. Она не раскаивалась в любовных приключениях, которыми была полна ее жизнь, как не сожалела о том, что в раннем возрасте отвернулась от религии из-за продажности духовенства, многие представители которого пытались ее совратить, когда отец сбежал из Франции и она осталась одна. И уж точно ей соверщенно не было стыдно за то, что она была одной из *précieuses galantes*[1], которые настаивали на правах женщин. Тогда и сейчас она верила, что женщина должна иметь возможность отказываться от брака, не быть насильно заключенной в монастырь и не лишаться в случае отказа денег и имущества. Также она не жалела о вызове, брошенном факультету теологии, где попытались запретить Декарта и его труды, которые ставили под сомнение авторитет Церкви, и испуганное духовенство посчитало их богохульными. И уж тем более ей не приходилось жалеть об отстаивании прав Мольера на постановку сатирических пьес о продажном суде и церкви, хотя это и навлекло на нее гнев местных священников, которых он высмеял в своих произведениях. Церковь обвиняла ее в нечестивости снова и снова, утверждая, что Нинон проклята, но она продолжала бороться за правое дело на королевском суде, на суде общественного права и суде общественного мнения. И не испытывала ни малейших угрызений совести за содеянное!

Основное различие между ее обольщением и обольщением Сен-Жермена заключалось в том, что, не считая одного опрометчивого контакта с Черным человеком, она использовала свою силу исключительно для того, чтобы обезопасить себя и своих близких. Она никогда не стремилась к политической власти или несметному богатству, хотя возможности завладеть и тем и другим подворачивались неоднократно. И никогда не пыталась построить свое счастье на чужом несчастье. Она никогда не убивала, чтобы спасти свою жизнь или укрепить политическую позицию.

И все же внутренний голос был прав. Она могла сколько угодно поступать плохо в интересах правого дела, но достаточно один раз оступиться, чтобы впасть в немилость. Они были слишком похожи, как близкие родственники, что ее отнюдь не утешало, — они с Сен-Жерменом были двумя сторонами одной очень тонкой монеты, которой можно было рассчитаться как за добро, так и за зло.

---

[1] Учтивый кавалер (*фр.*).

А теперь еще появился Мигель Стюарт. Кем он был? Наверняка, величайшим обольстителем из всех.

«Они послали вора, чтобы тот нашел вора».

Так оно и было. Но может ли обольститель поймать обольстителя? Вот в чем вопрос. И чтобы при этом остаться не пойманным самому. Такое возможно, если с кем-то объединиться. Ему придется ослабить свои чары, находясь с ней. Возможно, он сам склонится к такому варианту теперь, когда понял, что все сложнее, чем он представлял. Она узнала о его нечеловеческой сущности, он имел возможность наглядно убедиться в том же относительно ее.

А может, он не захочет создавать себе лишние трудности, связываясь с ней, и просто уберется восвояси. Это зависело от его любопытства. Насколько сильно ему хотелось узнать, кем и чем она является? Получил ли он религиозное воспитание? Многие люди привыкли проводить линию: это жизнь, а вот это смерть. Жизнь была короткой, смерть — длинной. Но у Нинон линия не была такой прямой, и рисовала она ее не там, где это обычно делают люди. Ее линия постоянно изменялась, по мере того как она снова и снова откладывала срок своей биологической смерти. Это стало мукой для ее пытливого ума. Вероятно, у Мигеля все было так же.

Очень жаль осознавать, что время ее на исходе, но что есть, то есть. Пора принимать решение. Черный человек ушел из жизни безумцем, регулярные погружения в небесный огонь выжгли его мозг. С ней могло произойти то же самое, если бы судьба не оказалась к ней благосклонна. Следующее обновление может стать последним, если оно лишит ее разума.

Но этого нельзя допустить. Она должна остановить угасание любой ценой, даже если для этого придется переступить через законы природы и морали. Нельзя было позволить Сен-Жермену и дальше творить зло.

«Даже если в итоге это закончится плачевно для тебя или для Мигеля?»

«Я рискну».

«*Oui*, но почему кто-то другой должен платить за твое избавление? Разве цель оправдывает средства?»

Вот в чем вопрос. Коснется ли еще кого-то то, что она и дальше будет продолжать вгонять себя в немилость, придется ли еще кому-то расплачиваться? И кто устанавливает меру наказания? И когда ей придется платить по счетам? Некоторые законы вступали в силу немедленно, без участия провидения. Как гравитация — ей подчинялись все без исключения. Уронишь стакан — он упадет и разобьется. Но есть законы, в которых предусмотрена отсрочка. Как грех, расплата за который приходит после смерти, — по крайней мере, такой догмы придерживается большинство мировых религий. Можно ли избежать этого, никогда не умирая? Помимо того, оставались еще и мирские законы, созданные людьми. Их соблюдение обеспечивалось силой воли тех, кто их создавал. Обойти эти законы было легче всего, уж она-то это знала. Она не сомневалась, что Мигель преступит любой закон, если возникнет необходимость. Он пойдет на все, в том числе и на убийство.

«Здесь ты столкнулась отнюдь не с человеческими законами. Умные доводы не спасут тебя. Или его. Невозможно выиграть в схватке с Богом».

«Знаю. Но я же не с Богом собираюсь сражаться».

«Ты уверена в этом? Ты не думаешь, что все это — воля Божья?»

«Нет!» — тут же воскликнула Нинон. Разве это возможно? Как может Бог хотеть, чтобы происходили такие ужасные вещи, чтобы в мире поселилось зло? Откуда ей знать, если Бог был нем к ней? И вот она снова стоит на распутье, поставленная перед выбором. Точно так же, как ей пришлось выбирать ранее. Но сейчас путь значительно сузился, количество вариантов решения сократилось до трех: неестественная жизнь, смерть или неизвестность. Но даже эта триада могла оказаться просто иллюзией, потому что Мигель, неизвестный вариант, мог быть любым из трех.

Она склонила голову и попробовала помолиться. Однако слова молитвы выскочили из головы, поэтому она сказала лишь: «Если я заблуждаюсь, то дай мне знак. И я исполню Твою волю».

Но Бог, как всегда, хранил молчание. Ей придется самой искать верный путь.

Мигель… Ах, если бы только он ей не понравился! Если бы только он на самом деле оказался злым! Но на деле выходило, что он все-таки ей нравится и совершенно не кажется плохим. Он не был человеком, но одно лишь это не делало его бездушным порождением злых сил. Она не имела права соблазнять его и втягивать в свою битву.

«Согласен».

Если удастся найти еще вариант, она с удовольствием им воспользуется. Но найти его нужно как можно быстрее. Время истекало.

И в самом деле, этот адский храм, вознесшийся так высоко, был виден со всей округи. Из него были видны три дороги, ведущие в Мексику… А этот Тецкатепулка [1] был богом смерти и надзирал за душами умерших мексиканцев, его всегда окружала свита из маленьких чертят со змеиными хвостами.

Берналь Диас. Правдивая история завоевания Испании

Настоящими мексиканскими вампирами были Сиуатетео, духи женщин, умерших при первых родах. Их также называли Сиуапипилтин, или принцессы, желая таким исполненным почтения обращением их задобрить. Сахагун пишет: «Сиуапипилтин, благородными женщинами, зовутся те, кто умер при родах. Предположительно, они могут перемещаться в пространстве, появляясь в любой момент, чтобы навлечь на детей паралич или другой недуг. Они обитают на распутьях, где и творят свои богомерзкие дела, там им воздвигаются капища, где люди совершают им хлебные подношения и воздвигают обереги из «чертовых пальцев». Их лица были бледными, а плечи и руки они посыпали белой пудрой».

Монтегю Саммерс. Вампир и его родичи

---

[1] Иногда упоминается как Тескатлипока, это имя все же больше на слуху.

Глава 7

Островки лилий спокойно плыли по глади озерца, в котором обитали только небольшие лягушки да мелкие крылатые насекомые, близкие родственники разнокрылых стрекоз. Они не обращали ни малейшего внимания на человека, вторгшегося в их сонное царство и бродящего среди них.

Нинон, сидя на плоском камне, наблюдала, как Мигель работает. Создавалось впечатление, что он действительно собирает камни, складывая отколотые черепки вместе, и все же ей не верилось, что какие-то древние булыжники действительно представляют для НАСА интерес. Он явно что-то замышляет.

Спрятаться или принять вызов?

Черт! Нужно срочно что-то делать. Она отвернулась, ругая себя за нерешительность. Может, это и было отговоркой, но еще до встречи с Мигелем она хотела увидеть *lago* — озеро, в котором нашли каменные скрижали из музея. Этот камень… он мог бы о многом ей рассказать. Если есть способ достичь цели, не втягивая в это его, она будет только рада.

«Ты просто пытаешься как-то оправдать свою задержку в пути. Твой план и яйца выеденного не стоит. Нам нужно ехать в следующую деревню, встретиться там с шаманом и попросить у него снадобье».

«Мы уже пытались. Такого снадобья не существует».

Она всегда и во всем была и оставалась сторонником рационального мышления. С той лишь разницей, что больше не пыталась прийти к консенсусу с остальным миром в вопросах, касающихся реальности происходящего. Она полагалась исключительно на интуицию и следовала инстинктам. А они сейчас подсказывали ей, что Мигель, кем бы он ни был, видел то же, что и она, знал то же, что и она, а поэтому не посчитает ее рассказ бредом сумасшедшего.

Но он мог быть опасен. А то, что она собиралась ему рассказать, могло сделать его крайне опасным. Это была палка о двух концах.

«*Cherie*, он опасен. Остается только понять, опасен ли он *для тебя*. Зачем искушать судьбу?»

Нинон встала и пошла прочь.

Она думала о своей жизни, своих жизнях, мысленно разбивая их на отрезки: детство, юность, первый любовник, последний любовник. Время шло, каждый ее избранник рано или поздно оставался в прошлом — отношения рвались, и они расходились, как в море корабли, поэтому ее не тянула ко дну тяжесть сожалений, печали или угрызений совести. Но порой казалось, что далеко не все прошлое унесло течение времени и оно все еще держит ее. Может, Анны, Коко, Анжелики и не стало, но воспоминания о Нинон были всегда с ней. От Нинон остался не только внутренний голос, звучащий у нее в голове, но и ее сны. Она боялась повторить прошлые ошибки.

«Прошлое никогда нас не отпускает».

Один из соседей по острову называл ее «гостьей из иного мира» и был, в сущности, не так далек от истины. Ее самая первая жизнь была настолько *иной*, насколько это вообще возможно. В мире оставалась пара-тройка мест, которые уцелели бы с тех самых времен. В основном здания и статуи — некоторые из них. Но философия? Восприятие? Взгляды? Нет. Ее мир уже давно канул в Лету, и современный ум никогда не смог бы постичь ту часть ее, которая все еще жила прошлым — думала устаревшими категориями, верила в устаревшие учения.

«Как ты думаешь, Паганини тоже стал добычей Черного человека? — неожиданно спросил голос. — Как же мне нравилась его музыка!»

«Возможно. Ходили слухи, что он продал душу Дьяволу. Сколько еще в мире может быть дьяволов?»

«Понятия не имею, но даже один — это уже слишком».

Она кивнула и постаралась отогнать от себя эту мысль. Призрак Паганини был одним из немногих, кого не нужно было опасаться. Она нашла некоторые творения Черного человека, только немногих из них он успел убить.

«Какое жуткое место, — пробормотала она про себя. — Тяжело смириться с мыслью, что, возможно, придется здесь умереть».

Была какая-то дикая, первозданная красота в этих опаленных солнцем землях, где время не шло, жизнь застыла. Путешествуя по Мексике, она успела побывать во многих маленьких городишках, которые были уже мертвы, но похороны откладывались на неопределенный срок, потому что местные жители упрямо цеплялись за обломки прежней жизни. Вопреки бытующему мнению, дорога в ад не была вымощена исключительно благими намерениями — сюда добавлялись еще потерянные мечты и разбитые сердца людей, которые не могли просто так *отпустить*. Она уже давно научилась обходить стороной эту ловушку: одно из двух — научиться жить дальше или умереть. И все же она сочувствовала тем, кто превратился в живых призраков, не найдя в себе сил двигаться дальше.

От местного пейзажа у нее быстро уставали глаза. Панорама была до боли однообразной. Весь мир был окрашен в какие-то призрачные цвета, которых не найдешь ни в одной коробке с цветными мелками. К тому же здесь напрочь отсутствовали тени — у земли не было секретов от солнца.

Несколько недель назад прошел такой сильный ливень, что реки вышли из берегов. Крупные растения были вырваны с корнем, но на их месте уже появились более мелкие и более приспособленные. Пройдет еще несколько недель, и от буйства стихии не останется и следа. Это место не любило перемен.

Ныне, присно и вовеки веков…

Аминь.

Нинон нашла *lago*, отмеченное на скрижалях, и пошла на север. Она остановилась у пещеры, где, если верить письменам, на исходе года ожидалось появление Дымящегося Зеркала. Она осторожно принюхалась, но явственного запаха серы в воздухе не учуяла. Она огляделась по сторонам в поисках особых украшений, которыми подобало отмечать приход божества, но по крайней мере снаружи не было ничего, что характеризовало бы эту пещеру как место поклонения и выделяло ее из числа остальных, — просто огромные каменные глыбы, когда-то обтесанные рукой человека, но со временем вновь ставшие гладкими. Она переключила ощущения на другой уровень, но не почувствовала ни призраков, ни следа застарелого насилия и жестокости. Вместе с тем легенда гласила, что это было именно то место, где Дымящееся Зеркало жил и где ему поклонялись.

Нинон вздохнула полной грудью и отпустила свои ощущения. Ничего. В этом месте не было ничего необычного. Ни щекочущей нервы силы, ни сверхъестественного ужаса. Оно было, если такое вообще возможно, даже более мертвым, чем пустыня, его окружающая. Она в раздражении уставилась на разросшееся «ведьмино кольцо», которое заканчивалось только на краю ручья, исчезающего в глубине пещеры. Она присела на корточки, не совсем понимая, что же привлекло ее внимание и заставило присмотреться к грибам более внимательно, но все же положилась на интуицию.

Грибы. В них не было ничего особенного. Маленькие, коричневые, сильно смахивающие на сенные навозники, образовавшие «ведьмин круг», которые в США встречаются на каждом шагу. Этот вид интересен лишь тем, что сенные навозники были не самостоятельными растениями, которые объединились в магические, увеличивающиеся в диаметре, кольца, а только плодовой частью большого подземного грибка-паразита, который разрастался под землей, заражая почву. Их корневая система состояла из переплетающихся между собой волокон, которые отдаленно напоминали синапс гигантского человеческого мозга.

Нинон закрыла глаза и попыталась сосредоточиться на этой мысли.

Они были отростком гораздо большего организма. Прямо как осиновая роща, все деревья в которой связаны между собой общим корневищем, — одно растение, которое только казалось стоящими вместе разрозненными деревьями. Как она помнила, многие растения так поступали. И были ученые, утверждавшие, что симбиоз — один из признаков некоторой «разумности» растений. Повреждение или воздействие извне, коснувшееся одного из них, ощущалось и всеми остальными. Некоторые растения «чувствовали» атаку насекомых и выделяли ядовитые вещества, чтобы их отпугнуть, зато не реагировали на огонь или вытаптывание. Потому ли, что были частью коллективного разума?

Она подошла ближе к воде, вглядываясь в ее кофейного цвета поверхность, которая поблескивала, как измельченный обсидиан. Внизу лениво шевелились длинные водоросли. Правда ли, что загадочные черные водоросли, растущие по всей длине подземных рек в этом районе, — своего рода подводный телеграф? Может, это с его помощью Дымящееся Зеркало узнавал о том, где были люди и когда ему приносились жертвы.

К великому сожалению, поблизости не было ботаника, который смог бы ответить на ее вопросы. Другой способ проверить свои догадки был куда более опасным.

«Не вздумай лезть в воду! — Внутренний голос был не на шутку встревожен. — Возвращайся к Мигелю, если ничего другого не остается».

«Но это может помочь, и тогда не придется впутывать еще и Мигеля. Если божество возникнет передо мной собственной персоной...»

Она внимательно прислушалась. На грязном берегу ручья лягушки орали свои песни. Если бы она разбиралась в этом чуть похуже, то могла бы поклясться, что здесь никогда не происходило ничего из ряда вон выходящего и что она все это просто выдумала. Разве что... казалось, солнечный свет не проникает в пещеру, словно его гонит прочь застывшая внутри тьма.

— Эй! Есть кто дома? — осторожно позвала она, опуская палец в воду.

«*Cherie!* Не надо!»

Что-то колыхнулось в воздухе, и появился небольшой вихрь. Длинное щупальце водорослей обвилось вокруг указательного пальца. К ней прикоснулся чужой разум.

Да, что-то определенно там было, даже если это только грибы и водоросли-прислужники, оповещающие о ее приходе. Она отдернула руку, вытерла ее о джинсы. Было ощущение какой-то брезгливости.

— Я пришла спросить дорогу к богу Дымящееся Зеркало.

Обращаясь к источнику скрытой силы, она старалась, чтобы голос звучал спокойно и разумно. Хотя ее мысли и слова вряд ли показались бы разумными любому нормальному человеку, который привык получать информацию из традиционных источников: стандартный набор органов чувств, школьный класс или новости CNN.

Она поднялась и направилась к входу в пещеру, остановившись на границе между светом и тенью. Она не видела здесь никаких признаков места поклонения — ничего великолепного, поразительного или хотя бы зловещего. Приглядевшись, она увидела, что пещера вполне могла быть природной, но все же внутри явно поработали люди: выровняли пол и всякое такое. После раскаленной пустыни она влекла прохладой, приглашая под своды, которые могли на тысячи лет спрятать ее от солнца. Предложение выглядело заманчиво.

В воздухе явственно чувствовалось какое-то дуновение — магический вихрь, который бы только дурак не заметил. Темнота стала осязаемой. Она терлась о ее кожу, оседала во рту. У нее был еле различимый металлический привкус. Хотя на самом деле это был вкус крови. Если она пойдет дальше, ее захлестнет поток потусторонней силы. Была ли она уверена, что хочет именно этого?

Спрятаться или принять вызов? Пойти к Мигелю и попросить его о помощи или остаться здесь, лицом к лицу с неизведанным? Она заглянула в воду, которая текла так медленно и лениво, что напоминала большого черного червя, роющего лаз в пещере. Это и есть местная река Стикс? Она казалась чересчур узкой и темной и совершенно не вдохновляла на героическую гибель с последующим возрождением. Наверное, это Голливуд создал ложное впечатление о преисподней. Зачем умному богу ставить флажки на пути к своему логову?

Особенно если учесть, что он не бог, а так — монстр-долгожитель.

Она продвинулась еще на пару дюймов в глубь пещеры и на секунду потеряла способность ориентироваться в пространстве. Еще совсем недавно были север и юг, восток и запад, верх и низ, как вдруг ничего не осталось, кроме «здесь» и «сейчас». Такое чувство, что она умерла. Ужасное чувство. Дурное. Все ее мужество разом испарилось.

«Беги, *cherie*!»

«Хорошо. Буду выбираться отсюда».

Внезапно из темных вод реки показалось тело — оно стояло вертикально, но принадлежало не человеку. Даже при всей своей быстроте Нинон не удалось сбежать. Оно затащило ее в темноту, она и не заметила, как очутилась у самой кромки воды. Более того: ее уложили на небольшой алтарь, который она только сейчас заметила. Из головы начисто вышибло все мысли, словно внутри прокатился сгусток ужасной силы.

Он оказался настоящим великаном, вдвое больше ее, с каменным лицом и челюстями такого размера, что мог бы спокойно откусить ей голову. Но это было еще не самым страшным. Все дело было в ощущении силы, которая окружала его. Аура, которая, оставаясь невидимой, ослепляла. Стоило ему захотеть, и он без труда смог бы остановить ее сердце, высушить плоть, испепелить мозг. Она была беспомощна: собственное тело стало тюрьмой, в которой ее обостренные чувства томились в заключении, ожидая приговора.

И пусть это было немного банально, но от бога пахло серой, как она и предполагала.

Его обсидиановые глаза бесстрастно наблюдали, как она пыталась заново научиться дышать. Что-то зашевелилось возле ее ноги, постепенно двигаясь выше. Это что-то остановилось, наткнувшись на пистолет, который она сунула в брюки, и похлопало по нему. Она хотела бы, чтобы движущееся нечто оказалось просто мужским членом, но тем не менее знала, что это не так. В голове прочно засел образ огромной пиявки, толщиной с хобот слона, которая искала участок обнаженной кожи, чтобы припасть к нему и высосать из нее все жизненные соки. Кроме того, сквозь промежутки между его громадными, отточенными зубами было видно, как что-то движется. Что-то блестящее, как серебряная игла, но величиной с нож для колки льда. Оно напоминало ей хвост скорпиона.

Маловероятно, конечно, но все же Нинон молилась, чтобы «почтовые» грибы снаружи как-то предупредили Мигеля о том, где она и что с ней. Желание не втягивать его в свои дела куда-то улетучилось от одного только вида этого монстра.

«*Cherie*? У тебя еще будет время на панику, а пока, может, подумаешь, что бы такого ему сказать, чтобы он немного отвлекся?»

«Сказать? Этому?»

Но от звука внутреннего голоса снова заработали мозги. Нинон уставилась на того, кто захватил ее в плен, и осторожно попыталась проникнуть в сознание божества.

Взглянув на него своим внутренним зрением, она смогла проникнуть в его мысли, но они были окутаны дымовой завесой, поэтому она многое не смогла разобрать. Но даже то, что удалось разглядеть, было каким-то невразумительным. Тескатлипока, так он мысленно называл себя, божество Дымящегося Зеркала... Она не могла отследить ход его мыслей, потому что они были далеки от привычных человеческих понятий, ни в одном языке не было слов, способных отразить его сущность. Он размышлял о вещах, о которых люди и представления не имели, о вещах, которым не было названия, и бесплодные попытки понять его приносили только боль.

Он, в свою очередь, тоже «прозондировал» ее. Его вмешательство было далеко не таким деликатным, но он не стал заглядывать слишком глубоко, удовлетворившись лежащим на поверхности страхом. Она попыталась расслабиться, чтобы ему открылась цель ее визита сюда. Она хотела, чтобы он оставался на верхних слоях ее сознания и не влазил слишком глубоко, потому что там таились мысли, которых она по-настоящему боялась. Уж он-то не станет осторожничать и задумываться, насколько губительным для нее может быть столь беспардонный осмотр потаенных уголков ее сознания, к тому же внутри жили мысли, которыми она ни с кем не хотела делиться.

— Это граница со смертью, — произнесло божество нормальным голосом, который раздался у нее в голове. — Иногда люди приходят в замешательство — живые обнаруживают вокруг себя мертвые души, а мертвые оказываются среди живых. Если тело двигается, это еще не значит, что в нем есть душа. И наоборот, если тело превратилось в прах, это еще не говорит о том, что из него ушла душа. В этом царстве все принадлежит мне.

Нинон кивнула в ответ на его подготовленную речь. Она боялась спросить, не хотел ли он сказать этим, что у нее нет души. Но еще больше она боялась спрашивать, не заберет ли он ее к себе. Когда она строила планы на день, в них не входило немедленное приношение себя в жертву кровожадному божеству. Если он действительно таковым являлся.

— Я вижу человека, преследующего тебя, которого ты боишься.

Вместо того чтобы спрятать эту мысль подальше, Нинон постаралась максимально сосредоточиться на Сен-Жермене. Лучше уж думать о нем, чем просто дать выпить из себя всю кровь через отвратительную «соломинку» у него во рту.

— Человек, который гонится за мной, преследует вполне определенную цель, — произнесла она внятно, раздельно, торжественно. — Он оказался в твоих землях неслучайно. Как и его отец, он взывал к мертвым. И до сих пор этим промышляет, поднимая и твоих мертвецов тоже. Если его не остановить, он и дальше будет этим заниматься, пока не поднимет целую армию.

— Он смеет взывать к духам умерших в землях Итлачиаякуе? — Божество использовало второе свое имя. — Разве у него нет почтения к богам?

Лицо Дымящегося Зеркала вытянулось, и в нем промелькнуло что-то кошачье. Легенда гласила, что он мог оборачиваться ягуаром, и она размышляла, хорошо это или плохо. Кот, наверное, будет поменьше, и на ее и без того измученную грудь опустится меньший груз.

«И все же он достаточно велик, чтобы выпотрошить из тебя печень».

— Он не почитает и моего Бога тоже, — сказала она. — Он не считается ни с кем. Это настоящий подлец.

— Но кто *ты* такая, моя почти дочь? — спросил Дымящееся Зеркало. В его черных непроницаемых глазах невозможно было прочитать, как он отреагировал на ее слова. «Почти дочь» — это могло быть как очень хорошо, так и очень плохо.

Нинон потрясла головой, но не потому, что отказывалась отвечать, а потому что просто не знала, что ответить. С замиранием сердца она поняла, что это существо выжило из ума. На лицо были все признаки, и оставалось только гадать, все ли долгожители в итоге сходили с ума. Как же от него спастись?

— Кто ты, бледнолицая? — Его черные бездонные глаза вперились в ее, так что лгать было бессмысленно. Он видел ее насквозь. — Зачем ты на самом деле явилась?

— Не знаю, кто я. Я другая — не такая, как мои люди. Больше не такая.

Ей пришлось до такой степени ему открыться, потому что другого выбора у нее не оставалось. По-видимому, это заставило божество задуматься. Она лежала, боясь пошевелиться, стараясь не думать, что ее распяли на обсидиановом алтаре — как раз на таком, где из людей заживо вырывают сердца.

— Я пришла, потому что мне нужна поддержка, сила, чтобы побороть своего врага. А теперь и твоего тоже, — добавила она. — Я пришла искупить давний грех.

Она никак не могла понять, верит он ей или нет. Она даже не знала, понимает ли он ее.

— Почему этот колдун следует за тобой?

Вопрос божества гулом отдался в ее голове. Слова и чувства были инородными, вынужденная трансляция в понятные слова и образы причиняла боль.

— Потому что жаждет, — прошептала она, глядя на него не моргая, до рези в глазах.

— Тебя?

Исследующее ее мозг жало вонзилось глубже. Она должна была его остановить.

— Мою силу. Всю.

Она сказала правду. Солгать означало порвать на части свой мозг. Хотя он и так, возможно, будет порван. Она добавила обреченно:

— Ему недостаточно бессмертия. Он хочет стать божеством. Он уверен, что для этого ему нужно собрать всю силу, которую его отец вложил в других. И еще немного помимо этого. Равно как и мне, чтобы сразиться с ним.

Она все-таки попросила его о помощи, хотя знала, что ничего из этого не выйдет. Этот бог не собирался ей помогать.

— То есть ты жрица. Жрица, которая согрешила.

Но думал он сейчас не о ней. В лице и сознании божества произошел сдвиг, и Тот, Чье Имя Да Не Упомянуто Будет Всуе умолк, вероятно размышляя о новоявленном сопернике, достаточно самоуверенном, чтобы бросать вызов ему. Такого, очевидно, не происходило уже довольно давно. А может, думал о том, что проще всего перерезать ей горло, чтобы ее сила не досталась Сен-Жермену. Возможно даже, что бог собирался забрать ее силу, чтобы самому распоряжаться ею. Все, что оставалось Нинон, — это ждать его приговора. Она даже не пыталась поправить его, когда он попробовал дать ей определение. Не сто́ит спорить с выжившим из ума божеством.

В проеме пещеры появилась тень, загородившая солнце, и она почувствовала появление Мигеля. Ее первой реакцией было облегчение, но оно моментально сменилось тревогой. Она чувствовала, что он может встать как на одну сторону, так и на другую, и хотя ей не хотелось умирать, причинить ему вред хотелось еще меньше.

— Серафина, как вижу, ты уже успела познакомиться с моим… отцом, Д. З. — Источником Раздора, Покровителем Магов, богом Дымящегося Зеркала, — сказал Мигель. Она видела, что он тяжело дышит, хотя и пытается восстановить дыхание. — Точнее, моим дедушкой, так как он произвел на свет мою мать и в то же время подарил новую жизнь мне.

Отец?

Она почувствовала, что божество переключилось с нее на Мигеля, и давление на мозг несколько ослабло. *Покровитель Магов*? Это еще что за новости? Не хватало Сен-Жермену еще и покровителя. Будет чертовски обидно, если она случайно наведет своего врага на путь объединения сил.

— Родственные связи часто оказываются запутанными, — ответила она и наконец-то почувствовала в Том, Чья Имя Да Не Упомянуто Будет Всуе нечто иное, нежели злость и подозрение. Она даже рискнула предположить, что его позабавил их диалог, вот только чьи именно слова — ее или Мигеля? Божество сделало ногами, если это были ноги, пару шагов назад, отчего бубенчики на его лодыжках мелодично зазвенели. Она наконец осмелилась повернуть голову и взглянуть на Мигеля, до сих пор не зная, как реагировать на его появление в этой пещере, считать ли его своим спасением.

У нее слегка защемило сердце. В полумраке он напоминал Луиса де Морнея, человека, который так давно стал отцом ее сына. Воспоминание об их последней встрече пронеслось в памяти, оставив после себя налет легкой грусти. Божество наверняка это уловило. Она надеялась, что оно отнесет ее чувства на счет Мигеля.

Мигель не спускал глаз с божества. Сын или не сын, но на душе у него явно было неспокойно. Он продолжил, обращаясь к ней:

— Мы — мой народ — отличаемся тем, что питаемся эмоциями. Любыми — как плохими, так и хорошими. Пока еще человек способен что-то чувствовать, он представляет для нас интерес. Наша способность впитывать не знает границ, мы ненасытны.

Смотрел Мигель при этом хмуро, во взгляде его читалось предупреждение. Его шотландский акцент бесследно исчез. Она поняла, что и ее роль «блондинки» исчерпала себя — пусть пока отойдет припудрить носик, успокоительного глотнет, а холодный логический ум в это время решит, как справиться с этим монстром.

Она снова заставила себя кивнуть.

— Я очень стараюсь быть бесчувственной, правда.

Мигель слегка усмехнулся, но при этом она ощутила, что он за нее боится. А может, и ее саму. Да, все справедливо. Она тоже боялась как его, так и за него. Она оказалась в этом жутком месте только потому, что не хотела впутывать его в свои дела.

— Ты хочешь ее, мой единственный сын? — спросило божество. Его челюсти при этом раскрылись, и Нинон сумела наконец рассмотреть длинный скорпионий хвост на конце его языка. — Станешь ли ты тем, кто сделает ее одной из нас? Если я сейчас оставлю ее в живых, сможешь ли ты сам осуществить обряд жертвоприношения?

— Да, — произнес Мигель.

Он окинул ее быстрым взглядом. Судорожно сглотнул и уточнил:

— Да, я сделаю это.

Нутром она чуяла, что это не к добру. Мигель для нее был явно предпочтительнее, по крайней мере на первый взгляд, но между ним и Дымящимся Зеркалом сейчас происходила незримая борьба.

И Нинон совершенно не понравилось слово «жертвоприношение». Она всегда подозревала, что рано или поздно ей придется умереть. Особенно для того, чтобы стать вампиром. Но она не думала, что это может произойти так скоро, практически прямо сейчас. В пещере, на алтаре, от рук сына бога смерти, неохотно берущегося за это дело, под наблюдением его отца-садиста?

— Так сделай же это, — приказало божество. Он выглядел довольным, чересчур довольным. — Пусть она станет для тебя первой, а мага я возьму на себя.

Мигель и Нинон внешне никак не отреагировали, но внутренне Нинон похолодела от ужаса, хотя Мигель и был лучшим из двух зол. Что бы у него там ни было во рту или в штанах, это все же лучше, чем жало размером с нож для колки льда и напоминающий пиявку пенис вместо третьей руки. И если удастся выжить, то у нее еще останется время добраться до Сен-Жермена, прежде чем это сделает божество, потому что теперь она *должна* это сделать. Несмотря на самонадеянность, сквозившую в его словах, ей слабо верилось в то, что Покровитель Магов действительно сможет уничтожить Сен-Жермена. Дымящееся Зеркало будет слишком заинтригован. Вначале он захочет поговорить с Сен-Жерменом, и тот, будучи известной Шахерезадой среди магов, с легкостью заговорит ему зубы. Мир не переживет, если у этого монстра появится еще одна жизнь или новая порция силы от божественного, но свихнувшегося покровителя.

Merde! Порой она отчаянно жалела, что не может променять превосходную смекалку на превосходную силу. Тогда бы она сразу сломала этому божеству шею, даже если бы за этим последовало неизбежное сумасшествие, к которому привело бы очередное обновление.

— С-сейчас? — переспросила она божество. И принялась лихорадочно придумывать, как бы выиграть время. — Но меня даже не умыли, не растерли благовониями. К тому же сейчас нет грозы. А нам нужна молния. У меня без этого не получится перевоплотиться. Такой у меня путь перехода к новой жизни, не я его выбирала. Я хочу стать идеальным жертвоприношением, ни больше ни меньше.

Поверит ли он в эту чушь? Он принимал ее за жрицу, поэтому все может быть...

Мигель смотрел на нее как на ненормальную. Она прекрасно знала, о чем он сейчас думает, — о том, что тех, кого боги хотят уничтожить, они сначала лишают рассудка. Но его отец прислушался к ее словам.

Нинон изобразила на лице всю покорность и смирение, на которые только была способна, и попыталась мысленно от него отгородиться. Дымящееся Зеркало был пережитком прошлого, который безнадежно отстал от жизни. В его мире женщина нужна была только для того, чтобы ублажать мужчину в постели, рожать ему детей и, на крайний случай, быть приносимой в жертву. При этом жертва из нее была второсортная, ненамного отличающаяся от цыпленка или овцы, даже если эта женщина была жрицей. Он и вообразить не мог, что она сто́ит большего.

Он был не первым, который делал подобную ошибку.

— Ты хочешь перевоплотиться в небесном огне? — уточнил он. — Ты так приносишь себя в жертву?

— Да.

— И ты действительно веришь, что после этого родишься заново?

Она не была уверена, но ей показалась, что он настроен с изрядной долей скептицизма.

— Да, — ответила она искренне.

— Очень хорошо. Тогда иди и готовься. Сегодня вечером будет гроза. У тебя появится возможность перевоплотиться в небесном огне.

У нее внезапно возникло чувство, что он лжет. Вот коварный ублюдок! Ему совершенно не было нужно ее возрождение — он планировал, что она умрет от рук Мигеля, но для пущей уверенности решил организовать еще бурю с грозой. Это ее донимало и злило, но она держала свои дерзкие мысли под замком. Она пользовалась украденным у богов огнем, черпала жизненные силы прямиком с небес — и его силу она тоже украдет при малейшей возможности.

Мигель не проронил ни слова.

Бог отступил назад, и Нинон села на алтаре. В голове царил переполох — мысли, исполненные отвращения при виде того, как он превращается в кота, метались, как птицы в клетке, но она всячески их подавляла, чтобы он ничего не почувствовал. В его представлении она была идолопоклонницей, застывшей в благоговейном трепете.

— У тебя есть время до захода луны, — сказал он Мигелю. — Я и так уже заждался.

Нинон с Мигелем наблюдали за тем, как он вошел в реку и, слившись с темной водой, исчез в ее мутных глубинах. Вместе с ним ушло и напряжение мозга. Нинон облегченно вздохнула, словно камень с души упал, но оставалась еще переполнявшая душу ярость и легкая затуманенность сознания, как после наркотиков. В последнее время единственным ее наркотиком стала медитация; сосредоточенное жужжание было не совсем подходящей подготовкой для того, чтобы в мозг ворвался бог смерти.

— Какой еще небесный огонь? Или ты несла эту чушь, чтобы тебя не прикончили в ту же секунду? Даже если и так, я не стану тебя в этом винить.

Он помог ей подняться с алтаря. Они пошли к выходу из пещеры, по-прежнему не спуская глаз с подземной реки. По всей видимости, у Мигеля отношения с отцом были отнюдь не доверительные.

— Это долгая история.

— Думаю, лучше все же рассказать ее мне. То, что я уже успел услышать о человеке, преследующем тебя, мне не понравилось. Похоже, Д. З. проявляет к нему нездоровый интерес. И можешь мне поверить, если уж он чем-то загорелся, ничего хорошего в этом нет — ни для тебя, ни для меня. Кстати, положение, в котором мы с тобой сейчас находимся, в народе называется глубокой задницей.

Если раньше Мигель был просто энергичным, то сейчас его буквально трясло. Из некоторых стресс от пережитого ужаса выходит таким вот способом.

Нинон сделала осторожный выдох, стараясь не закашляться. Ей стоило определенных усилий сохранять некоторую ясность мыслей, одновременно разговаривая о посторонних вещах. Ощущение того, что двое — Сен-Жермен и божество — копаются у нее в голове, было не из приятных. Она была почти уверена, что божество может подслушать часть ее разговора с Мигелем, потому стоит посвятить его в свои дальнейшие планы. Теперь сила божества нужна ей больше, чем когда-либо. Ни в коем случае нельзя было допустить, чтобы Сен-Жермен с Дымящимся Зеркалом объединили усилия.

— Ты прав. И мне очень жаль, что все так вышло. Я надеялась, что удастся не втягивать тебя в это… дело.

— Очень сомнительно, чтобы у тебя это получилось.

— Теперь и я начинаю сомневаться. Наверное, это только к лучшему. — Она тряхнула головой. — В первую очередь ты должен знать, что никакая я не Серафина Сандовал из Калифорнии, а была и являюсь до сих пор Нинон де Ланкло из Парижа.

От неожиданности Мигель чуть не споткнулся. Может, для божества это и ничего не значило, зато на Мигеля произвело впечатление.

— Та самая *Нинон де Ланкло*? Женщина, которая в семнадцатом веке научила французов искусству любви? Которая правила пьесы Мольера, давала советы кардиналу Ришелье, обучала Вольтера, боролась за права женщин и была любовью всей жизни философа Сен-Эвремона?

— Да. *C'est moi*[1].

— Мать честная!

Он от души расхохотался, снова взял ее за руку и повел из пещеры. По телу пробегали небольшие электрические разряды, когда он вот так дотрагивался до нее, но теплее от этого не становилось.

— Хочешь услышать самую смешную часть рассказа? — спросила она, не разделяя его веселья.

— Да, черт возьми! Никогда не упускаю возможности хорошо посмеяться. Особенно если собираешься умереть.

Она никак на это не отреагировала.

— Человек, который меня преследует и с которым так хочет встретиться твой отец, — граф де Сен-Жермен. А его отцом был человек, которого все знают как доктора Франкенштейна.

Она выдержала паузу. Видя, что Мигель настолько потрясен, что потерял дар речи, она добавила:

— Его настоящее имя Иоганн Диппель. Он создал *меня*. Я — одно из его… творений. Он напичкал меня какими-то препаратами, а потом пропустил через меня заряд электрического тока во время грозы. И после этого я прожила уже не одно столетие.

Наконец они вышли под очищающие солнечные лучи. Мигелю уже было не до смеха.

— Да уж, резкий переход, ничего не скажешь, — заметил он. — Смею предположить, что правда тебе уже известна. Собственно, поэтому ты сейчас здесь.

— Да, но расскажи все сам. Думаю, будет лучше, если мы выложим карты на стол.

---

[1] Это я (*фр.*).

Они стояли лицом друг к другу, подставив лица живительным солнечным лучам. Оба были очень бледны.

Мигель медленно рассказывал:

— Я сын бога смерти, который превратил мою мать в вампира вместе с останками других женщин, умерших при родах. Я до сих пор не перевоплотился только потому, что он не довел обряд до конца. Наверное, побоялся, что из меня получится слишком сильный вампир. Поэтому если мы не найдем выхода из сложившейся ситуации — например, реактивный самолет на северный полюс или акт коллективного самоубийства, — то ты станешь моей первой жертвой. Д. З. не шутил, когда говорил, что все свершится этой ночью. Поверь, лучше умереть, чем подпустить меня к себе.

Первое убийство? Первая жертва? Первая пища? Нинон не стала уточнять.

— Моя инициация, — мягко пояснил он, словно в ответ на ее мысли. — Но хотелось бы уточнить. Если ты думаешь, что это будет картинное соблазнение по всем правилам киношного жанра, то ошибаешься. У нас нет стильных маленьких клыков для прокусывания шеи. Это не наши методы… питья. Ты мудрая женщина и наверняка в большой беде, раз пришла сюда, но поверь — тебе не захочется становиться одной из жертв, принесенных Дымящемуся Зеркалу. Или мне.

Она уставилась на одинаковые порезы у него на щеках и наконец-то догадалась, откуда они взялись. Она с трудом сдержалась, чтобы не вздрогнуть при мысли о том, как язык божества пронзает плоть, оставляя в ней прорези. Мигель был прав. Она совершенно не хотела становиться жертвой Дымящегося Зеркала. Однако других вариантов не оставалось. Все остальные направления, по которым она искала, завели в тупик. Он был единственным, кто мог ей помочь.

— Не его, но *твоей*, — ответила она.

«Если только ты не начнешь высасывать мой мозг, — добавила она про себя. — Сможешь ли ты *настолько* себя контролировать?»

Его глаза округлились, и он облизал внезапно пересохшие губы. На его лице отразилось смешанное чувство страха и вожделения. Возможно, он и научился сдерживать монстра, гложущего его изнутри, но тот по-прежнему был жив и жаждал пищи.

— Я-то смогу, но секс того не стоит, — сказал он.

— Еще как стоит! — возразила она. — Но мне хотелось бы избежать самой кошмарной части. Послушай, я надеюсь, у тебя не такое… жало, как у отца, и это значительно облегчит мне участь, так ведь?

Такое жало нигде не спрячешь, разве что в штанах.

— Да. У него оно довольно внушительное, прямо на кончике языка. Мое не сравнится. Хотя проникает достаточно глубоко, чтобы добраться до артерии. А по поводу всего остального… Можешь не волноваться, — заверил он. — Я никогда с тобой так не поступлю.

И все же она волновалась. Под «всем остальным» подразумевались ее мозги. Его вера в собственные силы была весьма трогательной, но он никогда не испытывал себя на практике.

— Это больно? — спросила она с напускной тревогой, на случай, если божество сейчас их слушало. Ей в этой ситуации положено было переживать.

— Боюсь, что да. По крайней мере, мне было больно, — ответил Мигель. — Но, думаю, он специально сделал мою инициацию более болезненной. Он хотел отомстить. Я был мертв, когда он обратил мою мать ко тьме. Ему не нужны были мальчики от его женщин. Существует легенда, где говорится о соперничестве между отцом и сыном, которое не может быть улажено мирным путем. Один из нас должен умереть. Я не разобрал всего, что написано на каменных скрижалях, которые я поднял со дна, но суть в следующем: наличие в наших генах несовместимых аминокислот исключает благополучный исход.

— Но ведь ты жив. Наверняка есть объяснение, почему он до сих пор тебя не убил.

Это тоже говорило в пользу силы Мигеля, что не могло не радовать. Но он должен быть *очень* сильным.

— Жив? Ну да, в некотором роде, — усмехнулся он. — Я никогда не мог понять, почему он оставил меня в живых. Возможно, он думал, что, постепенно теряя человеческий облик, я буду больше страдать. Он просто сдвинут на страданиях — естественно, пока речь идет не о его собственных.

— Ну конечно. Порочность — привилегия богов.

Она задышала медленнее — от учащенного дыхании боль в груди только усиливалась. Теперь после каждого приступа кашля на ее носовом платке расцветали красные маки. Черт… Она надеялась, что божество не обмануло хотя бы насчет грозы. Ей срочно нужно восстановиться. С каждым часом слабость и боль становились все сильнее. А самообладание, напротив, таяло.

Мигель смотрел пристально, видимо, прикидывая, с чего это у нее вдруг началась «ломка». Она поднесла палец к губам, приложила вторую руку к уху и покачала головой. Одними губами она произнесла: «Позже».

— Ты так спокойна… — сказал Мигель, еле заметно кивая в знак того, что понял: она боится, что их подслушивают.

— Если бы я думала, что от истерик может быть польза, то уже давно бы… — заверила она его.

— А я до сих пор им подвержен. И очень жалею, что нам не удалось толком поговорить до всего этого. Возможно, удалось бы обойтись без Дымящегося Зеркала.

«А удалось бы?» — задумалась она. Быть может, но она сильно сомневалась, что, если бы не Дымящееся Зеркало, Мигель встал на ее сторону, — учитывая его очевидное противостояние своей вампирской сущности. В итоге ей все равно пришлось бы столкнуться с божеством.

Бедный Мигель. Она столько всего должна ему рассказать. И она была уверена, что нашлось бы много такого, что смог бы поведать он. В частности, о своей силе, что помогло бы ей побороть Сен-Жермена.

— Нам нужен план, — заявила она. — С этого момента начинаем играть в открытую. И запомни: вся прелесть ситуации заключается в том, что никогда не поздно поддаться панике.

Мигель лишь покачал головой в ответ на ее, как ему казалось, легкомысленные слова.

— Ты просто не понимаешь, — сказал он.

Но Нинон было достаточно взглянуть в его воспаленные глаза, чтобы удостовериться, что все она понимает правильно. У нее болело за него сердце.

— Значит, так, — сказал он. — Ты должна знать, что я… я хочу тебя так сильно, как никого и никогда не хотел. Но я не знаю, имею ли право так с тобой поступить.

Она молча смотрела на него, ожидая, пока он закончит мысль, которую просто обязан был произнести вслух.

— Конечно, если я не сделаю этого, то Д. З. …

Она кивнула, сопоставляя сказанное с голодом в его глазах, в его сердце. Скоро он сорвется. Бедный, ни в чем не повинный Мигель! Он знал, что это может стоить ему души, и все же готов был так поступить. *Хотел* это сделать.

— Никому из нас не оставили выбора, Мигель, — сказала она.

Он отвел взгляд. Его мучил стыд, и в то же время он сгорал от предвкушения. Ее слова, такие мягкие и сердечные, служили слабым утешением. Да и с чего бы вдруг? Часть его знала точно, что удовлетворение похоти, пусть даже такой сильной, не стоит загубленной души.

— Лучше уж ты, чем другое… Разве нет?

Она отвернулась, чтобы он не увидел, как на глаза ее навернулись слезы.

«Пожалуйста, *bon Dieu*, это не его грех, а мой. Не наказывай Мигеля за это».

На въезде в крохотную деревушку Жантийи мы поинтересовались, где обитает знаменитый некромант Пердитор, слухи о котором дошли до Парижа. Вскоре нашелся и проводник, который проводил нас туда под своим неусыпным присмотром. Мы остановились у зева пещеры, окруженного глубокими рвами. Наш проводник подал сигнал, и незамедлительно на другой стороне рвов появился человек в красной ливрее и спросил, чего мы хотим.

— Мне нужно зелье, — ответила я, — которое позволит оставаться красивой до конца дней моих.

В присутствии графа неловко было говорить о том, что мне не здоровится и нужно снадобье от все увеличивающейся тяжести в груди.

— А я, — сказал граф, — хочу увидеть Дьявола.

— Обе ваши просьбы будут исполнены, — невозмутимо ответил человек в красном, словно мы просили о самых обычных вещах, и опустил что-то вроде подъемного моста через ров. Мы перешли по нему, и он впустил нас в пещеру, где мы очутились в полнейшей темноте. Несмотря на это, я не испытывала ни малейшего волнения. Нам еще предстояло встретиться со злом.

— Не бойтесь, — сказал граф. — У меня с собой меч, кинжал и пара пистолетов. С ними я смогу победить всех чародеев мира!

Я кивнула, хотя на самом деле весьма сомневалась, что меч и пистолеты смогут напугать Дьявола, случись ему здесь появиться.

После нескольких минут ходьбы через подземные залы и коридоры мы оказались в квадратной комнате, вырубленной прямо в скале. Несколько просмоленных факелов отбрасывали тусклый свет на сводчатый потолок. В одном из углов этой странной комнаты на возвышении, задрапированном черной тканью, восседал человек в облачении мага, который, казалось, ждал нас.

— Мастер перед вами, — торжественно объявил человек в красном и покинул помещение.

— Подойдите! — вскричал Пердитор ужасным голосом, от которого затряслись стены. — Чего вы желаете?

— Я желаю, — пробормотала я чужим дрожащим голосом, — зелье, которое сохранит мою красоту и молодость на всю оставшуюся жизнь.

— Сорок крон. Деньги вперед.

Вынув кошелек, я достала пять луидоров. Мне не понравился его тон, и я начала сильно сомневаться в мудрости своего поступка. Ни один нормальный деловой человек не станет вести себя так нагло.

Граф не стал дожидаться вопроса.

— Я же, господин некромант, лишь хотел бы увидеть Дьявола. Сколько вы желаете за то, чтобы мне его показать?

— Сто ливров.

Граф оказался практичнее.

— За такую цену вы должны будете исключительно щедро нас одарить!

Хозяин пещеры ничего на это не ответил. Огромной грязной рукой он взял у графа деньги и положил их в большой кошель, висящий на поясе, к моим луидорам. Затем ударил в колокол, который зазвучал так же громко, как его собратья на башне собора Нотр-Дам. По сигналу, от звука которого мы чуть не оглохли, как из-под земли появились две юные нимфы, прелестные и не слишком худощавые, в белых одеждах и с цветами в волосах. Пердитор грязным пальцем указал на меня и протянул им пустой хрустальный флакончик. И снова ударил в колокол, от звука которого у меня затряслись поджилки. Насколько я поняла, они пошли варить зелье.

— А теперь, — продолжил некромант, поворачиваясь, — вы оба уверены, что хотите увидеть Дьявола?

— Более чем уверены, — ответил граф.

Я не ответила, поскольку сомневалась, что хочу увидеть Сатану собственной персоной.

— Ваше имя?

— Сэр, мне обязательно его называть? — спросила я с дрожью в голосе.

— Это необходимо.

— Мое имя Анна де Ланкло, по прозванию Нинон, — сказала я неохотно.

— А меня зовут Жорж де Сандрелс, граф де Люд.

— Клянетесь ли вы никогда не упоминать о том, что сейчас произойдет у вас перед глазами?

— Клянемся.

Граф снова ответил за нас двоих. И снова я промолчала.

— Клянетесь ли вы не бояться и не призывать на помощь небеса или святых?

— Клянемся.

Жорж нахально ухмыльнулся. Мысль о том, что что-то может его напугать, казалась ему смешной.

Маг поднялся. Длинным эбонитовым жезлом он описал в пыли круг вокруг нас и начертил в нем какие-то каббалистические знаки. Затем обратился к нам:

— Еще не поздно отказаться. Неужели вы совершенно не боитесь?

Я уже хотела было ответить утвердительно, но тут граф глумливо рассмеялся:

— Бояться Дьявола? Стыдитесь! За кого вы нас принимаете? Не тяните.

И в ту же секунду раздался оглушительный грохот, за которым едва можно было разобрать голос мага. Вскинув руки над головой, он яростно жестикулировал, кричал и исступленно взывал к Дьяволу на непонятном нам языке. Я почувствовала, как волосы встали дыбом, и меня охватило сильнейшее отвращение. Я схватила графа за руку, умоляя его уйти из этого жуткого места.

— Поздно! — вскричал маг. — Не выходите из круга, иначе погибнете!

Вдруг к грохоту присоединилось лязганье цепей, которые тащили из глубины пещеры. Затем раздался душераздирающий вой. Некромант продолжал биться в конвульсиях, его вопли усилились. Он извергал из себя поток абракадабры и, казалось, входил в транс. В мгновение ока нас обступили языки пламени.

— Смотрите же! — вскричал Пердитор.

Из груди у меня вырвался крик ужаса, когда в бушующем пламени появился черный козел, скованный раскаленной докрасна цепью. Вой становился все истошнее, пламя разгоралось все сильнее и сильнее, вокруг животного плясали отвратительные черти, размахивающие факелами и злобно выкрикивающие какие-то фразы на неизвестном мне языке. Козел поднялся на дыбы.

— О, ради всего святого! — воскликнул де Люд. — Должен признать, комедия разыграна блестяще, но мне хотелось бы взойти на эту сцену и поближе разглядеть костюмы артистов. Анна, идемте со мной!

Он схватился за рукоятки пистолетов и сделал вид, что собирается выйти из круга, но тут по команде мага пламя погасло, козел с чертями исчез. Мы снова погрузились в кромешный мрак. Не успели мои глаза привыкнуть к темноте, как нас схватили, протащили по коридорам и вышвырнули наружу.

Я была рада, что наше приключение на этом закончилось, и даже не стала предлагать вернуться за зельем и выброшенными на ветер пятью луидорами.

Но граф не собирался на этом останавливаться. Он горел желанием разгадать загадку и сорвать маску с лже-Дьявола. Он настаивал на том, что мы стали жертвами мерзкого шарлатана. Но я не разделяла его уверенности, и гротескная постановка, которую мы увидели, еще долго терзала мое воображение. Весь остаток дня и следующую ночь у меня из головы не выходили черти, скачущие среди языков пламени, и пронзительный вой.

Рассказ о встрече с Дьяволом
за день до восемнадцатого дня рождения
из дневника Нинон де Ланкло

Непристойность заключается не в самих вещах, о которых мы говорим. Не в наших речах или даже мыслях, а в помыслах говорящего и распущенности тех, кто ему внимает.

Из письма Нинон де Ланкло

Сильнее всего нас пугает не наша непригодность. Больше всего мы боимся безграничного могущества. Это наш свет и наша тьма, которые пугают нас.

Из инаугурационной речи Нельсона Манделы

Глава 8

Многие женщины готовятся к свиданию с «горячим» парнем, просто кладя в сумочку презервативы. Но Нинон была более практична и носила с собой адреностимуляторы. Просто на всякий случай, если вдруг во время акта увидит «небо в алмазах» в прямом смысле слова или сердце и впрямь замрет. Более того, она одевалась на свадьбы «по залету», то есть «траурные», так, словно это была настоящая церемония, а не «как бы торжество». Хотя она, пожалуй, была единственной из гостей, кто понимал, что у этой свадьбы, скорее всего, будет продолжение, на котором невеста отпустит жениха на волю.

Коразон заворчал.

— Знаю, — ответила Нинон. — Я и сама понимаю, как глупо в моем положении прихорашиваться.

С одной стороны, происходящее могло показаться невероятным — по крайней мере, тем, чье мировоззрение было сформировано под влиянием подкованных в науке уроженцев Запада двадцать первого века, восприятие реальности которых было весьма ограниченным. Но ей уже приходилось видеть и участвовать в невероятном, поэтому она ни секунды не сомневалась в том, что ситуация сложилась крайне опасная и вполне реальная. Это не было галлюцинацией, плохим сном или наркотическим бредом. И она действительно могла сегодня умереть. Либо все закончится тем, что она убьет Мигеля — пытаясь защититься от его нападения или втянув его во вновь созданный опасный план.

По крайней мере, божество сдержало слово. Все действо будет происходить на фоне грозы с молниями. Она приближалась, как припадок у ненормального, что, в сущности, было неудивительно, учитывая, *кто* ее вызвал. Неожиданно воздух стал душным и влажным. Он безжалостно прилипал к ее коже подобно власянице. Но она не возражала, потому что статика не позволяла Сен-Жермену читать ее мысли. Мудрые люди не советовали вести войну сразу на нескольких фронтах. Вызова, брошенного Дымящемуся Зеркалу, для одного дня было достаточно.

Она последний раз взглянула на сгущающиеся на небе тучи и закрыла ставни. Ветер, который гнал по небу тучи, был мягким и зловонным, как дыхание койота. Нинон готова была поспорить, что если они снимутся с места, то гроза последует за ними. Мигель сейчас являлся эпицентром бури, посланной его сумасшедшим отцом. Но очень скоро все должно было измениться.

Кроме того, у нее были все основания подозревать, что, несмотря на помехи от грозы, антенна Сен-Жермена все равно зафиксирует момент, когда она отдастся Мигелю. Он определенно узнает, когда в нее ударит молния и она заново воскреснет. И это ей только на руку, потому что до этого он не знал ее точного местонахождения. Она хотела, чтобы он примчался к ней в спешке, несобранный, ослепленный яростью. Чтобы его поймать, ей нужно было заставить его совершить ошибку.

Спустя некоторое время Нинон вышла на поляну, на которой была назначена встреча с Мигелем. Это место было на безопасном расстоянии от города и вдали от водоемов, в которых мог бы затаиться Дымящееся Зеркало или его жрицы. По всей видимости, вампиршам и их божеству для перемещения требовалась вода, и все же Нинон не теряла бдительности. За этот день Дымящееся Зеркало успел неоднократно удивить ее.

— Привет! — мягко сказала она при появлении Мигеля. Обдуваемый ветром, с развевающимися волосами он выглядел великолепно. Нинон вдруг поняла, что к ней возвращается давно утраченная способность искренне улыбаться. Она чувствовала, что его тело пахнет грозой, а значит, он давно вышел из дома.

Мигель шагнул к ней, окидывая оценивающим взглядом, и на этот раз она позволила ему осмотреть себя снизу доверху. Она позволила ему *видеть*. Нет, не все, но достаточно, чтобы он понял, что она чувствует. Потому что она хотела его и нуждалась в нем. Кроме того, она знала, что ему понадобится поощрение, чтобы сделать то, для чего они здесь собрались.

Ее тоже ждали сюрпризы. И хотя Нинон опасалась, что годы одиночества и воздержания убили в ней чувственность, все же она не забыла, что такое желание, и была рада в этом удостовериться — пусть даже при таких обстоятельствах. Страсть примиряла с суровой реальностью, позволяла подсластить пилюлю. Поэтому она поделилась ею с Мигелем, впервые за последнее время раскрывшись перед другим человеком.

— Твой рот... — произнес он наконец.

Она кивнула. Она поняла, что он имеет в виду. На ней не было ни грамма косметики, и ее ненакрашенные губы были гладкими, нежными, розовыми, как персик или арбуз, — рот юной девушки, который никогда прежде не целовали и на котором никогда не было ничего, кроме невинной улыбки. Ее лицо тоже было очень юным без макияжа. Ее тело было изменено, заморожено, когда она была еще почти ребенком.

За исключением глаз. В них жили опыт и вековая мудрость.

Мигель больше не пытался с ней заговорить. Его первое неуверенное прикосновение к ее щеке словно спрашивало, уверена ли она. Ее тело ответило утвердительно. На то, чтобы избавиться от одежды, много времени не понадобилось: одежды на ней было сравнительно немного, поэтому когда она только потянулась к его рубашке, то была уже почти обнажена.

Ветер не на шутку разошелся, подбираясь к ним все ближе и ближе. Нинон гадала, позволит ли Дымящееся Зеркало обреченным на смерть в последний раз познать радость секса. Она читала, что это не является обязательной частью ритуала, но все же Дымящееся Зеркало вполне мог им это разрешить, потому что тогда неизбежное предательство, которое он предвидел, предстанет в еще более ужасающем свете.

Она знала, что не сто́ит слишком глубоко погружаться в чувства, тем не менее не хотела закрываться от Мигеля. К несчастью, связь была двухсторонней, поэтому она чувствовала желание Мигеля так, будто оно было ее собственным. Когда она наконец прикоснулась руками и губами к его обнаженной груди, то затрепетала, словно касалась луны. Мышцы его были твердыми, но кожа, их обтягивающая, мягкой как бархат — дрожащей, теплой, живой. Она чувствовала каждое движение его тела, упругого, как у гимнаста. И он безумно ее хотел — это можно было прочитать в его глазах. За дикостью скрывалась нерешительность — страхи, сомнения, вопросы, но вместе с этим его взгляд горел первобытным желанием. Его влечение подогревало ее. Конечно, это не самое подходящее время для того, чтобы отвлекаться от поставленной цели, терять бдительность, но… мужчины были по-своему прекрасны. К тому же ей всегда нравилось мужское тело — тем, что оно больше, с тугими мышцами под нежной кожей, с дразнящими завитками волос на широкой груди, которая так отличалась от ее собственной. А Мигель был особенно красив — самый красивый мужчина из всех, кого ей приходилось видеть, потому что, несмотря на нечеловеческую природу, он все равно оставался человеком и, в отличие от Сен-Жермена, не погубил свою душу. И она откровенно любовалась тугими узлами мышц, обвивших его тело, его твердым, упругим животом. Да, он будоражил ее разум. Более того, он будоражил и ее чувства тоже.

И ей нравился его член. И она не стесняясь дала ему это понять. Она позволила ему прочитать это у себя в голове, пока ее рука медленно скользила по его телу, опускаясь все ниже. И вот она взяла его в руку, приподняла… Да! Ей понравилось, как он ахнул, когда она доставила ему удовольствие. Будет очень легко раствориться в его ласках, забыть обо всем, чтобы быть только с ним, здесь и сейчас.

Но это было бы глупо, потому что они были не одни. Она чувствовала на себе чей-то взгляд. Он был горячим, жадным и злобным.

Не замечая никого вокруг, Мигель в ответ провел пальцем по ее телу сверху вниз. Его руки были слегка наэлектризованы и оставляли на коже легкое покалывание, особенно в области медальона на груди. Это была довольно старомодная вещь, слишком массивная по современным меркам, и только женщины, которые пять раз в неделю посещали тренажерный зал, смогли бы носить его, не напрягая шею. Многие отвлекались на блеск огромных драгоценных камней на ожерелье и не замечали с обратной стороны медальона, который служил ей нагрудником, стальных шипов, которые могли впиваться в плоть как раз в области сердца. Многие, но не Мигель. Он увидел и обошел это препятствие, заставляя ее золотистые шрамы снова начать светиться. Его руки были нежными, хотя она и подозревала, что это противоречит его сути. Мигель был похотливым самцом, предпочитая грубость и необузданность. Это было у него в крови. И пусть он это всячески отрицал, будучи цивилизованным человеком, а не зверем, все же это мало что меняло — природу не обманешь. Дикость брала свое. Зверь, так долго находившийся взаперти, чуял приближение своего часа, жаждал утолить голод. Ей нужно было каким-то образом уговорить Мигеля выпустить зверя наружу — она не сомневалась, что если Мигель в последнюю минуту застопорится и откажется приносить ее в жертву, то это сделает Дымящееся Зеркало.

Электризованные, скользящие прикосновения доставляли необычное удовольствие, которое граничило с болью, заставляло ее тяжело и учащенно дышать. Может, Мигель специально постепенно приучал ее к боли? Отдавал ли он себе отчет в том, что делает с ней? Или все дело в собирающейся грозе? Воздух был под опасно высоким напряжением. Скоро ударит молния. А следом за ней — столь долгожданные огни Эльма.

Планировало ли божество вместе с ней убить и сына? Эта мысль неожиданно пришла ей в голову. В книгах об этом виде вампиров писали, что они чрезвычайно сильны, но отнюдь не бессмертны. Таким даром обладал только Дымящееся Зеркало. Мигеля же молния могла убить. Или вызвать у него непреодолимую жажду крови и на этой почве помутнение сознания, так что он вполне мог ее убить, прежде чем окончательно насытиться. Нинон взглянула в его глаза и увидела затаившегося там хищника. Еще чуть-чуть, и перед ним рухнут все преграды.

«Осторожно».

«*Oui*».

План заключался в том, чтобы стать немного мертвыми, но не полностью. Она заставила себя слегка отстраниться и подумать. Давным-давно, еще в руках кардинала Ришелье она научилась симулировать покорность, притворяться побежденной. Лучший способ не подвергаться риску, бросая вызов хищнику, — это изобразить из себя жертву. Конечно, опасность во время занятий любовью всегда оставалась — как эмоциональная, так и физическая. Под маской цивилизованного человека в мужчинах скрывается убийца, каждый из них по натуре разбойник, и часто секс для них заменяет грабеж и насилие. Первый любовник был и последним, кому она по глупости поведала о своих чувствах — конечно, речь шла о любви, но также и гордости, — и с тех пор она никогда всецело не покорялась. Но в этот раз придется отдать себя на милость победителя. Мигель узнает, если она этого не сделает. Ей придется, стиснув зубы, перетерпеть боль, эмоциональную или физическую, которую причинит Мигель-животное, когда будет ее обращать. Ему наверняка понадобится доступ и к ее душе. Во всех источниках, где описывалось превращение вампира, говорилось, что именно вампир удерживает душу и самосознание любовницы, пока та погибает и воскресает заново. Оставалось только надеяться, что у Нинон душа есть и ему будет что удерживать.

К тому же для Мигеля будет гораздо лучше, если она максимально насладится процессом, — если такое вообще возможно. В момент трансформации их сознания будут крепко связаны. Если она будет слишком сильно страдать, то это обернется пыткой и для него, а она не хотела, чтобы первый опыт превратился для него в кошмар. Эта жертва приносилась в угоду кровожадному божку, который сможет всласть насытиться страданием, Мигелю же это было ни к чему. Сначала будет боль — в какой-то мере перенесенная, в какой-то мере доставленная тобой, — и только потом ты получишь удовольствие, свою награду. Это минимальная обязательная плата. И Нинон сомневалась, что это будет так же просто, как терпеть безудержное желание или отказывать себе в физических удовольствиях. Божество, скорее всего, потребует чего-то большего от них обоих, потому что старые боги редко учатся новым фокусам, а этот божок просто обожал кровопролитие.

Она готова дать все, что он потребует, хоть фунт плоти, если он честно выполнит свою часть сделки. Благодаря дару Черного человека она могла перенести практически любую физическую травму, если только ей не будут вырывать сердце из груди или отрубать голову. Однако она не обязуется класть на алтарь любовь или почитание. Ничего, кроме обычного человеческого участия к так называемому сыну божества, человеку, насильно обращенному в вампира. Такое решение было принято не столько из-за злости на божество, сколько ради благополучия Мигеля. Это будет переломным событием в их жизни, не имеющим, однако, ничего общего с любовью, поэтому не стоит обманываться на этот счет. Мигель был ранимым, она чувствовала это, и не до такой степени искушенным в этих вопросах, как она. Человек часто поддавался романтическому самообману, ошибочно предполагая, что душевную потребность в чем-то можно заполнить кем-то. Отчаявшись, такие люди выходили на поиски пар — как правило, таких же духовно искалеченных людей со схожими проблемами, — чей внутренний разлом совпадал бы с их собственным. Но это было неправильно, в корне неправильно! Несмотря на все свое одиночество и отчаянную потребность в помощи, Нинон понимала, что глупо выдавать это порочное влечение за нечто большее, чем оно было на самом деле. Они с Мигелем просто помогали друг другу выбраться из болота. Она знала об этом, и он тоже должен был это понять.

Мигель медленно опустил ее на каменистую землю, которая, казалось, знала, зачем они здесь, и гостеприимно их встречала.

— Ты прекрасна! Ты так совершенна! Я и представить себе не мог...

Зверь ненадолго отошел на второй план. Его восхищение было неподдельным. Некоторые слова были подобны поцелуям — такие же сладкие и возбуждающие. Нинон лишь вздохнула в ответ. Они замерли на секунду, наслаждаясь этим ощущением близости, последним оплотом спокойствия перед надвигающейся бурей.

«Люди так трогательно наивны», — напомнила она себе. Они думали, что секс приносит взаимопонимание, хотя в действительности это происходит крайне редко.

Однако сейчас это было нечто иное, и оба это понимали. Это будет не просто слияние двух тел. Это будет необратимый процесс, где ничего нельзя переиграть или переделать заново. Они больше никогда не станут прежними. Поэтому оба медлили, хоть и понимали, что назад дороги нет.

Между ними пронеслось что-то черное и горячее. Оба почувствовали, как он вошел в тело своего сына, и столь грубое вмешательство повергло их в шок. Дымящееся Зеркало не должен был достать их физически, разве только где-то поблизости есть подземные источники…

Нинон огляделась в полной уверенности, что вода вокруг них бьет ключом, но увидела только темную, густую как кровь артезианскую жижу. Этого было недостаточно, чтобы божество возникло, но хватило, чтобы перенести его мстительный дух.

Температура тела Мигеля резко подскочила, а кожа потемнела. Глаза почернели и стали стеклянными. Наконец он заговорил, и голосом Мигеля к ней обратился Дымящееся Зеркало.

— Сухая земля стала для меня утробой, а пролитая на войне кровь — зерном, которое вдохнуло в меня жизнь. Роды моей матери ознаменовались пожарами и наводнениями, своим рождением я принес смерть в этот мир. Я пробудился голодным и использовал свое право на пищу, причитающееся мне как богу.

Эти слова отнюдь не были сладкими и возбуждающими, поэтому Нинон поспешно закрыла свой разум прежде, чем они смогли отравить ее мысли.

По щеке Мигеля скатилась слеза, золотая капля, оставив дорожку на лице. Но пролита она была не от горя, и обожгла Нинон, когда, скатившись с его подбородка, упала ей на губы. Однако она не отвернулась. Если она покажет свой страх, попытается вырваться, то только спровоцирует нападение зверя. Мигель не причинит ей вреда — вернее, не захочет причинить, но ему могут не оставить выбора. В него вторглись, его осквернили, как это было и с ней, — пусть даже ментально, а не физически. Она не сделает ничего, что могло бы спровоцировать бога, пока он находится в теле Мигеля, ничего, что способно причинить вред самому Мигелю.

«Попробуй коснуться его, *cherie*. Вытащи из него человека».

Глядя в темные глаза, некогда такие прекрасные, в которых сейчас не осталось ничего человеческого, она почувствовала за бесстрастным взглядом божества душераздирающую боль Мигеля, такое бескрайнее отчаяние, что поняла: он этого не переживет, независимо от того, что в планах у Дымящегося Зеркала. Было весьма смело с ее стороны вопреки всякой логике предположить, что божество не станет убивать сына или заставлять его делать то, после чего он просто не сможет жить. Она должна была дать богу это понять, чтобы он отступил.

— Все в порядке, — сказала она, обращаясь к посторонней силе в глазах Мигеля, которая теперь казалась более понятной и вызывающей отвращение. Презрение заглушило страх — монстр он и есть монстр. Только подлец способен так поступить со своим ребенком. Губы ее до сих пор пекли и постепенно немели, более того — онемевать начинали щеки и шея. Наверное, слеза была мощным обезболивающим. Нинон собрала воедино весь свой арсенал приемов по обольщению мужчин и солгала:

— Я вижу, ты хочешь уберечь сына от злости, которую я могу обрушить на него за то, что он должен сделать. Ты хочешь принять огонь на себя и впитать всю мою ненависть, чтобы избавить его от страданий. Но в этом нет необходимости. — Она заметила, что ей сложно произносить слова с шипящими звуками. Отдельные слова она вообще проглатывала, а скоро совсем не сможет говорить. — Я не испытываю ненависти к Мигелю сейчас и не испытаю ее в будущем. Мне известно, что такое боль, к тому же я грешна. Я не боюсь принести себя в жертву. Тем более, что он сам хочет меня взять.

Божество моргнуло. Мигель тоже моргнул. Так приятно было осознавать, что еще способна их удивить. Конечно, божество может ей не поверить. Вся эта речь в духе «убейте меня, ибо я того заслуживаю» прозвучала чересчур наигранно. Но зато она натолкнула этого сукина сына на мысль о том, что можно заставить Мигеля пойти наперекор своим моральным устоям. Сама она для него ничего не значила — просто инструмент, средство достижения цели, не более. Страдания Мигеля интересовали его куда больше.

Дальше она действовала очень осторожно и старалась звучать как можно правдоподобнее, выталкивая сфабрикованные мысли на поверхность, где бог смог бы свободно их прочесть: «Я искала этого. Я пришла сюда за этим. Я и только я несу ответственность за то, что происходило и будет происходить со мной». Это было то, что нужно. Наркотик должен был сделать ее послушной, превратить в жертву, но ее внутреннее «я» не намерено было полностью сдаваться. Был найден просто идеальный компромисс — пассивное, но не безудержное брыкание, которое автоматически заставило бы его напасть.

Она выждала нужное время, чтобы грандиозным усилием воли заставить рот двигаться, а голосовые связки в последний раз напрячься.

— Пожалуйста, пусть Мигель сделает это сам. С ним ничего не случится, и будет только справедливо, если сын бога сам принесет свою первую жертву.

И ему действительно придется этому научиться, если ее план провалится, потому что это последняя возможность привести его в исполнение. Легенды в один голос твердили о том, что сто́ит вампиру принести свою первую жертву, как ему придется делать это постоянно, чтобы утолять внутренний голод.

Нинон внимательно всматривалась в надежде обнаружить Мигеля и нашла его. Ей совершенно не горько было стать его первой жертвой, она лишь переживала, что такая жертва у него вообще появится, поэтому хотела сделать его первый опыт как можно более позитивным. Настолько позитивным, насколько это вообще возможно. Совершать поступок, который в одночасье загубит душу и заставит Бога от тебя отвернуться, не так-то просто. Делая это по принуждению, он не мог испытать всего удовольствия от ритуала, более того — это могло толкнуть его на самоубийство.

Бог во взгляде Мигеля долго смотрел на нее, а потом расхохотался. Звук резал уши и гулко отдавался в голове.

«*Cherie*, это бог, которому нужна человеческая жертва, и, если честно, он не из тех, кто станет кого-либо жалеть», — прошептал ей внутренний голос.

Нинон знала, что голос прав. Бог был просто бессердечным ублюдком, к тому же еще и самонадеянным. На это она и сделала ставку. На этом они и сойдутся. Если она сможет жить с тем, что случится, то и Мигель справится. Ей просто нужно было продержать его еще пару минут, пока не начнется настоящая гроза, тогда она сможет одолеть силу божества.

— Как же я буду рад тебя заполучить! — солгал бог. Глаза Мигеля горели его нечестивым весельем. — Мой сын так долго шел наперекор своей судьбе… Тем забавнее будет посмотреть, как он сейчас совершит свое первое убийство. Наверное, сто́ит пригласить и его покойную мать присутствовать при этом. Она гордилась его сопротивлением. Я получу наслаждение от их унижения.

«Да уж, это чертовски весело — толкнуть сына на убийство на глазах у духа его матери», — подумала Нинон, но вслух ничего не сказала. Зато ей в голову пришла новая мысль, которую она изо всех сил постаралась заглушить: «Слушай ты, Дымящееся Зеркало, молись о том, чтобы я сегодня умерла, потому что если я останусь в живых, то приду за тобой. Не знаю, как или когда, но я тебя уничтожу. Моя душа и так в опасности, мне нечего больше терять».

«Ты по-прежнему считаешь, что это лучше Сен-Жермена? Или у тебя появился новый злейший враг?» — спросил внутренний голос, стараясь унять ее ярость.

«Нет, Сен-Жермен по-прежнему возглавляет хит-парад».

«Тогда соберись, — проворчал голос. — Гони прочь злость, пока он ничего не заметил».

Легко сказать. Она полностью подчинила свой страх, но ею овладело божественное безумие, вызванное приступом ярости, которое, вместо того чтобы разделить ее мысли на правильные и крамольные, наоборот сплотило их, превратив в лазерный луч для того, чтобы выжечь всех врагов. Первым — Сен-Жермена, так как он представлял наибольшую опасность. Божество же было просто мелким вредителем, царьком в своем крошечном королевстве. И наверняка таким и останется, если Сен-Жермен не поможет ему достичь бо́льших высот.

Божество и не подозревало, что она не намерена становиться его жертвой или допустить, чтобы ею стал Мигель. Было настоящим удовольствием рушить его планы. Дымящееся Зеркало не получит ни ее кровь, ни страдания, ни преданности, а уж тем более ее свободу или бессмертную душу. Не говоря уже о ее жизни. Равно как и о жизни Мигеля, если она в состоянии будет этому помешать. Сегодня ночью Мигель станет полноценным вампиром, но по-настоящему он никого не убьет, потому что его жертва останется жива.

И тогда *она* обратит *его*. Даст ему силы отгородить и защитить разум от терзающей его твари.

Божество колебалось. Что было занятнее — насильно овладеть разумом сына или понаблюдать за тем, как Мигель предает все, что было ему дорого, совершая свое первое убийство?

Предательство победило. Божество начало медленно отступать, его влияние постепенно ослабевало. А Нинон лежала и представляла, как возложит цветы ему на могилу в тот день, когда при помощи его порченой крови избавит мир от Сен-Жермена. Она убьет их обоих! Без малейшего колебания. Ставки в игре повысились. Нельзя было допустить их союза. Она пойдет на убийство, потому что Сен-Жермен планирует выпустить в мир страшное зло, а Дымящееся Зеркало может ему в этом помочь. Она убьет ради Мигеля, потому что Сен-Жермен и за ним начнет охотиться. И потому что неправильно было бы помочь ему избавиться от одного чудовища, чтобы на смену тут же пришло другое. Но главным основанием для убийства послужит то, что она просто устала ненавидеть и бояться сына Черного человека.

Страх и ненависть. Это были самые потаенные и сильные после любви чувства, которые измотали ее до предела. Они преследовали ее днем и ночью. Она не сможет двигаться вперед, пока не избавится от этого бремени. Настало время отдавать старые долги.

«Мне кажется, он слышит тебя! — Ее внутренний голос был напуган. — Он знает, что ты задумала».

Но, должно быть, голос ошибался, потому что внезапно бог отступил. Он ушел не насовсем, но наконец-то глазами Мигеля на нее смотрел сам Мигель и он снова мог контролировать свое тело.

— Ты или самая смелая из всех, кого я встречал, или самая ненормальная.

Он приподнялся над ней на согнутых в локтях руках. Его темные волосы скрывали их подобно ширме, создавая видимость уединения. Его лицо было искажено страданием вперемешку с ненавистью и злостью, хотя он всячески пытался скрыть это, как и то, что внутри него жило чудовище, которое хотело ее обидеть.

— Ты тоже. Не думаю, что это два взаимоисключающих понятия, — ответила она.

Вместо слов получилась каша. Лицо было парализовано. Это должно было ее напугать, но почему-то не испугало. Скоро пройдет. Организм уже начал бороться с действием наркотика. Злость только подстегивала естественные реакции.

— Спасибо за добрую мысль, — сказал он. — Я оценил это, даже если он этого не сделал.

— Займись со мной любовью. Растворись в моем теле. Давай же, — перебила она его. — Мы решим вопрос с кровопусканием.

Вряд ли он понял, что она имела в виду, поэтому Нинон добавила:

— Доверься мне. Все будет хорошо.

Похоже, он все понял, почувствовал ее оптимизм и поверил, хотя с его стороны ситуация должна была выглядеть безнадежной.

Он опустил голову и начал покрывать ее тело поцелуями, двигаясь вниз, к тем участкам ее тела, которые она еще ощущала. Наркотик парализовал ее, но она не потеряла чувствительности. Ее голова и лицо почти онемели, но остальное тело по-прежнему могло испытывать наслаждение. В данный момент это было прекрасно. От каждого нежного прикосновения к пупку мышцы живота сводило судорогой. Губы Мигеля были безжалостны, доводя ее до исступления, — он старался раствориться в ней.

Она застонала. Таким языком можно было отжиматься. Сложись обстоятельства иначе, она была бы в экстазе.

Мигель улыбнулся, уткнувшись лицом ей в живот.

«Божество может услышать. Мигель наверняка до сих пор у тебя в голове и передает ему твои мысли», — предупредил ее голос.

«Все возможно. Но он на поверхности. А теперь... т-с-с... Я занята».

Она не была в восторге от того, что за ней наблюдают, тем более зрители, способные в любой момент вмешаться, но если божество хотело добавить ей дискомфорта своим присутствием, то придется его огорчить. У нее не было страха сцены.

— Заняться с тобой любовью? Наверное, я смогу. Я чувствую... прилив энергии, — наконец произнес Мигель с легкой улыбкой. Его голос был хриплым, чужим, глаза блестели. Он выпускал наружу животное, позволяя ему сделать то, что Мигель-человек сам сделать не мог. Чудовище было ужасно, но это был Мигель. — Мне нужно быть поосторожнее с шипящими, или я сам себя проткну.

Он поднялся до уровня ее лица и навис сверху. Он приоткрыл рот, и из его языка высунулось жало. Оно было где-то три четверти дюйма в длину.

«Мне это нравится гораздо больше, чем зубы, — подумала она так, чтобы и он услышал. Потом добавила удивленно: — Мигель, ты что, пьян?»

«Да, я принял немного *datura inoxia* — дурмана. На всякий случай, думал, а вдруг мне это не понравится».

Он тихонько рассмеялся, и Нинон вдруг обнаружила, что ей хочется посмеяться вместе с ним. Это была истерика, но вместе с тем и облегчение. Наверное, наркотик заставлял зверя ждать.

«Вот-вот должно произойти событие, которое изменит всю мою жизнь… Разве это не странно? И в то же время о настоящей любви речи не идет. Я просто хотел, чтобы ты это знала».

«Я знаю», — подумала она. Она была рада, что они оба это понимают. Она не верила в настоящую любовь. Это была иллюзия, которая заканчивалась разбитым сердцем либо, что еще хуже, браком, в который оба бросались как в омут, застигнутые врасплох нахлынувшей на них страстью. Бурлящие гормоны даже современную женщину могут заставить потерять голову, и тогда в любовном угаре она может добровольно дать себя поработить, надев на палец обручальное кольцо и еще не осознавая, что это милое украшение иногда может сковывать сильнее, чем рабские кандалы. А когда пелена спадет, от любви останутся бесконечные судебные разбирательства.

«Я не из тех, кто женится», — заверил Мигель, непроизвольно читая некоторые ее мысли. Наркотики обернули его сознание в мягкий войлок, и это, бесспорно, было к лучшему. Не нужно, чтобы что-то постороннее его беспокоило или отвлекало.

«Я могу тебя убить, потеряв голову от вкуса крови, но никогда не заставлю выйти за меня замуж».

«И на том спасибо», — подумала она. И оба рассмеялись. Его наркотический экстаз частично передавался и ей. Наверняка это сбивало с толку Дымящееся Зеркало.

— Итак, что тебе больше нравится? Отжимания? Приседания?

Секс определенно был чем-то большим, нежели комплекс изометрических упражнений, хотя если все делать правильно, то может получиться чудесная разминка. Она была в хорошей, очень хорошей физической форме, но проблема заключалась в том, что притяжение земли словно увеличилось вдвое, сковывая конечности. Легкие тоже налились тяжестью.

Она взглянула на свое тело глазами Мигеля — оно было бледным, не считая золотистой сеточки шрамов. Грудь была мягкой, животик слегка округлился — она была вся такая маленькая, хрупкая, беззащитная. Это было прекрасной маскировкой. Не столь искушенные люди часто путали хрупкость со слабостью. Хрупкость могла вызвать у Мигеля защитные рефлексы. Или не могла. В любом случае, тело отвлечет его от ее мыслей и переживаний. Сейчас она не хотела, чтобы он находился у нее в голове. Она откроется ему в самом конце, но сейчас ей необходимо было собраться с мыслями.

«*O quam misericors est Deus*»[1]. Ее внутренний голос часто иронизировал, но всегда говорил правду. Господь действительно творил чудеса. Ее тело было доказательством того, что чудеса существовали. Все болело и было тяжело дышать, но нельзя терять веру, что все будет хорошо. Господь обязательно ниспошлет ей силы на борьбу со злом.

Она тихонько улыбнулась при мысли об этом. Мигель с его отцом не знали о безграничном стремлении этого хрупкого тела залечивать собственные раны — *bon Dieu*, спасибо тебе за это. Божество явно воспринимало ее как разменную фишку в покере, чтобы поднять ставки в грязной игре со своим сыном. А что касается Мигеля... то его побуждения понять было не так-то просто. Он определенно хотел ее, но речь шла не о сексе. По крайней мере, не совсем о нем. Он мог сбежать, уклониться от противостояния. Возможно, все дело было в чувстве вины и в нежелании выставить себя трусом, но она подозревала, что помимо этого у него могли быть еще более сильные мотивы — что-то, чего он хотел так отчаянно, что наконец решился уступить своей вампирской природе. Со временем она выяснит, что им движет.

Она провела руками по его спине, отмечая шрамы вдоль позвоночника — неприметные для глаза, но пробуждающиеся от ее прикосновений вместе с остальными пещеристыми тканями его тела. Шрамы были круглыми, слишком большими для иглы нормального диаметра. Они не были похожи на послеоперационные швы, скорее на пулевые отверстия.

Или колотые раны. И она внезапно поняла, кто мог их оставить. «Наверное, божеству пришлась по вкусу цереброспинальная жидкость», — предположила она, и ее передернуло от отвращения.

---

[1] О, как милосерден Господь! (*Лат.*)

Мигель вздрогнул от ее прикосновения. У обоих удовольствие слишком тесно граничило с болью.

Он снова потянулся было к ее медальону, но она ударила его по руке.

— Не трогай, — сказала она. Но вышло как «е-оай». Она попыталась послать ему мысленное сообщение, но подумала, что это сложно будет объяснить. Она должна была дать ему понять, что если огни Эльма ударят по ней, то нужно будет направить язык пламени туда, где от него будет больше всего пользы.

— Тогда приступим, — прошептал Мигель. Волосы у него на теле шевелились от растущего статического напряжения. Его глаза были дикими и прекрасными, и ее душа отчаянно желала, чтобы он хоть на мгновение стал частью ее.

На миг оба задержали дыхание и застыли. Эта короткая передышка, для него связанная с боязнью неизвестности, а для нее — со страхом возможной смерти, сделала секундное промедление таким же сладким, как последний глоток воздуха для человека, приговоренного быть сброшенным за борт.

Последний взгляд на Мигеля — и вот она отдалась собственному желанию, позволила ему ослепить себя и его посредством находящегося между ними божества. Умом она понимала, что влечение подобной силы было разновидностью рабства, пусть и временного, но на этот раз он не заманивал ее в свои силки. Она сама пришла сюда и, целиком подтверждая слова, сказанные божеству, принимала на себя всю ответственность поступка. Должно быть, глупо было позволять себе так трепетно его касаться, так близко принимать его внутреннее «я». Она получала удовольствие сначала от его боли, а потом от довольного урчания, которые не были заранее расписаны как по нотам, а были прекрасны, чисты и, что уж совсем редко случается, искренни. Она просто жадно ловила каждое его прикосновение. И сама не хотела отрываться от него, его темных волос, разметавшихся по сильным плечам, его мощной, покрытой шрамами спины, его длинных мускулистых ног и его восхитительного мужского достоинства, которое так чутко реагировало на ее прикосновения. Но больше всего ей нужно было не оставаться одной. По крайней мере, не сейчас. И не навсегда. Душу холодил страх от сделанного шага, и ей нужно было срочно согреться в пожаре страсти, какой бы быстротечной она ни была.

Секс был грубым, но ей понравилось. Она получала какое-то извращенное удовольствие от того, что поддалась парализующему действию наркотика, и теперь, отбросив все ограничения, позволяла Мигелю делать с собой все, что заблагорассудится. Но вот настало время ему выпить ее кровь. Он дождался, пока она унесется в экстазе, но даже на пике блаженства она почувствовала, как жало вонзается в ее плоть, проходя сквозь мышцы и вены. Его слюна была такой же едкой, как кислота. Агония была сигналом ее телу начать восстановление, а ее сознанию — очиститься. Мозг начал активно выделять эндорфин, помогая ей справиться с болью или даже насладиться ею, так как она означала, что цель близка.

По мере того как Мигель пил, глаза его менялись. Чернота зрачков стала растекаться по радужке глаза, а потом заполнила все глазное яблоко, сделав его похожим на кусок обсидиана.

Он дернулся во второй раз — от удовольствия или от чего-то еще. Она заставила себя его обнять. Успокаивая и в то же время напоминая о том, что она здесь — живая и страдающая. И что он не должен терять самоконтроль и успеть вовремя остановить тварь, пока та не выпила ее целиком.

Битва между Мигелем и зверем едва не закончилась провалом. Если бы она не успела к тому времени перевоплотиться, то умерла бы от потери крови в самый разгар их схватки. Однако Мигелю удалось-таки побороть хищника. Он резко вышел из нее и откатился в сторону. Нинон чувствовала, как из горла тонкой струйкой сочится кровь, а в воздухе запахло медью. Но это было все, что она чувствовала и ощущала на вкус. Он не предложил ей свою кровь взамен. Не дал ей силу.

— Ты не закончил, — сказала она. Слова были едва различимы за ревущим ветром, к тому же язык до сих пор ее не слушался. Как она и надеялась, электрические помехи, принесенные грозой, помогли скрыть ее мысли от Сен-Жермена и Дымящегося Зеркала.

— Он не хотел, чтобы я заканчивал, к тому же я хотел как можно скорее тебя отпустить. Ты себе даже не представляешь, какая это боль — вечный, ненасытный голод.

Он открыл глаза. Они уже были практически человеческими. Только зрачки все еще оставались расширенными, но, наверное, это действие дурмана.

— Но я не хочу, чтобы меня отпускали. Мне нужно обратиться, только так я смогу выжить. Но кровью мы должны будем обменяться чуть позже. У меня есть еще кое-какое дело, не терпящее отлагательства.

— Кровь тут не при чем, — сказал он, хмурясь. — Я же сказал: забудь все эти страшилки о Дракуле. Ты не должна пить мою кровь. Это делается не так.

— Что тогда?.. — И тут она поняла, откуда взялись шрамы на его позвоночнике. — Ты должен что-то в меня ввести?

— Да, тебе в позвоночник. Я сломаю тебе кости и впрысну внутрь яд, который будет разъедать тебя изнутри, как кислота, как гниение. Ты не можешь этого хотеть.

Она смотрела на Мигеля, тронутая его заботой, и не важно, было то эмоциональное рабство или нет, но она тоже беспокоилась о нем. Мысль об этом вызвала у нее легкое волнение.

«Дымящееся Зеркало, посмей только ему еще что-то сделать. Теперь он мой, и я беру его под свою защиту».

— И все же я хочу этого, Мигель… Однако пора искать убежище от грозы, пока ты еще не успел поджариться, — сказала она, с радостью отмечая, что снова может говорить внятно. Честь и хвала ее ускоренному обмену веществ! Злость и страх выходили из нее постепенно, позволяя легким увеличиться до необходимых размеров, чтобы она смогла глубоко вдохнуть и приготовить мышцы к движению. Она была рада возвращающемуся спокойствию.

«И все равно ты по-прежнему сильно взвинчена. В тебе никогда раньше не было столько злости».

Молния никак не отразилась на ее внутреннем голосе. А с чего она взяла, что должна была отразиться?

«Все потому что я — это ты, *cherie*. До тех пор, пока ты способна мыслить, я с тобой».

«Я обеспокоена, точнее, я в бешенстве. Дымящееся Зеркало пытался убить меня этим чертовым наркотиком, к тому же он не позволил Мигелю провести обряд до конца и дать мне свою силу. Это нечестно и нарушает условия нашей сделки. Да, я осталась жива, это правда, но я считаю, что важен злой умысел как таковой, а не то, был ли он приведен в исполнение. И я не верю, что он убьет Сен-Жермена, когда представится такая возможность. Он только попытается и высосет из него силу. Или сделает его своим protégé. Ему видится, что из Сен-Жермена выйдет замечательный сын. А в итоге Сен-Жермен убьет его без тени сомнения».

«Ты думаешь, Сен-Жермен выйдет победителем из этой схватки и заберет у божества его силу?»

«Думаю, это вполне возможно. Дымящееся Зеркало — самонадеянный кретин. Но было бы слишком смело надеяться, что они передерутся и убьют друг друга».

«Я думаю… ладно, нам лучше поторопиться. Гроза уже совсем близко. — Голос на секунду умолк. — *Cherie*, ты действительно хочешь попытаться убить его? Божество?»

«Это не божество, а одно название. Обыкновенное чудовище. И эта мысль действительно посетила меня пару раз за последние несколько часов. Пока я еще не знаю, как. Опыт с Сен-Жерменом и Черным человеком научил меня одному: единственное, что можно сделать с врагом, это похоронить его при первой же возможности. Нельзя просто так оставлять людей, затаивших на тебя злобу и жаждущих мести».

Голос вздохнул, но спорить не стал.

«А ты стала жестче».

«Пришлось».

— Я думал, ты, наоборот, хочешь молнию! — прокричал Мигель сквозь завывания ветра, видя, что она садится. Он больше не мог общаться с ней мысленно.

— Хочу, но не прямо сейчас. Нам нужно кое-что. Помоги мне подняться, — велела она. Дымящееся Зеркало пытался разогнать бурю, но было слишком поздно. Она уже за нее ухватилась.

Мигель наклонился и поднял Нинон на ноги, поддерживая, чтобы она не упала. Казалось, он не был удивлен ее выздоровлением. Она гадала, что же он помнит из их схватки. Помнит ли о том, сколько крови у нее забрал и что это чуть не оказалось для нее смертельным. Он даже не догадывался, что гроза была всего лишь прикрытием, чтобы сделать ее податливей под действием наркотика. Он не знал, что отец собирался использовать его, чтобы убить ее, а ему самому позволить жить дальше с ощущением вины. Этот сукин сын, Дымящееся Зеркало, заслуживал смерти.

Они быстро оделись. Они не лежали, обнявшись, утомленные и счастливые, не засыпали, разморенные ласками, прижавшись друг к другу, не валялись просто так и не болтали о пустяках.

— Ты не умрешь, если в тебя ударит молния? — спросил он, пока они бежали в сторону города. Как она и подозревала, ему легко удавалось поспевать за ней. Возможно, все еще сказывалось действие парализующего наркотика, который дал ей Дымящееся Зеркало.

— Не знаю. В том состоянии, что я сейчас… может, и умру. Если молния будет не подходящая. А ты?

— Не знаю.

И тут же им вслед ударила молния, и практически сразу же прогремел гром. Итак, божество поджало хвост. Тем хуже для него. Ему все равно придется выполнить свою часть сделки, хочет оно того или нет.

— Зачем же ты лгала о грозе и причинах, которые привели тебя сюда? И почему сейчас ты говоришь правду? — сказал он, и в голосе его звучало скорее любопытство, нежели осуждение.

— Потому что при таком обилии электричества в воздухе меня не слышит ни божество, ни Сен-Жермен. Раньше могли, а сейчас нет, поэтому и не знают, что мы сейчас делаем, а когда узнают, нас уже будет не остановить. Эта гроза не прикрытие. Это средство, оружие.

Он долго это переваривал, наверняка вспоминая, как мог читать ее мысли.

— Что мы *сейчас* делаем?

— Для начала ты закончишь ритуал и дашь мне кровь. Или что ты там должен дать.

— Но…

— Это подействует на меня иначе, чем он думает, — прокричала она сквозь ветер, стараясь придать голосу как можно больше уверенности. — Или же, если хочешь, я могу сделать тебя таким же, как я.

— Но с чего бы я стал этого хотеть? Чтобы навсегда остаться таким, какой я есть? — спросил он. Она его отлично понимала — в его жизни и без того все было непросто.

— Если все пойдет по плану, ты сможешь замедлить или даже остановить свой вампиризм. И по-прежнему не бояться солнечных лучей. Потому что теперь, завершив свое обращение и отведав крови, ты, возможно, больше не сможешь выходить на свет. Послушай, я даже точно не знаю, как это происходит с людьми, не говоря уже о вампирах. Мне нужно регулярно питаться, потому что мой обмен веществ полностью изменился, но мне требуется совсем немного пищи, чтобы не умереть от голода. Я не старею и не заболеваю. Я думаю, что с тобой и твоей кровью все будет точно так же. К тому же у меня было смертельное, прогрессирующее заболевание легких, которое удалось остановить с помощью… — Ей не хотелось произносить «электрический удар». — С помощью лечебных процедур.

Поначалу он выглядел крайне напуганным. Он явно думал, что во всем этом есть и обратная сторона, но что бы там ни было, оно не шло ни в какое сравнение с тем, что ждало его сейчас.

«*Cherie*, а что, если в его случае эффект будет прямо противоположным? Что, если этим ты только выпустишь вампира на волю, сделав его сильным и ненасытным?»

«Тогда нас ждут большие неприятности», — вынуждена была признать она.

«Ты готова убить его, если что-то пойдет не так?»

«Да. Но мне не придется. Он сделает это сам».

«Все может быть. Но это будет несравненно тяжелее после того, как ты его обратишь. Ты сама прекрасно знаешь, как сложно умереть».

«Я знаю».

Но ей также будет тяжело покончить с собой, обернувшись вампиром. И тем не менее она совершенно точно знала, что во что бы то ни стало положит этому конец, как только вампир в ней начнет брать верх. И не важно, грех это или нет, — других вариантов здесь быть не могло. Она ни за что не станет тварью, паразитирующей на телах невинных жертв. Это была черта, которую она никогда не переступит, даже если ее душа будет обречена вечно гореть в аду.

— Как по мне, то звучит совсем неплохо. Я рискну, — решил Мигель, обрывая ее невеселый внутренний монолог. — Что нам для этого нужно сделать?

— Пойдем на крышу церкви. Я оставила там кое-какие вещи.

— Какие еще вещи?

— Вещи, которые нам понадобятся, чтобы электрический удар огнем Эльма нас не убил. Не волнуйся, крыша церкви как раз идеально подходит для этого. Эти бронзовые ангелы и колокол — как один большой проводник.

— Чудесно. А откуда ты знаешь, что там будет огонь Эльма? — спросил он. К чести его сказать, ни одна жилочка не дрогнула на его лице при словах «электрический удар».

— Достаточно того, что там буду я. Я словно притягиваю его, как только начинается гроза. Я бы уже давно это сделала, но Сен-Жермен все это время разгонял тучи.

— Так вот почему ты просила Дымящееся Зеркало о грозе…

— Да.

И пусть это была не вся правда… но ему еще рано было слышать остальное.

Он помолчал.

— Не хочу показаться занудой, но что будет, если что-то пойдет не так?

— Тогда мы умрем. Либо во время трансформации, либо после нее — сделав это собственными руками.

Это заставило его призадуматься. Но ненадолго.

— Может быть и хуже, — сказал он наконец. — Ты знаешь, что Д. З., скорее всего, убьет нас за неповиновение?

— Ну, по крайней мере, попытается. — Опьяненная заряженным электричеством воздухом, она умудрялась казаться беззаботной. — Если нам повезет, то у него ничего не выйдет. А теперь скажи мне, как ты относишься к отцеубийству?

— Очень трепетно. Я целиком «за», по крайней мере в этом случае. Я более чем уверен, что он пытался заставить меня убить тебя. Он думал, что я потеряю самообладание и выпью тебя до дна. Что, скорее всего, и произошло бы.

— Так, значит, ты знал о его намерениях... Я предполагала, но не была до конца уверена в этом.

Она хотела сказать, что ей очень жаль, что ему пришлось это пережить, хотела как-то его утешить. Но не могла найти подходящих слов. Его отец был кровожадным подонком, готовым заставить страдать собственного сына и даже убить, если бы возникла такая необходимость. Здесь одной жалости было мало.

— Я подозревал, — произнес Мигель после секундной паузы.

— Что? Я вижу, тебя еще что-то тревожит. — Она побежала быстрее, но он продолжал двигаться вровень с ней. — Спрашивай либо сейчас, либо никогда. Как только мы сделаем это, назад дороги не будет.

— Ты все время так живешь? — спросил он.

— Практически. Когда за тобой по пятам следует одержимый колдун-маньяк, остается только нестись во весь опор.

Полностью придя в себя, она наконец включила максимальную скорость. Как Нинон и ожидала, Мигель тоже не ударил в грязь лицом. Физически он был очень силен и вынослив. У него были все шансы перенести электрический удар.

«Прошу тебя, *bon Dieu*... Знаю, я недостойна твоей милости. Помоги ему выдержать испытание огнем, и чтобы пламя сковало его внутреннего зверя. Не дай мне убить его. Кого угодно — Сен-Жермена, Дымящееся Зеркало, но не его. Не Мигеля».

Она обнаружила камень в небольшом каталоге Национального музея Мехико, датированном тысяча девятьсот двадцать девятым годом. Предположительно, на нем был изображен стандартный ритуал женского жертвоприношения богу смерти Миктлантекутли во время церемонии огня. Внимание Нинон привлекло то, что обряд осуществлялся при помощи молнии, бьющей прямо в алтарь. На груди у некоторых женщин висели медальоны, куда также попадали удары молнии. У божества, в честь которого проводился ритуал, был высунут язык, как и у всех богов, — они были бессмертны и, пользуясь своим превосходством, показывали язык всему миру. Но, в отличие от остальных, к кончику его языка была приделана игла или штык. Кроме того, примерно в области паха его тело обвивала змея. Эта плита была единственной в своем роде, где божество было изображено подобным образом, и некоторые ученые, как было сказано в каталоге, задавались вопросом, а Миктлантекутли ли это. Это могло быть изображение некоего вампирского культа, который процветал до вторжения конкистадоров.

Но неожиданнее всего оказалось то, что с обратной стороны камня был выгравирован календарь. У ацтеков был особый календарь из двухсот шестидесяти дней, разбитых на восемнадцать равных месяцев. В конце года наступал Немонтеми — пять «злосчастных дней», предназначенных для умилостивления богов. Это были переломные дни, когда богов необходимо было задабривать, иначе в мире воцарится зло. Тогда и происходили огненные обряды.

Ученые были озадачены. Нинон была заинтригована.

Как только появилась возможность, она посетила музей. Но там ей сообщили, что камень исчез более семидесяти лет назад, сразу после того, как каталог был напечатан. Не хочет ли она вместо этого взглянуть на камень солнца?

Огорченная этой новостью, она все же решила посмотреть на камень солнца и все остальные камни в музее, но ничего не дало ей ключ к разгадке того, что же изображено на гравюре. Единственной зацепкой послужило место, где этот камень был найден. Его подняли со дна одного из прудов в районе под названием Кватро Сьенегас.

За всю любовь без меры,
Надежд последних звон,
За страх наш эфемерный
Спасибо, пантеон;
Что жизнь нас не неволит;
Мертвец не встанет боле;
И что речные боли
Морской поглотит сон.

Суинберн Алджернон Чарлз.
Сад Прозерпины[1]

Я был на пути в Турнэ, когда мне сообщили, что в гостинице остановился монсеньор граф де Сен-Жермен. Я захотел быть представленным ему. Он согласился на аудиенцию, но с тем лишь условием, что он сохранит инкогнито и я не буду настаивать разделить со мной еду или питье.

Казанова. Мемуары

[1] Перевод А. В. Велигжанина.

Глава 9

— Раздевайся и ложись, — велела Нинон Мигелю, расстегивая рюкзак, оставленный на крыше. Она начала быстро разматывать цепи, которые обернула вокруг колокола и для верности закрепила еще S-образным крюком. Они были тяжелыми, стальными, вместо привычных алюминиевых. Как только он разделся, она накинула цепи ему на запястья, лодыжки и, обернув вокруг пояса, застегнула. Она приказывала рукам не дрожать. Это было довольно сложно, потому что от растущего электрического напряжения в воздухе ее мышцы непроизвольно дергались. К этому примешивался еще и легкий страх — как же иначе, когда собираешься украсть огонь у богов?

— Попахивает каким-то сексуальным извращением, — сказал он, поднимая руки.

Она слегка ему улыбнулась. Ветер так и норовил отхлестать их, хватал за волосы. Теперь, когда она перестала перемещаться с места на место, гроза уверенно шла к ней.

Она опустилась рядом с ним на колени, сорвала с шеи медальон, открыла его и положила ему на сердце. Затем с силой вдавила его так, что маленькие шипы вонзились в кожу.

— О, по-моему, ты решила со мной поквитаться.

— Извини, просто нам понадобится стальная пластина над сердцем, — сказала она, но бóльшую часть слов скрыл от него ветер. На самом деле ей не особенно хотелось ему что-либо объяснять. Большинство людей будут категорически «против», если им предложат соорудить на груди нечто наподобие громоотвода.

— А разве ты не хотела, чтобы сначала я тебя… *изменил*? — спросил он.

Она посмотрела на неотступно надвигающийся грозовой фронт и с сожалением покачала головой.

— Нет времени. Придется сделать это после.

Если, конечно, это «после» наступит.

Она достала второй медальон, на этот раз не декоративный, и, с силой хлопнув по нему, ввела шипы себе в тело. Движение было отработанным и, должно быть, показалось наблюдательному Мигелю убедительным, хоть он не мог не заметить тоненькую струйку крови, стекающую у нее по животу.

— Прости, у меня нет времени сделать местный наркоз, — прокричала она. Но о том, что у нее не хватило времени и на то, чтобы поместить защитную прослойку между металлом и кожей, она упоминать не стала. Вся система была сработана кустарно, поэтому наверняка будут ожоги. Раны быстро затянутся, но перед этим немного поболят.

Мигель кивнул. Молния была уже совсем близко. Он принялся считать вслух секунды между вспышкой молнии и грохотом грома:

— Тысяча-один, тысяча-два[1]...

— Еще не поздно передумать.

Она не могла об этом не сказать. У нее не было времени объяснять, что влечет за собой такое превращение: необходимость подставляться под огонь с интервалом в несколько десятков лет и поначалу слабый, но с каждым разом все более основательный сдвиг в мозгах, который в один прекрасный день лишит его рассудка. Кроме того, некоторые болячки после превращения могут вернуться и даже усилиться, в то время как иммунитет к ним будет таять. В его случае речь шла о вампирской жажде крови.

Если бы у нее было больше времени, она подождала бы встречи с Байроном и попросила его о помощи. Поэт вроде бы вынужден был обновляться не так часто, как она. Возможно, Диппель успел усовершенствовать процесс, прежде чем «вылечил» поэта от эпилепсии.

— Нет, уже поздно. Уже много лет, как поздно. — Он заглянул ей в глаза. — Если есть хотя бы ничтожная надежда, что это поможет сдерживать вампиризм, я не могу упустить такой шанс.

---

[1] Считается, что на произношение слова «тысяча» уходит ровно одна секунда. Так отсчитываются секунды при дайвинге и десантировании.

Я уже долгое время нахожусь на грани и чувствую, что начинаю сдавать. Рано или поздно я убью кого-то.

Она понимала. Иногда Сцилла оказывалась хуже Харибды.

— В любом случае ты можешь стать третьим колесом для моего велосипеда, пока я не научусь на нем кататься.

— Договорились.

Нинон набрала Ь во второй шприц дозу адреналина и амфетамина.

В последнюю очередь она сняла контактные линзы — будет очень нехорошо, если они растают прямо у нее на глазах. Она подняла взгляд, и он впервые увидел ее истинные глаза. И судорожно вздохнул. Она знала, что ее радужка стала абсолютно черной. Кожа тоже начала светиться. Она надеялась, что никто не додумается взглянуть на крышу церкви, иначе слухи о том, что церковь посетил ангел, обеспечены.

— Я бы с удовольствием освободила тебя от этой части действа, — сказала она между завываниями ветра.

— Мне не нужны поблажки.

— И все же…

— Знаю. Я тоже не могу сказать, что мне до ужаса хочется сделать тебе больно…

Нинон скинула с себя остатки одежды. Она осторожно легла сверху, животом к животу, с силой зажав в кулак цепи на его запястьях. Она чувствовала гулкое биение его сердца. При других обстоятельствах поза выглядела бы весьма эротично, но сейчас они не способны были испытывать ничего, кроме томительного предчувствия ужаса.

— Тысяча-один… Молния следит за мной, правда?

— Нет, скорее за мной. Держись, — пробормотала она. — Сейчас будет не самая приятная часть.

Мигель, проследив за ее взглядом, повернул голову на восток, туда, где кипящая буря уже переваливалась через зубцы церковной стены. И снова взглянул ей в лицо. Она смотрела не на облака. Он опустил взгляд, чтобы понять, куда же она все-таки смотрит. Два шприца, которые она приготовила, лежали неподалеку на рюкзаке. Ее доза, более маленькая, была ближе.

— Мне нужно будет схватить их моментально. До того как у меня остановится сердце и я лишусь зрения, — пояснила она. — Мы оба ослепнем, и у нас будет только минута, максимум две, чтобы успеть, прежде чем мозг начнет разрушаться. Если со мной что-нибудь случится, ты должен…

Гром грянул прежде, чем она успела договорить.

Воздух вокруг застыл, потрескивая, как ледяная корочка на воде.

— Тысяча-о… — только и успели произнести его губы, как в них угодила странная синяя молния. Этот удар они могли только почувствовать, но не услышать.

Крик рвался наружу, но легкие парализовало. Было такое чувство, что налетел целый рой ополоумевших ос, которые ринулись к коже, вгрызаясь в мышцы. У Нинон в голове вдруг прогремел гром, словно взорвалась граната, разрывая мозг на куски и превращая его в кучу ошметков. Свет и жар проникли в каждую клеточку ее тела, разнося по нему жестокое пламя. Это был огонь разрушающий, но в то же время и созидающий. Но он не походил на нормальный огонь — под его воздействием все внутри таяло и меняло форму. Он наполнял голову убийственным шумом, который нельзя было слышать ушами, а только почувствовать как пульсацию, прошедшую по волокнам соединительных тканей, потрясшую каждую молекулу ее тела и перемешавшую их между собой.

Ее мозг закипел, и на него разом обрушились все вкусы и запахи, которые ей когда-либо приходилось ощущать. Каждый нерв головного мозга ныл от перегрузки. Наверное, грешники в аду испытывали похожие чувства.

Потом стая черных птиц — воображаемая смерть — налетела и захлопала крыльями у нее в голове так, что уже невозможно было понять, что происходит с ее собственным телом или с телом Мигеля. Хотя Нинон и без того знала, что скоро они оба умрут. Она знала, что ее поразил электрический удар. То же произошло и с Мигелем. Его нечеловечески сильное тело выгнулось дугой, поднимая их обоих над крышей церкви. Это длилось целую вечность: боль и свет, и коварные птицы, которые норовили вытянуть душу из ее тела.

«Не-е-е-е-ет!» — закричала она птицам в голове, когда агония достигла апогея.

И вот все закончилось. Последнее, что она увидела, была молния, пляшущая на церковном колоколе. Огонь Эльмо угасал всполохами жуткого, раскаленного добела света. Мир перед глазами потемнел. Она ослепла. Она была мертва. Снова.

Но она была готова к этому. Каждый раз повторялось одно и то же. Она уже не боялась. Не боялась за себя. Но Мигель — это совсем другое дело. Нужно поторапливаться. В первый раз это было ужасно — потеряться в кромешной тьме смерти, но умереть не до конца, осознавать все происходящее вокруг. Но она понятия не имела, как на это отреагирует вампир. Зверь мог обезуметь, и тогда никаких цепей надолго не хватит.

Ее мышцы обмякли и висели мертвым грузом. Усилием воли она заставила руку подчиниться и нащупать шприц, хотя каждое движение напоминало утихающую агонию.

«Скорее подними его!» — приказала она руке. И та снова повиновалась, пусть даже не так быстро, как хотелось бы.

Сначала Мигель? Нет, ей нужно видеть, что она делает. В противном случае она может просто не дотянуться до его шприца. Ее руки теряли чувствительность — до них наконец-то стало доходить, что они мертвы.

Нинон сделала огромное усилие над собой и перекатилась на спину. Она отбросила медальон в сторону, повернула шприц иглой к себе, направив под грудину, и навалилась на него всем телом. Она даже не успела подумать, какая это, должно быть, адская боль.

Поначалу ничего не происходило. Потом ее сердце начало сбивчиво и неуверенно постукивать. К ней постепенно возвращалось зрение. Она не стала ждать, пока пелена спадет с глаз окончательно, и сорвала медальон с груди Мигеля. Руки пока плохо ее слушались, но она умудрилась не выпустить шприц. Она приподнялась на коленях, пытаясь перевернуть Мигеля.

Найдя подходящее место под грудиной, она ввела шприц в обожженный участок кожи в области сердца.

Целую секунду все оставалось без изменений. Затем его глаза широко распахнулись, он захрипел, делая первый вдох. Его лицо было искажено страданием, язык с выдвинутым жалом вывалился наружу, когда он хватал воздух ртом, постанывая от боли. Но теперь за него уже можно было не волноваться. Если ощущает боль, значит, жив.

Колокола на церкви начали звонить, раскачиваемые последними порывами ветра, который изменил направление, прогоняя бурю прочь. Не спрашивайте, по ком звонит колокол... Фейерверк и звон колоколов подчеркнули торжественность момента. Первый раз мог стать праздником, если бы не огонь и невыносимая боль.

— Добро пожаловать в мой мир, — сказала она мягко, когда Мигель стал дышать более спокойно и мышцы его расслабились. Она приложила руку к груди. Над шрамами, которые опечатали ее сердце изнутри, поврежденная кожа мерцала золотым светом. — *Laissez les bons temps rouler*[1].

Мигель не без усилия поднял левую руку и положил ей на бедро. Его взгляд был чистым, незамутненным, но все же каким-то странным. Его глаза были черными, поэтому казалось, будто смотришь в зеркало.

— Я видел звезды, — прошептал он наконец. — А ты?

Она улыбнулась его шутке и решила ничего не говорить о воронах, которые всякий раз, когда она умирала, слетались, чтобы разорвать на части ее душу. Поэтому звезды в его случае были не в пример лучше.

— Просто сделай и все, — сказала она, лежа на животе в луже. Гроза уже прошла, но крыша до сих пор оставалась мокрой.

Мигель смотрел на ее изящную, как у ребенка, спину. И на молочно-белую кожу. Она выглядела до ужаса беззащитной, и ему было стыдно, что его это заводит.

---

[1] Неофициальный девиз Нового Орлеана: «Пусть текут хорошие деньки» (*фр.*).

— У нас и без того выдалась бурная ночь. Это может и подождать…

— Нет, погода начинает устанавливаться. — Она повернула голову в его сторону. — А это значит, что если Сен-Жермен и твой отец находятся где-то неподалеку, то скоро снова завладеют нашими умами. Они попытаются тебя остановить. Нужно со всем этим покончить прежде, чем они смогут нам помешать.

Мигелю категорически не нравилось то, о чем она говорила, хотя он и понимал, что Нинон права. Дымящееся Зеркало сделает все, лишь бы не позволить ему создать подобного себе. Божество оставляло это право за собой.

— Хорошо, но вряд ли кому-то из нас это доставит удовольствие.

— А я на это и не надеялась. В любом случае, это не сравнится с электрическим ударом. Хуже просто некуда, — мягко сказала она.

С большой неохотой и некоторой неуверенностью Мигель высунул язык и подождал, пока маленькое жало на языке выдвинется над нижней губой. Он не знал, как к ней подступиться. На вид поясница была крепче, но тогда длины жала не хватит…

— Шея, — прошептала она. — Это будет легче всего.

Он ограничился кивком на случай, если снова потерял возможность говорить внятно.

Мигель переживал, что его маленькое жало окажется недостаточно сильным, чтобы пробить ее позвоночник, но оказалось, что он зря боялся. Двигаясь исключительно на ощупь, его жало скользнуло между позвонками, пройдя сквозь межпозвоночный диск, и достигло спинного мозга. Его губы плотно припечатались к ее коже. Он впрыснул яд без малейших усилий. По ощущениям это чем-то напоминало оргазм.

Нинон ойкнула только раз, когда жало вонзилось в нее, и больше никак не реагировала, хотя он знал, какую боль она сейчас терпит. Ничего не обжигало сильнее, чем яд вампира. Он отстранился от нее так быстро, насколько это было возможно. Он чувствовал себя разбитым, но в то же время испытывал какой-то странный внутренний подъем. Его темная сторона получила удовольствие от процесса.

Нинон разжала кулаки и попыталась откатиться от него. Тело ее не слушалось, она нуждалась в помощи. Вспомнив собственные ощущения от яда и вызванного им паралича, Мигель обнял ее, стараясь успокоить своей близостью, поскольку не мог найти подходящих слов утешения. Она доверчиво свернулась клубочком у него под боком, хотя и не выглядела замерзшей и снова могла ровно дышать.

— Как ты себя чувствуешь? — спросил он, моля про себя, чтобы ей не было очень больно.

— По-разному, — ответила она. — В основном, сильной. Мое сердце никогда еще так не билось, и я снова могу дышать. Будем надеяться, что твой дар позволит мне всегда оставаться такой… или хотя бы до тех пор, пока я не уничтожу Сен-Жермена. — Она подняла на него глаза и заботливо спросила: — А ты как? Тебе не холодно?

— Нет, абсолютно. Это странно?

— Нет, это хорошо. Думаю, так оно и должно быть.

Полежав еще немного, они наконец оделись и принялись говорить на отвлеченные темы. Вместо того чтобы планировать побег, они наконец побаловали себя «беседой под одеялом», которую в свое время пришлось опустить в силу чрезвычайных обстоятельств. Правда, у них она была гораздо мрачнее, чем у других пар.

— Твои губы произнесли «Привет!», а глаза сказали «Черт возьми!». — Она даже нашла в себе силы пошутить.

— Слишком много неудавшихся первых свиданий, — ответил он.

Улыбка заиграла у него на губах, но не коснулась глаз. Было бы странно предполагать, что у него выдался гораздо более трудный день, чем у нее. Но, наверное, так оно было. Он фактически потерял невинность, познакомившись поближе со своим зверем. То, что она была добровольной жертвой и что он все-таки ее не убил, являлось слабым утешением.

Он переступил черту, и назад пути не было — они оба это осознавали.

— Ты прекрасно выглядишь, — сказала она. — Даже лучше, чем прежде.

— Ты тоже, хотя мы теперь не совсем похожи на нормальных людей.

— Да уж, не совсем. Хотя мне нравится, какие у тебя глаза — загадочные и сверкающие, как лакированная кожа.

— Глаза, как лакированная кожа... Ты говоришь обо мне, как о плюшевом мишке, напичканном любовью и добротой, — заметил Мигель ровным голосом. — Я же набит кое-чем очень-очень плохим. Хотя, думаю, ты и сама уже успела догадаться.

Она пожала плечами.

— Я тоже не ангел. Но это еще не повод кусать локти. Далеко не повод. — Он выглядел весьма скептически настроенным, поэтому она сочла нужным добавить: — У тебя просто сейчас обострение неизвестной науке формы «постсовокупительной» вампирской депрессии. Не заморачивайся. Думаю, из нас получится неплохая команда. Если, конечно, ты не передумал двигаться со мной дальше...

Он взял ее за руку, их пальцы переплелись.

— Не передумал. Просто я должен рассказать тебе еще одну вещь о вампирах, и мы больше не будем поднимать эту тему.

— Только одну? Я несказанно рада.

— Да, но зато какую! Мы, дети Дымящегося Зеркала, бесплодны, — предупредил он. — Мы живем так долго за счет наших неродившихся детей, детей их детей и так далее. И только вампиры-самцы могут обращать людей в вампиров. Думаю, мне стоило сказать об этом раньше.

— Все в порядке. Я не хочу увеличивать количество вампиров. К тому же у меня уже был ребенок. Одного вполне достаточно.

Более чем достаточно. У нее не было ни малейшего желания снова испытывать безграничную привязанность к существу, которое вынашиваешь в себе, которому даешь жизнь и которое затем стареет у тебя на глазах и умирает. Точно так же, как и все ее друзья и любовники старели и отходили в мир иной.

«Ты могла сделать его таким же, передать ему свой темный дар», — заметил внутренний голос. Он тоже стал звучать сильнее.

«И проклясть его? Собственного сына? Нет. Я никогда и ни с кем так не поступлю».

«За исключением тех, кто уже проклят, как Мигель?»

Нинон посмотрела на Мигеля, но ничего не сказала. В этом не было необходимости. Решение было принято и приведено в исполнение. Она обратила Мигеля только потому, что тьма уже пустила в нем свои ростки. К тому же ему грозила опасность еще большего зла, которое заставило бы его причинять вред людям.

Она была у него первой, как и он у нее. Они обменялись своими проклятиями и, возможно, тем самым спасли друг друга от жестокой напасти — по крайней мере, на некоторое время. Вот только это событие не из тех, что обводят на календаре, а потом празднуют каждый год.

— А что… твой настоящий отец? Шотландец? Он и есть вся твоя родня? — вдруг спросила она. — У тебя есть кто-то, перед кем придется открыться?

— Нет. Мой биологический отец давно умер. — При этом он не упомянул мать, а она не стала спрашивать. — Братьев и сестер у меня тоже нет.

— Сочувствую. — Она нахмурилась. — Но если у тебя нет семьи, человеческой, о которой ты бы беспокоился, зачем же ты вернулся сюда и столкнулся с Дымящимся Зеркалом?

— Явно не за утешением, — сказал он, криво улыбнувшись. — Думаю, меня привело сюда то же, что и тебя. Мне нужна была помощь. Жажда крови переполняла меня. С этим срочно нужно было что-то делать. Или умереть. Не думай, что эта мысль не приходила мне в голову. Она до сих пор со мной как запасной вариант. Но в основном, конечно, я искал выход. Я думал, что древние скрижали смогут мне что-нибудь рассказать.

Нинон сочувственно кивнула.

— Я тоже так думала и сильно расстроилась, когда узнала, что самый большой камень пропал.

— Сомневаюсь, что из меня получится хороший вампир, — сказал Мигель безучастно. — Я всегда был жаворонком. Я знаю, что некоторые из них могут и днем выходить на свет, но приятного в этом мало.

— Тебе не нужно быть хорошим. Достаточно быть просто неплохим, — ответила она. Это была горькая правда, и она надеялась, что он уже достаточно опытен, чтобы понимать. Есть вещи, в которых нельзя одержать верх. А победой считается ничья. — Во всяком случае, у тебя может и не быть проблем с дневным светом. Время покажет.

— Да уж. Расскажи о *своем* отце, — попросил Мигель. — Я все пытаюсь его представить.

Нинон задумалась. Как можно охарактеризовать такого непростого человека, как ее отец? Психиатр бы сказал, что своими метаниями в любви и отношениях она большей частью обязана отцу. В конце концов, у него был несчастливый брак, и во многом по его вине. Очень несчастливый. Такой несчастливый, что отец вступил в связь с замужней женщиной, совершил убийство ради ее спасения, после чего бежал из страны, оставив на произвол судьбы тринадцатилетнюю дочь, к которой тут же, словно мухи на мед, слетелись растлители и охотники за приданым.

Несмотря на это, она любила его и была бесконечно благодарна за то, что он научил ее быть собой. Принимать жизнь такой, какая она есть, — со всеми радостями и невзгодами. Она рано усвоила этот урок.

— Мой отец был музыкантом, а в те времена отдаваться сердцем и душой музыке или танцу было непрестижно. Как-то раз они с Готье[1] устроили дуэль на лютнях и играли тридцать шесть часов кряду. Победил мой отец, а Готье рухнул от изнеможения. Отец учил меня играть с такой же страстью, хотя мать и иезуиты считали, что это грешно. Ты тоже играешь?

---

[1] Дени Готье (1603—1672) — французский лютнист и композитор.

Он помолчал.

— Когда-то играл. Теперь уже нет.

Она потрогала шрамы на руках Мигеля, которые проступили после электрического удара, и теперь светились вместе с остальными. Такие же были у него и на ногах.

— Мигель, неужели он?.. — спросила она робко, когда он не стал развивать эту тему. — Извини. Мне не нужно было…

— Не стоит. Все в порядке. Как странно, что шрамы видны. Обычно они незаметны. — Он сжал кулаки, но только указательные пальцы не дрожали, касаясь ладони. — Да, это Дымящееся Зеркало постарался. Он чувствовал, что меня не так-то просто заставить отречься от христианства.

— Вот сволочь! — выругалась она.

— Да уж. И не только. Как там в Экклезиасте: что создано кривым, прямым уже не станет? — Он снова сжал кулаки. Сейчас ему это далось легче. — Это было не смертельно, но вполне достаточно, чтобы я больше не играл на гитаре, по крайней мере фламенко. А это было для меня всем.

— Не сможешь бренчать на трех струнах какие-то фолк-мотивы? Это мы еще посмотрим. Ты и представить не можешь, как быстро восстановятся мышцы и нервы. Ожоги на груди уже начали затягиваться.

Про себя же она подумала: «Удивительно, что у тебя до сих пор душа не в рубцах, а только руки».

— Что ж, буду на это надеяться, хотя на многое рассчитывать не стоит. Так будет лучше. От надежды… одни разочарования.

Нинон кивнула, но сочувствовать не стала, так как вряд ли он хотел, чтобы его жалели. Гордость не нуждается в соболезнованиях. Она тоже научилась жить легко и быстро приспосабливаться ко всему новому, вместо того чтобы цепляться мертвой хваткой за прошлое. Первым делом она избавлялась от невеселых воспоминаний, застарелых обид, негатива, но вместе с тем приходилось отказываться от надежд и предвкушений. Человек не в состоянии вынести многовековой груз горечи и сожалений. И приходится смириться с тем, что не всегда все гладко. Хорошо, что он уже успел это осознать.

И в то же время грустно. Очень грустно терять еще и это.

— И я играю, — сказала она. — Меня научили этому в Севилье.

— Я бы с удовольствием тебя послушал, — сказал Мигель без всякой задней мысли. В его темных глазах не промелькнуло и тени зависти. Она была до глубины души тронута его благородством и великодушием. Далеко не каждый смог бы проявить такие чудеса терпимости, будь его утрата столь же велика. — Нинон, не стоит хмуриться. Это было бы отличным утешительным призом.

— Ты уже сполна заплатил за грехи отца, — сказала она, злясь на Дымящееся Зеркало за то, что он посмел так поступить с сыном. С другой стороны, Мигелю, можно сказать, крупно повезло. Учитывая то, что он до сих пор жив. Некоторые маги убивали своих детей и даже внуков, чтобы получить назад силу, которая переходила к ним. По всей видимости, именно этим и был занят Сен-Жермен, который на правах наследника собирал воедино всю ту силу, которую отец, по его мнению, так бездарно разбазарил на первых встречных.

Мигель покачал головой.

— Да, плата оказалась высока, но могла быть и выше. Я смог противостоять отраве, которую он впрыснул в мой организм. И не убивать. Этим я спас душу. И сберег за собой право свободно распоряжаться своей жизнью.

И этим он готов был пожертвовать ради нее. А если бы электрический удар не подействовал, то его голод многократно усилился бы и его нельзя было бы остановить. Одного «спасибо» здесь было мало, поэтому она ограничилась кивком.

— Ты готов вернуться в страну «расточительного потребления», в США? — спросила она, меняя тему. — Думаю, нам там самое место.

— Я определенно готов отсюда уехать. Но разве мы не собираемся последовать за этим твоим магом? Я так понял, что он сейчас здесь, в Мексике, разве нет?

— Да, но у меня наконец-то появилось преимущество. Он идет за мной по пятам и отправится туда же, куда и я. Мы можем позволить себе роскошь самостоятельно выбрать, где будет происходить битва. Поэтому я предпочла бы оказаться как можно дальше от Дымящегося Зеркала. Не больше одного боя за один раз, и все такое.

— Мы будем нелегально пересекать границу? — поинтересовался он. — Что-то мне подсказывает, что ты не хочешь «светиться» и оставлять слишком заметный след.

— Ты прав, мне это ни к чему. Могут возникнуть ненужные вопросы по поводу взрыва, от которого взлетел на воздух мой дом, и яхты соседа, которая исчезла той ночью. У Сен-Жермена явно есть связи в правоохранительных органах. У него всегда отменно получалось заводить дружбу с влиятельными политиками, которых он сейчас может натравить на меня. К счастью, пробраться через границу не так уж сложно. По крайней мере, у тебя с этим проблем возникнуть не должно. Другим человеком ты не стал. Поэтому можешь спокойно проходить таможню, только в этом случае выезжать нужно уже сейчас.

— Я-то могу… Но твой маг может вычислить, кто я такой и что мы вместе. Через меня он попытается выйти на тебя. Ты знаешь, в каком месте граница хуже всего охраняется? Даже после всего, что ты рассказала о нашей способности к регенерации, я не горю желанием поймать пулю.

— Я понимаю. Но даже если нас поймают, то тут же отпустят.

— Отпустят? Но как? Взятка в особо крупном размере?

— Не совсем.

Нинон бросила на Мигеля загадочный взгляд из-под опущенных ресниц и одарила его многообещающей улыбкой приблизительно такого содержания: «Думаю, ты просто класс, и я бы с удовольствием побыла твоей правой рукой», которая безотказно действовала на гетеросексуальных особей мужского пола от тринадцати и старше. Сен-Эвремон, наблюдая, как эта улыбка шла в ход против ее врагов из числа духовенства, сказал, что опасается за ее душу.

Мигель присвистнул восхищенно, но отнюдь не похотливо.

— А у тебя неплохо выходит, — признал он.

Нинон рассмеялась, пряча искусительницу.

— Работай над собой и увидишь результат, — сказала она насмешливо. Но лицо ее тут же омрачилось. — Послушай, нам и в самом деле нужно убираться отсюда.

— Я знаю.

Мигель потянулся за поясом и продел его в петли джинсов. Его движения были быстрыми и уверенными. Обычно после электрического удара человек еще долго не мог прийти в себя — частичная беспомощность и проблемы с координацией движений. Наверное, вампирская природа помогла ему так быстро восстановиться. Она тоже ощущала необычный прилив сил и сумела бы из положения лежа с легкостью поднять автомобиль. Минус на минус дает плюс — вот в такую невообразимую смесь вылились два недуга.

— Есть кое-что, за что Дымящееся Зеркало можно было бы поблагодарить, — сказал Мигель. — Наркоторговцев здесь днем с огнем не сыщешь, еще ни одному не удалось зацепиться. Только взгляни на многие здешние города и увидишь наркодоллары за работой — на них покупается оружие, губятся жизни людей. Повсюду, но не здесь. Нам не стоит опасаться наркокурьеров.

— *Я Господь, темный бог твой, да не будет у тебя других богов пред лицем Моим,* — пробормотала она. — Просто некоторым не нравится конкуренция.

— Да, в этом городишке двум массовым убийцам негде разминуться, — согласился Мигель. — Кстати, об убийствах… Ты еще не думала над тем, как бы уничтожить Дымящееся Зеркало? Он будет очень расстроен таким поворотом событий.

— Пока нет. Нужно поискать в книгах. Мне приходилось убивать зомби и упырей, я боролась с демоном… Правда, от демона я скорее сбежала, но все же научилась их изгонять. А вот с ацтекскими божествами сталкиваться еще не приходилось.

Мигель открыл чердачный люк. Дождевая вода выплеснулась через край и полилась вниз на темный пол.

— Всему свой черед. Давай возьмемся для начала за Сен-Жермена.

Он повернулся и привлек ее к себе. Его тело было горячим, вокруг них клубился пар.

Зная, что Мигель тоже гадает, пошлет ли Дымящееся Зеркало своих приспешников вслед за ними, она спросила:

— Сколько здесь вампиров?

— Точно не знаю. Немного. Д. З. следит за популяцией. Если тут разведутся тучи вампиров, люди не смогут этого не заметить и начнут что-то предпринимать.

— Думаю, они уже заметили. Ты не обращал внимания, что оконные рамы и двери в большинстве домов окрашены в синий цвет особого оттенка? В Новом Орлеане он назывался *haint blue*[1] и использовался для того, чтобы отвадить скитающихся духов. Возможно, это действует и на вампиров.

— Я бы не стал загадывать. Большинство местных вампиров стараются держаться поближе к водоемам. Думаю, именно это их и держит — зов воды. Они питаются беспечными путниками, которые с наступлением темноты разгуливают по окрестностям. Единственное, что может привести вампиров в город, — это острый голод.

— То, что ты сказал насчет воды, просто замечательно. В таком случае они не смогут пойти за нами. — Мигель не разделял ее воодушевления, и она спросила: — Что-то не так?

— Исключение составляет моя мать. Она смогла вырваться и появляться там же, где и я, пока я на суше. Она никогда еще не пересекала океан.

— Твоя мать? — Нинон тряхнула головой. — Ты до сих пор… до сих пор видишься с ней? Хотя что в этом необычного? У каждого есть мать, даже у вампира, и вполне естественно, что ты хочешь с ней видеться.

А про себя добавила: «Вампиры живут долго, поэтому она еще не скоро попадет в дом престарелых кровопийц. Черт! Я думаю, стоит дослушать историю до конца».

— Нам пора отправляться в путь. У меня вещи собраны, нужно только захватить кота. А ты где остановился?

---

1 Среднее между бирюзой и аквамарином.

— В старом доме моей тетки Елены. Здесь недалеко. Я хотел бы повидаться с ней перед отъездом — убедиться, что Дымящееся Зеркало ничего с ней не сделал.

— В таком случае предлагаю разделиться. Встретимся в гостиничном дворе. Поедем каждый на своей машине.

— Договорились.

Нинон с неохотой приблизилась к чердачному люку и посмотрела на ведущую вниз лестницу. Не то чтобы она чувствовала слабость, но всю ее изнутри переполняла какая-то необъяснимая, почти сексуальная тоска, которая мешала покинуть это место. Ей сейчас немного надо, чтобы толкнуть Мигеля на пол и снова заняться с ним сексом. Тяжело вздохнув, она принялась спускаться.

Мигель медленно последовал за ней. Его шрамы стали почти незаметными. Единственным, что выдавало перевоплощение, была чернота в его глазах — они и раньше были темными, но теперь выглядели как-то совсем уж не по-человечески. Нужно будет купить ему контактные линзы. А до тех пор придется ходить в солнцезащитных очках.

Мир погряз в войне. Снова. И несмотря на всю свою ненависть к кровавой резне на поле боя, Нинон не могла остаться в стороне, потому что совесть не дала бы ей спокойно уснуть. Вечная жизнь без сна — это вам не шутки.

На этот раз все было по-другому, и в то же время как всегда. Некоторые войны имели четкое и понятное основание. Они, как правило, устраивались из-за пищи или земли, которую обделенные отбирали у тех, у кого ее было, по их мнению, слишком много. Другие же велись по весьма эфемерным поводам, таким как религиозная или политическая идеология, столкновение нового режима со старым. Обидно было то, что, пока выскочки-генералы проверяли свои теории, под перекрестный огонь попадали вполне реальные люди. Мишель де Монтень говорил, что ни одно убеждение не стоит того, чтобы ради него гибли люди, но в мире всегда хватало упрямцев.

Однако Нинон, идя на поводу у собственной совести, и не предполагала, что все закончится тем, что она заменит мать группе сирот, с которыми говорила на разных языках. Детство — ее собственное или чье-то еще — было для нее не той порой, которую хотелось бы возвратить. Но вот они были перед ней — вполне реальные жертвы чьей-то эфемерной идеологии, глядящие на нее глазами, полными страха и изнеможения. Прошло более трехсот лет с тех пор, как она в последний раз возилась с младенцем или прижимала к груди голодного, напуганного и больного ребенка. Но есть вещи, которые женщина никогда не сможет забыть, как бы сильно она ни старалась. Материнство было одной из таких вещей.

Нинон упала на колени и потянулась к детям.

Красота без изящества, как крючок без наживки.

Нинон де Ланкло

Создав мужчину, Бог сильно об этом пожалел. То же самое чувствую и я по отношению к Редмонду.

Нинон де Ланкло

— Близится кончина Королевы, — бесстрастно изрек Сен-Жермен.
— Увидим ли мы вас снова? — спросила графиня Д'Адемар.
— Я появлюсь перед вами еще пять раз. Но шестого уже не будет.

Из дневника графини Д'Адемар.
Воспоминания о Марии Антуанетте

Глава 10

Нинон лишь краем глаза заметила отвратительное лицо, промелькнувшее в воздухе, как в тот же миг получила по голове чем-то длинным и белым, что сбило ее с ног в коридоре перед дверью номера. Она почувствовала, как сверху падает огромное тело, и лягнула его ногой — было такое ощущение, что удар пришелся по кожаному мешку со стальными брусьями внутри. Она выбросила навстречу ему вторую ногу, вкладывая в этот удар всю вновь приобретенную силу. Существо издало резкий вопль и отступило. Ей показалось, что оно прошипело: «Держись подальше от моего сына!»

Когда она прозрела до такой степени, что в глазах всего лишь двоилось, то, оглядевшись вокруг, с удовольствием отметила, что кроме двух Коразонов, рычащих из двух кошачьих переносок, в коридоре никого больше нет.

Нинон еще немного полежала, приходя в себя, и попыталась подняться. Потом повторила попытку.

Потому что практика — залог совершенства. И если с первого раза у вас не выходит…

Вышло только на шестой раз. Наконец-то она приняла вертикальное положение. О беге трусцой думать еще рано, но двигаться, держась за стену, у нее, пожалуй, получится. Она подняла переноску — уже в единственном экземпляре, но все еще с размытыми очертаниями — и сунула ее под левую руку. Правую она держала свободной, чтобы в случае чего можно было воспользоваться пистолетом. Она бы и не прочь сделать карьеру истребителя мексиканских монстров, но план на день был уже перевыполнен.

Наконец, пошатываясь из стороны в сторону, Нинон выбралась наружу. Она приложила руку к виску, где уже начала расти изрядная шишка. Хватит изображать пай-девочку. Если так пойдет и дальше, то очень скоро ее просто пристрелят.

— Значит, ты уже познакомилась с *mamita*[1]. То-то мне показалось, что она пролетала мимо. — С этими словами Мигель протянул ей фляжку и темные очки. На лице его было написано сочувствие. — Это скотч. Хлебни. У тебя шок. Очередной.

— Ты сказал «*mamita*»?

Нинон взяла фляжку, хотя при сотрясении врачи пить не советуют. Если Мигель сказал правду, то алкоголь сейчас на нее практически не повлияет.

— Старая, страшная, свирепая, летает, и изо рта у нее воняет? — Он замолчал и дотронулся до ее лица. Он был трезв как стеклышко. — Тебе сильно досталось?

— Не так чтобы очень... Но, похоже, мы не поладим. Она велела держаться от тебя подальше. — Она отступила от Мигеля на шаг и пригубила из фляжки. — Это было на самом деле? По крайней мере, выглядело очень реально.

— Ты имеешь в виду левитацию? И да, и нет. Я думаю, что большей частью это сила разума. Она убеждена в том, что летает, и эта ее убежденность настолько сильна, что передается окружающим. — Он на секунду умолк. — А может, и вправду левитирует. Я точно не знаю. Лично я так не умею.

Нинон сделала еще глоток. Коразон осуждающе заворчал.

— Твоя мать... Это нечестно, — пожаловалась она. — Мои родители мертвы. Мне некого на тебя спустить.

— Разве что кота! — Мигель заглянул в переноску. — Он выглядит весьма рассерженным.

— Он тоже не в восторге от *mamita*.

— Значит, у нас мысли сходятся. Давайте составим внутренний устав и организуем клуб по интересам, что ли?

— А ты не думал и ее убить? — брякнула Нинон. — *Merde*! Извини, Мигель, давай спишем это на потерю крови. Как я могла тебе такое предложить, ума не приложу!

Мигель некоторое время помедлил, потом нагнулся за переноской.

— Честно говоря, думал, — ответил он.

---

[1] Мамочка (*исп.*).

Нинон смотрела ему в спину, пока он шел к джипу. Мигель не прекращал ее удивлять.

Она решила, что стоит переиграть последние несколько секунд, о чем и сказала Мигелю.

— Хорошо. Если ты сделаешь вид, что моя мать на тебя не нападала. Боюсь, меня это сильно злит.

— Договорились. Я имею в виду, не дай Бог, конечно… Но когда-то и мы можем стать такими же.

— А ты добрая.

— Не совсем. Просто у меня тоже была мать. Но она была скорее энергетическим вампиром.

Мигель резко повернулся к ней, и она улыбнулась ему. Не в силах ничего с собой поделать, он улыбнулся в ответ.

— Привет, красавица!

Луи де Морней посмотрел вначале на нее, потом на медальон в своей испещренной прожилками руке. Солнце блестело в его редеющих, убеленных сединой волосах. Он забыл надеть парик.

— А ты ни капли не изменилась, — прошептал он. В голосе его слышался благоговейный трепет и страх. — Ни на день не постарела.

— Если бы ты видел сейчас мое сердце, то заговорил бы иначе, — ответила она, понимая, что не стоило его разыскивать. Ее появление вряд ли заглушит боль потери их сына. — Я всего лишь сон, Луи. Только сон. Я пришла сюда только для того, чтобы попрощаться, и уже ухожу.

— Нинон! — вскричал он, но не потянулся к ней, не оторвал взгляда от медальона. Она видела каждую слезинку, скатившуюся из его глаз и упавшую на мраморную кладбищенскую плиту, под которой был похоронен их сын.

Мужчины обладают тысячей преимуществ, недоступных женщинам. Поэтому я лучше стану мужчиной.

Нинон де Ланкло

Чтобы построить любовь, нужен больший талант, нежели чтобы командовать армией.

Из письма Нинон де Ланкло

На мой взгляд, жизнь слишком коротка, чтобы читать всевозможные книги и нагружать память бессчетными сведениями, не имея при этом своих собственных. Чтобы овладеть наукой, я не прислушиваюсь к суждениям всех ученых мужей без разбора, а черпаю лишь самые, на мой взгляд, познавательные, чтобы тренировать собственный разум. Иногда я ищу более утонченные мысли, чтобы совершенствовать свой вкус их изяществом, иногда беззаботные, чтобы мой разум насытился их весельем. И хотя я постоянно читаю, это для меня не столько труд, сколько удовольствие.

Автопортрет философа Сен-Эвремона,
пожизненного друга Нинон де Ланкло

МИГЕЛЬ:
Мой рассказ

Глава 11

Лучше сразу отбросить все притворство, вы не находите? Мое настоящее имя — Мигель Стюарт, хотя вам я известен под другим именем. Я писал рассказ Нинон вместо нее, потому как сама она этого не сделала бы. Она настаивала на том, что это я писатель-романист и раз уж все и так сочтут это вымыслом, то передать вам ее рассказ — моя задача. Все достаточно честно, но с этого момента я буду рассказывать так, как это вижу я, потому что наша мысленная связь с Нинон прервалась и мне остается только догадываться, о чем она думает. У меня такое чувство, что любые мысли, которые я ей припишу, будут лишь жалким подобием того, что у нее действительно на уме. Свои же чувства я понимаю — по крайней мере, частично, — поэтому с ними и буду работать.

У вас сложилось впечатление, что это роман, и вы абсолютно правы. Любой хороший рассказ, а тем более роман, начинается с секрета или тайны либо ошеломляющего разоблачения героя или героини, которое вызовет конфликт и предопределит их действия вплоть до самой развязки. Считайте, одно разоблачение у вас уже имеется — это все не плод воображения. И герой действительно монстр, раздираемый этическими противоречиями, а героиня действительно верит, что про́клята. И естественно, для каждого из них наступит своя развязка. Кроме того, обещаю, что героя и героиню ждут невероятные приключения, стычки с плохими парнями, сумасшедший секс, а затем захватывающий финальный конфликт интересов. На определенном этапе злодей, часто напоминающий Скруджа[1], в корне меняет свои взгляды и становится на путь исправления, и с этого момента мы движемся к замечательному и очень правильному финалу, в котором мальчик наконец-то вместе со

---

[1] Герой рассказа Ч. Диккенса «Рождественская песнь в прозе», скупой и бездушный делец.

своей девочкой, и живут они вместе долго и счастливо, и умирают в один день.

Но, к сожалению, в моем рассказе ничего этого не будет, разве только я что-то досочиню. Можете считать меня пессимистом, но я готов поспорить, что наш злодей не раскается. Поэтому этого сукина сына придется убить. И я не думаю, что «жили долго и счастливо» вообще возможно для людей с такими проблемами, как у нас. Но я забегаю вперед.

Так с чего же начать этот автобиографический рассказ? Может, с того момента, как в моей жизни появилась Нинон? Или с самого моего рождения, даже если я весьма смутно помню подробности этих давно минувших дней? Да, наверное, лучше все-таки не нарушать традицию и начинать с самого начала, если, конечно, мне самому удастся во всем этом разобраться. А именно, кто же я такой?

Я знаю точно, что третий раз я родился летом две тысячи шестого года. Все мои рождения и смерти происходили в Мексике. (А поскольку всякий раз процесс был довольно болезненным, это хороший повод здесь больше не появляться.)

Рождение происходит в муках, а вместе с ним и последующая жизнь — по крайней мере, некоторая ее часть. Я единственный человек из всех, кого я знаю, у кого были бы две якобы матери и двое отцов. Думаю, и так понятно, что о праздниках в кругу семьи и думать нечего! О том, чтобы доподлинно составить генеалогическое древо, вообще речи быть не может, а мой набор хромосом поставит в тупик даже лучшего в мире генеалога. Не то чтобы я уж слишком зацикливался на таких вещах, но меня бесит, что меня лишили нормальной жизни в глубоком детстве, когда я даже еще не понимал, что теряю.

Да, кстати, если вы еще не поняли, женщины меня обожают, но постоянной девушки или кого-то, с кем я мог бы регулярно встречаться, у меня нет. Для меня это слишком большая ответственность — я не могу рисковать еще кем-то, если что-то пойдет не так. Многие отношения заканчивались плохо, но в моем случае есть вероятность, что они закончатся просто катастрофически. Вся проблема в матери-вампирше, весьма импульсивном и несдержанном существе, и генетическом приемном отце, ацтекском боге мертвых, который по совместительству приходится мне еще и дедом (я позже поясню). Его зовут Дымящееся Зеркало, но для меня он просто Д. З., сокращенно от Душегуб Зверский, хотя сам он об этом не догадывается. В общем, при наличии такой родни людям небезопасно находиться рядом со мной. Я сам очень хорошо это усвоил, когда с одной девушкой-выпускницей едва не случилась беда. Даже при всем типично мужском скудоумии. Ей чудом удалось дожить до рассвета после нашего третьего свидания, но я уверен: ее до сих пор мучают кошмары. Думаю, лечение было бы гораздо более эффективным, если бы я мог сказать врачу, что все это ей не привиделось, но, боюсь, это не вариант.

И вообще, по-настоящему у меня был только один отец — Кормак Стюарт. Он был геологом. В те счастливые дни, еще до моего рождения, мать у меня тоже была одна. Кормак встретил ее в Мексике. Вот это, наверное, была идиллия — мама, папа и будущий сынок… только трое, и больше никого… Очень жаль, что меня тогда еще не было. Хотелось бы познакомиться с мамой до того, как она стала сосущей мозг тварью. Но у судьбы, подлой стервы, были свои планы на этот счет.

У *mamita* начались схватки, когда она ехала полюбоваться на открытие своего взволнованного мужа — вулканические некки[1] возле Кватро Сьенегас. При первом же кровоизлиянии *mamita* прилегла на берегу небольшого пруда, ожидая, пока папа, Кормак, пригонит джип. Он помчался пулей, но у *mamita* открылось очень сильное кровотечение и случился выкидыш, прежде чем он успел сбегать туда и назад. На запах крови пришел местный бог мертвых, который специализировался на женщинах, умерших при родах. Он затащил *mamita* в воду, сделал ей надрез на позвоночнике и лоботомию[2]. К счастью, он не заметил, что во мне все еще слабо, но теплилась жизнь,

---

[1] Цилиндрические интрузивные тела, заполняющие жерла вулканов, обычно имеющие диаметр не более 1,5 км.

[2] Рассечение доли головного мозга (*здесь*: спинного).

иначе мне бы тогда точно пришел конец. Поэтому меня оставили на берегу на растерзание хищникам.

Бедный Кормак вернулся на джипе и… в общем, я представляю себе эту картину. Больше он никогда об этом не говорил. Он загрузил в машину потерявшую сознание и, возможно, захлебнувшуюся *mamita* и ее безмолвного сына — он не заметил, что я все еще дышу, — и повез нас к местному врачу.

Его скудных познаний в испанском и дорожного разговорника не хватило, чтобы осмыслить поток фраз, который обрушил на него перепуганный *medico*. Что и неудивительно. В каком испанском разговорнике вы найдете фразу «проклятие ацтекского бога мертвых»? И все же по тому, как врач начал неистово креститься и отказался оказывать какую-либо помощь его жене, которая, несмотря на серьезную потерю крови и воду, попавшую в легкие, все еще была жива, папа понял, что доктор имеет в виду что-то совсем нехорошее. Отец решил оставить меня у врача, так как у меня еще плохо получалось дышать, а сам забрал *mamita* в дом к ее сестре, чтобы там привести ее в чувство и выходить.

Моя тетя была более чем потрясена, но сделала все возможное. Как и Кормак.

Их брак продержался еще каких-то три дня, точнее — три ночи. Ровно столько потребовалось для того, чтобы любящая жена превратилась в мозгососущего демона. В одно прекрасное утро Кормак проснулся от того, что *mamita* своим заострившимся, вытянувшимся в узкую соломинку языком тыкалась ему в ухо, собираясь полакомиться его продолговатым мозгом. К счастью, тогда она была еще совсем неопытна и не знала всей своей силы, иначе отцу и тете Елене точно пришлось бы ее убить. Папа всегда считал это удачным исходом. Что до меня, то я так не думаю. Не потому что я большой сторонник убийств между супругами, но случись это тогда, хлопот в моей жизни было бы меньше.

Или больше. Кто знает, как бы оно все сложилось. Это я к тому, что можно сколько угодно вилять и уворачиваться, но от судьбы не уйдешь, и кирпич все же упадет на голову.

А сложилось так, что вечером того же дня мы покинули Мексику, но едва пересекли границу с США, Кормак слег с какой-то сложной инфекцией в ухе, которую не смогли вылечить даже американские специалисты. Он оглох на левое ухо, и его бросило в жар. Инфекция вызвала некое подобие амнезии, которая стерла из его головы память о тех днях, проведенных в Мексике. По крайней мере, он так утверждал.

Кормак бросил работу в США и вернулся в Шотландию, где стал трудиться на семейной ферме вместе с дядюшкой Симусом, который в скором времени скончался. Папа заявил, что ноги его больше ни в одной из Америк не будет. Окружающим, в том числе и мне, Кормак рассказывал, что его жена умерла при родах. При этом он выглядел таким разбитым и подавленным, что никому в голову не приходило усомниться в его словах, а уж тем более мне.

Детство у меня выдалось довольно нудным, а все потому, что мой незаурядный ум томился моей же правильностью, к тому же мне было практически нечем себя занять. Я учился играть на гитаре и делал успехи в учебе, большие успехи. Меня переводили экстерном из класса в класс, я рано сдал экзамены первого и второго уровней сложности. Я мог бы без труда поступить в любой университет, но выбрал учебу в Эдинбурге, чтобы быть поближе к Кормаку. Отец с каждым годом становился все немощнее, хотя вроде бы ничем не болел. К тому же на первом курсе я начал встречаться с девушкой по имени Мойра, но она погибла в автокатастрофе, прежде чем отношения успели зайти слишком далеко.

Я был молод и раним. Я скорбел по Мойре почти год, но сейчас понимаю, что недостаточно сильно, как должен был бы. Конечно, откуда мне было знать, что она станет первой и последней девушкой, с которой у меня сложились более-менее продолжительные отношения. Во всяком случае, после случившейся трагедии я места себе не находил и мне хотелось бежать куда глаза глядят.

Все складывалось как нельзя лучше для меня и весьма сносно для Кормака. Он с легкостью переключился на торговлю продуктами, которые давала семейная ферма и, казалось, был только рад передать дело всей своей жизни, карьеру, построенную им в двадцатом веке, своему сверхуспешному сыну, который часто навещал его в выходные.

Как я уже сказал, я чувствовал себя неприкаянным. Мне становилось тесно в собственном мире. Я изучал геологию с американцем по имени Дюки Дезергард, чей отец работал в каком-то научно-исследовательском центре, финансируемом военными. Это он заманил меня в Северную Америку. Надо же, Дезергард![1] Это у судьбы такое чувство юмора, что ли? В отличие от отца, Дюки был в какой-то мере поэтом-мистиком и мог часами говорить о районе Четырех Углов, что на юго-западе Соединенных Штатов, где он вырос. Его любовь к Западу оказалась заразительна для человека, живущего в таком тесном мирке. Поддавшись его уговорам, я решил на зимних каникулах изучать скальные формирования американского Запада, может, навестить пару школьных друзей, а на дорогу я, такой наивный, собирался заработать уличной игрой на гитаре, как иногда делал в Эдинбурге. Кормак был крайне встревожен моими планами и говорил что-то об океане, который будет нас разделять, и о какой-то беде. Но я тогда не придал этому особого значения, ведь родители всегда боятся отпускать детей в далекие путешествия, испытывая при этом смутную, неопределенную тревогу. Те из вас, у кого растут дети-подростки, поймут, о чем я говорю. Вы также без труда сможете догадаться, что я его не послушался.

Дюки оказался прав, я действительно полюбил Штаты. Скалы в самом деле были такими огромными и величественными, как он описывал, а сама страна показалась невообразимо обширной для человека, выросшего на маленьком острове. Кроме того, мы славно гульнули в Лас-Вегасе. Я часто выигрывал, потому что знал толк в картах. Но очень скоро эйфория от всего этого улетучилась. Что вы хотите, я был молод и непоседлив. Поэтому когда двое парней, которые путешествовали вместе с нами, предложили прокатиться в Мексику, я долго

---

[1] *Deathergard* искаж. от *death guard* — страж смерти.

не размышлял. Я тогда подумывал о том, что неплохо было бы взять пару уроков игры на гитаре у настоящих музыкантов фламенко и поднабраться того неповторимого латинского шарма, который всегда так нравился женщинам.

Но моим планам не суждено было осуществиться. Подлая стерва Судьба, лишний раз оправдывая свое название, распорядилась иначе, и я не смог встретиться с нужным мне гитаристом. Чертов шторм выбросил его на берег в Ногалесе. Я быстро пресытился тихуанскими секс-шоу, от которых не могли оторваться мои товарищи, поэтому в одиночестве отправился на юг в Кватро Сьенегас в поисках знаменитых вулканических некков, о которых так много рассказывал мне отец. Кроме того, я надеялся найти там родственников. Я видел *mamita* на фото рядом с сестрой, и хотя она ни разу не пыталась со мной связаться, решил узнать, жива ли еще тетя Елена.

Думаю, вы и сами догадываетесь, что было дальше. Я не повидался с тетей, зато при первом же полнолунии повстречался с *mamita*. Я остановился у пруда, где она умерла. Мое внимание привлекли какие-то старые, обветренные палки, которые очень уж походили на кости. А это и были кости — свалка ее трофеев, которые она выложила на берегу как паутину. Они захрустели под ногами, предупреждая ее о моем приходе.

Та встреча оказалась шоком во всех смыслах как для меня, так и для нее, несмотря на то, что она всегда знала, что я жив. Вампиризм не пощадил *mamita*. Мексиканские вампиры живут и сохраняют свою силу дольше, чем их европейские собратья, но выглядят при этом отнюдь не привлекательно. Она постарела сверх всякой меры, окончательно утратив человеческий облик, а вместе с ним аккуратность и опрятность. Ее не заботила ни личная гигиена, ни чистота вокруг. К тому же у нее появилась дурная привычка швырять свою бездыханную добычу прямо в прибрежную воду. О том, чтобы расчесывать волосы или чистить зубы, вообще речи не шло.

Ее уродство меня просто ужаснуло — она не имела ничего общего со своей прижизненной фотографией, которая сохранилась у меня. Пока я пытался «переварить» свалившуюся «радостную» новость, что это смахивающее на ведьму чудовище, которое цепляется за мою руку, и есть моя якобы умершая мать, нагрянул голодный Д. З. Обрадованный воссоединением *mamita* с ее давно утраченным мальчиком, он тут же позаботился о том, чтобы и на моем позвоночнике появилась метка. Правда, обошлось без лоботомии.

Вот в этом он и допустил ошибку. Либо это Судьба-злодейка недоглядела. Д. З. слишком нравилось мучить меня, вынуждая отречься от своей веры. Но на самом деле на мою веру ему было глубоко наплевать. Для него это была просто игра, повод позлить *mamita*. В ту ночь я не предал Господа своего. Возможно, я бы и сдался, но довольно сложно отречься, когда ты парализован и не можешь говорить.

Поначалу я думал, что мой мозг взорвется и я умру от осознания ужаса происходящего, но он не мог позволить мне так легко отделаться. Возможно, более разумный человек на моем месте понял бы, что после всего случившегося нормально жить не сможет, и убил себя при первой же возможности. Но я не был до такой степени разумным. Я был молод, и во мне в равных частях смешались безумный страх и отчаянная надежда.

Взволнованная *mamita* наблюдала за тем, как меня терзают, с ближайшего валуна. Она ничего не сказала, но, по всей видимости, у нее тогда случился один из редких проблесков материнского инстинкта. Когда Д. З. сделал перерыв на обед — к нам «на огонек» по роковой случайности забрел незадачливый путник, которого привлекли сдавленные крики, — *mamita* оттащила меня в укромное место вдали от пруда. К счастью, это произошло до того, как Д. З. успел закусить моими мозгами и довести трансформацию до конца. Я очень благодарен ей за это, потому что если бы она не проявила заботу и не вмешалась в тот момент, меня бы окончательно замучили, лоботомировали и превратили в «мозгососа». В общем, это событие я называю своим вторым рождением, и вот почему Д. З. стал мне чем-то вроде отца. Но, учитывая то, что он и *mamita* сделал такой, то он мне, скорее, дед. Я часто гадал, что сказал бы о нас генетик, но на практике это выяснять как-то не хотелось. Сейчас я работаю на правительство — то, что я рассказал Нинон о НАСА, отчасти правда, но моя работа заключается не совсем в этом. Точнее, заключалась. Но это настолько секретная деятельность, что я до сих пор не могу о ней распространяться. Скажем так, я знаю, что бывает, когда закон «О неразглашении государственной тайны» вступает в силу. В лучшем случае правительство замыкается сугубо на собственных интересах. В худшем (а научно-исследовательские и опытно-конструкторские работы как раз тот случай) — превращается в безжалостного монстра, который способен быстро сделать из меня подопытного кролика, если посчитает, что я знаю больше чем нужно о программах вооружения. Я готов убить или умереть сам, лишь бы этого избежать. Черт, да я и вас, наверное, убью, если придется. Извините, но это так.

Если я когда-нибудь решу сделать себе татуировку, — что вряд ли, ведь у меня и своих шрамов хоть отбавляй, — то это будет число 444 на груди, как раз две трети от 666. И хотя я часто сомневаюсь в том, что я человек, все же я захвачен только на две трети. Остальное, что есть (было) во мне, — от человека. Или, по крайней мере, гуманно. В то время как пресловутые две трети моего «я» гуманностью не отличаются. Должно быть, я показался вам не таким уж и плохим в первой части повествования — это все потому, что рассказ шел от лица Нинон. Но я-то лучше себя знаю. Вот и вы узнаете.

Из той поездки я привез с собой жажду крови, завораживающий голос и бесплодие, вызванное моей новой вампирской ипостасью. На случай, если у меня окончательно поедет крыша и я захочу передать генетическое проклятие своим детям, Д. З. лишил меня такой возможности, впрыснув мне в позвоночник свой яд. Я как-то сходил к врачу со своей проблемой, когда меня стали посещать очень красочные сны о мертвых детях, из-за которых я даже думать не мог о сексе. Он сказал, что мои сперматозоиды находятся в «мертвой» зоне. Это все было слишком для человека, которому еще даже двадцать один не исполнилось. Иногда во сне ко мне приходит призрак меня бывшего, такого, каким я мог бы стать, если бы тогда не поехал в Мексику. И хотя я постоянно твержу себе, что смог приспособиться к новой жизни, все же иногда по утрам бывает очень грустно и тоскливо. И в то же время я не представляю, что бы со мной было, если бы я так и остался с отцом в Шотландии выращивать овец.

Мои сокурсники до сих не знают, как им чертовски повезло, что они «потеряли» меня по дороге и смогли благополучно добраться домой из этой злополучной поездки. Еще три дня после операции на позвоночнике, сделанной мне Д. З., я не мог полностью себя контролировать. Я не знаю, что бы я делал, если бы *mamita* не держала меня связанным и не давала мне пить кровь животных. В то время как мои друзья отделались диареей и подцепили какую-то дрянь типа триппера, которую можно было вылечить антибиотиками.

В конце концов я кое-как оклемался. Потрясенный, чувствуя себя изгоем, я вернулся в Эдинбург и, вопреки возражениям Кормака, подал документы в американскую школу. Отец Дюки очень мне в этом помог. Мне предложили полноценную стипендию в… Хотя обойдемся без названия. Вряд ли они могут гордиться своим выпускником. Я знал, что не смогу жить со своей болезнью и стыдом за нее дома, где отец, глядя на меня, будет мучиться. К тому же американцы хотели, очень хотели меня — и не только потому, что я умею считать висты и проделывать другие числовые трюки.

Все эти годы я учился не замечать заразы, которая жила во мне, но тело не всегда слушалось голоса разума. Само собой разумеется, в моей жизни с тех пор образовались кое-какие дыры, которые не заткнуть привычными способами. Я не могу напиться до чертиков или «обдолбаться» до потери чувств, хотя старался, очень старался. Я перепробовал почти все запрещенные законом препараты и вещества — как естественного происхождения, так и искусственные. Максимум, чего мне удалось достичь, это легкий кайф от дурмана — наверное, это потому, что он растет неподалеку от Кватро Сьенегас.

Как я уже говорил, я не могу построить отношения, потому что подвержен приступам острой кровожадности, особенно по утрам. Они наступают с первой утренней эрекцией, и даже кофе не помогает. К тому же *mamita* как-то смогла вырваться от своего пруда и то и дело меня навещает. Она никогда не звонит заранее, поэтому я и не могу вовремя выпроводить очередную девушку от греха подальше. Как и большинство матерей, она считает, что ни одна из моих пассий недостойна ее сына.

Какое-то время я пытался вылечиться, но никакие процедуры не подействовали на мои звериные инстинкты и сны. Возможно, это потому, что мне приходилось лгать своим врачам — ведь мне не нужно, чтобы меня считали сумасшедшим. Но как ни прискорбно, у меня змей в голове больше, чем у Медузы Горгоны, а некоторые из них самые настоящие гидры, которые раздваиваются, стоит только отрубить им голову. Но всех их убить невозможно, по крайней мере не по сто двадцать пять баксов в час, особенно когда у тебя расширенный допуск к особо секретной информации и ты постоянно находишься под наблюдением. Поэтому вместо этого я пишу рассказы под несколькими псевдонимами. Они называют это паранормальной фантастикой. Хотя в действительности это скорее автобиографические очерки. Вот так я изгоняю своих демонов. Думаю, мои работодатели и не догадываются об этом. Я делаю все возможное, чтобы скрыть от них свое хобби. Но даже если они и узнают, это не будет большим ударом по системе национальной безопасности.

Вот так, без наркотиков и отношений, без малейшего желания играть в гольф или носиться по корту с ракеткой, в моей жизни образовывалась пустота, которую я заполнял работой. Я многого достиг, потому что посвящал этому почти все свое время. Но с приближением полнолуния у меня всегда выступала кровавая испарина. Мне это изрядно мешало, поскольку красноватое вещество проступало через белый лабораторный халат, и это пугало моих коллег, которые думали, и в принципе были правы, что у меня нарушено кровообращение. Они были бы только рады, если бы я ушел, но благодаря начальству и тому, что регулярные медицинские осмотры, обычно запланированные на вечер, не показывали ничего необычного, выжить меня не удавалось.

Но, похоже, все наконец закончилось. За все утро меня ни разу не посетило желание вцепиться кому-нибудь в глотку, а моя белая рубашка по-прежнему белая, несмотря на то что луна на небе круглая, как апельсин.

Своим последним возрождением я обязан Нинон, которая выполняла роль акушерки, — ей бы не понравилось, если бы я назвал ее мамой. С другой стороны, я тоже обратил ее, поэтому ее аналогично можно считать моей дочерью. В общем, кем бы она мне ни приходилась, для меня она все равно остается полной загадкой. Она самая прекрасная женщина, каких я когда-либо видел. Но в то же время и самая страшная. Думаете, я шучу? Вы просто ее не знаете — хотя пора бы уже, если я успешно справился с писательской миссией.

Короче говоря, мои перерождения меня изменили. Теперь я могу жить дольше, дольше сохранять силу, как *mamita*, а благодаря Нинон — и вообще бесконечно долго. Наверное. По крайней мере, до столкновения с тем колдуном.

Мне и раньше приходилось слышать об этом парне, Сен-Жермене, правда, из других источников, и я знаю, что кроме долгой жизни и магических трюков у него еще много чего припасено. И что бы там ни было, нам это не сулит ничего хорошего. Не думаю, что Нинон специально меня стращает. Если хотите знать, она бодрится только для виду, а на самом деле не на шутку напугана. Даже когда она лежала на алтаре, а сверху всей тушей навалился Дымящееся Зеркало, ее лишь слегка бросило в пот, а ведь Д. З. — это само ужасное существо, которое мне приходилось встречать. А когда она мне рассказывала об этом Черном человеке, он же отец Сен-Жермена, он же ее собственный бог мертвых, как он раздел ее, сковал цепями и пропустил через нее электрический разряд, у меня аж волосы дыбом встали, а ей хоть бы что. И если этот Сен-Жермен внушает ей опасения, то все обстоит чертовски серьезно.

Ну и черт с ним! Может, я еще не отошел от удара молнией, который избавил меня от жажды крови, но у меня такое чувство, будто мне и море по колено. Однако если у вас слабая психика, то примите мои извинения. Лучше вам дальше не читать.

А для любителей захватывающих дух виражей просьба пристегнуть ремни. Леди и джентльмены, вас ждет хорошая встряска.

Мне приходилось встречать людей, которые кичатся своими разбитыми сердцами в знак своего превосходства над другими, не познавшими столь сильных чувств. Они преклоняются перед ними, окуривают их фимиамом своей горести и злобы, упиваются своим несчастьем до тех пор, пока не впадут от него в зависимость, и страх и ненависть станут единственным смыслом в жизни.

Нинон де Ланкло

Каждый наш шаг, наш поступок — это либо победа, либо поражение в битве за право быть теми, кем мы хотим стать.

Нинон де Ланкло

У совершенства много имен, и красота лишь одно из них.

Нинон де Ланкло

Чем в больших грехах ты покаешься, тем больше книг продашь.

Нинон де Ланкло

Глава 12

Вернемся же к нашим баранам…

Ожидая ее, я был совершенно спокоен. Раньше, когда на моих воображаемых тормозных колодках был слой тревог и беспокойства, они едва позволяли остановить панику, которая на всех парах несла меня к безумию. Теперь этот слой стерся, и «тормоза» снова работают нормально. Что тут еще можно сказать? Это Д. З. на меня так действует — особенно когда этот ублюдок забирается мне под череп, спокойно разгуливает в моей голове, то и дело учиняя там акты вандализма. Я знал, что мне нужно будет подлатать мозги, причем в скором времени. Но в данный момент я наслаждался отсутствием страха и расплывающимся внутри меня ощущением, которое было вызвано смертью от электрического удара. Как я уже говорил, единственная вещь, которая все еще меня «вставляет», это дурман обыкновенный, и то если выкурить косяк величиной с добрый буррито[1] или съесть целый противень шоколадного печенья с орехами, такого волокнистого, что мигом кишки прочищает. Но я этим не увлекаюсь. Только в крайнем случае.

Пока нас не было — мы в это время умирали и воскресали, — отель «Ибарра» заполонили туристы. Люди пребывали в праздничном настроении, но до пьянки дело еще не дошло, потому я внимательно прислушивался к гомону голосов, пока Нинон ходила в номер за котом. Это было проще простого. У меня всегда было отлично со слухом, но сейчас он стал просто сверхчутким.

Было там несколько туристов, приехавших полюбоваться чудесами озер, и пара владелиц бутиков — женщин, разменявших, на мой взгляд, пятый десяток. Они искали яркие и недорогие вещи на импорт. Они взяли себе пару «маргарит», как раз

---

[1] Кукурузная лепешка тортилья, свернутая пирожком, с начинкой из жареных бобов.

в духе их бедных на мимику от бесчисленных подтяжек лиц, — сразу было видно, что их кредитные карточки сильно пострадали. На дамочках было написано, что либо они привезут домой новую партию товара, либо умрут в страшных муках. А вот еще одна американка — ей недавно изменил ее «ублюдок-предатель» муж. Для нее был открыт безлимитный кредит, поэтому она находилась в режиме «спусти деньги». Ее муж — «ублюдок-предатель» или как там его — должен был благодарить Бога, что его измена «всплыла» только здесь, в Мексике. Драгоценности здесь были сравнительно недорогие, и даже если его благоверной придет в голову скупить весь город, то это все равно выйдет дешевле, чем расходы на развод в Калифорнии, с местными законами о совместно нажитом имуществе супругов.

Вскользь упомянули о необычной погоде, но о вампирах и богах смерти никто не заикнулся. Что не могло не радовать. Я надеялся, что у *mamita* хватит благоразумия ненадолго исчезнуть из города. Я знал, что никто не расчистит нам путь к бегству и не даст карточку «Бесплатное освобождение из тюрьмы» (как в игре «Монополия») из передряги, в которую мы угодили и с Сен-Жерменом, и с Д. З. Все, что мы могли, — это поскорее уносить ноги и искать малейшую лазейку, через которую можно было бы ускользнуть от чересчур мрачной реальности, окольный путь, благодаря которому мы, возможно, сможем занять более выгодное положение для следующего боя. Естественно, исследование и стратегическое планирование сейчас бы не помешали, но лучше мы займемся этим подальше отсюда.

Я решил, что мой КПК[1] пришелся бы здесь весьма кстати. Помимо возможности писать рассказ, у меня еще был выход в Интернет, который мог бы нам пригодиться. Хотя я уже несколько дней им не пользовался. Если честно, мне просто не хотелось заглядывать в свой почтовый ящик, хотя в городе и было интернет-кафе, где я мог бы это сделать. Мое нежелание частично было вызвано тем, что электронные послания, которые я получал, зачастую содержали дурные известия. Мои

---

[1] Карманный портативный компьютер.

коллеги не из тех, кто станет писать просто так, — для этого нужно пройти слишком много уровней защиты, даже при отсылке с домашнего компьютера, так зачем же лишний раз напрягаться? К тому же, если уж быть совсем откровенным, если вам хоть раз приходилось видеть сонное сборище студенток-лесбиянок, то считайте, что со всеми моими коллегами вы уже знакомы. Но это, конечно же, была не главная причина, почему я не любил открывать папку с входящими.

Я очень боялся плохих вестей. Знал, что моя карьера в НАСА наверняка окончена. Мне дали отпуск, чтобы съездить навестить Кормака, а потом, после похорон, еще несколько отгулов, чтобы решить все семейные вопросы в Мексике. Но отпуск уже давно закончился, а я так и не объявился. Даже если приказ о моем увольнении еще не подписан, это неизбежно произойдет, как только пройдет очередная проверка наличия сотрудников на рабочих местах. Меня наверняка объявят персоной нон-грата и, возможно, аннулируют мою визу в США. А то и хуже, если узнают, чем я занимался во время отпуска, — вряд ли начальство одобрит мои тесные контакты с местными вампирами и вынашиваемый мною план убийства вампирского бога. Думаю, и пытаться не стоит объяснить им, что эти существа уже не совсем живы и к тому же не совсем люди, — вряд ли на них это подействует. И я более чем уверен, что попытка надавить на жалость, сославшись на собственный «диагноз», приведет к тому, что мне присвоят статус «особо опасен». Это если они мне не поверят. А если поверят, то я до конца своих дней останусь экспериментальным образцом в каком-нибудь сверхсекретном отделе, который занимается разработкой биологического оружия. И если уж доведется выбирать из двух зол, то пусть меня лучше считают сумасшедшим.

Нет, назад в НАСА мне дороги не было. Но в то же время я не мог себе позволить просто взять и пропасть. Их насторожит мое загадочное исчезновение. Начнется расследование. И тогда кое-что всплывет наружу. Например, то, что вместе с домашней компьютерной системой, подключенной к санкционированному ими каналу связи «Ма Белл», оборудованному всеми необходимыми приборами, позволяющими моим работодателям шпионить за мной, у меня была еще и вторая линия для моего КПК. Именно с него я проводил кое-какие весьма любопытные исследования и очень много играл в «судоку» при помощи собственноручно написанной программы для решения головоломок. Заполучить линию было совсем несложно. Я позаимствовал ее у соседей, когда с отъездом дочери на учебу в колледж четыре года назад они забыли перерезать провод. Правда, потребовалась одна хитрая комбинация и небольшая ложь паре самых доверчивых людей на планете. Но к этому дню соседи были мне очень благодарны за «помощь». У них случились какие-то неполадки с телефоном, которые телефонная компания отказывалась устранить бесплатно, утверждая, причем совершенно справедливо, что что-то случилось с проводом у них дома. Вот я и вызвался сам все исправить. Теперь я оплачиваю ежемесячные счета за Интернет с безымянного счета. Моим соседям в руки квитанция так и не попадает, поэтому никто ни о чем не подозревает.

По крайней мере, так было до сих пор. Скоро все изменится, и тогда меня начнут искать разные организации с названиями из трех букв.

Все, что мне нужно, — это подать в отставку, раньше времени выйти на пенсию. Но чуть позже. Возможно, мне не сразу «перекроют кислород», а нам с Нинон может понадобиться доступ к закрытым базам данных и сложной вычислительной технике. Поэтому мне нужно как можно быстрее отметиться на работе и сочинить какую-нибудь историю о приступе амебной дизентерии, который свалил меня с ног в глухой деревушке без телефона.

Нинон высунулась из окна своей спальни, махнула мне рукой и тут же снова исчезла. А потом мимо меня промелькнула тень, напоминающая *mamita*. Я не стал ее окликать. Если за ней гонится Д. З., то не стану им мешать.

Нинон появилась спустя несколько минут. Обеими руками она прижимала к себе кошачью переноску, на ногах держалась неустойчиво и выглядела крайне злой. Ее вещи были уже погружены в джип. Я сам проверял. Она собралась еще до того, как идти ко мне, зная, что, что бы ни случилось, ей не сто́ит здесь торчать в ожидании вскрытия трупа.

Эту часть рассказа вы уже слышали. Я не хочу нагружать вас ненужными подробностями. Мне нужно вовремя себя одергивать, так как я больше не веду повествование от третьего лица и не соблюдаю правил, в которых говорится, что я как писатель-беллетрист должен свести монолог с самим собой и описательное повествование к минимуму, а не твердить снова и снова о вещах, которые волнуют меня одного. А тот факт, что история правдивая, да еще и случившаяся непосредственно со мной, не дает мне права быть занудным. Тем не менее я должен отметить, что даже после электрического удара, изрядной взбучки и в расстроенных чувствах Нинон все еще оставалась идеальной секс-игрушкой, непременным атрибутом сексуальных фантазий любого гетеросексуального мужчины, даже меня. Особенно меня.

Нинон — одна из тех немногих женщин, которые на самом деле понимали мужскую природу и отдавали себе отчет в том, что у любого мужчины при одном их виде возникает желание затащить в койку и исполнить брачный танец. Некоторые мужчины в баре наверняка мечтали о том, чтобы она взглянула на них из-под приопущенных ресниц и сказала: «Отшлепай меня, папочка». Или они бы предпочли увидеть ее на шестидюймовой шпильке, полностью обнаженной, говорящей: «Ну же, оближи мне пальчики — я знаю, ты этого хочешь!» Это всего лишь безобидные фантазии, хотя многие женщины будут неприятно удивлены, узнав, что мужчины постоянно о них так думают. Да, мы раздеваем вас, раззадориваем себя всякими грязными словечками, а потом имеем вас во всевозможных извращенных формах.

Как по мне, это хуже, чем садомазохизм и нетрадиционный секс. А она заглянула мне в самую душу, после чего позволила абсолютно все, о чем я мечтал с тех пор, как Д. З. обратил меня. И, как я и боялся, моему второму «я» понравилось насиловать ее, пить ее кровь, выплескивая в нее свой яд.

Это какой-то ужас, и то, что она, прекрасно зная о моих желаниях, сама на это согласилась, ничего не меняет!

Да уж, в ту ночь голова моя и в самом деле кишела гадюками — личинки, вживленные в мой мозг, наконец вылупились, превратившись в извивающиеся змейки кошмаров, исполненных невиданной жестокости и насилия. Они и до сих пор иногда извиваются. Я начинаю задумываться, на самом ли деле, изливая мысли на бумаге, изгоняю личинки своих демонов или же, напротив, не даю им погибнуть, чтобы и дальше продолжать этот «бой с тенью» с той внутренней силой, которую я презираю, но вместе с тем и лелею, ведь она стала неотрывной частью меня самого.

Наверное, поэтому я всегда пишу по ночам. Когда тени сгущаются, слова обретают еще бóльшую силу и, будучи моим самым сильным наркотиком, помогают преодолеть искушение проверить себя на прочность в жизни, узнать, так ли уж злодейка Судьба властна надо мной, сдирая с меня остатки человеческого облика. В темноте я не вижу, что я монстр.

Мерзко, правда? Но я предпочитаю не обманывать себя, поэтому вам тоже лгать не стану. Много. Это необходимо для нашего же с Нинон блага, потому что вы, многоуважаемый читатель, не единственный, кто следит за моим повествованием. Есть еще и другие, которое пытаются сложить разрозненные факты в единое целое, путеводитель к собственной выгоде, возможность поживиться за наш счет. Поэтому я немного исказил правду, слегка ввел в заблуждение, солгал в кое-каких мелочах, но несущественных. Что вы хотите, правда — горький напиток, выдержанное вино, которое не любят грешники. Наверное, потому что оно плохо сочетается с рыбой, бифштексом или серой. И все же я время от времени откупориваю бутылку, чтобы хлебнуть из нее в медицинских целях. Хорошо прочищает мозги. И в тот момент, когда оно перестанет казаться мне горьким, я пойму, что перестал быть человеком.

Было бы логично, если бы я ожесточился, но этого не произошло. Частично в этом есть заслуга Нинон. Я поделился частью этой правды с ней, и она приняла это, даже не поморщившись от самых неприглядных откровений. В этом смысле она была очень добра ко мне. Я не хотел давать ей яд, но она должна была узнать, кто такой я и кем может стать она сама. Есть вещи, которые невозможно скрывать.

Но, кажется, я снова отвлекся.

— Привет, красавица.

Нинон скупо, но все же очень мило улыбнулась. Она подошла вплотную и поправила воротник моей рубашки. Это была мелочь, маленький жест, которым женщины показывают свою заботу детям, любовникам, супругам, и я поймал себя на том, что снова улыбаюсь, потому что вряд ли она видела во мне ребенка. Нинон считает, что я красив, но красотой падшего ангела. Большинство людей, если, конечно, они действительно верят в ад, считают Люцифера страшным, но, как я уже говорил, мало что может напугать эту женщину. Даже время от времени возникающий в воздухе запах серы.

— Ты готова ехать? — спросил я, когда она открыла дверцу джипа. Внутри на обивке салона то здесь, то там виднелись проплешины, как на шкуре чесоточной собаки. Ей это совершенно не шло, хотя кот, по-видимому, радовался возможности поточить когти об обивку.

Я окинул взглядом багажник джипа, прикрытый бугрящимся брезентом. Я еще до этого успел заглянуть под него и не смог сдержать улыбки. Веревки, фонарик, герметизирующая клейкая лента, топор, сундучок с инструментами, рабочие перчатки, коробки с патронами, канистры с бензином и чехол от камеры. У дураков мысли сходятся, хотя в моем багажнике вместо камеры лежала аптечка и мне нравились ружья с большой-большой обоймой.

— Конечно.

Нет, словами такого не передать. Ответ был таким же безапелляционным, как акции-пустышки дот-комов после техновзрыва. Разве у нас был выбор? Мы должны были быть готовы.

— Ты сам поведешь? Или давай, может, я? — спросила она.

— Но куда ты пойдешь, туда и я пойду[1]... — ответил я.

---

1 Отрывок из Библии, Руфь 1:16—17.

Я хотел коснуться ее, но она выглядела очень бледной и сосредоточенной на том, что ждало нас впереди. Я не знал, что она там видела, да и, честно говоря, не особо хотелось. Я думаю, что каждому из нас хватило духовных единений на жизненном пути. Но ни она, ни я так к этому и не привыкли, поэтому нам потребуется время, чтобы научиться делиться мыслями и терпеть общество друг друга.

— Я пойду на север, — мотнула она головой.

Любопытное решение. Мне не часто приходилось там бывать, и все же я не стал с ней спорить. Похоже, у нее, в отличие от меня, уже родился какой-то план.

— Север так север, — сказал я, помогая ей забраться внутрь. И хотя мой отец Кормак любил говаривать, что манеры не стоят ничего, все же Нинон, какой бы современной она ни казалась, выросла в мире, где манеры ценились в первую очередь. Мне захотелось сделать ей приятное. Это было чем-то вроде извинения за то, что вот такой я мерзавец-кровопийца, который вдобавок еще и с радостью обратил ее в вампира.

Думаю, мы на аллее крыс,
Где мертвые лишились своих костей.

Т. С. Элиот

Цель здравого смысла в том, чтобы научиться быть счастливым, а для этого просто нужно непредвзято ко всему относиться… Счастье измеряет, насколько человек умен.

Из письма Нинон де Ланкло

Он почтенный джентльмен, но так и не позволил мне его любить… Женщины никогда не чувствуют себя раскованно, за исключением тех случаев, когда находятся в обществе тех, кто эмоционально рискует с ними.

Нинон де Ланкло о герцоге де Шуазеле

А что об этом говорит Нинон?

Людовик XIV

Глава 13

На рассвете Нинон наконец съехала на обочину у какого-то безымянного городка. Я на своем внедорожнике сделал то же самое. Мы путешествовали с выключенными фарами. Нам обоим они были не нужны.

Она медленно вылезла и потянулась, разминая затекшие мышцы. И направилась ко мне. В лучах восходящего солнца ее глаза полыхали черным пламенем. Она двигалась все также грациозно, но что-то подсказывало мне, что тело ее все разбито. Как и мое. Мы ехали по бездорожью на машинах с очень слабыми амортизаторами. Помимо того я чувствовал, что она еще чем-то обеспокоена. Надеюсь, это не первые позывы напиться крови.

Путешествуя по жизни, мы вольны сами выбирать, что делать, чтобы извлечь из ситуации максимальную пользу, но дорога, по которой мы путешествуем, предопределена Судьбой. Нам досталась дорога не из легких — вся в ухабах и колдобинах. Я уже неоднократно это говорил, повторю и сейчас: Судьба — стерва, каких мало. Но больше всего меня угнетало чувство беспомощности от того, что я никак не мог облегчить ни свой путь, ни путь Нинон.

— Добро пожаловать в Чистилище! Господа туристы, выстраивайтесь в ряд справа, — проворчал я, выполняя нехитрую разминку, чтобы как-то привести себя в тонус. Я смотрел, как медленно поднимается солнце, словно черная рука какого-то темного божества пытается затолкать его назад за горизонт, чтобы продлить время царствования темных сил. Признаться, мысль о том, что в нашу и без того непростую ситуацию может вмешаться еще какое-нибудь божество, изрядно меня встревожила.

Город отнюдь не радовал взор. Название Чистилище как нельзя лучше ему подходило. Даже в преисподней отвергли это место. Оно было пыльным, заброшенным — «ничейная земля». Здесь даже скорпионы не водились. Мне еще не приходилось бывать в более безжизненном месте, и я терялся в догадках, почему Нинон вдруг решила здесь остановиться.

— Да, место действительно жуткое, но как раз в духе Сен-Жермена. Я думаю, нам следует ненадолго здесь задержаться и посмотреть, что произойдет. Не вынимай ключ из замка зажигания.

Я не стал спорить. Это было как раз то место, которое хотелось покинуть как можно скорее.

Мы решили пройтись. Не спеша. Сейчас мне уже сложно объяснить, почему в тот момент брошенный городок казался таким жутким. Конечно, фундамент зданий просел, углы пообтрепал ветер, куски самана облупились, повисли на стенах шелухой, но таких оставленных городов были сотни, и ни один из них не внушал мне смутного беспокойства, как этот. Наверное, на меня давила мертвая тишина, что царила там, — и дело было не только в отсутствии людей. Тишину не нарушали даже крики птиц, ищущих пропитание, повизгивания и лай бродячих собак. Только ленивое дуновение ветра, который крался между домами подобно осторожному коту, оставляя после себя все то же мертвое оцепенение.

Нинон наклонилась и зачерпнула горсть пыли вперемешку с сухими листьями. Она поднесла руку к лицу и принюхалась.

— Так, что тут у нас? Чемерица, воронец, белладонна. Да, он уже успел здесь побывать — лазил по могилам. Он явно усовершенствовал методику своего отца. Диппель в свое время копал наугад. А Сен-Жермен научился с помощью магии проводить массовые эксгумации. Давай поищем кладбище. Думаю, оно опустело.

Она медленно повернулась и остановилась, окидывая пристальным взглядом призрачные асфодели, которые кольцом окружали город. Их серые лепестки шевелились, хотя я не чувствовал ветра. Наверное, они оплакивали своих товарищей, которые погибли под колесами наших машин.

— Опустело? Ты хочешь сказать, что… они все?

— Да, он поднимал мертвых. Вызывал зомби. В отличие от отца, ему больше не нужно их выкапывать, чтобы провести обряд. Он нашел способ заставить гору идти к Магомету. — Она ткнула пальцем. — Видишь вон там развороченные могильные плиты? Они почернели от ударов молний. Кажется, я догадываюсь, чем он тут занимался, пока мы играли в кошки-мышки с Дымящимся Зеркалом. Можно подумать, это место и без того не было достаточно зловещим. Я только надеюсь, что он делал это не для каких-то конкретных целей.

Зловещее место... Так назвала его Нинон. Думаю, это еще мягко сказано. Здесь было нечто большее, нежели просто отсутствие гражданской гордости. Если честно, это выглядело так, словно преисподняя выпустила щупальца в пустыню, а затем, пристыженная, втянула их назад. Да и пахло тоже соответствующим образом — я почуял это, когда коварный ветер стал дуть на запад.

— Зачем? — спросил я растерянно. — И где сейчас эти мертвецы, если не в могилах?

— Он делает это, потому что умеет. Потому что это быстро и удобно. Их численность ошеломляет, в то время как поодиночке от них мало проку, потому что их мозги окончательно сгнили. — Она выдержала паузу. — Мертвецы могут быть повсюду. Они предпочитают темноту, но могут находиться и на солнце, правда, недолго. Поэтому будь настороже.

— Всенепременно.

Мы стали спускаться по улице, стараясь, как заправские бандиты, держаться середины дороги. Осторожно заглядывали в окна и двери, но там вместо засады нас встречала мертвая тишина.

С некоторой долей тупого ужаса я размышлял, почему же Сен-Жермен так хочет убить нас. Потому что считает, что это необходимо, целесообразно? Если, конечно, «убить» подходящее слово. Или Нинон права, и часть его просто-напросто развлекается? С него станется. Как я знал из собственного опыта, он мог быть и не виноват в своем пагубном пристрастии. Просто его человечность окончательно зачахла. Родители иногда могут жестоко травмировать детей, и в какой-то мере я сочувствовал ребенку, воспитанному этим самым Черным человеком Нинон.

Я знал, что от моего сострадания ровным счетом ничего не изменится и мы осуществим задуманное. Просто мне хотелось узнать этого человека, прежде чем я помогу его убить. Каждый воспринимает жизнь по-разному. Почему так или иначе, еще нужно разобраться. Я никогда не подписывался под выражением: «Убей их всех, пусть Бог разбирается».

Я взглянул на Нинон. Сейчас ее мысли были для меня закрыты. Интересно, я был для нее также непроницаем или она могла при желании влезть ко мне в мысли? Я не знал многого из того, что должен был бы знать. Сейчас мы вроде как сроднились — надо же, как трогательно, вот только инцестом попахивает.

Не знаю, поймете ли вы. Общая кровь может не значить ровным счетом ничего, но с таким же успехом может стать для вас всем. Спросите об этом женщину, которая родила ребенка, или человека, заразившегося СПИДом. Кровь и в самом деле важна. В результате проведения небольшого скрепляющего ритуала между нами установилась связь гораздо более крепкая и продолжительная, чем при заключении любого социального контракта. Но связь еще не означает любовь и взаимопонимание. Посмотрите только на Д. З. и мою мать. Мы связаны друг с другом, но никого из них я не люблю. Мой биологический отец умер, уйдя из моей жизни, но я не перестал вспоминать о нем.

А тут еще и Нинон. Вот черт! Я никак не мог понять, что испытываю к ней помимо сильного влечения. Одно я знал точно: наши отношения крепче и продлятся дольше, чем любой человеческий брак, если только смерть от зверского расчленения не разлучит нас.

Кроме того, прошу простить за неуклюжее сравнение, но первую часть жизни я прожил как неподвижный телескоп, который видит все достаточно четко, но лишь одним глазом, показывая только часть картины, и не способен изменить заданный ему угол зрения. Она показала мне, как из телескопа сделать бинокль и вертеть им в нужных направлениях. Краткой возможности взглянуть на мир ее глазами хватило, чтобы я увидел перед собой перспективы, о которых даже и не подозревал, — некоторые были великолепны, другие ужасны. И я хотел бы снова примерить на себя это панорамное зрение, чтобы научиться смотреть широко раскрытыми глазами и видеть все. Да уж, весьма романтично. Мало напоминает строчки ко дню Святого Валентина. О любовь моя, ты станешь моим биноклем?

Я прочистил горло.

— Да?

Я мужчина, поэтому не умею красиво говорить о чувствах. Но в то же время я писатель и знаю силу слова. Даже самое странное и непривычное явление слова могут сделать простым и понятным. Поясняя что-то, мы наполняем его содержанием. Недаром говорится, что пока вещь не названа, ее как бы не существует.

Я по-прежнему молчал, и тут Нинон улыбнулась. О боже! Как же она была прекрасна на фоне разгорающегося рассвета.

— Давай же, спрашивай, что хотел. Мигель, тебе не идет нерешительность.

— Мы здесь, чтобы убить зомби? — спросил я совсем не о том, о чем на самом деле думал. К мыслям, меня одолевавшим, лучше было подобраться медленно и незаметно, застав их врасплох.

— Да. Мы не можем позволить Сен-Жермену воздвигнуть крепость. За ним нужен глаз да глаз, иначе он станет похлеще Дымящегося Зеркала. Я надеюсь, что зомби еще здесь и их пока никуда не успели переманить.

Я поднес к глазам настоящий бинокль и огляделся по сторонам. Вообще-то я мог бы обойтись и без него, но предпочел спрятать немое обожание во взгляде за толстыми линзами, пока мы оба ждали, что же произойдет. И откуда так некстати на меня нахлынули эти чувства… Просто она была чертовски великолепна!

Судорожно пытаясь найти что-то, на что можно было бы отвлечься, я словно со стороны услышал собственный голос:

— Знаешь, а ведь я долгие годы наивно полагал, что Д. З. прицепился ко мне только потому, что я был сыном *mamita*. Ну и еще, пожалуй, из-за того, что не довел тогда дело до конца. Насколько я знаю, я единственный мужчина, которого он обратил в вампира. Я долгое время гонялся за древними камнями с информацией о нем, но так и не нашел ничего, где бы упоминалось, что он обращал вампиров-самцов.

Нинон кивнула.

— Я точно не знаю, почему он отдает предпочтение женщинам. Может, из-за того, что его жрицы не могут передавать заразу. Порой я думал, что он пересмотрел свое отношение ко мне и передумал убивать, коль скоро я не делаю новых вампиров и не представляю для него угрозы. Но есть еще кое-что… — Я задумался, подбирая точные слова. — Мне кажется, что за последние несколько лет что-то произошло и он держит меня на крайний случай. Это как готовить запас консервированной крови перед операцией. Или найти донора для пересадки органа, потому что точно знаешь, что в скором времени он тебе может понадобиться.

Я чувствовал, что Нинон неотрывно смотрит на меня. Мне не нужно было оборачиваться, чтобы понять, насколько она потрясена, однако не проявляет при этом ни капли недоверия. Моя история во многом напоминала то, что сделал с ней Черный человек. Ее понимание позволяло мне говорить, не испытывая при этом чувства стыда или вины.

— Так ты донор для пересадки органов? — сказала она, имея в виду донора-человека. Я знал, о чем она думает, потому что и сам уже размышлял в этом направлении.

— Нет, и не собираюсь им становиться.

Ни для человека, ни для Д. З.

— Вот и хорошо. Зачем рисковать?

Я кивнул. Я даже никогда не давал свою кровь для переливания. Моя инфекция должна была остаться со мной. За исключением Нинон. Она стала для меня единственным исключением, и я мог не опасаться, что она захочет передать заразу кому-то еще. Раз уж на то пошло, она тяготилась своим новым «я» даже больше, чем я сам, хотя не показывала этого. Но я не питал иллюзий на этот счет. Она попросила о вампиризме, потому что так было нужно, по той же самой причине она обратила меня — и все же считала все произошедшее с нами аморальным и предосудительным. Она наверняка думала, что это своего рода проклятье. Я не знал, как заставить ее думать иначе и стоит ли вообще это делать. Возможно, мне и не удалось бы ее переубедить, так как она могла оказаться права.

— Ты тоже не знаешь, почему Черный человек оставил тебя в живых?

«Или почему Сен-Жермен так хочет твоей смерти?»

Этот вопрос вертелся на языке, но вслух я его задавать не стал.

— Вообще-то он не «оставил» меня в живых. Поначалу я была живым доказательством того, что его опыты наконец увенчались успехом. Но затем...

Признаться, я ожидал услышать, что Диппель проникся к ней симпатией либо же видел ее в роли «жены Франкенштейна» для своего сына. Но следующие слова Нинон меня не на шутку удивили:

— Позже, когда он начал терять рассудок, то попытался меня совратить. Но ему это не удалось. В ярости Диппель попытался меня убить — провести ритуал, с помощью которого мог бы забрать назад свою силу. Когда и в этом он потерпел поражение, то подослал ко мне сына. Этот сукин сын едва меня не достал. Я тогда не знала, с кем имею дело, — думала, он обычный судебный исполнитель. К тому же Сен-Жермен... так красив. И обаятелен... — Она тряхнула головой, сбрасывая мимолетное наваждение. — Но чем дольше я смотрела в его глаза, тем холоднее и страшнее они выглядели. Я уже лежала перед ним полуголая на диване, когда окончательно осознала, что он собирается сначала трахнуть меня, а уже *потом* убить. Но с таким же успехом он мог бы делать и наоборот, снова и снова, пока я не умру окончательно.

Нинон усмехнулась. Я услышал это по ее голосу.

— Я вонзила ему в сердце булавку от шляпки. Сильно он от этого не пострадал, но крайне удивился. И тогда я смогла сбежать.

Эта женщина умудряется наводить на меня ужас, притом что я восхищаюсь ею.

— Ты вонзила ему в сердце булавку, и он даже не пострадал?

— Ни капли. *Тебе* тоже не стоит опасаться заурядных осиновых кольев.

На этот раз я оторвался от бинокля, чтобы взглянуть на нее. А она как ни в чем не бывало продолжала:

— Ты умрешь лишь в том случае, если твой мозг или сердце сожгут, сотрут в порошок или просто вырвут из тела. Тебе может изрядно перепасть, но все равно в конечном итоге ты выздоровеешь.

— Звучит неплохо. А в чем подвох?

— Ты уверен, что тебе прямо сейчас нужно это узнать?

— Да.

Я хотел знать, чем мы отличаемся от зомби, на которых сейчас охотимся.

Ее лицо стало серьезным, даже мрачным. Но мне по-прежнему хотелось ее поцеловать, запустить руки ей в волосы.

— Мы страдаем. Нестерпимо. Каждые несколько десятилетий твоему телу необходима будет небольшая молния. Если ты не дашь ему эту порцию «божественного огня», то обманутая старость отыграется на тебе. Все прежние болячки обрушатся на тебя с удвоенной силой, а в придачу могут появиться еще и новые. Мы становимся похожими на портрет Дориана Грея. Это тоже происходит довольно быстро. По крайней мере, со мной. Но что еще хуже, на разум это влияет так же плачевно, как и на тело. Однако я знаю тех, у кого первые симптомы проявляются только через несколько месяцев. Ты мог попасть в число этих счастливчиков.

— Ну а ты? Сколько тебе остается с того момента, как в теле поселяется усталость?

Другими словами, сколько у меня будет времени на поиски собственного электрического стула? Наверное, она была права: я выбрал не самое подходящее время для подобных вопросов. И хотя стенки моего сознания снизу доверху укрывала обивка, внутри скопились отнюдь не спокойные, рассудительные мысли, которые так и норовили взорвать мозг изнутри. И все же я чувствовал, что просто обязан был спросить. Учитывая то, чем нам сейчас приходится заниматься, вполне возможно, что другой возможности поговорить у нас просто не будет. А я должен был знать, с чем придется столкнуться.

— Сколько остается? Всего несколько недель с момента появления первого симптома. И с каждым разом этот промежуток сокращается. По крайней мере, так было раньше. Я понятия не имею, как на это может повлиять вампиризм. Я надеюсь, что с его помощью смогу выгадать еще какое-то время. Не всегда удобно подвергать себя электрическому удару. — Она рассмеялась. — Ты удивишься, но в мире очень много мест, где не бывает гроз. Или бывают, но всего пару раз в году. Я могу притягивать огни Эльма во время грозы, но изменить погоду не в силах.

Она тоже подняла бинокль. Не думаю, что он был ей нужен.

— Я чуть не умерла во время Первой мировой войны. Я в то время находилась в Бельгии, вместо грозы там целыми неделями взрывались немецкие снаряды. Я была тяжело ранена. Тогда я даже думала, что умру, но, видимо, не заслужила такого блага.

— А мы можем умереть? Я имею в виду, от болезни или от старости?

— Я не знаю. И узнавать тоже как-то не хочется.

Ее лицо вдруг словно окаменело.

— Что? — встрепенулся я. — Ты что-то увидела?

— Скорее, почуяла. «Ад опустел, все демоны собрались тут»[1], — процитировала она.

— Демоны? — переспросил я, не веря своим ушам. Сложно было понять, когда она шутит, а когда нет.

— По крайней мере, зомби. Неприятно, но факт, — сказала она раздраженно.

Она вытащила из-за пояса пистолет и проверила, заряжен ли он. Руки у нее не тряслись. Это хорошо. Прошло уже около двенадцати часов с момента превращения, а у нее не проявился ни один из мучавших меня симптомов. Она не потела кровью и не выказывала ни малейшего желания разорвать мне глотку

---

[1] В. Шекспир. Буря.

или высосать мозг. У нее на языке не намечалось и следа жала — я проверил еще пару часов назад, когда мы остановились перекусить и справить естественные надобности. Я тоже чувствовал себя хорошо. Если у того, что произошло с нами, и были последствия, то они запаздывали.

Меня это вдруг стало беспокоить. Как говорится, если мне и везет, то только как утопленнику. Наверняка, это судьба тешила нас тщетной надеждой на то, что все обойдется. В следующее полнолуние у нас наверняка вылезут огромные клыки и мы выпьем кровь у всей Тихуаны. Или Такомы. Я точно не знал, куда мы направляемся. «Север» — понятие растяжимое.

— По крайней мере, мы знаем, что для перестрелки место подходящее. Я здесь не видел никого, кроме нас. Нам не придется переживать, что мы зацепим ни в чем не повинных людей, — сказал я, подражая Гэри Куперу, и полез на заднее сиденье своего внедорожника. К слову, этот актер всегда нравился мне больше, чем Джон Уэйн.

Я вытащил свой пистолет и коробку с боеприпасами, которую открыл одной рукой. Я пересыпал патроны в карман рубашки. Если хотите знать, у меня шестизарядное помповое ружье «Моссберг» двенадцатого калибра. У него модифицированная приставная рукоятка. Прежде он меня всегда устраивал. Но сейчас я подумал, что лучше бы он был девятизарядным.

Проходя мимо джипа, я заметил, что Коразона совсем не радует запах, который доносится до него сквозь треснутое стекло. Однако испуганным его нельзя было назвать, если, конечно, длительный процесс украшения сидений «кошачьим граффити» не считался у него признаком паники. Думаю, все же не считался, потому что он то и дело останавливался, чтобы полюбоваться плодами работы своих когтей.

Значит, кот Нинон тоже не боялся зомби. Из этого можно предположить, что ему уже приходилось с ними сталкиваться. Если бы Коразон мог говорить, то, готов поспорить, ему было бы что рассказать.

Кот взглянул наверх и встретился со мной взглядом. Он многозначительно повел ушами, и я готов поклясться, что в голове у меня раздалось: «А с чего ты взял, что я не умею разговаривать?»

Я едва не выпустил ружье из рук.

Поймите меня правильно, я и сам не совсем человек. У меня был замечательный терьер Бастер, мой самый близкий в детстве друг, мне всегда нравились овцы и кот-крысолов миссис МакТэвиш по кличке Гордон. Я родился в Шотландии, стране ясновидящих и леприконсов, но мне никогда прежде не приходилось мысленно общаться с животными. В присутствии этого создания, которое оказалось еще и телепатом, я почувствовал себя некомфортно и даже ощутил нечто вроде ревности: это животное знало Нинон лучше, чем я.

Нинон подошла ближе. Она была без черных очков. И прежде чем я успел спросить о коте, который снова принялся точить когти, она сказала:

— Да в городе нет никого, кроме зомби. Вначале нам нужно разворошить этот муравейник, а уж потом двигаться дальше. Незачем оставлять у себя в тылу врага, который может незаметно подкрасться и ударить в спину.

Пройдя мимо меня, она открыла дверцу джипа и опустила стекло. Целое мгновение они с котом смотрели друг другу в глаза, ведя мысленную беседу. Когда она наконец отвела взгляд, я увидел, что он холоден, как водка из морозильника. А в ее голосе слышались спокойствие и уверенность. Нельзя не восхищаться женщиной, которая может выглядеть так хорошо, так утонченно женственно и в то же время говорить столь жестокие вещи. Такому человеку можно было доверить прикрывать тебе спину в бою.

Как бы странно это ни звучало, подобное давало мне надежду, что у нас может сложиться что-то продолжительное и, возможно, даже романтическое. Если зомби вызывали у нее только легкое беспокойство и она была хозяйкой кота-телепата, то приемный сын бога мертвых и вампирши в роли кавалера не должен ее смутить. А там уж дело за малым — решить, кому выносить мусор, а кому мыть посуду и как выдавливать из тюбика зубную пасту.

Несмотря на все происходящее, на душе у меня стало легче. Я вдруг понял, как сильно устал бояться того, что будет впереди, постоянно переживать о том, в кого я превращаюсь. Эти страхи посещали меня каждую ночь, стоило только закрыть глаза и погрузиться в сон, и каждое утро, когда я просыпался с желанием убить соседей, охранников на заводе и всех коллег, которым хватало тупости обращаться ко мне раньше десяти утра. Что бы там ни произошло в дальнейшем, теперь я знал, что не одинок.

Я знаю, что у Нинон были какие-то моральные предубеждения насчет моего обращения — наверное, она верила в ад и рай и имела четкое представление о грехе, поэтому придерживалась заповеди «не искушай невинного мужчину запретным плодом с дерева знания». Но я был далеко не невинным, а кроме того одной ногой уже находился в худшем из адов. Грех это или нет, но я благодарен ей за то, что она сделала. Наши проблемы представляются мне скорее из сферы науки и болезни, нежели связанными с Богом или демонами. И хотя она вряд ли сочтет это смягчающим вину обстоятельством, но ее вариант «из уст в уста» избавил меня от мучений, возможно, даже от убийства, что стало бы еще бóльшим грехом.

И что она попросила взамен? Всего лишь совершить низкий поступок, о котором я столько времени втайне мечтал. Она сказала, что ничего страшного в этом нет и это ей только поможет. И, похоже, действительно помогло. Я нашел ту единственную женщину, возможно, единственного человека вообще, на которую смог напасть и которая при этом осталась жива. Я убил без убийства. И как после этого не поверить в Господа милосердного?

Господь... Я не вспоминал о нем уже много лет, хотя в детстве меня приучили ходить в местную церковь. Да, протестантскую. Мой отец действительно любил *mamita*, но не ее католицизм. Между прочим, я уже давным-давно серьезно не задумывался о Боге и воскрешении Его сына из мертвых. Все последнее время я был полностью поглощен наукой. Библия была всего лишь метафорой, не более. Но я учился понемногу. Раньше я и вообразить не мог, сколько всего творится на земле и на небесах.

Не сочтите за богохульство, но я теперь в Клубе избранных-воскрешаемых. Конечно, если честно, в отличие от Нинон я не думал, что буду в восторге от вступления в клуб. По крайней мере, не в Мексике. Господь, восставший из мертвых... Выводы напрашивались поистине пугающие. Но поскольку поблизости в засаде не пряталось ни одного атеиста, я сомневаюсь, что любой другой на моем месте не задумался бы над тем, что же таилось под этим всем и что это могло означать.

Я рассказал Нинон о своей мысли насчет Клуба воскрешения, правда, о Христе в этом контексте упоминать не стал. Но она, выслушав меня, даже не улыбнулась.

— Ты все еще можешь выйти из игры, — сказала она мягко. Ее глаза светились недобрым светом, но она и виду не показала, что встревожена, — наоборот, на лице ее читались безмятежность и умиротворенность дремлющей кошки.

Солнце наконец полностью выкатилось из-за горизонта. Я чувствовал, как оно припекает мне спину, но был непротив. Я любил солнце, даже когда оно жгло. У меня всегда было такое ощущение, словно оно выжигает заразу внутри меня.

— Мигель, все, что случилось с тобой, произошло не по твоей вине. Тебя не в чем упрекнуть. Ты никого не убил, а я, пожалуй, и сама справлюсь. Ты даже можешь вернуться домой и зажить прежней жизнью.

— Никогда. Это не так-то просто, и ты сама это прекрасно знаешь.

К тому же мне было ужасно любопытно. Казалось, что наши шансы на выживание возрастут, если у каждого из нас будет кому охранять его сон. Потому что нам это определенно понадобится. Она была настроена слишком оптимистично, если не сказать легкомысленно. Ничего еще не закончилось. Д. З. достанет меня и на другом конце света, также как и этот Сен-Жермен, когда узнает обо мне. Я прекрасно это понимал, даже если Нинон этого в упор не видела.

И хотя Мисс Воспитание не касалась деликатных подробностей сложившейся ситуации, — а если и касалась, то я явно упустил этот момент, — все же я был уверен, что согласно правилам этикета при обмене кровью, не говоря уже о совместно перенесенном ударе молнией, нужно некоторое время побыть вместе, чтобы убедиться, что у другого все на самом деле в порядке и по истечении трехдневного инкубационного периода он не собирается превратиться в кровожадного берсеркера. Это будет по-джентльменски и очень сознательно с точки зрения гражданского долга.

Меня снова окатило волной смрада и тлена, отчего горло сдавил спазм. Я заново переосмыслил идею собственного родства с чем-то гниющим и разлагающимся. Это было даже хуже, чем *mamita*, а она прямиком попадала под точное, но нелестное определение Шекспира: «Чуть больше чем родня, но все же не семья».

— Тогда ладно. Но я хочу, чтобы у тебя было это.

Нинон вручила мне необычный штык. Он мог сойти и за садовый инвентарь, но я знал, что это не так.

— Что это?

— Траншейный нож. Я привезла несколько таких из Бельгии. Это оружие на самый крайний случай, незаменимое при схватке врукопашную. Оно без малейших усилий проткнет металлическую каску и череп. — Она выдержала паузу. — Единственный его недостаток, кроме того, что зомби должен подойти так близко, что может укусить, заключается в том, что понадобится некоторое усилие воли, чтобы его использовать. Это оружие слишком… ближнего боя.

Я окинул оружие уважительным взглядом, а затем сунул его себе за пояс. У штыка было лезвие около семи дюймов и медная рукоятка с отверстиями для пальцев. Это была довольно увесистая штуковина, чья тяжесть внушала уверенность.

— Спасибо, — сказал я наконец. — У тебя есть еще один?

— Да. И они в рабочем состоянии. Клянусь тебе. Надеюсь, они нам сегодня не понадобятся, но просто на всякий случай.

И тут я их увидел. Мертвецы, пошатываясь, появлялись из дверей церкви.

— Черт возьми.

— *Oui*.

При виде зомби я подумал, что у меня глаза вылезут из орбит. Разум настаивал на том, что передо мной всего лишь иллюзия, обман зрения. Такого не могло быть в жизни. Эти существа тащились, едва волоча ноги, по единственной улице города — неуклюжая, шумно шаркающая похоронная процессия или небольшой парад мертвецов. Их нельзя было назвать скелетами, но плоти на них осталось совсем немного — сплошные кости с сухожилиями. Их пол можно было определить только по обрывкам одежды, висящим на останках.

Нинон предупреждала, но тогда я ей окончательно не поверил. Было такое чувство, что мой мозг опустили в блендер и нажали на кнопку. Не то чтобы у меня была каша в голове, просто все мои ощущения в очередной раз хорошенько взболтали, а мир перевернулся с ног на голову. Такого просто не могло быть. Я смог смириться с вампирами и богом смерти, но такое… Забавно, куда иногда заводят лабиринты сознания.

Меня встревожило то, что мертвецы вооружились сельхозинвентарем — вилами, тяпками, лопатами, кирками… И мачете? Их не могли похоронить с этими предметами. Отсюда и ответ на вопрос, чем они занимались с момента нашего появления в городе.

— Даже несмотря на вилы и лопаты, что-то мне подсказывает, что они не на сенокос собрались, — сказал я, гордясь своим спокойствием. Я сосчитал их. Всего четырнадцать. Наверняка на кладбище было куда больше тел, но, видимо, остальные не подлежали оживлению. Я очень на это надеялся. Должен же быть у Сен-Жермена какой-то лимит возможностей. Ведь мертвых в мире гораздо больше, чем живых. Да они бы нас просто задавили, если бы Сен-Жермену пришло в голову вызвать всех!

— Нет, они направляются к нам. Они почуяли наш запах и не остановятся, пока их окончательно не убьют. Хорошо, что солнце уже высоко. Оно заставит их двигаться медленнее, и нам будет легче их уничтожить. — Нинон подняла пистолет и прицелилась. — Обычно хватает и двух выстрелов, чтобы свалить их с ног. Один в голову, один в сердце. Но даже после этого не следует к ним приближаться, потому что если мозг не полностью уничтожен, то они могут схватить за ноги и укусить. Если есть чем… Не беспокойся, позже мы их всех сожжем и этим доведем дело до конца.

Она сказала: «Не беспокойся, позже мы их всех сожжем».

Раздался щелчок, и все снова встало на свои места. Это было ужасно, но я отбросил прочь сомнения. Я начал понимать, почему Нинон не считала эти убогие шаркающие создания подобными нам.

Я поднял свое ружье и прочистил ствол. Оно произведет гораздо больший эффект, чем просто один выстрел в сердце, один в голову. Создания перемешались между собой, приближаясь к нам. Они не обращали внимания на наше оружие, возможно, просто не понимая, что это такое. Я выбрал себе первую цель — крестьянина в черных штанах и в том, что осталось от белой рубашки. У меня на глазах из того места, где у него раньше был желудок, вылезла крыса и умчалась прочь, унося с собой кусок высохшей кишки. И тогда я действительно понял, что это гниющие трупы, отчего чуть умом не тронулся. Мне пришлось судорожно сглотнуть, чтобы подавить рвотный спазм. Это были зомби, ходячие мертвецы. И они смотрели на нас как на бесплатный шведский стол.

Крестьянин уже был на расстоянии выстрела, но я все выжидал. И когда моя цель стала достаточно близка, я заглянул в пустые, пыльные глазницы создания и почувствовал облегчение. Душа уже давно покинула это тело. Я должен буду уничтожить плоть, но это не будет считаться убийством. Нельзя убить то, что уже мертво. По крайней мере, так я сказал себе в то утро. После этого я еще долго думал: а вдруг когда-нибудь кто-то вот так же посмотрит мне в глаза и решит для себя то же самое?

Нинон нажала на курок. Зомби в свадебном платье, рядом с моей выпотрошенной мишенью, отлетела назад. В ее голове появилось небольшое круглое отверстие, из которого не вытекло ни капли крови. Она сделала еще шаг, но Нинон выстрелила снова, всаживая вторую пулю ей в сердце. Быстро, чисто и эффективно. Создание рухнуло посреди улицы, подняв небольшое облачко пыли. Я хотел было похвалить Нинон за меткость, но решил, что ей приятнее будет услышать, как мой дробовик участвует в решении нашей общей проблемы.

Я сглотнул еще раз и выпустил пулю. Как я и предполагал, моя гуттаперчевая мишень и создание, шедшее сзади, перевернулись и отлетели назад, словно от сильного порыва ветра, но на самом деле от порции свинца. И снова крови не было, хотя запах при этом был на удивление мерзкий.

Целься, огонь, перезарядка. Повторять по мере необходимости. Все произошло более чем быстро — две минуты максимум, и все же мне казалось, что я провел в этом чистилище целую вечность. До того дня меня часто мучили кошмары, но, как сказала Нинон, в этом не было моей вины. Я не виноват в том, что произошло со мной и с моей семьей. Но все последующие кошмары, которые не будут давать мне уснуть, а они обязательно появятся, будут исключительно на моей совести, причем абсолютно заслуженно.

За все надо платить, ведь так?

— Стрельба по зомби. Замечательное начало дня.

Казалось неправдоподобным, что в такое прекрасное утро можно бороться с живыми трупами. Они умирали тяжело, но наше оружие сделало бой неравным — не подумайте, что я жалуюсь. Сцена была еще кошмарнее, чем последний акт «Гамлета», и даже чем вечеринка смертников, устроенная Джимом Джонсом[1]. Там мертвецы действительно были мертвецами. Здесь же мы находились в «зоне полутени», где могли происходить самые невероятные вещи.

— Сжигать их еще неприятнее, — сказала Нинон. — Но сначала давай пройдемся по городу и посмотрим, никого ли не пропустили. У некоторых могло хватить ума спрятаться.

— Хорошо, — согласился я. — Будем разделяться?

---

[1] Американский проповедник, основатель организации «Народный Храм», причисленной американским законодательством к деструктивным культам. Джонс собрал всех жителей Джонстауна и в своей проповеди убедил большинство из них совершить «революционный акт самоубийства», приняв яд. В результате этой акции свыше девятисот человек погибли.

— Да, придется. Хорошо бы до полудня со всем этим покончить. Нам нужно продолжать путь. Я хочу найти место для ночлега в каком-нибудь населенном пункте, пока солнце еще не село. Мы оба в этом заинтересованы.

Я нехотя кивнул и направился к ближайшему зданию, держа дробовик наготове. Нервное возбуждение к тому моменту уже почти прошло, и меня стали посещать мысли одна другой нелепее. Например, что у зомби и вампиров есть кое-что общее: и те, и другие мертвы, но должны были прежде быть живы. Невозможно появиться на свет без живой матери, как невозможно умереть, если прежде не был жив. Но в то же время есть еще и Дымящееся Зеркало. Я не знаю, кто он. Он существует, но при этом не совсем жив, так как никогда не рождался.

Или это было лишь попыткой объяснить все последующие мысли, которые все возникали и возникали.

Я с удивлением отметил про себя, что психологический барьер, который не позволял мне убить Д. З. раньше, вдруг куда-то пропал. Сегодняшние события послужили доказательством того, что я способен убивать. Думаю, с Сен-Жерменом проблем морального плана тоже не возникнет. Столкновение с его зомби окончательно убедило меня, что он утратил остатки человеческого облика, если вообще когда-либо был человеком. Он мог быть просто создан Диппелем, а не рожден. Поднятие мертвых было верхом гнусности и непристойности. Как и его безумный отец, Сен-Жермен исчерпал право на жизнь. Говорят, что яблоко от яблони недалеко падает, но всех остальных плодов это тоже касается.

Но если честно, я все никак не мог успокоиться после убийства тех зомби. Ну… или повторного убийства. Я до сих пор не был до конца уверен, что имел на это право. Это было необходимо и целесообразно, ведь мы не знали другого способа заново их упокоить, и все же мне это не понравилось. Я продолжал причислять себя к ним. Они были просто невезучими и, должен сказать, очень вонючими, мертвыми людьми, которых нечистоплотные силы использовали для своих гнусных целей. Примерно так же Д. З. использовал *tamita*. Был бы я здесь один, то, скорее всего, оставил бы их в покое. Кому они могли навредить в этом покинутом призрачном городе?

Но решение здесь принимала Нинон. У нее было гораздо больше опыта в таких вопросах. Возможно, эти создания действительно хотели снова обрести покой, и мы им в этом просто помогли. До тех пор, пока у меня останется хоть капля мозгов, я точно не захочу разгуливать заключенным в гниющую плоть и буду только рад, если кто-то избавит меня от такой участи. Но могло быть и так, что они не остались бы в городе. Они выглядели голодными. Голод мог заставить их выйти на охоту.

Она также говорила о том, что нельзя вести войну на два фронта одновременно, другими словами — просто взять и забыть, что за нами по пятам следует Д. З. Но я сейчас не об этом. Нинон не отрицала, что мы и сами с очень большими отклонениями, но все же считала это приемлемым. А эти создания, в отличие от Д. З., не попали в установленные ею пределы допустимых отклонений, а значит, было в них что-то очень нехорошее и опасное, поэтому от них нужно было избавиться первым делом.

Кроме того, всякий раз, когда она мне улыбалась, я чувствовал, как у меня сердце уходит в пятки. Ну или немного выше. Да уж, ради нее я сделаю абсолютно все. Да и, собственно, уже сделал. Возможно, мне и стоило бы беспокоиться на этот счет, но я не стал. Может, это и было доказательством моего слабоумия, но я уже давно смирился с тем фактом, что мне по жизни приходится сталкиваться с кучей неразрешенных проблем и я вынужден до конца своих дней выбирать меньшее из зол, входящих в скудный набор вариантов, которые предлагает судьба.

— Я посмотрю в церкви! — крикнул я. Я подумал, что сам факт, что я собираюсь войти в это место с намерением кого-то убить, должен ее обеспокоить. Даже если она отреклась от церкви, ее все равно воспитывали в католической вере, поэтому такой символ, как церковь, должен для нее что-то значить.

— Хорошо. Только будь осторожен.

Я замер на пороге потрескавшегося здания и принюхался. Зомби не пахло, но… В нем не было возвышенности собора. Это было просто грязное, полуразвалившееся здание, выкрашенное в желто-коричневый цвет — цвет уныния, подходящий для постройки, в которую не вкладывали душу и в которой царит атмосфера гнетущей безысходности.

Воздух внутри темного помещения был неподвижным и затхлым. И хотя ничто не шевелилось, я видел повисшее в воздухе облако пыли, которое искажало и застилало пеленой вид церковных скамей. Я окинул быстрым взглядом перевернутый алтарь и заколоченные окна, но зомби было бы совершенно негде здесь спрятаться. И все же помещение не было пустым. Возможно, там поселились привидения. Не знаю, что там было, но я лучше выпью раствор цианида, чем вдохну в себя этот воздух. И пусть это звучит мелодраматично, но я был оскорблен до глубины души. Нинон права, этот поселок следовало сжечь. Сен-Жермен отравил здесь все.

И хотя я никогда прежде его не встречал, он вызывал у меня жуткую неприязнь.

Я быстро проверил все остальные здания. На моей стороне улицы их было только четыре. Я не стал рыскать по темным углам и заглядывать в каждую щель. Профессиональный вордомушник покатился бы со смеху, глядя на мои жалкие потуги учинить обыск. Черт, да Коразон, и тот стал бы надо мной смеяться! Неожиданно мне пришла в голову леденящая кровь мысль, что зараза могла распространиться и на животное царство, а мне совсем не хотелось наткнуться на зомбированных крыс, скорпионов или гремучих змей.

Я вернулся к Нинон и застал ее поливающей бензином еще корчившиеся в судорогах тела. На запах это существенно не повлияло.

— В багажнике джипа есть еще одна канистра, — сказала она. — Облей как можно больше зданий. Не знаю, получится ли, но я хочу сжечь это место дотла. Мы не должны оставить Сен-Жермену ни одного укрытия.

Вот такой была дама моего сердца. Если сжигать, то сразу дотла.

Я взял из багажника джипа еще одну красную канистру с бензином и отправился туда, откуда пришел. Возможно, фасад и не будет гореть ярким пламенем, но под ним было сухое, ветхое дерево, которое моментально займется.

Не хочу показаться бесчувственным чурбаном, но на случай, если вы вдруг окажетесь в похожей ситуации, имейте в виду, что зомби великолепно горят. По крайней мере, старые так уж точно. Мы использовали их в качестве запала для зданий, которым не досталось бензиновой заправки. Я рад, что среди них не оказалось по-настоящему свежих, — нам и высохших хватило с головой. По-настоящему омерзительными были только их конвульсии, но спустя некоторое время я перестал их замечать. И все же со всем этим мы провозились гораздо дольше, чем планировали, и под конец, думаю, были эмоционально выжаты.

Прошу отметить, что я совсем не трус. Жизнь на ферме подразумевает серьезные происшествия, когда поблизости не оказывается никого, кто мог бы оказать медицинскую помощь, поэтому и животных приходится забивать, и все такое прочее. Я всегда гордился, что у меня «чугунный» желудок и я могу с достоинством выйти из любой непростой ситуации. Но при этом я никогда не был садистом. Как и не посещал кинофильмы со сценами насилия, не говоря уже о том, чтобы в жизни наслаждаться видом брызгающей во все стороны крови, даже если разлетающиеся мозги давно усохли и обладали интеллектом на уровне вяленого мяса. Или это запах так меня доконал. В итоге, когда пришло время обедать, у меня пропал всякий аппетит. Нинон тоже не изъявляла особого желания поесть. Только кот, по-видимому, проголодался, но он ограничился тем, что пожевал сломанную шею грызуна, пойманного накануне.

Несмотря на отсутствие аппетита, я все же взял предложенную Нинон флягу и несколько крекеров с устрицами. Я отвинтил крышку, и мой нос был счастлив сообщить языку, что сейчас он отведает пахнущий дымом виски МакКаллума. Я не мог напиться, но это был вкус дома.

Нинон выпила после меня, как и я, сделав один глоток, а потом положила в рот кусочек крекера. Мне внезапно пришло в голову, что это напоминает пародию на причастие. Интересно, понимала ли это она? Так было заведено на полях боя — священники причащали или даже отпускали грехи, чтобы вслед за этим отправить солдат на смертоубийство. Как там поется в «Выживании святой Джоан» [1] — что-то о святости пушечного огня? Что война — это орудие Господне?

И снова религия. Я постарался отогнать эту мысль прочь, и она ушла после того, как я медленно досчитал до пяти, после чего постарался максимально расслабиться.

Я очень внимательно оглядел Нинон. Прошло почти восемнадцать часов с тех пор, как я видел ее обнаженной. Это слишком много. И как бы дико это ни звучало, учитывая то, чем мы только что занимались, я снова ее хотел, но на этот раз предпочел бы ограничиться обычным обменом флюидами тел. И конечно же, не здесь. Пылающий костер не располагал к романтике.

Мой прежний оптимизм пошел на спад. Я задумался, а доведется ли нам вообще когда-нибудь пройти, держась за руки, по парку, покормить уток хлебными крошками, оставшимися в корзине после совместного пикника, или в снежный рождественский день под песни колядовщиков уплетать за обе щеки жареного гуся с каштанами. Сейчас эти вещи показались мне невообразимыми. Наши жизни никогда не станут *настолько* нормальными. У нас никогда не будет своего дома, детишек и работы с девяти до семнадцати.

У меня запекло в глазах, кожа век опухла и туго натянулась, но я не заплакал. Дело не в том, что я пытался изобразить из себя мачо, вовсе не в том. Просто слезы здесь были неуместны — я не мог рассчитывать на жалость человека, который даже больше, чем я, нуждался в утешении. Я только сейчас осознал и стал оплакивать свою потерю, а она живет с этим уже четыреста лет. Нет, я не мог ныть по этому поводу, давить на жалость. Вот разве что секс…

Я стряхнул пыль с одежды и наблюдал за тем, как она облаком взметается вверх, пока глаза не высохли окончательно.

---

[1] Рок-опера, либретто Джеймса Линбергера.

Я был грязным, вонял дымом, бензином и кое-чем похуже. Изо всех возможных комбинаций запахов эта меньше всего походила на афродизиак, если только ваша женщина не «повернута» на крематориях. Прильнуть к человеку, от которого исходит такой запах, тоже вряд ли кто-то захочет.

Нет, обойдусь без секса. Пока.

— Наверное, стоило сделать пару снимков, — сказала Нинон.

— Снимков? — я недоуменно заморгал. О снимках я всегда думаю в последнюю очередь. Конечно, было бы мило сфотографироваться вместе, но я всегда плохо получаюсь. Наверное, это оттого, что при этом я чувствую себя очень скованно. Независимо от того, сколько раз я скажу «чиз», у меня на лице всегда отражается не больше радости, чем на пыльной голове чучела оленя на стене стейк-хауса. По этой причине и по многим другим, более практичным, я всегда отказываюсь от авторских фото на обложке. Я просто не представляю, как это может увеличить продажи.

Мой отец никогда не любил фотографии. Возможно, потому, что считал собственные портреты признаком тщеславия. А может, после *mamita*, когда семейные фотографии утратили всякий смысл. У меня из детства осталась одна-единственная фотография — свидетельство того, что когда-то я был молод и счастлив. Я стараюсь часто на нее не смотреть, потому что она навевает на меня тоску. Но все же храню ее как доказательство того, что и я когда-то был таким же, как все.

Я рассказал об этом, чтобы вы поняли, насколько разбитым я себя почувствовал при упоминании о «паре снимков».

— Для документального подтверждения. Снимки с места преступления. Хотя я сомневаюсь, что нам это что-то даст. Фотографии нынче так легко подделать.

Всего лишь как подтверждение существования зомби, а не как начало семейного альбома. Еще бы! Да уж, мозги у меня действительно спеклись.

Нинон отвернулась в поисках чего-то, наверное, кота. Она тяжело вздохнула. Мы оба были вымотаны эмоционально, если не физически.

— О чем ты сейчас думаешь? — спросил я сгоряча.

Обычно у меня хорошо получается невербальное общение — интерпретация языка тела и выражения лица, к этому я могу подключить еще и вампирские уловки, чтобы услышать сердцебиение и распознать комбинацию гормонов и эндорфинов в поте человека. Однако с Нинон все было не так-то просто. По большому счету, я видел и слышал лишь то, что она позволяла мне видеть и слышать. Она заставляла медитирующего йога выглядеть диким и полностью утратившим контроль над собой.

Как правило, я редко бывал озабочен отсутствием взаимопонимания. Я предпочитаю держать себя в руках. Понимать, что происходит. У меня и своих тараканов в голове достаточно, зачем мне еще чужие психологические проблемы? Но мы с Нинон, хоть и недолго, но все же побывали в шкуре друг друга. То, что я успел увидеть, меня изрядно заинтриговало, и захотелось узнать больше — гораздо больше, причем как можно скорее. Находясь в ее голове, я чувствовал, будто там мне самое место, словно так и должно быть. Кроме того, я хотел взглянуть на то, что таилось за гранью всего того кошмара, который происходил сейчас с нами, узнать, куда мы движемся и зачем.

— Если честно, то я благодарю небо, что на том кладбище не оказалось детей.

— Детей?

Мне словно ушат холодной воды за пазуху плеснули. Я поежился. Эта мысль была нестерпимо жуткой. Я не знал — тогда, — смогу ли выстрелить в ребенка, пусть даже зомбированного.

— Знаешь, а ведь он бы и их не пощадил, — сказала она мягко. — Более того, он поставил бы их в первые ряды, если бы решил, что это деморализует противника.

Я хотел что-то на это ответить, но в кои-то веки не смог подобрать слова. Мне еще многое предстояло узнать о Зле.

— Я не говорила, что была в Музее мумий? Я молюсь, чтобы Сен-Жермен тогда за мной не проследил. Не думаю, что он сможет воскресить какой-то экспонат, но… — Она явно видела что-то, что ее расстроило. — Нет, заклинание не сработает. Они слишком старые.

Мумии. Я озадаченно моргал, а моя писательская фантазия тем временем неслась на всех парах в предвкушении нового сенсационного сюжета.

— Ты думаешь?..

— Что?

— Ну, помнишь все эти легенды о проклятии Тутанхамона? Как на людей, проникших в гробницу фараона, нападали ходячие мумии, которые приводили в исполнение его проклятие?

Она кивнула, при этом лицо ее было скорее встревоженным, нежели восторженным. Нинон рассуждает не как писатель.

— Да. Это случилось в Египте в тысяча восемьсот девяносто втором году в месте под названием Хираконполис. Предположительно, они отперли гробницу четырехтысячелетней давности и нашли внутри «живую» мумию. Я всегда думала, что это Сен-Жермен так пошутил — он как раз в то время находился в Египте. Все же… — Лицо ее омрачилось. — Жутко об этом даже думать, правда? Что кто-то еще умел поднимать зомби и оставил их там на тысячи лет. — Она поежилась. — Такого просто не может быть. Они ведь не такие, как мы с тобой. Поднятые мертвые, воскрешенные трупы… их хватает всего на пару лет. Максимум на пять, да и то в странах типа Финляндии, где достаточно холодно и не так много буйно размножающихся, пожирающих плоть микробов.

Надо же, буйно размножающиеся, пожирающие плоть микробы. Наверное, она могла и об этом рассказать, но мне не особо хотелось слушать этот рассказ.

Нинон подняла глаза на небо. Когда она заговорила вновь, ее голос звучал растерянно.

— Меня всегда поражало, как другие люди становятся для нас просто предметами интерьера — иногда мебелью, которая только загромождает пространство, иногда просто обоями, застрявшими в голове. Это относится даже к самым ярким и лучшим — более близкое знакомство рождает безразличие, а то и вовсе презрение. Но, Мигель, не думаю, что ты когда-нибудь станешь для меня очередной безделушкой на каминной полке. Я бы не хотела, чтобы это произошло.

— Буду надеяться, что не произойдет, — сказал я удивленно, испытывая чувство неловкости от столь необычного комплимента.

Следующие ее слова показались мне совсем уж странными, словно она следовала за ускользающей мыслью, которую я никак не мог уловить.

— Я одиночка, Мигель. На то есть много причин. Уже долгое время я наблюдаю увядание манеры поведения, равно как и моральную деградацию. И дело не в том, что мне не хватает чересчур дотошного классового этикета моего века. Разве что иногда… — Она криво улыбнулась, но я был рад и такой ее улыбке. — Но меня очень беспокоит полное отсутствие сочувствия в современном постиндустриальном обществе, которое проявляется в излишней грубости. Если убрать общественную «смазку», все эти «спасибо» и «пожалуйста», то рано или поздно близость с людьми, которым не доверяешь или не симпатизируешь, приведет к жестокости и антисоциальному поведению. Мы утратим человеческий облик, и человек человеку станет волком. И это вдвойне опасно, когда ты… иной.

— Да.

— А потом я повстречала своего первого зомби. Мои приоритеты изменились. — Она опустила глаза. — Скоро ты поймешь, что выражение «приспособиться или умереть» — не просто штамп.

Я изо всех сил старался увидеть то, что видит она, уловить смысл сказанного ею. Но не мог.

— Правду говоря, я почувствовал тогда, что угодил в западню, — сказал я, но тут же уточнил: — Меня захватила не ты, а моя собственная жизнь. Моя болезнь. Я не хотел приспосабливаться. Я просто бежал от этого.

Она кивнула.

— Но ты же сам прекрасно знаешь, что каждый из нас как птица в силках. Это нормальное человеческое состояние. Просто многие этого не осознают. Они могут загрузить подборку из двухсот рингтонов на свой сотовый, съесть на выбор десять разных фастфуд-меню или окрасить свой плеер айпод в пять разных цветов, поэтому им кажется, что они распоряжаются своими жизнями. Но право выбора игрушек — это еще не свобода. Все это очень мило, очень весело, но это не делает нас свободными. Ни интеллектуально, ни духовно. Мы знаем, что есть определенные обязательства, которых не избежать, если хочешь сохранить за собой право называться человеком.

— Я знаю.

— Тебе будет не хватать твоей работы? Коллег?

Она не стала спрашивать о друзьях — наверное, потому что сама слишком хорошо понимала, что я не могу себе позволить заводить друзей. Я сомневаюсь, что они были и у нее. Я провел в одиночестве десять лет и чувствую, как оно меня гложет. Как же она выдерживает это вот уже четыре столетия?

— Не то что бы сильно. Я уважал своего шефа, но мне кажется, он продал душу за таймшер [1] в Палм Спрингс. Один из ребят на работе как-то сказал, что видел ее выставленной на аукционе «еВау» [2] рядом с драгоценностями его матушки, — пошутил я.

Нинон бросила на меня изумленный взгляд.

— Не он первый. Мы еще легко отделались.

Думаю, она имела в виду, что он не первый, кто продает свою душу. Видит Бог, порой они продают весьма странные вещи на «еВау».

Нинон подошла вплотную и положила голову мне на грудь. Я чувствовал, как напряжено ее тело. Значит, она не была такой непробиваемой, какой хотела казаться. Это по-своему успокаивало. Чудо-женщина хорошо дерется, но я никогда не мечтал видеть ее в роли своей девушки. Только я протянул руку, чтобы коснуться ее волос, как она уже отстранилась.

---

[1] Право использовать объект недвижимости в течение определенного срока, обычно в течение нескольких недель в году.

[2] «eBay Inc.» — американская компания, предоставляющая услуги в областях интернет-аукционов (основное поле деятельности), интернет-магазинов, мгновенных платежей.

— Готов ехать? — спросила она. Она вся была выпачкана, но улыбка, обращенная ко мне, была ослепительна и сулила блаженство.

— Более чем, — ответил я.

— Спасибо, Мигель. Я даже передать не могу, как хорошо, что в этот раз я не одна.

Она коснулась моей руки. Между нами пробежали искорки тепла.

«В этот раз». Я заранее знал, что мне неприятно будет услышать об остальных ее «разах». Призраки давних потерь и застарелых страданий наверняка прицепятся ко мне. И все же я хотел знать. Я сам напоминаю старый дом с привидениями. Нинон тоже полна призраков — я видел это в ее глазах. Только я не мог разглядеть, каких именно. Утраченные любимые, утраченные идеалы. Со временем — если оно у нас, конечно, будет, — я узнаю, что это за призраки и нужно ли их изгонять.

Сказать вам, что делает любовь опасной? То, что мы зачастую принимаем ее за нечто возвышенное.

*Из письма Нинон де Ланкло
маркизу де Севиньи*

Это очень хорошо — оставлять пищу на завтра, но удовольствия следует употреблять по мере их поступления.

Нинон де Ланкло

Что в старости быстрее всяких бед
Нам сеть морщин врезает в лоб надменный?
Сознание, что близких больше нет,
Что ты, как я, один во всей вселенной.

*Байрон.
Паломничество Чайльд Гарольда*

Глава 14

Стоило нам заглушить двигатели и выйти из своих машин в новом городе, как до нас донеслись далекие одиночные раскаты грома. Легкий, слегка будоражащий нервы ветер пронесся на уровне колен, но лишь слегка пошевелил густой, как мед, воздух, который укутал нас в свой вязкий кокон. Будь я более впечатлителен, то сказал бы, что ветер чем-то напуган и, удирая из городка, старается держаться ближе к земле. Думаю, Коразон тоже это почувствовал, потому что шерсть на нем моментально встала дыбом и он проводил взглядом что-то, чего я не видел. Это что-то проходило через пригорок, устланный низко стелящимися полевыми травами цвета степного пожара.

Я разделял настроение кота — у меня у самого нервы были натянуты. На этот раз звук надвигающейся грозы не вызывал у меня веселья и желания быть а-ля Джин Келли, танцующий и поющий под дождем. Обычно шквальный ветер летом означал резкий температурный скачок и только приветствовался, но, боюсь, теперь я с подозрением буду относиться к грозам. Может, они и будут вызваны естественными причинами, но мне все время станет казаться, что это Д. З. систематически пытается затопить долину, стараясь создать для себя водный канал, по которому можно было бы добраться до нас. Но даже если ему это не удастся, все эти постоянные грозы, которые он будет посылать за нами туда, где бы мы ни находились, станут хорошим маяком для Сен-Жермена: «Эй! Тебе сюда!» Теперь я был бы счастлив от одного только вида старого доброго синего летнего неба над головой.

Я думал, что единственной достопримечательностью города является заправочная станция, но, видимо, мы с путеводителем «Мишлен» существенно недооценили его привлекательность. В дверях бара, в котором Нинон решила пообедать, зияли пулевые отверстия, некоторые даже с пулями внутри. Я надеялся, что это всего лишь жалкая безвкусная пародия на «Десперадо» (или пьяный спор на звание меткого стрелка), но понимал, что это было бы слишком хорошо, чтобы быть правдой. Мы здесь были не в роли туристов, отправившихся в четырехзвездный тур по Мексике, поэтому нельзя терять бдительности. К тому же пара-тройка домов в сожженном городе, где мы с Нинон покончили с зомби, выглядели точно так же. Нужно готовиться к худшему, пока не убедишься в обратном. Например, этот городок тоже, возможно, захвачен зомби и враждебно встречает всех прибывших.

— Все симптомы налицо, — прошептал я Нинон, но вошел следом за ней, придержав дверь для кота.

— Не теряй веры.

К вере это не имело ни малейшего отношения, но мне почти сразу полегчало. Снаружи все выглядело весьма устрашающе, но внутри был настоящий гастрономический рай. Я оценивающе принюхался к запаху жарящейся свинины и чили, который висел в воздухе. Бару было далеко до четырех звезд, он мог не соответствовать нормам санэпидемстанции, но пахло там божественно.

Бармен производил впечатление человека бывалого, словно только что приехал с главного кастинга. Он, обойдясь без привычного трепа о том о сем — да я и не рассчитывал на содержательную беседу с хозяином этого заведения, — указал на столик, который мы тут же заняли. Нам не предложили меню, но мы и не просили. Аппетит снова ко мне вернулся, и теперь я хотел всего, что там у него жарилось, независимо от того, «мертвая» это пища или нет. Кроме того, если верить Нинон, в моем теперешнем положении повредить мне может только гильотина. Что уж там говорить о каком-то трихинеллезе?

Но я еще не готов был окончательно расстаться со своими подозрениями. Я заглянул на кухню, мимо которой мы проходили, и увидел пару работающих там женщин. Дни, когда они еще могли принимать участие в конкурсе красоты, уже давно прошли, но главное, они выглядели как самые настоящие люди. Но даже если и нет, я бы все равно остался у них пообедать. Настолько соблазнительным был запах.

— У тебе едва слюнки не текут! — отметила Нинон с легкой улыбкой, которая показалась мне такой пленительной. Она приласкала Коразона, который запрыгнул к ней на колени. Своими острыми когтями он начал цепляться за ее джинсы, и я услышал его хриплое мурчание, которое перекрыло приглушенные застольные беседы.

— Ко мне вернулся аппетит, и теперь он требует упитанного тельца, *pronto*.

— Надеюсь, упитанный поросенок его устроит, — улыбнулась Нинон, внимательно осматривая помещение. Она не выглядела взвинченной, но и расслабленной ее тоже нельзя было назвать. Мы оба говорили на испанском, стараясь не выделяться из толпы. Этот город, в отличие от всех остальных, которые мы проезжали, не был заброшенным, но только очень упрямые и фанатичные туристы могли сюда забрести. Те, которые и в аду будут покупать сувениры. Или сумасшедшие американские любители походов, якобы специалисты по охране окружающей среды, которые пойдут куда угодно посмотреть на что угодно — даже на кактус, если это будет достаточно редкий вид. Пыли и грязи на нас было как раз достаточно, чтобы сойти за последних. Мы могли идти пешком от самой границы, засыпая по пути где придется.

Другим прикрытием могла быть наркоторговля, но, думаю, Нинон своим видом не подходила под эту легенду. К тому же эта профессия до сих пор считалась мужской, по крайней мере здесь. Кроме того, я не хотел, чтобы у нас пытались купить товар. Это могло разозлить местных дельцов, а у нас и без того головной боли хватало, чтобы злить еще наркодилеров.

Вечерело, и в помещении с маленькими окнами воцарился полумрак. Но никто из нас солнечные очки так и не снял. У Нинон глаза слишком воспалились от дыма, чтобы воспользоваться контактными линзами, а что до меня, то я их еще не приобрел. В полной темноте наши шокирующие глаза никто не заметит, но до наступления темноты мы должны быть осторожны. Скорее всего, нам не удастся сойти за местных. В этом городке все друг друга знают, поэтому сразу станет понятно, что мы приезжие. Мы говорили на очень приличном испанском, поэтому без труда смогли бы убедить каждого, что уже долгое время проживаем на юге сорока восьми сопредельных штатов. А может, и нет.

У нас и своих сложностей хватало, а если еще и горожане примут нас за чужеземных *brujo* [1], которые специально прибыли заколдовать их город, то вообще проблем не оберешься. Вам такая мысль кажется странной? Мне — да, но все равно она у меня была. Всему виной последние сорок восемь часов, проведенные в обществе вампиров и зомби.

Бармен принес нам тарелки с жареной свининой и две бутылки пива «Tecate». Наверное, мы выглядели как типичные любители пива, причем те, кто пьет прямо из бутылки. А может, по понедельникам напитки были на вкус бармена, а он, в свою очередь, получал хороший откат от компании «Tecate». Но я не стал жаловаться. Что бутылка, что стакан — какая разница?

— Он как хорошо воспитанный ребенок, — сказал я о коте, когда первый голод был утолен. Коразон занял стул рядом с Нинон и, пока мы обедали, смотрел в окно. Он не попрошайничал и даже не бросал красноречивых взглядов на наши тарелки.

— Да, и это немного странно. Обычно он всегда просит хотя бы кусочек. Надеюсь, он не заболел.

Она слегка нахмурила брови.

— Он же совсем недавно съел такую вкусную крысу, — сказал я, снова вонзая в свинину погнутую вилку.

— Это да! — Нинон ела более аккуратно, но с таким же аппетитом.

— Что? Ты морщишь нос.

— Просто… дети… Мигель, прости меня, тебе наверняка хотелось завести семью. Я должна была сказать тебе раньше. Просто… мне кажется, что-то не в порядке с моими биологическими часами, — выдавила наконец Нинон, глядя на кота и разминая спину, пытаясь снять усталость.

Мы преодолели за сегодня приличное расстояние, хоть и не такое большое, как мне хотелось бы, и теперь от тяжелой пищи клонило в сон.

---

[1] Колдун, чародей (*исп.*).

— А может, от всех этих молний у меня внутри произошло замыкание. Я сама превратилась в кошку. Мне приятно находиться в их обществе. Таких невозмутимых, хладнокровно-презрительных и равнодушных к приступам моего ночного бреда. К тому же они прекрасно чувствуют зомби, — добавила она со смехом.

— А они не кажутся тебе слегка эгоистичными существами? — поинтересовался я.

Коразон подошел, потерся об ногу и насмешливо фыркнул, глядя на меня. Он не стал тратить силы на урчание. Он так больше со мной и не заговорил, поэтому мне оставалось лишь гадать, общались ли мы на самом деле или мне это только показалось. Я многозначительно добавил:

— Собаки более преданные, а люди — более интересные собеседники.

— Они абсолютно эгоистичны, — согласилась она. — Но в отличие от любовника, здесь я не принимаю эмоциональную скупость на свой счет. К тому же их можно воспитывать и в неполной семье. Между прочим, коты предпочитают, чтобы в доме находился один человек. Второй способен только отвлекать и забирать себе часть внимания и времени — бесценного времени, которое можно было потратить на игру с клубком или приготовление креветок на пару к ужину.

Она говорила с нежностью и теплом, и я готов был поклясться, что чертов кот при этом довольно ухмыляется. Это животное выводило меня из себя. И меня не интересовало дальнейшее развитие этой темы.

— Надеюсь, он не будет против, если я стану тут отираться, — произнес я с образцовым, как мне показалось, спокойствием.

— Думаю, не должен. Элистер, в смысле Коразон, — очень самоуверенный кот.

— Элистер? Значит, твой кот тоже путешествует под вымышленным именем? — Не знаю почему, но меня это потрясло.

— Конечно. У котов всего девять жизней — на каждую по новому имени. К тому же пока Сен-Жермен вроде бы не узнал клички моего кота, хотя кто его знает, что ему может быть известно, а что нет. Это важно, ведь имена обладают силой. Кстати, на самом деле у Элистера не черная окраска. Мы с ним часто прибегаем ко всяческим уловкам по изменению внешности. — Тут она повернулась ко мне и загадочно улыбнулась. Улыбка очень напоминала ту самую, «фирменную», универсальное средство для обезоруживания мужчин, с намеком на «ручную» работу, но я чувствовал, что на этот раз это было совершенно искренне. — Я бы понравилась тебе в образе блондинки?

— Я думаю, больше всего ты мне понравишься, когда примешь ванну. Мы с тобой сейчас далеки от весенней свежести.

Это все, что я мог сделать, чтобы удержаться и не сболтнуть глупость, как, например, то, что я полюбил бы ее даже шестирукой марсианкой с зелеными зубами. Даже в дорожной пыли и с осунувшимся от усталости лицом она была более чем просто красива. Это влечение было столь же чувственным, сколь и эмоциональным, но она говорила не о том. У меня возникло ощущение, что мы с ней далеки от разговоров подобного рода. Я не знаю, что творилось у нее в голове, но, видя ее реакцию на упоминание о детях и обрывки мыслей о браке, когда Д. З. находился у меня в голове, готов был поспорить, что у нее и в мыслях нет радужного «жили они долго и счастливо и умерли в один день». По крайней мере, пока. Она испытывала ко мне физическое влечение и нуждалась во мне как в союзнике, с которым можно вместе преодолеть трудности. О чем-то большем она не задумывалась.

Я напомнил себе о том, что страсть, настоящая страсть, может выступать в роли жестокого надсмотрщика. Когда нужно, она сделает вас безумным, сделает храбрым. Но помимо всего прочего, может сделать слепым. Нинон правильно делала, что старалась не терять остроту зрения. Мне тоже нужно следить за собой. Очень глупо на моем месте перепутать похоть с потребностью любви. В конце концов, любовники приходят и уходят, а зло остается. Это к слову о приоритетах.

А стоит ли вообще гнаться за любовью? Это мания. Стрелы Амура уже успели натворить бед. И не столько на входе —

отверстие, что они проделывали, всегда было небольшим. Наиболее болезненной была процедура извлечения стрелы. Почему-то уходящая любовь всегда оказывалась больше, чем только-только поселившаяся. По крайней мере, для меня. Хочу ли я снова это пережить? К тому же с женщиной, у которой была фобия на обязательства и чересчур властный кот?

Когда мы через час вышли наружу, на город опустилась ночь и воздух был наполнен невидимыми частичками измельченных горных пород. С каждым порывом ветра в обнаженную кожу вонзались тысячи крошечных кинжалов. Коразон, не дожидаясь, пока откроются дверцы джипа, мудро забрался через окно.

— Итак, будем следовать за молнией или сделаем так, чтобы молния последовала за нами? — спросил я, открывая дверцу машины и укрывшись за ней, пока Нинон забиралась внутрь. Надеяться на то, что гроза обойдет нас стороной, не приходилось. — Или можно вообще от нее сбежать?

— Давай посмотрим, будет ли она двигаться вслед за нами. Я сомневаюсь, что Сен-Жермен захочет устраивать заключительный бой в присутствии посторонних. С другой стороны…

— С другой стороны, он психопат, — закончил я ее мысль. Я раздумывал над тем, не поделиться ли своей идеей о том, что Д. З. попытается догнать нас, специально вызывая паводки, но решил, что не стоит. В этом было что-то от паранойи.

— Точно. Пока будем двигаться к следующему городку. Там есть, по крайней мере был, небольшой отель. Я уже очень давно там не появлялась. Если не увидим ничего подозрительного, там и заночуем.

— Хорошо.

Я мог бы еще поспорить, но уж слишком хлестким был ветер, и мне захотелось поскорее от него спрятаться.

Нинон изрядно погорячилась, назвав это место отелем. Там сдавались койки с окружающим пространством чуть больше, чем салон джипа, правда, еще санузел в здании, но на этом все удобства заканчивались. Не требовалось много ума, чтобы отметить закономерность, которая прослеживалась во всех городах, которые нам доводилось посещать. Если они еще не были опустевшими или заброшенными, то находились на грани вымирания — поселения, из которых постепенно уходила жизнь. Сен-Жермена буквально тянуло туда, где смерть и разруха. То же самое происходило и с Дымящимся Зеркалом. Шансы этих подонков были ничтожны.

Это была последняя нормальная, по нашим стандартам, ночь в Мексике. Мгновение мнимого затишья перед бурей, по крайней мере для меня, прежде чем Сен-Жермен решился наконец напасть. Теперь я вспоминаю об этих временах, как о бредовом сне — очень живом, но сюрреалистическом, отвратительном и вместе с тем прекрасном. Возможно, всему виной моя гиперчувствительность, но эти дни казались окрашенными в яркие, интенсивные цвета, дьявольский жар обжигал мой мозг и, казалось, этой пытке не будет конца. Но всякий раз неожиданно наступал благословенный закат, и адские муки прекращались. Затем, спустя всего пару мгновений, наступала ледяная ночь, и все краски мира блекли. Как бы то ни было, ночью мое восприятие еще больше обострялось. Каждое чувство — слух, обоняние, осязание, зрение, вкус и кое-что еще — становилось таким тонким, что его можно было назвать болезненным, таким острым, что словно стеклом резало нервы. Нинон обещала, что я привыкну, но я знал, что она переживает, потому что и сама страдает от возросшей возбудимости.

Что обжигающий день, что ночь казались нескончаемыми, но мы каким-то образом умудрялись их переживать, облачаясь в них, словно кающиеся грешники во власяницу. Иногда мне казалось, что мы перенеслись в другое измерение, где двадцатого и двадцать первого века еще и в помине нет, а миром управляет магия. Я знал, что где-то совсем рядом находятся небольшие городки и огромные мегаполисы, в которых бурлит жизнь современного мира, но мы никогда мимо них не проезжали. Зло Сен-Жермена было старо, а потому процветало в таких же старых местах. Пока он не умрет, это станет нашей вотчиной.

Мы зарегистрировались как муж и жена — Гарсиа, кажется, — и пошли в нашу комнату. Мы не прикасались друг к другу, хотя наконец-то остались одни. И дело было не в робости или напускной стыдливости с ее стороны, и даже не в отсутствии душа. Нинон не пыталась изобразить из себя недотрогу. Как не стала бы ссылаться на головную боль, если бы была не в настроении.

— Все дело в силах, — пояснила она. — Кажется, что моя стена покачнулась. И причина не столько в теле, сколько в… моих чувствах.

— Я знаю, — сказал я. Находиться в состоянии постоянного нервного возбуждения действительно тяжело и отнимает много сил.

Независимо от того, займемся мы сегодня любовью или нет, у нас на двоих был один продавленный двойной матрас и две одинаковые бесформенные подушки, застланные пожелтевшим постельным бельем и выглядевшие весьма непривлекательно. Если только…

Я посмотрел на Нинон.

— Да уж, схожу за спальными мешками, — вызвался я. И за пистолетами. У меня прямо зуд начинался, который проходил только в присутствии огнестрельного оружия.

Нинон кивнула, морща носик. Я был с ней абсолютно согласен. Я категорически не хотел спать на чем-то, что напоминало бы трупики убитых животных, укрытые простынями. Нам и без того будут сниться не самые приятные сны.

И все же это было безопаснее, чем спать в джипе или моем внедорожнике. Я слишком живо представил, как, пока мы спим, вокруг скапливается дождевая вода и к моменту нашего пробуждения из нее появляется разъяренный Д. З, который сначала срывает с петель дверцы машины, а следом за ними и наши головы.

— Ты на самом деле думаешь, что он пытается нас найти? — неожиданно спросила Нинон. Они с котом одновременно повернулись и смотрели на меня.

— Сен-Жермен? — решил уточнить я.

— Нет, Дымящееся Зеркало.

Вот как. Она, оказывается, может читать мои мысли. Или просто догадалась, о чем я могу сейчас думать.

— Не знаю. И было бы неплохо, если бы этой ночью я об этом так и не узнал. Нам действительно нужно немного поспать. И принять душ. Я хотел бы сделать это спокойно, не переживая о том, *что* может появиться из сточного отверстия.

Она подошла к единственному в комнате окну, приподняла пожелтевшую занавеску и замерла, вглядываясь в ночь.

— Д. З. в последнее время, наверное, несладко приходится — в его честь больше не воздвигают пирамид, не устраивают кровавых жертвоприношений и не кладут золото на алтарь. Всего несколько жалких жриц-вампирш, у которых окончательно поехала крыша… И они вряд ли составят приятную компанию.

— Мне кажется, или ты действительно его жалеешь? — переспросил я, уверенный в обратном, но все же пытаясь понять, что именно она имеет в виду.

Она отвела взгляд и тряхнула головой, сбрасывая остатки оцепенения.

— Черт побери, конечно же, нет! Я просто хочу сказать, что ему смертельно наскучило все это — его усталость так же сильна, как и степень его безумства. А это вдвойне опасно. Ему сейчас больше нечем заняться, кроме как думать о нас и вынашивать план мести. Лучше принеси сюда оружие и все боеприпасы, что у нас есть. Кстати, нужно не забыть найти оружейный магазин и запастись патронами.

— Утром в первую очередь этим займемся, — заверил я.

Нинон кивнула.

— Конечно, — ответила она мягко. — Знаешь… вполне возможно, что он даже не ищет нас. А пытается разыскать Сен-Жермена.

А я-то думал, что в своих кошмарах повидал уже все.

— Я искренне надеюсь, что ты ошибаешься.

— Я тоже. Эта встреча ни в коем случае не должна состояться.

Женщины никогда не хотели замечать, что представляет собой бо́льшая часть браков. Жены являются рабынями своих мужей. Даже монастырь в этом смысле кажется мне лучше. Я не говорю, что мы не должны любить, — подавлять естественные желания означает обрекать себя на пожизненные страдания. И все же женщина должна все хорошенько обдумать, прежде чем опечатывать штампом о браке свои потаенные чувства. Страсть приходит и уходит, а брак остается.

Нинон де Ланкло

Прекрасное и поразительное не всегда является добрым. Но доброе всегда прекрасно.

Из письма Нинон де Ланкло

Я скажу вам от имени всех женщин: нет среди нас такой, которая не предпочла бы небольшую грубость в обращении чрезмерной обходительности.

Из письма Нинон де Ланкло
маркизу де Севиньи

Мы с удовольствием скажем мужчинам: О, сжальтесь же! Не нужно нас считать такими целомудренными — вы заставляете нас обладать этим в излишке.

Из письма Нинон де Ланкло
маркизу де Севиньи

Глава 15

— На нас надвигается буря, причем очень быстро. Значит, все-таки за нами следят.

Нинон отвернулась от окна. Ее глаза блестели, как лакированная кожа.

— Д. З.? Или Сен-Жермен?

— Вполне может быть, что оба. Думаю, дорогой граф поднял большой переполох, лишь бы заставить меня выйти из укрытия. Он наверняка надеется, что в состоянии экстаза, вызванном молнией, я потеряю голову и ослаблю бдительность.

— А такое может случиться?

— Только если я непозволительно расслаблюсь.

С этими словами она повернулась ко мне.

Я уже практически убедил себя, что секс нам сегодня ни к чему и что я не стану даже поднимать этот вопрос, несмотря на то что после душа немного пришел в себя. И тогда она коснулась меня. Казалось, весь скрытый жар, таящийся в недрах моего тела, ринулся на поверхность и вонзился в кожу в тех местах, где остались следы. Наконец-то возбуждение приносило удовольствие. Нинон тихо простонала и прижалась ко мне. Она ощущала то же самое — разгорающийся огонь. Он не сжигал плоть — скорее, плавил рассудок. Все остальные чувства сами по себе отошли на второй план. Осталось только бушующее пламя и желание. Мы в буквальном смысле слова играли с огнем, но у меня даже и мысли не возникло воспротивиться этим чувствам только лишь для того, чтобы сберечь силы на завтра. Коразону придется некоторое время постоять на страже. Надеюсь, Нинон не преувеличила его способности как часового.

Мы упали на стоящую сзади кровать, причем я очутился сверху. Я перенес вес на руки, да так и застыл, наслаждаясь открывающимся передо мной видом. Даже на расстоянии всего нескольких дюймов она выглядела безупречно.

Ее волосы свешивались с края кровати темным каскадом завитков. Прекрасная! Я взял в руки прядь, наслаждаясь ее шелковистостью, которая осталась даже в полосе окрашивания. Они были мягкими и нежными, как ее губы, и я снова почувствовал, как меня захлестнуло волной желания, напоминавшего религиозный экстаз, — сродни тому, который изменяет до неузнаваемости праведников и людей, посвященных в тайны мироздания, заставляя даже самых трезвомыслящих творить безумства.

Именно *этого* я так хотел. Это был чудодейственный бальзам для моей израненной души. Это было спасительное забытье, божественное безумие, которое сделало боль от обострившихся чувств управляемой, превратив ее из бича, хлеставшего нас по своему усмотрению, в средство достижения блаженства.

Я не из тех, кто довольствуется поклонением на расстоянии. Кому-то, может, и достаточно издалека восхищаться красотой Нинон, любоваться ее изысканностью, да и только. Мое же восприятие прекрасного всегда было гораздо более приземленным, более прикладным, что только добавляло ощущениям остроты.

Вначале я раздел ее, наслаждаясь неподатливостью пуговиц на джинсах, которые неохотно, дюйм за дюймом, открывали взору шелковистую кожу ее живота, словно нарочно меня дразня. И наконец мне удалось стянуть их полностью. За ними последовала рубашка. Под ней оказался корсет нежно-розового цвета с шнуровкой более темного оттенка, которая была сделана просто для красоты. Она опоясывала туловище и завязывалась на ряд крошечных бантиков, которые мне еще предстояло развязать. Я не имел ничего против, целуя края и развязывая бантики один за другим, сдвигая шелк в сторону, чтобы беспрепятственно любоваться совершенством линий ее груди и тела.

Ее кожа слабо пахла размокшими кукурузными хлопьями, что слегка озадачивало, пока я не понял, что это плавятся химические вещества, создающие эффект загара. У меня на глазах ее кожа из золотистой превращалась в кремовую.

Ее грудь была великолепна, а живот представлял собой участок идеальной кожи, покрытой золотистой сеткой шрамов. Я не стал здесь останавливаться и двинулся дальше. Ведь еще столько оставалось неизведанного, со многим предстояло познакомиться заново. Наш первый раз получился слишком поспешным, к тому же это было так давно!

Она оказалась сильнее, чем можно было предположить, глядя на ее хрупкую внешность. Мне нравилось ощущать аккуратное сочленение мышц под бархатистой кожей. О красота женского тела! Ничто не может с этим сравниться. Ничто. А что касается Нинон… Никаких бугрящихся узлов мышц, которые выдавали бы силу, или жестких волосков, которые портили бы совершенство кожи, — просто гладкая, струящаяся подобно ручью, плавность движений, с которой она обвилась вокруг меня.

Покончив с первым раундом знакомства на ощупь, я захватил ртом ее левую грудь и принялся легонько покусывать. Ее кожа казалась мне сладкой и соленой одновременно.

Нинон незамедлительно вытянулась подо мной, как тетива, грациозно выгибая спину и протяжно застонав, так, словно этот стон сам невольно рвался из груди наружу. Она изогнула шею и укусила меня за плечо. У нее были острые зубы, и укус оказался почти болезненным. Такой животный ответ служил одновременно поощрением и предостережением об опасности. Я застыл на секунду. Внутри каждого из нас жил зверь, в котором мог проснуться голод. То, что обычные симптомы вампирской жажды крови у нас не проявились, еще не означало, что их нет. Голод, возникший между нами, был несколько иного рода, чем обычно между мужчиной и женщиной. Растущий аппетит был огромным — неуемная похоть, которая рвалась наружу.

В ответ на мое промедление Нинон издала звук, в котором слились воедино стон и рычание. Не было произнесено ни слова, и все же я прекрасно понимал, что это означает: «Осторожно, монстры! Продолжай на свой страх и риск».

Я осознавал масштабы грозящей нам опасности, но меня это не остановило. Мой собственный монстр утратил всяческий страх, к тому же он слишком сильно ее желал.

— Тогда продолжай, — прошептала она.

Она неторопливо раздела меня. Как только от одежды не осталось и следа, огонь в ее глазах начал разгораться. Она, в свою очередь, принялась восхищенно разглядывать золотистые «змейки», которые теперь покрывали и мое тело. Это не были шрамы в буквальном смысле слова, просто своего рода пещеристая ткань, которая пробуждалась к жизни во время грозы или сильного возбуждения. Она видела прорисовывающиеся рубцы-стигматы на моей коже, но это ее не останавливало. Однако меня это беспокоило, поэтому я потянулся к ночнику у изголовья кровати. Она отреагировала мгновенно и перехватила мою руку.

— Нет. Нам не нужна темнота. Никакого стыда, нам нечего скрывать друг от друга. — Ее голос прозвучал резко, отрывисто. — Я не боюсь увидеть тебя. И что ты увидишь меня. Мы такие, какие есть. Ты должен знать, что я все делаю с широко открытыми глазами, и никак иначе.

Я подумал о том, кем и чем она была, и не смог не согласиться. Мой ликующий зверь вновь попытался вырваться наружу. Я хотел снова получить возможность отведать ее крови.

— Да будет так! — Это все, что я смог ответить.

Она потянулась ко мне, но на этот раз была моя очередь останавливать ее руки. Я целовал их, стараясь обрести равновесие.

— Медленнее! — велел я жестко. В моем голосе слышалась сила бури, бушующей внутри, и растущего вожделения. Я ощутил ставший уже привычным легкий кайф.

— По-моему, откладывать дальше некуда. — Она улыбалась слегка озорной улыбкой, полной скрытого веселья.

Я проследил за ее взглядом и увидел, что мой член стоит по стойке смирно. Я тоже не смог не рассмеяться. Да уж, ему совсем не хотелось медлить. На нем оставалось только пылающими буквами написать «Срочно!». Ох уж это коварное создание! Эгоистичное, беспечное, ненасытное, всегда требующее, чтобы все было по его, причем незамедлительно. Ему незнакомы были нерешительность или осторожность. И все же лучше уж этот тиран, чем тот, что внутри.

— Мигель?

Я отвлекся от своих мыслей и понял, что все еще держу руки Нинон и при этом глупо скалюсь. Взглянув на нее, я понял, что она удивлена. Смех был неуместен, но я ощущал не просто легкую эйфорию — я чувствовал, что становлюсь диким. Думаю, с ней происходило то же самое.

Судьба, а может и Д. З., предприняла последнюю попытку нам помешать, но просчиталась. Ветер ударил в ставни на окне, и они загремели, как старые кости. Буря снаружи все крепчала, а я от этого впадал в еще больший экстаз и мое желание только усиливалось. Я знал, что нам нужно остановиться и переждать, пока утихнет ветер. Так на нашем месте поступили бы более впечатлительные люди. Но мы не искали легких путей.

— Я не хочу быть осторожной или чуткой, — прошептала она.

Разряды статического электричества приподняли ее волосы. Я почувствовал, как запахло озоном. Она прикоснулась к моей щеке.

Я понял, что начинаю звенеть, как натянутая струна. Мои мышцы получили разряд электричества из атмосферы в комнате и начинающейся снаружи грозы. Мое тело молило о возможности извергнуть эту энергию в Нинон. Моего зверя тоже трясло — он требовал, чтобы его накормили.

— Ах, если бы я только мог сказать тебе что-нибудь романтическое! Потому что ты заслуживаешь этого. — Хриплым, срывающимся голосом, глядя в ее темные глаза, я попытался объяснить: — Я сейчас почти что животное и, наверное, немного тронулся рассудком.

— Слова — это очень мило, но и одного желания достаточно.

Ей каким-то образом удавалось говорить рассудительно, невзирая на спазм в горле. Это мне в ней и нравилось — спокойствие и умение сосредоточиться. Она не боялась своего зверя, потому что совершенно точно знала, что сможет его обуздать.

— Иногда немного безумия не повредит. Это говорит о том, что мы живы.

Желание. Она только это имела в виду. Я понимал. Она гнала прочь любые чувства, уничтожая их в зародыше.

Нинон высвободила руки и снова потянулась ко мне. На этот раз я не стал ее останавливать. Возможно, и не стоило спускать тварь с привязи, ослаблять бдительность, но мы готовы были рискнуть.

Я припал к ней, не обращая внимания на то, как скрипят пружины кровати, и нашел губами ее рот. Этот поцелуй был подобен молнии. Сила лилась из моего рта в ее, смешивалась с бурей, бушующей внутри нее, отскакивала от нее и снова впивалась в мои нервы, на этот раз уже с удвоенной мощью. Я сдавленно ахнул и отстранился, разрывая образовавшуюся цепь. Я уставился на вздувшуюся вену на ее горле. Она отчаянно пульсировала, как узник, рвущийся на свободу. Мое сердце ответило на ее призыв. А может, это был зверь, жажда крови, которая просилась наружу.

Кожей я чувствовал прохладу, царящую в помещении, но ее было недостаточно, чтобы погасить жар, пылающий внутри. Она провела руками по моей спине и прочертила линию между ягодицами. Одна рука встретилась с другой, а потом сжала ягодицы, в то время как другая занялась тем, что было у меня спереди. Ее прикосновения были очень нежными и бережными, но от каждого меня словно било током. В тот момент я превратился в один натянутый нерв и испытывал голод, которому боялся дать имя.

— У тебя такая яркая аура, — прошептала она.

Равно как и у нее. Я чувствовал, как жар и свет начинают проступать на моей коже. Реакция была слишком интенсивной. Я знал, что нам пора остановиться.

— Так прекрасно, — прошептала она и снова припала к моим губам. Вбирая жар, она погрузила меня в прохладу своего тела. Она по-прежнему не боялась тварей внутри нас или грозы за окном.

Восхищенный ее выдержкой, я опустился ниже, к ее груди, на которой рельефно выделилась сетка золотистых шрамов, и принялся осторожно ласкать соски, тщательно следя за тем, чтобы жало оставалось под языком. Она запустила пальцы мне в волосы и притянула мою голову назад, к своим губам. Но я повел себя не по-джентльменски и не стал ей подчиняться. Вместо этого я опустился ниже и принялся покусывать нижнюю часть ее груди — достаточно сильно, чтобы оставить следы, но не прокусить кожу. Монстр был в восторге от этого, и я чувствовал, как жало старается выпрямиться. Я повернул голову, терзаемый прикосновением ее гладкой, разгоряченной кожи к своей щеке.

И хотя она слабо пыталась сопротивляться, удерживая меня руками, я скользнул еще ниже. Меня возбуждал ее запах — аромат пачули, делавший ее такой женственной и такой непохожей на всех. Я знал, что уже никогда не смогу ее ни с кем перепутать. Даже не видя ее, не прикасаясь к ней…

Я потянулся к ее бедрам, пытаясь раскрыть их себе навстречу. Она некоторое время сопротивлялась, а потом сдалась, вскрикнув, когда мой палец мазнул по клитору и скользнул внутрь. Ее ноги вздрогнули, отчего нейлон спальника сбился в складки и кровать натужно всхлипнула.

Я припал к Нинон ртом, наслаждаясь произошедшими в ней переменами. Я хотел проглотить ее целиком, пустить ей кровь, вонзиться языком в мягчайшую плоть. Еще секунда, и я думал, что воспламенюсь, возможно, заставлю нас снова пережить электрический удар. Электричество яркими всполохами плясало на коже, окружая нас золотистым сияющим ореолом.

Нужно было немедленно заканчивать с этим — промедление становилось опасным. К сексуальным играм можно вернуться и после грозы. Этой ночью мы уже достаточно испытали Судьбу и своих тварей.

Я снова скользнул вверх, и ее ноги обвились вокруг меня, словно не давая сбежать. Она была очень сильной, сильнее, чем любая другая женщина, с которыми мне доводилось быть. Как и я, она была готова. Я вошел в нее, и вырвавшаяся наружу буря немедленно поглотила нас. Ослепительная вспышка света… Из места, в котором наши тела слились воедино, потекло белое марево и накрыло нас с головой. Я прикрыл ей рот, не позволяя крику вырваться наружу. От потрясения у нее начались судороги. Со мной приключилось то же самое, и я зарылся лицом в спальник, чтобы заглушить звериный рык.

И вдруг гроза внутри и снаружи резко прекратилась, исчезла бесследно, словно ее и не было.

— Это было очень опрометчиво с нашей стороны, — сказала она мягко. — Но, похоже, мы в порядке.

— Твои волосы! — воскликнул я, дотрагиваясь до них. Они стали темно-золотистыми.

— Краски хватает ненадолго. Мне приходится красить их каждые несколько дней. Так же дело обстоит и с пластической хирургией. Я уже пыталась. Ткани просто возвращаются туда, где им изначально положено быть.

Нинон свернулась калачиком у меня под боком. Она так органично вписалась в мои объятия, словно специально была для этого создана. Она выглядела умиротворенной, ее лицо не было искажено гримасой боли, да и я чувствовал себя гораздо лучше. Секс опалил мне нервные окончания, так что я утратил всякую чувствительность.

Я знал, что над этим новым состоянием стоило бы поразмыслить, но вместо этого просто взял и уснул.

Той ночью мне приснился Кормак. Это было очень похоже на явь, но я понял, что сплю, когда увидел перед собой ферму такой, какой запомнил ее еще со времен своего детства. Поэтому я не особенно удивился, когда передо мной возник отец. Он вошел через единственную дверь, на одежде его блестели капли дождя, и я уловил доносящийся от него запах ветра.

— Привет, па.

Мне было больно видеть его перед собой. Возможно, вы бы на моем месте отреагировали иначе, но для меня большинство воспоминаний связано с болью. Хорошие моменты теряются, а плохие… скажем так, они ужасны. Вместо того чтобы расслабиться в его присутствии, я почувствовал, как мое тело сжалось подобно стальной пружине.

— Привет, сынок. Найдется для меня место у огня?

Сынок? Он уже много лет так меня не называл. Мы оба предпочитали «Мигель».

С неспокойной душой я неохотно подвинулся, чтобы он мог подставить стул. Торф догорал, но еще давал долгожданное тепло. Над чайником поднималась струйка пара, и я знал, что Кормак вот-вот попросит заварить ему чаю. Все было в порядке, но в то же время ощущалось, что что-то здесь не так.

— Я и не думал, что когда-нибудь увижу тебя снова, — сказал я. — Ты всегда говорил, что мертвые должны оставаться мертвыми, и вроде не собирался становиться привидением.

— Так-то оно так. Но я рад, что повстречал твою подружку. Я слышал, она очень миленькая.

Я смутно различал его глаза в темноте, но что-то в них изменилось. К тому же акцент у него стал другим. Сейчас он говорил как я, когда изъяснялся на шотландском диалекте.

— Да, она такая, — не мог не согласиться я, стараясь чересчур откровенно его не разглядывать.

— Не хочешь нас познакомить? — спросил он, мягко улыбаясь и указывая рукой на кушетку в углу комнаты. Я повернул голову и совсем не удивился, увидев там Нинон.

Мне эта идея совсем не понравилась. Хотя, если бы я не спал и будь Кормак настоящим, то именно так бы и поступил.

— Каким образом? Ведь это всего лишь сон, — ответил я уклончиво.

— Так оно и есть, но тебе не составит особого труда с ней связаться. — Теперь его акцент исчез окончательно. — Просто постарайся дотянуться до нее в мыслях и скажи, что хочешь познакомить со своим отцом. Тогда она пустит нас к себе.

Отец. Кормак никогда не называл себя отцом. Для меня он был «па» или «пап», а для друзей — просто «Кормак».

В тот же миг странный неприятный запах заставил меня насторожиться. Я знал этот запах и боялся его. И он исходил от Кормака.

«Нет! — мысленно воскликнул я. — Нет! Только не это!»

— Я… я не знаю, как.

Зато моя вторая половина знала.

— Конечно, знаешь, сынок.

Теперь с его глазами явно происходило что-то не то. И он продолжал называть меня «сынок». Это не был мой па. Это был злой дух, который воспользовался его воспоминаниями. Разочарование выбило меня из колеи.

И тут раздался пронзительный кошачий вопль, и я почувствовал острую боль в ноге. Существо, как две капли воды похожее на Кормака, тоже зарычало и потянулось ко мне. Я увернулся и увидел нависшую надо мной Нинон. Ее волосы разметались по плечам, резко контрастируя с бледностью кожи, — густая накидка, которая расходилась на груди и сквозь которую проглядывали соски. Но на этот раз увиденное не вызвало у меня желания. Возможно, виной тому было низкое, утробное рычание, исполненное угрозы, которое сотрясло воздух.

Я посмотрел в том направлении, оттуда исходил звук. Коразон вскочил на противоположный край кровати, вставшая дыбом шерсть сделала его похожим на африканскую гадюку. Я почувствовал, как на ноге проступила кровь, — в том месте, где он впился в меня когтями. Пот лил с меня ручьем. В комнате было душно, но я не от того покрылся испариной.

— Это был Сен-Жермен, да? — спросила Нинон. — Он старался завладеть твоим сознанием.

Сен-Жермен? Похоже на то.

— Он был у меня в голове. — Мой голос дрожал. Я смотрел на кота, ожидая, когда же его шерсть наконец уляжется. — И пытался пробраться в тебя.

Обхватив мою голову руками, она повернула ее к себе. Ее глаза расширились.

— Через тебя? Он знал тебя? — спросила она. — Он пытался использовать тебя? Чтобы добраться до меня?

— Да. Я сделал вид, что не знаю, как с тобой связаться.

Я судорожно сглотнул и опустил глаза. Коразон уже начал успокаиваться, но, похоже, наши и без того натянутые отношения окончательно испортились. Очень жаль, так как я был искренне благодарен, что он вернул меня в настоящее.

— Я не знал, что это он. Понял это только потом. Я принял его за отца.

Нинон положила руку мне на грудь, словно пыталась утешить растревоженное сердце. И в какой-то мере ей это удалось.

— Мне так жаль, Мигель. Не нужно было тебя искушать. Это его излюбленный приемчик. Подлый, коварный мерзавец! Боюсь, ничего хорошего нет в том, что он вышел на нас таким образом. Остается только радоваться, что он не наслал на нас демона.

— Этого больше не повторится.

Не знаю, зачем я это сказал. Откуда мне было знать, так ли это, просто я твердо решил, что эта дрянь больше не окажется у меня в мозгах. Я хорошо усвоил урок. Я больше не хотел видеть зло, приходящее в образах людей, которых я знал и которыми дорожил.

И все-таки странно, как может действовать на человека эмоциональная боль. Если она войдет в сердце слишком глубоко, ты умрешь, но при менее глубоком проникновении она поможет извлечь ценный урок. Для меня все уроки, что преподавала жизнь, были связаны с потерями — потеря семьи, потеря права выбора, потеря доверия. Я наконец-то понял: зло действительно в первую очередь касается хороших людей. Такое понятие, как справедливость, в жизни встречалось крайне редко. А надежда могла сыграть с человеком злую шутку, сделав уязвимым. Другими словами: Кормак мертв, и кто еще покарает Д. З. или Сен-Жермена, если не мы? Я не мог доверять никому, кроме Нинон. А может…

— Да, больше не повторится. Теперь я буду за этим следить, — она говорит очень уверенно. — Он уже раскрыл свои карты, использовав образ твоего отца. Ахиллесова пята уязвима лишь в том случае, когда о ней не знаешь. Самое худшее, что мог, он уже сделал. Теперь ты будешь настороже.

Я был рад услышать это от нее, потому что страх не торопился меня покидать. Но я понимал, что она права. Свой самый ценный козырь он уже сбросил. Осталось не так много. Мойра, моя детская любовь, давно мертва и большей частью забыта. Она не сможет стать достаточно сильным оружием в его руках, даже если я снова наступлю на те же грабли. Кормак был единственным человеком в моей прежней жизни, которого я по-настоящему любил, которому доверял настолько, что мог открыть свое сердце и мысли, — но теперь я абсолютно точно захлопну дверь перед его носом, если он попробует еще раз появиться.

Оставалась только Нинон. У меня было тяжелое предчувствие, что она является еще одной моей слабостью после Кормака. Сен-Жермен никогда не сможет проникнуть в мои мысли с ее помощью, но было и без того достаточно способов взять ее в заложники.

Однако я не стал произносить ничего из этого вслух. Я просто вскочил с кровати и принялся собирать вещи. Скоро рассвет, а значит, настало время двигаться вперед. Нам еще предстояло убить мага, и с каждым днем я все отчетливее понимал, что это будет не так-то просто.

Мой друг, из-за недомогания я больше не выхожу из дома днем.

Из письма Нинон де Ланкло к Сен-Эвремону

Vulnerate omnia, ultima necat. («Каждый час ранит, последний убивает»).

Латинская поговорка[1]

Женщину скорее убедят в любви ее собственные догадки, нежели чьи-то слова.

Из письма Нинон де Ланкло к маркизу де Севиньи

Настоящий друг — это величайшее счастье, которое достается нам практически без малейших усилий.

Франсуа де Ларошфуко

[1] Надпись на башенных часах.

Глава 16

Как я уже говорил раньше, время утратило всякий смысл — оно осталось в другом мире. На следующее утро перед отъездом я все-таки послал шефу сообщение, что «валяюсь при смерти в деревушке с одним-единственным телефоном», с просьбой о продлении отпуска на неопределенный срок. Я мог тем самым выиграть немного времени, но были все основания полагать, что когда я наконец доберусь до дома — если я вообще туда когда-нибудь доберусь, что вряд ли, — то обнаружу, что его от подвала до чердака прочесала одна из многих организаций с аббревиатурой из трех букв, ответственных за явки и прогулы ученых определенных направлений. Такое вторжение в личную жизнь должно было бы меня обеспокоить, но что-то подсказывало, что к прежней жизни я больше не вернусь. Сен-Жермен очень доходчиво мне объяснил, каким может быть настоящее вмешательство в личную жизнь. Все остальное было просто ерундой по сравнению с этим.

Но раз уж с прошлым покончено, то вместе с ним должно уйти и одиночество, на фоне которого протекала моя прежняя жизнь. Оно успело стать весьма угнетающей заставкой для ума, которую невозможно было ни стереть, ни изменить. Нинон же умудрилась снести ее подчистую.

Правда, для этого мне пришлось пожертвовать уверенностью в завтрашнем дне, доходной и престижной работой и отправиться в погоню за маньяком-убийцей, который хотел, чтобы его упыри меня сожрали. Но оно того стоило. Я до сих пор поражаюсь, насколько легко смог от всего этого отойти — сначала физически, а потом и сознательно — и оставить все позади без тени сожаления. Вот что с нами творят ярость и упрямство… и конечно, похоть. Я подобно змее сбросил ставшую тесной кожу и стал жить дальше.

Кроме того, я начал вести дневник — записи, без которых не было бы этого рассказа. Возможно, вы со мной не согласитесь, но я считаю, что процесс написания позволяет взять себя в руки, сгладить острые углы беспощадной действительности, смягчая их жизнерадостными нотками, которые иногда — повторяю, лишь *иногда* — позволяют взглянуть на сложности иначе, уберегая от обычных порезов и синяков. Для меня это действительно работает, потому что разум — и в самом деле великая сила, а вера способна горы свернуть. Когда я пишу, то порой по-настоящему верю в то, что все образуется, даже если факты утверждают обратное.

Пока мы ехали по дороге — ужасном участке пути, хуже просто некуда, с покореженным асфальтом, за которым начиналась грязь, — я поймал себя на том, что прокручиваю в уме разговор, который произошел между мной и Нинон некоторое время назад. День? Может, два? Я потерял счет времени. Мы говорили о Сен-Жермене. Мне стало любопытно, является ли он жертвой пагубных страстей, которым подвержено большинство психопатов.

Ответ был однозначным.

— Ты не должен думать о нем как о человеке, о жертве. Он потерял остатки человечности. Думаешь, в прошлом мне никогда не приходилось ему сочувствовать? Были времена, когда я жалела это создание за ужасное детство, которое ему довелось пережить. Но, Мигель, если кто-то добровольно пускает зло в сердце, то сколько добра ему ни делай, его уже не спасти. Слишком поздно исцелять его любовью. Все мосты сожжены. Это именно тот случай, когда искупления от него или для него ты не добьешься. Разбитую вазу не склеишь. Это по силам лишь Господу Богу. И то я в этом не уверена. — Она на секунду замолкла. — Пойми одно: он не хочет меняться. Он не ищет выхода из сложившейся ситуации, не ищет возможности искупить свои грехи. Его пьянит власть, которой он обладает, и он хочет заполучить еще. Может, это все потому, что ему не повезло с папочкой, может, дело в его прогрессирующем безумии. Я не знаю. Все, что я могу сказать, это то, что он убьет нас, и не только нас, если его не остановить.

Я изменился — повзрослел, стал жестче. Воспоминание о зомби и то, как он под видом отца пытался обманом заставить меня помочь ему добраться до Нинон, стали завершающими штрихами к образу Сен-Жермена. Нинон права. Он был злом, независимо от обстоятельств, сделавших его таким. А зло, истинное зло, нельзя рассматривать иначе, как черное на белом. Нужно довести свои мысли до абсолютизма, так как здесь речь шла об абсолютном зле. От него не дождешься пощады или жалости. Это не человек, поэтому такие качества ему чужды. Думать о зле как-то иначе — все равно что готовить щели в броне, через которые оно могло бы просочиться внутрь.

В последнее время я много думал о Судьбе, которая Нинон могла видеться как Божья воля. Возможно, причиной моих несчастий было просто тотальное невезение. Вернее, я точно знал, что все дело в моей невезучести. Вопрос лишь в том, случайность ли это, обычные зигзаги вероятности? Зачем я вернулся в Мексику? Действительно ли за помощью? В поисках давно утраченного рецепта исцеления от моей болезни, выгравированного на древней каменной плите? Или дело было в том, что я стал уступать натиску Д. З. и захотел оказаться рядом с кем-то, пусть даже со своей слабоумной маменькой, кто понимал бы, что со мной творится? Или меня привела сюда некая Высшая Цель? Стал ли я средством? Довольно утешительная мысль, но не была ли она излишне надуманной, так как меня тошнило от того, что нужно было сделать?

Вы никогда не замечали, что от самоанализа до самоедства и самобичевания один шаг? Я решил остановиться, пока еще не дошел до стадии, когда спрашивают у Бога о смысле своей жизни. Некоторые вопросы и сомнения были слишком глобальны для масштабов охоты на зомби. Нельзя позволить себе отвлекаться на такие вещи, когда готовишься пережить худшие моменты в своей жизни.

Я в который раз пожалел о том, что у меня нет собаки. Я уже очень долго хочу завести домашнее животное, но понимаю, что это невозможно. Я однажды сходил в приют для животных и поднял там нешуточную панику. Собаки были в ужасе. Может, сейчас, когда электрический удар заглушил во мне жажду крови, я смогу завести собаку, которая не будет меня бояться.

Из-под колес едущего впереди джипа Нинон вылетел камень и угодил прямиком в лобовое стекло, выведя меня из задумчивости. Я взглянул в окно. Цвет неба и мочевой пузырь подсказывали мне, что дело близится к вечеру.

Я догнал Нинон, как только козья тропа расширилась настолько, что позволила сделать это, не рискуя поцарапать краску на машине о местную растительность и острые скалы по краям дороги. Я прокричал:

— Готова перекусить?

Я с трудом мог ее разглядеть. От нас поднималось облако пыли, как от несущегося стада. Она неохотно кивнула. Теперь, когда Нинон целенаправленно двигалась вперед, ей было жаль тратить время на пищу и сон, при этом она не могла не понимать, что ни долголетие, на вампиризм не подарили нам чугунных почек.

— Я знаю здесь одно местечко. Поворачивай! — прокричала она в ответ. Она качнула головой, показывая, что нам нужно свернуть налево, и мы покатили по проселочной дороге со скоростью около тридцати пяти миль в час. Ее тоже раздражала медленная езда, но стоит нам чуть-чуть прибавить газу, как пришлось бы искать стоматолога, который починит нам зубы. Слава Богу, у нас были ремни безопасности! Если бы не они, мы бы не выдержали такой тряски. Дорога была не столько в выбоинах, сколько в расщелинах.

Я уже готов был сбросить скорость и пропустить Нинон вперед — на грязной дороге было недостаточно места, чтобы по ней могли ехать рядом две машины, — но вдруг увидел, как глаза ее расширились и она подалась вперед. Когда я взглянул вперед, то увидел нечто невообразимое. Прямо перед нами стоял… скорее, лежал на земле… сатир. Я решил, что это сатир, потому что он… оно обладало головой и торсом человека и конечностями козла — вывернутые назад суставы и все такое прочее. За исключением того, что это был лысый козел с полным отсутствием гениталий, словно кто-то заштопал шкуру у него между ногами. Его нагота в этой ситуации смотрелась довольно дико, но было еще одно… У этого… создания во рту болталось нечто, сильно смахивающее на окровавленную человеческую руку.

Это было худшее из всего, что мне приходилось видеть.

Хотя мне, наверное, придется отказаться от слов «худшее из всего». Всякий раз, когда мне кажется, что хуже уже просто некуда, обязательно случаются вещи на порядок отвратительнее. Раньше я думал, что самое кошмарное, что можно сделать с трупом, это мумифицировать его. Но затем я столкнулся с *tamita*. После чего увидел зомби. Я наивно полагал, что ничто не может их превзойти. Но ошибался — увиденное сейчас било все рекорды.

Глядя на это кошмарное создание, я впал в шоковое состояние, которое длится обычно не больше секунды, но кажется вечностью. Я утопил педаль тормоза, а Нинон, наоборот, надавила на газ, и ее джип понесся прямо на существо. Готов признать, меня это выбило из колеи. Это создание вызвало у меня столь сильное отвращение и брезгливость, что не хотелось даже машиной его задевать.

Я быстро потерял его из поля зрения из-за клубов дорожной пыли, поднятой моей буксующей машиной и разогнавшимся джипом Нинон, но перед этим все же успел заметить, как он вызывающе оскалился и швырнул остатки своего ужина Нинон в лобовое стекло.

Нинон резко ударила по тормозам. К счастью, я успел увидеть красные сигнальные огни и увернуться, прежде чем ее джип резко развернулся на сто восемьдесят градусов. Она выскочила из едва остановившейся машины с пистолетом в руках и извергла из себя поток непечатных выражений на французском, которые я впоследствии так и не нашел ни в одном словаре. Я невольно отметил, что в окружении треугольных камней она смотрелась так, словно попала в гигантскую пасть акулы, и яростно выкрикивала в небо проклятия, пока огромная рыба не проглотила ее, обдав облаком пыли.

Раздался одиночный выстрел. Больше Нинон стрелять не рискнула, так как пули могли срикошетить о скалы и нанести вред нам или автомобилям. Да и создание все равно удрало — исчезло в зарослях кактусов и пропало в одном из многочисленных тоннелей, образованных завалами из камней, сваленных здесь ледником много веков назад.

Мне на секунду стало не по себе, когда я представил, что Нинон может оказаться достаточно сумасшедшей, чтобы принять вызов и помчаться за ним в лабиринты горных пород. Но даже в состоянии аффекта она оказалась достаточно осмотрительной, чтобы не броситься сломя голову туда, где ее наверняка поджидала ловушка.

У Коразона, по всей видимости, тоже были некоторые сомнения на этот счет, потому что он выпрыгнул из окна и остановился перед ней как вкопанный, изогнув спину с торчащей во все стороны шерстью, что делало его почти забавным. Почти. С недавних пор я знал: эта поза означает, что Сен-Жермен, в любом его проявлении, где-то неподалеку.

Я тоже выскочил из машины и подбежал к Нинон, повторяя про себя, что ничего страшного не произошло, что этот первобытный страх можно преодолеть. Новое чудовище было ничем не хуже остальных. Ладно, пусть зомби, когда мы их повстречали, ничего подобного не ели (мертвые они и есть мертвые), поэтому зомби были не так уж плохи по сравнению с новым, только что ретировавшимся неприятелем. Конечно, это существо не виновато, что таким уродилось, при всей своей уродливости — это всего лишь тело без души и большей частью без мозгов. Просто призрак. Зомби, несмотря на телесную оболочку, тоже были привидениями. Когда-то они были людьми, но теперь уже нет. Тем более, согласно статистическим подсчетам, меня скорее собьет автобус или ударит молнией — впрочем, последнее следовало принять как данность, — чем я буду кем-то съеденным, а тем более зомби. Они недостаточно быстры и смекалисты, чтобы нас поймать. Те зомби, которых мы встретили в заброшенном городе, были слегка не от мира сего и очень туго соображали.

Может, существо, которое мы только что встретили, швырнуло в нас окровавленной рукавицей, а то, что нам показалось, было просто игрой света и плодом нашего воспаленного воображения. У страха как-никак глаза велики. Поэтому у меня не было никаких оснований холодеть от ужаса и испытывать столь стойкое отвращение. Черт побери, да я сам большой злобный вампир! Я не должен бояться ничего, что ходит на двух ногах, какими бы жуткими эти ноги ни были.

— Это не зомби. Зомби не станет выходить на охоту вечером, — произнесла Нинон словно в ответ на мои мысли. Она подошла и подняла валяющуюся на земле руку. Она лишь слегка поморщилась. Я не мог оторвать взгляда от широкого обручального кольца на безвольно повисшем безымянном пальце. Не нужно быть Шерлоком Холмсом, чтобы определить, что перед нами мужская рука, оторванная в плечевом суставе. И между прочим, оторванная не так давно, поскольку не успела окоченеть и от нее исходил пока еще слабый запах гниения.

— Не зомби? — переспросил я, хотя хорошо расслышал, что она сказала. Просто эта новость мне совсем не понравилась, и я требовал объяснений.

Она бросила руку под какое-то колючее растение и вытерла пальцы о джинсы. Ее побуждения были мне вполне понятны: кому захочется без надобности держать такое в руках? И мы не могли забрать ее с собой. У нас не было ящика со льдом, в котором мы могли бы ее хранить. К тому же я не представлял, каким образом мы можем заявиться с *этим* в ближайший полицейский участок и доложить о случившемся местным правоохранительным органам. Она не скрывала своих намерений. И все же меня покоробило то, как хладнокровно и безжалостно она отшвырнула кусок трупа. Нинон могла быть по-настоящему пугающей.

— Нет, это гуль[1], истинное творение Франкенштейна. Эти хуже. По-настоящему хуже. Зомби, совершая убийство, выполняют приказ, а гули убивают просто потому, что им нравится питаться людьми. Они быстрые, очень сильные и стойкие к дневному свету. Некоторые из них очень хитры. Они могут мыслить. И поступать по своему усмотрению.

— То есть, ты говоришь, это был гуль?

---

[1] Так называемый кладбищенский вор.

Знаю, знаю, я вел себя как идиот. Просто я никак не мог переварить сказанное. По крайней мере, я не спросил ее о том, что меня действительно интересовало: как, черт побери, можно было создать такого монстра? Творение Франкенштейна? Разве можно человеку пришить части тела животного? Но этот вопрос мог и подождать. Самое главное она уже сказала — они были сильны, быстры, умны и любили есть людей. Факультатив по базовым основам монстрологии пришлось отложить до поры до времени.

— Как минимум один. Обычно они перемещаются парами, а иногда сбиваются в стаи. Черт возьми! Сен-Жермен действует слишком быстро. Либо находится здесь дольше, чем я предполагала. Как же теперь застать его врасплох?

Впервые за все время в ее голосе послышались нотки отчаяния. Она вернулась к джипу.

Я ничего не ответил, но внутри меня росла решимость избавить мир от этого больного ублюдка. У меня уже давно не осталось к нему ни капли сочувствия. Его чернота становилась для меня все чернее и чернее.

— Нам нужны еще ружья и патроны.

Нинон открыла дверцу и выпустила Коразона. Пунцовые пятна пылали на ее бледных щеках. У нее не было времени снова намазаться автозагаром или подкрасить волосы.

— Думаешь, этот человек был жив? Когда ему оторвали руку? Может, нам стóит его поискать? — спросил я, не в силах ничего с собой поделать. Это был дурацкий вопрос. Мертвые не истекают кровью, во всяком случае, не так сильно, а рука была покрыта запекшейся кровью. У этого парня не было шансов выжить.

— Нет, он уже был мертв, — солгала Нинон, глядя мне в глаза. Она не хотела, чтобы я мучился.

— Я с большим удовольствием убью этого сукина сына! — сказал я, ни на миг не покривив душой. И я не гуля имел в виду, хотя был совсем не прочь, чтобы эта тварь тоже сдохла. Меня коробило от одной мысли, что чудовище ходит теми же дорогами, что и человеческий род, и дышит с нами одним воздухом.

И снова Нинон поняла меня без слов. Утешало хотя бы то, что мы по-прежнему считали себя людьми.

— Да, как ни печально, это так. — Нинон вернулась к своему джипу. — Я все время повторяю себе, что у нас нет другого выхода. И надеюсь, что, когда наступит время, мы сможем принять правильное решение. Знаешь, а ведь он последний. Единственный во всем мире, кому известно, как воскрешать мертвых, создавать всех этих гулей и зомби. Если мы убьем его до того, как он найдет себе преемника, все закончится — благополучно или нет, кто знает.

— Спасибо, Господи, за малейшие поблажки, — пробормотал я. Как ученый я был бы не прочь сохранить эту информацию. Как человек, пусть даже весьма условный, я мог желать лишь одного — чтобы эти знания пропали.

— Честно говоря, я и подумать не могла, что придет день, когда я буду так искренне желать кому-то смерти. То, что сейчас я могу убивать без малейшего сожаления, отнюдь не радует.

Она имела в виду, что боится, не начинаем ли мы сами превращаться в монстров. Мне стало очень паршиво оттого, что я ничем не мог ее утешить. Но что можно на это сказать? Я и так знал, что наполовину демон. Просто мой разум и чувства не спешили смириться с переменами в моем организме и новыми жизненными обстоятельствами.

— Давай взглянем на вещи с позитивной точки зрения… — начал я.

— Да, я слушаю.

Она захлопнула дверцу и принялась осматривать вмятину, оставленную срикошетившей пулей.

— В такие моменты я начинаю радоваться тому, что вампир. По сравнению с остальным вампиризм выглядит вполне приемлемо.

Нинон рассеянно кивнула, явно думая о чем-то своем.

— О продуктах можно не волноваться. Мигель, нам нужны ружья. Я знаю здесь одно место. Это что-то вроде логова наркодельцов, где расчеты осуществляются с помощью марихуаны и кокаина. Была б моя воля, я бы не приблизилась туда и на пушечный выстрел, но у них есть необходимые вещи. Может, мы там даже гранаты найдем.

А-а, гранаты. Конечно, почему бы и нет.

— Кроме того, мне очень жаль, но, боюсь, нам придется там кое-что украсть, — продолжила она.

— Конечно, — сказал я безучастно, но потом до меня дошел смысл сказанного. — Украсть? Как украсть?

— Было бы неразумно давать этим людям понять, что у нас есть деньги. По-моему, желающих нас убить и так предостаточно. Поэтому не стоит добавлять в этот список еще и наркодельцов.

— Чудесная мысль.

В конце концов, что значит какая-то кража после всего того, что с нами приключилось?

Мы снова расселись по машинам и направились в воровской притон, о котором говорила Нинон, где начнется моя бандитская карьера. Это так кардинально отличалось от того, чем мне приходилось заниматься прежде, что я испытывал по этому поводу какой-то нездоровый энтузиазм.

Я могу быть не согласен с тем, что вы хотите сказать, но я готов биться не на жизнь, а на смерть, отстаивая ваше право высказать это.

Вольтер

Человеческое сердце, которое станет темой этих писем, содержит так много контрастов, что всякого, кто попытается в нем разобраться, неизбежно захлестнет волна противоречий. Ты думаешь, что наконец тебе попало в руки что-то существенное, а затем понимаешь, что на самом деле поймал лишь тень… Признаться, меня тоже терзают серьезные сомнения, так как я едва ли могу быть искренна, ибо этим рискую опорочить весь наш женский род… Мы вместе встанем на путь нравственности и добродетели.

Из письма Нинон де Ланкло
к маркизу де Севиньи

Это был невообразимый человек. Душа его была сплошь из мякины, тело из размокшей бумаги, а вместо сердца была тушеная тыква в снегу.

Нинон де Ланкло о маркизе де Севиньи

Гораздо легче узнать мужчин в общем, нежели мужчин в частности.

Франсуа де Ларошфуко

Глава 17

Мы встали неподалеку от *La Boca del Conchinillo* (Рот поросенка-сосунка). Очень подходящее название. Отсюда был виден городок, раскинувшийся перед нами. Контуры домов слегка дрожали, расплываясь в знойном мареве, поднимающемся над пустыней. И снова нас ждал новый кусок адского пирога, только в этом месте окна были зарешечены и на крышах домов натянута колючая проволока. Город сильно напоминал тюрьму.

Нинон вышла из джипа, одетая в платье, которое было на ней в тот вечер, когда я безуспешно пытался ее соблазнить. Платье было «винтажным» — работы самого Альфреда Шахина, как она потом призналась, — с приподнятым лифом, который мог бы походить на «крылатый» задок «Шеви Бел Эйр» пятьдесят шестого года выпуска, если бы «Шевроле» выпускал автомобили двух оттенков неонового цвета.

Нинон распустила волосы и накрасила губы ярко-красной помадой. Она напоминала голливудскую женщину-вамп, классическую спутницу гангстеров эпохи пятидесятых. Она захлопала глазами так, что мне сразу стало ясно: передо мной безмозглая кукла, и даже если в ее голову в кои-то веки закрадывалась мысль, то чахла там и умирала от одиночества. Ее план начинал постепенно вырисовываться. В кино это выглядело бы забавно, но в реальной жизни? Вообще-то ее идея была мне не очень по душе. Да чего уж там, она мне категорически не нравилась.

— А это не больно, когда уровень IQ вот так резко падает? — поинтересовался я.

Она картинно сморщила лобик и надула губки, словно мыслительный процесс причинял ей невероятные муки.

Я невесело рассмеялся.

— И все же, так ли это разумно? — настаивал я. — Неужели мы не можем просто появиться там и взять все, что нужно.

— Нас ждет сигнализация и часовые. Кому-то нужно будет их отвлечь. И мне кажется, что они скорее пустят пулю в тебя, чем в меня. Готова поспорить, они с радостью дадут мне немного бензина.

У меня в голове промелькнула грубая мысль о том, *что* они определенно захотят ей дать, причем отнюдь не бензин. Однако я предпочел промолчать. Все-таки на работе меня не зря в обязательном порядке отправляли на все эти тренинги, обучающие быстрому реагированию и умению вести себя адекватно. Кроме того, она, возможно, права: нам нужно держаться порознь, пока я буду красть вещи, и чем меньше шума мы при этом наделаем, тем лучше.

Остаток пути мы проделали на ее джипе, подняв такой столб пыли, который не мог не броситься в глаза ни одному наблюдателю. Нинон оставила Коразона ждать нашего возвращения в моем внедорожнике. Надо сказать, коту это совершенно не понравилось. Я не стал возражать, но у меня было сильное подозрение, что к тому времени, как мы вернемся, раздосадованное животное выцарапает свои инициалы на обивке салона. А может, и кое-что похуже. Я искренне надеялся, что он умеет себя сдерживать. Что может быть противнее запаха кошачьей мочи в раскаленной на солнце машине?

В джипе вообще ничем не пахло. Что меня искренне порадовало. Потому что внутри большинства подержанных машин и машин напрокат почему-то всегда пахнет, как в раздевалке спортзала. Нинон с Коразоном явно были привередливы в таких вещах.

Нинон вставила кассету, и звуки йодля в исполнении Сордоу Слима заполнили окрестности. Я вздрогнул от неожиданности, но тут же напомнил себе, что перед ней не стоит цель остаться незамеченной — скорее наоборот. Такое демонстративное появление поможет развеять какие-либо сомнения на ее счет.

Мы остановились у самого въезда, выставив джип на всеобщее обозрение. Его лишь отчасти прикрывала группка опунций. Завывания Сордоу о рыже-чалом коне были прерваны на полуслове.

Мы ждали. И ждали. Никто не подошел, ничто не шелохнулось. Мы переглянулись, испытывая легкое смятение. Наркоторговцы не могли быть такими беспечными. Мы решили, что для своего же блага не стоит так явно «светиться». Гуля или зомби не проведешь.

Подобравшись ближе, мы наконец услышали отдаленные звуки музыки. Обычно при звуках гитары, особенно когда играли хорошо, у меня начинали чесаться руки и одолевали приступы ностальгии, но в тот день я не почувствовал ровным счетом ничего. Может, потому что это была запись, а не живое исполнение, а может, из-за сгущающейся атмосферы запустения. Меня так и подмывало предложить Нинон вернуться, пока не поздно, но я точно знал, что она откажется. Мы нуждались в оружии, и было не так уж много мест, где его можно раздобыть.

Мы шли, стараясь, насколько это возможно, держаться в тени, пока не добрались до единственного здания, которое подавало признаки жизни.

Окна приземистой постройки, откуда доносились звуки стереосистемы, были закрыты ставнями. Но они находились в таком плачевном состоянии, что сквозь щели спокойно можно было разглядеть, что происходит внутри. По всей видимости, мы подоспели на день покера. Четыре примитивных человеческих особи склонились над круглым кухонным столом, сплошь устланным американскими банкнотами в окружении минного поля из пивных бутылок. Вряд ли кто-то из этих незадачливых игроков в ближайшем будущем сможет претендовать на звание «Мистер Вселенная», но в то же время не каждый отважится лезть с ними в драку.

В довершение ко всему в комнате стояли густые клубы сигаретного дыма, среди которых витали песни «Джипси Кингз», до неузнаваемости искаженные видавшим виды CD-проигрывателем. Пыль пагубно действует на технику и машины. Именно поэтому мы с Нинон всегда возили с собой запасные воздушные фильтры.

Мы быстро отошли. Веселого было мало.

— Что-то мне это не нравится, — прошептал я, окидывая взглядом улицу. — Здесь словно все вымерли. Если бы не эти парни, можно было бы подумать, что это очередной город зомби.

— Место действительно кажется заброшенным. Но, может, наркоторговцам так больше нравится, — предположила Нинон. — Я пока что не учуяла здесь ни одного зомби или гуля.

Я принюхался и тоже не почувствовал запаха. И все же в воздухе витало что-то недоброе, не предвещавшее нам ничего хорошего. И от этого ожидания беды шевелились волосы на затылке.

— Нам нужны ружья, патроны к ним и все, что удастся найти. Если Сен-Жермен создал целую стаю гулей…

Нинон выразительно развела руками. Порой она превращалась в стопроцентную француженку. Однако я и без того понял, что она хочет этим сказать. Нам придется самим с этим разбираться. И подмоги ждать неоткуда.

— Хорошо, — сказал я. — А ты уверена, что они хранят оружие где-то поблизости?

— Да, я чую запах.

Стоило ей об этом сказать, как я и сам уловил легкий запах машинного масла. Наверное, мои плохие предчувствия были связаны с этим запахом — оружие наводило на мысли о жестокости. Отличное объяснение! Я велел волоскам на затылке немедленно вернуться в горизонтальное положение. Но они меня не послушались.

— Я быстро, — пообещал я. — А ты будь осторожна. Если вдруг что — кричи. Что бы ни случилось.

— Я всегда осторожна.

Нинон встала и одернула платье — причем не вниз. Она направилась к двери, чудом удерживая равновесие на ненормально высоких каблуках, которые женщины называют шпильками.

Несмотря на обещание поторопиться, я решил еще немного поторчать здесь, чтобы убедиться, что ее не застрелили прямо на пороге.

Я попенял себе за то, что волнуюсь за нее, ведь это были всего лишь мужчины. И все же остался, припав к ставням.

Я сразу определил, что Нинон выбрала своей главной жертвой мужчину средних лет — эдакого латиноса, здорово смахивающего на Джеки Глисона. Он выглядел сговорчивее, чем остальные трое. Она глупо хихикала и трещала без умолку, покачиваясь на этих своих шпильках и рассказывая на ломаном испанском сказку о том, как она заблудилась и у нее закончился бензин. Звук резал уши, но она делала поразительные успехи, изображая из себя женщину настолько безмозглую, что ее можно было бы удостоить отдельной ветви на генеалогическом древе — где-то между гориллой и человеком, но определенно ниже шимпанзе. Если бы я был там, то мне бы нестерпимо захотелось ее удушить и я бы сделал это, не будь она так чертовски красива. С другой стороны, я был на пике восприятия, с обостренным слухом. Кто знает, возможно, этим парням медведь на ухо наступил. А может, они и в самом деле были просто гориллами, только бритыми, и им нравилось для разнообразия чувствовать свое умственное превосходство над кем-то. Например, Мистер Мускул за дальним концом стола больше напоминал гориллу, нежели хомо сапиенс.

Убедившись, что Нинон блестяще удалось завладеть всеобщим вниманием и что ничего серьезнее плотоядных взглядов ей не грозит, я обошел дом с другой стороны и принялся осматриваться на местности.

Место, где они хранили оружие, найти было совсем несложно. Я просто доверился своему носу и шевелящимся волосам на затылке. Теплее, теплее, горячо!

Казалось, что в комнате царит такое же запустение, как и во всем городке, но облегченно вздыхать было еще рано. Первую остановку новоявленный вор-домушник сделал у маленького зарешеченного окошка, где я снова провел небольшую разведку. Быстрого взгляда хватило, чтобы определить, что комната пуста. Помимо зарешеченного окна в ней имелась еще и запертая дверь, но засов был хлипким, а я обладал недюжинной силой. Я не боялся, что меня услышат за пронзительным смехом Нинон, криками «Текилы!» и песнями «Джипси Кингз», которые прекрасно были слышны и за двумя стенами. Я был уверен, что теперь привлечь их внимание может только облава.

Воздух в комнате был спертым, и здесь царил полумрак. Я не увидел ничего, что напоминало бы ружейный шкаф, никакого другого оружия тоже не наблюдалось. Откровенно говоря, при нормальных обстоятельствах мне здесь делать было нечего. Но эти обстоятельства вряд ли можно было назвать нормальными, поэтому я все же задержался там в поисках любого пригодного оружия, какое только мог учуять мой нос.

Я меньше обычного обращаю внимание на внешние данные, если только речь не идет о женской красоте, к которой я весьма неравнодушен, как и большинство мужчин. По жизни я словно вещь в себе, человек в футляре, но ввиду того, что являюсь обладателем сверхчувствительного слуха и обоняния, их я использую не реже, чем зрение. Наверное, поэтому я не был особенно поражен картиной, которая передо мной открылась. Я не собираюсь никого критиковать: в конце концов, искусство — это личное видение каждого. Но все же не могу не признать, что художник оказался не очень талантлив. Более того, я уверен, что передо мной было полотно кисти любителя. Это был портрет женщины, точнее, весьма подробный схематичный рисунок наименее интересных частей женского тела. Он был настолько плох, что я готов был поручиться, что у него нет шансов оказаться на обложках модных мужских журналов. Но почему-то он привлек меня гораздо больше, чем утонченные акварели на другой стене. Я прикоснулся к раме и принялся водить по ней рукой. Было ощущение, что странная женская грудь сейчас прижмется к моему лицу.

О некоторых картинах говорят, что они выразительнее тысячи слов, — но не для человека с фантазией. Разве только это будет исключительно хорошее произведение искусства, написанное исключительно никчемным автором. Все, что может сделать картина, — это показать. Но дайте мне лишь тысячу слов — и я заставлю вас чувствовать на вкус, обонять, осязать. Этот портрет был даже безвкуснее, пусть и не намного, чем «Собаки, играющие в покер»[1]. И все же он интересовал меня, поскольку за ним был спрятан сейф с оружием. Взломать его для меня было задачей не из легких, но, к счастью, он был открыт.

---

[1] Картина М. Кулиджа, использованная для рекламы сигар, получила не самые лестные отзывы, признана образцом вульгарности и безвкусицы.

Меня не интересовали деньги или документы, содержащиеся внутри, хотя более вороватый человек на моем месте, несомненно, их бы прикарманил. Гораздо больше меня заинтересовали пистолетные патроны калибра девять миллиметров и полуавтоматическая винтовка. Это была классика — карабин М-1.

Если вы плохо разбираетесь в оружии, то позвольте мне объяснить радость, вызванную этой находкой. Эта модель начала выпускаться в годы Второй мировой и до сих пор находится в производстве. Это идеальное оружие, потому что оно сравнительно мало весит, имеет короткий ствол, который поистине незаменим в тесном пространстве, у него крайне редко заклинивает затвор и для него достаточно легко раздобыть патроны. Особенно в задней комнате в доме у наркодельца. Здесь их был целый склад. Я нашел бумажный пакет и начал пересыпать патроны туда. С таким сокровищем мы, пожалуй, могли бы выступить против целой армии гулей.

И хотя я оставался верен своему ружью, моя находка отлично подойдет Нинон. У карабина дальность выстрела гораздо больше, чем у ее пистолета. Она останется довольна.

Я не стал тратить времени, обыскивая помещение в поисках пистолета, патроны к которому обнаружил. Я не сомневался, что кто-то из игроков положил его на стол. Чем больше оружия, тем лучше, конечно, но мы и так в выигрыше, тем более что все шло гладко. Нинон наверняка будет сокрушаться об отсутствии гранат и ракетниц. Я же был уверен, что нам несказанно повезло. Миссия выполнена.

По дороге назад я почувствовал первый приступ возбуждения. Я как раз проходил мимо второй маленькой дверцы, которая могла вести в подсобное помещение, когда услышал какой-то знакомый звук, но не сразу смог понять, что это могло быть. *Тук-тук, тук-тук, тук-тук* — словно где-то очень медленно билось сердце. Кроме того, мой нос уловил некий запах — притягательный и вместе с тем отталкивающий.

Потоптавшись в нерешительности, я забросил свое ружье вместе с карабином на плечо и приложил ухо к двери. Звук стал громче, но оставался таким же неясным. *Тук-тук, тук-тук.* Он был слишком размеренным, чтобы решить, что это кто-то стучит. Но что-то в нем было такое…

Прекрасно понимая, что вряд ли найду еще оружие, я все же взялся за дверную ручку и легонько на нее нажал. Дверь была не заперта. Я быстро осмотрелся, прежде чем войти. По-прежнему кроме меня здесь никого не было. На раскаленной солнцем улице ничего не двигалось. Ничего.

Я беспрепятственно открыл дверь и оказался не в подсобном помещении, как предполагал, а в кухне небольшого домика с низкими потолками. Тукающий звук исходил из открытой двери, ведущей налево. Я медленно подошел к ней, обойдя маленький столик, на котором стояла кофейная чашка и ваза с увядшими цветами. Я положил на пол свою сумку с патронами и винтовку. Здесь никого не было, но все же я старался двигаться бесшумно и осторожно, затаив дыхание.

Должно быть, хозяева были довольно состоятельными по местным меркам людьми — может, это были американцы, удалившиеся от дел и вышедшие на заслуженный отдых, наркоторговцы, которые решили раскошелиться на кое-какие удобства для домохозяйки. Пол здесь был выложен плиткой, стояла газовая плита и маленький холодильник. Стиральная машина и сушка находились в крохотной прачечной и неустанно работали. На новеньких блестящих поверхностях из белого пластика выделялись жуткие пятна, которые были не чем иным, как кровью. Очутившись внутри, я шел исключительно на запах.

Сначала я думал, что кто-то ранен. Потом — что кто-то мертв.

В памяти вдруг всплыла человеческая рука, которую принес гуль.

Я посмотрел налево. *Тук-тук, тук-тук.* На кровь уже давно должны были слететься мухи, но ни одна из них не отважилась из-за того, что включенная «стиралка» тряслась и ходила ходуном. Мне уже приходилось видеть такое раньше — обычно это происходило при стирке тяжелых покрывал или ватных одеял, когда вес не был равномерно распределен внутри барабана. Из-за сильных равномерных толчков машинка проехалась по полу, оставляя на плитке глубокие борозды.

Я медленно пересек комнату, проклиная запах гниющих лилий, сбежавшего кофе и полузасохшей крови. Эти три запаха, достаточно неприятные уже сами по себе, вместе были просто невыносимы, особенно в жаркой, душной комнате.

Тук-тук. Тук-тук.

Стучала не только машинка. Что-то крупное и увесистое перекатывалось внутри, громко ударяясь о ее стенки, причем удары были слышны даже сквозь дребезжание потерявшей опору «стиралки», набирающей обороты. Я нехотя наклонился и заглянул в темное окошко машинки, о чем тут же пожалел. Оттуда на меня смотрели кувыркающиеся головы прежних владельцев. На их лицах застыло выражение ужаса и ярости.

Меня вырвало, я отшатнулся, перед глазами все плыло. Машинка надвигалась, умоляя остановить центрифугу, но никакая сила на земле не могла заставить меня открыть дверцу, чтобы посмотреть на то, что сейчас машинка будет полоскать.

Мне понадобилось несколько секунд, чтобы собраться с мыслями, но только ступор прошел, как мозги заработали с удвоенной силой. Я знаю, что такой акт вандализма должен был ассоциироваться с сумасшествием или зверской местью наркоторговцев, но почему-то у меня подобных мыслей не возникало. Это было нечто большее, чем просто ненормальность, месть или безумие. Это было из серии оторванной руки, которую гуль швырнул в Нинон. Это был вызов, брошенный нам, насмешка. Поступок, провоцирующий нас на определенные действия. Я понял: было *рассчитано*, что мы это найдем. И от этой ужасной мысли волосы у меня на затылке снова встали дыбом.

Ожидалось, что мы найдем это и придем в ярость. А значит, кто-то знал о том, что мы здесь. Кто-то безумный и жестокий.

У нас было два кандидата. Но поскольку нигде поблизости не было озера или ручья, я больше склонялся к кандидатуре Сен-Жермена.

Я стоял, прижавшись спиной к стене, — с этого места мне был виден лишь угол гостиной. Я хотел убедиться, что здесь по-прежнему никого, кроме меня, нет. Я в этом убедился. Но только сейчас я заметил деревянную лестницу, прислоненную к стене и ведущую к люку в потолке. Крышка люка была неплотно прикрыта, и заблудившиеся солнечные лучи проникали в комнату.

«Не обращай внимания, — приказал я себе. — Что бы там ни было, тебе этого видеть не сто́ит. К тому же там может быть ловушка. Просто подай Нинон сигнал, что дело сделано, и убирайся отсюда».

И все же спустя мгновение я уже карабкался по лестнице, убедив себя, что просто обязан узнать, все ли в порядке с джипом, никто ли его не нашел и не стоит ли кто-то или что-то у нас на пути к отступлению.

Я осторожно высунулся наружу, осматриваясь по сторонам в поисках ловушек, часовых или маньяков с топорами. Но ничего жуткого не обнаружил, за исключением разве что кучки дохлых тараканов да пары трещин на покатой крыше, выложенной саманом, которая нуждалась в срочном ремонте. И все же в нескольких местах глина была обожжена. Видимо, в результате удара молнии.

Эта мысль вызвала у меня легкое беспокойство, и все же я не торопился уносить оттуда ноги. С крыши открывался чудесный вид на город, и я сильнее, чем когда-либо, хотел убедиться, что мы с Нинон не угодим в ловушку, когда попытаемся отсюда выбраться.

До меня доносились едва различимые звуки музыки, играющей где-то слева. Только музыка. Никаких выстрелов и даже криков «Текилы!». Просто замечательно. Пожалуй, это означало, что кровожадный хозяин дома отправился выпить чашечку кофе, прежде чем гладить утюгом чьи-то кишки или готовить людоедский коктейль на скорую руку.

Я согнулся в три погибели и на четвереньках пополз к бортику крыши, стараясь не наступать на дохлых тараканов. По краям крыши на расстоянии четырех футов находились водосточные трубы, достаточно большие, чтобы засунуть в них руку, но при этом, чтобы что-то разглядеть, мне пришлось бы лечь пластом, чего я делать категорически не хотел. Я прислушался, задержав дыхание. Ничто не шелохнулось, не нарушило зловещего безмолвия. Даже птицы не кричали и собаки не лаяли.

Мне снова вспомнилось сравнение с городом зомби. Я не чувствовал их запаха, но это еще не означало, что их здесь не было, — они могли затаиться в домах в ожидании темноты.

Очень медленно я приподнял голову и выглянул из-за бортика. Все выглядело неутешительно. Возле джипа Нинон никого не было, но здесь совсем недавно произошло что-то очень нехорошее. Вряд ли наркоторговцы захотели уединения и отправили всех местных жителей отдохнуть в Пуэрто Валларта[1]. Люди не станут уезжать, бросив дома и машины открытыми.

И этот ружейный шкаф, набитый наличностью, но только с одним карабином.

Я устремил взгляд в южном направлении. Некоторые дома рядом с городской площадью были празднично украшены по случаю фиесты или торжественного шествия. Цветочные гирлянды еще не успели увянуть под палящим летним солнцем. А для этого достаточно и дня. Видимо, прошло совсем немного времени. На площади был накрыт стол, заставленный едой, вокруг которого теперь роились мухи, здесь же стояли полупустые кубки с пуншем. И что еще хуже, некоторые фонари все еще горели. Что бы там ни произошло, случилось это недавно. Я не видел ни мертвых тел, ни крови, однако город сильно смахивал на кладбище. Понравилась людям вечеринка или нет, но их вывезли отсюда или убили, прежде чем они успели снять гирлянды и допить свою сангрию.

«Если верно второе и все они мертвы, — подумал я, — то дай Бог, чтобы жестокая смерть от рук врага искупила их прижизненные грехи и их заблудшие души обрели покой».

Я потер лицо. Это был настоящий полуденный ад, пейзаж, достойный пера Данте. Последний раз я молился еще в детстве, но давние знания прочно осели в подсознании и слова заупокойной молитвы сами пришли на ум.

---

[1] Город на побережье Тихого океана, жемчужина Мексиканской Ривьеры и второй самый популярный город в стране после Канкуна.

Я снова почувствовал, что все плывет перед глазами. Солнце было в зените и пекло невыносимо, особенно здесь, на крыше с засушенными тараканьими трупиками. Пришло лето, и поврежденный молнией саман спекся в рассыпчатую глину, которая опадала со стен, словно сухой лишайник. Я завороженно наблюдал, как со здания напротив, кружась в воздухе и покачиваясь от хриплых гитарных аккордов фламенко, осыпается штукатурка.

Мне казалось, что солнце сожгло и мой мозг тоже. А иначе почему я вдруг неожиданно впал в ступор?

Пока я пялился на падающую штукатурку и сравнивал ее с сухим лишайником, на площадь вышел Сен-Жермен. Ветерок, поднявшийся с его приходом, шевельнул праздничные гирлянды. Сен-Жермен остановился около праздничного стола, где угостился тем, что осталось в кубке для пунша. Я медленно повернул голову и дважды моргнул, потом еще поморгал, не веря своим глазам. Я никогда его прежде не видел, но почему-то абсолютно точно знал, что это и есть наш враг. И я наконец-то уловил душок от прокисшей еды и неповторимый запах человеческой крови.

Сен-Жермен бесцеремонно присел на край стола. Я видел, как двигался у него кадык, пока он пил красную густую жидкость, и испытывал нездоровое чувство — смесь отвращения и, вынужден признать, зависти — от того, что он пьет кровь.

Итак, Сен-Жермен пил кровь. Из кубка для пунша. Один. Что-то здесь было не то. Я имею в виду даже большее «не то», чем мы ожидали. Нинон ничего не говорила о том, что он пьет кровь. Может, он тоже своего рода вампир? Я должен был уйти еще тогда, вам не кажется? Найти Нинон и свалить, даже если для этого придется перестрелять всех игроков в покер. Но я этого не сделал. Я просто сидел на корточках, оцепенев, как олень при свете фар, и смотрел как человек — а человек ли? — пьет кровь и болтает ногой в воздухе, убивая время перед тем, как вытворить еще Бог знает что.

Я не мог понять, чем было вызвано это оцепенение. Никак не мог. Могу сказать лишь одно: я просто не ожидал, что буду так заворожен и потрясен видом нашего общего врага. Нинон предупреждала меня. Она рассказывала о его нечеловеческой красоте, о способности гипнотизировать и искушать. Черт, да мне и сна было достаточно, чтобы понять, какая опасность за ним кроется! Если бы он приступил к штурму в лоб или снова попытался вторгнуться в мои мысли, я был готов дать ему отпор. По крайней мере, мне так кажется. Но ничего из того, что он делал, как смотрел, стоял или двигался, нельзя было назвать намеренным искушением. Это не было направлено на меня — это просто *было*. Ореол власти и превосходства был для него второй кожей. Сила в облике, горделивый профиль, великолепие — это часть его. И они были так же прекрасны, как и ужасны.

А сейчас я вынужден кое в чем признаться, хотя видит Бог, чего мне это стоит... Но иначе вы так и не поймете, *что* он из себя представляет. Видите ли, у меня никогда не было ни гомосексуальных наклонностей, ни бисексуальных фантазий. Но в тот момент я его почти захотел. И если не как любовника, то хотя бы как брата, отца, наставника. Я смотрел на него со своего укрытия на крыше, и на какой-то миг желание взглянуть ему в глаза оказалось сильнее, чем мое стремление, моя потребность его убить. Я напрочь забыл о том, что у меня есть ружье. Я забыл о головах в стиральной машине. Я забыл, что Нинон осталась в компании потенциальных насильников. Я так сильно хотел, чтобы он посмотрел на меня и улыбнулся, что чуть не позвал его, чуть не сорвался с крыши и не побежал к нему.

И тогда я подумал, что удивительно не то, что Нинон поддалась его чарам и доверилась ему, а то, что она сумела разглядеть в нем зло, прежде чем стало слишком поздно.

Именно мысль о Нинон и ее шляпной булавке удержала меня от того, чтобы выдать свое присутствие. Мысль о Нинон и атака гуля — нашего старого приятеля, сатира.

Для тех, кто никогда не вступал в рукопашную схватку или любую другую битву не на жизнь, а на смерть в зоне боевых действий, позвольте объяснить, как все это происходит. Реакция в бою может быть разбита на три фазы. Первая — это осознание опасности. Вторая — формулировка ответных действий.

Третья — приведение задуманного в исполнение. Все это должно происходить гораздо стремительнее, чем в обычной жизни.

Есть много факторов, способных повлиять на ответную реакцию: возраст, здоровье, расторопность, тренировки и… вампиризм. Мне повезло, что в тот момент у меня в активе были три из вышеперечисленных качеств.

Если бы ветер дул с востока, я бы раньше смог учуять приближение врага. А так единственной подсказкой о надвигающейся опасности послужила стремительно приближающаяся тень, упавшая мне на правое плечо. Мое подсознание, которое обрабатывало информацию быстрее, чем сознание, совершенно точно знало, что тени не должны двигаться столь быстро, — это неестественно и, скорее всего, опасно. Совсем скоро я смог в этом убедиться. Увернуться было бы самым верным решением в этой ситуации, поэтому я так и поступил настолько быстро, насколько позволяли мои подкрепленные вампиризмом мышцы. Я двигался очень быстро, можете быть уверены, и все же не успел. Прежде чем я успел поднять ружье или хотя бы выпрямиться в полный рост, существо обрушилось на меня. Не прошло и секунды, как я уже был втянут в смертельный бой.

Большинство из вас могут не знать — и благодарите вашего бога за это! — но такие схватки, как правило, несут в себе очень личный характер. Ты смотришь врагу в глаза, чувствуешь его дыхание, а в моем случае это был смрад гниющей плоти. Это неприятно, зато заставляет сосредоточиться. Я тут же забыл о красоте и притягательности Сен-Жермена, уделив все внимание разборкам с сатиром.

Любой другой на моем месте испытал бы ужас. Но не я. Я был взбешен, что у этого создания хватило наглости попытаться заставить меня расстаться с жизнью, и ярость сделала меня безжалостным и очень изобретательным. Я с удивлением понял, что хочу делать такие жестокие вещи, о которых раньше и не подозревал, и более того — пытаюсь привести свои замыслы в исполнение. Но ничего не срабатывало. На самом деле от первого же его удара я закрутился волчком.

Я знал, из каких соображений стараюсь не проронить ни звука во время нашей драки, — перспектива того, что к нам могут присоединиться остальные члены стаи гулей или сам Сен-Жермен, была хорошим стимулом соблюдать тишину. Однако я не понимал, почему сатир не стал никого звать. Может, гордость ему не позволяла. Возможно, просто не мог. Наверное, когда две его половинки сшивали вместе, голосовые связки посчитали излишними. В любом случае мне это было только на руку.

Он был сверху. Я чувствовал жесткие волосы, растущие у него на руках, когда он схватил меня за голову. Он пытался добраться до шеи в надежде слегка закусить, а может, просто вырвать мне горло, но я успел вовремя увернуться. Длинные грязные ногти проткнули мне щеку, кровь хлынула в рот и потекла по лицу. Я пытался повернуть голову, и дюйм за дюймом у меня это получалось.

Я вспомнил о головах в стиральной машине и усилил сопротивление. Он проткнул мне руки чем-то вроде стального бруса, и они практически сразу онемели. Ружье выскользнуло, а ребра начали угрожающе трещать, норовя вот-вот сломаться. Я попытался лягнуть его, но тщетно — колени у сатира вывернуты в другую сторону, поэтому сломать их невозможно. Зная, что рискую подставить ему горло, я резко откинул голову назад, и тут же послышался хруст сломанного носа и скул. Я повторил тот же прием и, как мне показалось, выбил ему зубы. При этом что-то вонзилось мне в голову — было такое ощущение, словно в макушку вбили кровельные гвозди. Обычный человек после моих ударов закричал бы и скрючился от боли, однако существо даже не ослабило хватку и по-прежнему прижимало меня к себе слишком сильно, чтобы я мог защищаться руками.

Но оно слегка помедлило, прежде чем снова потянуться к моей шее. Мне кажется, я его удивил. Наверное, его предыдущая жертва была не столь быстрой или сильной.

Оно прошипело что-то сквозь выбитые зубы, но кричать не стало. До меня запоздало дошло, что, как и зомби, это создание могло не ощущать боли. Я могу биться об него головой, пока не расплющу себе череп в лепешку, но даже тогда буду единственным, кто это почувствует.

Меня эта новость совсем не порадовала.

Я рванулся назад и снова попытался пошевелить руками, но безрезультатно. Я был пронзен, а моя грудная клетка смята. У меня начало темнеть в глазах. Нервные окончания посылали тревожный сигнал в мозг, предупреждая о нехватке кислорода. Я на долю дюйма приподнял голову, открывая себе доступ к воздуху.

Это сработало. Монстр попытался снова вывернуть мне голову, но у меня была достаточно сильная шея, чтобы сопротивляться. Мы тяжело дышали, пытаясь одолеть друг друга. Головы наши соприкасались, но мы не обменялись ни словом, ни мыслью, хотя я хотел, безумно хотел узнать, кто оно, как появилось на свет и почему ему нравилось жить в этом разлагающемся теле. Но больше всего мне хотелось узнать, верит ли оно, что это Судьба свела нас здесь и сейчас, чтобы мы попытались убить друг друга.

Знаю, это глупо. Но моему мозгу не хватало кислорода. Поэтому в голову лезли бредовые, нелепые мысли. Например, о том, что на той стороне улицы все так же падают, кружась, хлопья штукатурки. Но они больше не походили на мягкий лишайник, скорее — на стаю призрачных воронов, которые прилетели клевать мои кости. В то же время меня ужасно мучила жажда, и о холодном малиновом чае я мечтал не меньше, чем о глотке свежего воздуха. Но, наверное, больше всего мне хотелось хорошенько прополоскать рот, чтобы, пока меня не вырвало, уничтожить вкус этих гниющих пальцев.

Кроме того, я испытывал страшную усталость. Прошло всего несколько секунд, максимум минута с того момента, как мы вцепились друг в друга, а руки, ноги и шея уже отказывались меня слушаться, ныли от напряжения — настолько огромных усилий мне стоило противостоять нечеловеческой силе противника. Это вам не соревнование по армреслингу. Здесь не было судьи, который спас бы меня, объявив об окончании раунда. Передышка не наступит до тех пор, пока один из нас не умрет.

И это могу быть я, если срочно не найду выход из этой безнадежной ситуации.

Как я уже говорил, это очень личное.

Некоторое время мы просто слушали музыку. По крайней мере, я слушал. Кто знает, что было в голове у сатира, пока он занимался тем, что вытряхивал из меня душу. Я поерзал на месте, думая о том, что выбрал бы другой саундтрек к решающей битве, и гадая, что же такого могу сделать, чтобы выйти из этой передряги живым. Потом я почувствовал, как мышцы чудовища напряглись для нового рывка. Оно попыталось ударить меня по ногам, сбить на пол, чтобы воспользоваться весовым преимуществом, но ноги, спасшие его раньше, теперь стали помехой. Его ступни-копыта ударили меня по икрам и рассекли кожу. Это было больно. Но мышцы остались целы, и я не упал. Я не мог упасть. Я знал, что если буду пригвожден им к крыше, то для меня это верная смерть.

И снова мы остановились, тяжело дыша. Мы были в тупике, и ничего хорошего это не предвещало. Я не мог бы сказать, насколько сильно это создание. Но, скорее всего, у меня силы закончатся раньше, чем у него. И тогда меня сожрут заживо.

Затем меня посетили еще две мысли: «Плохие парни могут и в самом деле победить. Нинон может погибнуть».

Но это было недопустимо, абсолютно недопустимо! Мой мозг выбросил в кровь новую порцию адреналина. Я должен был убить эту тварь — быстро и бесшумно. И до меня только сейчас дошло, что нужно успеть сделать это еще до того, как Сен-Жермен со своими гулями наткнутся на меня или Нинон, — тогда шансов у нас действительно не останется.

Я что было силы рванулся вправо, освобождаясь от руки, впившейся в мою щеку, чувствуя, как рвется кожа и кровь снова начинает бить ключом. Я опять попытался лягнуть его, на этот раз целясь в копыто, а не колено. Вы когда-нибудь разбивали себе пятки? В общем, это очень-очень больно. Треснувшие копыта тоже должны болеть. Однако чудовище оказалось быстрее и успело отдернуть копыто, прежде чем я успел до него хотя бы дотронуться. Тогда я попытался заехать ему коленом в пах.

Я уверен, что попал, но безрезультатно. Зато силой вращательного момента нас отбросило к люку в крыше. Мы сделали два оборота, как пьяные танцоры, кружащиеся в венском вальсе, поскользнулись в луже крови, которая лилась из меня ручьем, и наконец наша пара распалась.

Я получил передышку. Левое копыто сатира застряло в одной из трещин, расколовших крышу. Еще немного, и он потерял бы равновесие и провалился в открытый люк. Я одним прыжком преодолел расстояние между нами и ударил его кулаком. Его иссушенная кожа порвалась, обнажив сморщенные внутренности. Я вывернул кисть и схватился за... Не знаю, что там попалось мне под руку — печень, желчный пузырь, аппендикс или что-то еще. Я не слишком часто посещал уроки анатомии, зато точно знаю, что все внутри было кожистым и сплеталось в один клубок. Я рванул внутренности, вытягивая их наружу, и прихватил в качестве бонуса узел кишечника. Он все еще был мягким и вязким, полным красноватой массы.

Существо замахнулось на меня и попыталось укусить, но вторым толчком я все-таки столкнул его в открытый люк. Кишки размотались и висели, брызгая кровью, но его это не остановило. Я так и застыл с раздутым канатом в руках, из которого сочилась кровь, изумленно глядя, как проклятая тварь, хлюпая, вползает назад. Чудовище оскалило зубы и потянулось ко мне, не сомневаясь в том, что я труп.

«Гордыня до добра не доведет». Так всегда говорил Кормак.

Впав на несколько секунд в состояние шока, я успел забыть, что имею дело с неживым существом. Мой мозг, в который наконец-то стал поступать кислород, снова заработал. Единственный способ убить монстра — вырвать у него сердце или мозги. О ружье речи не шло — не столько из-за шума, сколько из-за того, что я просто не успеваю его схватить. Я лихорадочно просчитывал все в уме, а существо тем временем неуклонно перло на меня. Ребра сломать проще, но мне понадобится время, чтобы нащупать сердце. С месторасположением мозгов я был лучше знаком. Отведя руку назад, я из последних сил ударил его в голову.

Все, что я сумел сделать, это оставил вмятину у него на черепе. И снова столкнул его в темноту зияющего проема. Да, и еще сломал свою правую руку.

Два раза упасть с крыши… Да он давно уже должен был сломать себе шею, но кошмар все не заканчивался. Снова раздалось шипение, и я услышал, как чудовище взбирается по лестнице. На этот раз я был готов. Я вспомнил о смертоносном подарке Нинон, хранившемся в ботинке, — личное оружие для боя. Левой рукой я вытащил траншейный нож и, как только голова существа показалась из люка, изо всех сил всадил его в монстра.

Оно не могло не заметить ножевого удара, но остановилось только тогда, когда я двинул костяшками пальцев ему по голове. От удара рука у меня онемела по локоть. Но противнику тоже изрядно досталось. Острие ножа выглядывало из верхней челюсти монстра. Мой удар должен был снести ему как минимум половину мозга.

Прошло довольно много времени, в течение которого я успел напереживаться, что и этот метод не даст желаемого эффекта, и вдосталь налюбоваться оскалом огромных нечищеных зубов. Наконец существо застыло, дернулось и уже в третий раз полетело в отверстие люка, медленно, с отвратительным чавкающим звуком избавляясь от ножа.

Я ожидал, тяжело дыша, прислушиваясь и баюкая сломанную руку и опухшую икру. Фокус с чертиком из табакерки больше не повторился, но я отчетливо слышал, как монстр бьется в конвульсиях там, внизу, перекрывая даже шум стиральной машины, в которую загрузил тела своих жертв. Чудовище по-прежнему не кричало — только шипело, корчась в предсмертных судорогах. Точнее, это я надеялся, что предсмертных.

Я несколько раз ругнулся про себя и шагнул прямо в люк, не заботясь о лестнице. Я приземлился около агонизирующей твари и, используя силу падения, вонзил нож ему в грудь. Должно быть, я все-таки попал в сердце, потому что он дернулся в последний раз и застыл.

Я медленно поднялся и вытер лезвие ножа о его грудь, пытаясь оттереть бурую липкую гадость, которая заменяла ему кровь. Я ощупал пальцами собственный затылок и вытащил застрявшие в нем зубы сатира, затем прилепил назад содранный со щеки клочок кожи. Это была адская боль, и мне наверняка придется накладывать швы.

— О Мария, матерь Божья! — пробормотал я, как в детстве призывая деву Марию на помощь. Я говорил присвистывая — это воздух проникал сквозь рваные раны на лице. Никто мне не ответил. Я пережил очередной переломный момент жизни в полном одиночестве, еще на шаг отдалился от своего человеческого «я» и приблизился к миру монстров, свидетелями чему были лишь отрезанные головы в стиральной машине.

Болело все тело. На этот раз мне понадобилось немного больше времени, чтобы вскарабкаться на крышу. От запаха вывороченных, жарящихся на солнце кишок меня тошнило. Мне больше совершенно не хотелось крови. Когда я наконец-то добрался до края крыши и заглянул за бортик, Сен-Жермена уже не было. Как и музыки. Я остался совершенно один.

Это было жутковатое ощущение, затяжной шок все не проходил. Я снова выругался и поднял пыльное ружье.

Самое время идти искать Нинон. Самое время выполнить то, что я собирался сделать, еще когда только наткнулся на весь этот кошмар в прачечной, то есть как можно скорее уносить отсюда ноги. Мне уже было все равно, что там задумал Сен-Жермен со своими гулями. Мы серьезно недооценивали врага. Или это только я недооценивал. Нинон была права — нам необходимо оружие. Для себя я решил, что, пока у нас нет штурмовых вертолетов и мини-армии вместе с шаманом и священником, противостоять Сен-Жермену и гулям бессмысленно. Из этого боя я вышел победителем, но шансов выиграть войну у меня нет. По крайней мере, без подмоги.

Мой многоуважаемый отец!

Мне одиннадцать лет. Я достаточно взрослая и сильная, но в скором времени обязательно заболею, если буду и дальше отстаивать в день по три мессы, которые служит огромный, подагрический, толстый каноник. С Евангелием и посланиями апостолов мы справляемся не меньше чем за двенадцать минут. Мальчики из хора обязаны поднимать его на ноги после каждого коленопреклонения. Все это очень удручающе, смею вас уверить. Все, с меня хватит — мне надоело бубнить под нос *Aves, Paters, Credos*, перебирая четки в руках. Поэтому в сей же час спешу вам сообщить о своем решении превратиться из девочки в мальчика. А поскольку я теперь ваш сын, то вы обязаны немедленно заняться моим образованием, и я расскажу вам, как это будет происходить…

Из письма Нинон де Ланкло

Настоящая любовь, как привидение, — говорят о ней все, а видели лишь единицы.

Франсуа де Ларошфуко

Глава 18

В то время как у меня сдирали кожу с лица, Нинон тоже пришлось несладко.

Из динамика удушливо хрипели «Джипси Кингз». Наверное, им тоже надо было плеснуть текилы, которую пили эти мужчины. А может, они просто были под кайфом, обкурившись марихуаны.

Двое скрутили Нинон. А третий — самый толстый — держал ее на прицеле, в то время как четвертый зашел сзади. Казалось, он догадался, что безопаснее всего целиться прямо в голову. Или кто-то подсказал ему это.

Эти четверо не были гулями — по крайней мере, пока, — но у них изо рта уже воняло кровью и разлагающейся плотью. К тому же в глазах их не было и проблеска разума, что наводило на мысль о проблемах с головой. Они не были похожи на жертв вампира, но с ними определенно что-то не так. Они уже давно превратились в нелюдей, с этим не могли бы не согласиться даже их матери.

Она не кричала, хотя они именно этого и добивались, — и не станет, что бы они с ней ни делали. Разве только придется крикнуть Мигелю о том, что здесь западня. Меньше минуты назад за окном прошел Сен-Жермен — Нинон разглядела его сквозь ставни. И пусть лишь краем глаза, частично и только расплывчатые очертания, это ее потрясло. Враг рядом, а она безоружна.

Сен-Жермен здесь. Но как такое возможно? Откуда он узнал, что она направляется сюда?

Мужчина, стоявший сзади, разорвал на ней платье. Такое надругательство ее взбесило. Он подошел к ней вплотную — одной рукой грубо схватил за грудь, а второй залез ей в трусики. Она почувствовала его грязный палец у себя внутри. Он до крови прокусил ей плечо. Она знала, что должна была испугаться, захныкать и молить о пощаде, но мысль об изнасиловании пугала ее гораздо меньше, чем перспектива быть растерзанной гулями, и не вызывала должного ужаса. И она не испытывала ни малейшего стыда, хотя они так стремились ее унизить. Этого они тоже не дождутся!

В любом случае, эти люди мертвы. Мертвы, мертвы, мертвы! Все, что ей требовалось, это выждать момент, когда рука толстяка с ружьем дрогнет, и она сможет их захватить. Она мудро поступила, опустив глаза, потому что, встретившись с ней взглядом, негодяй может догадаться о ее намерениях. А он был достаточно взвинчен, чтобы нажать на курок.

Мужчине сзади надоела ее пассивность. Он обошел Нинон слева и встал перед ней. Она все же взглянула на него, сделав бесстрастное лицо, которое не выдавало ее намерений. Но только пока он не оказался между ней и человеком с ружьем. Стоило ему ее заслонить, как она резко выбросила правую руку вперед, отбрасывая застигнутого врасплох врага на толстяка с ружьем. Конечно, по меркам Голливуда его падение головой вперед выглядело недостаточно эффектно, но для ее целей вполне годилось. Джеки Глисон оказался придавленным к столу отлетевшим на него телом.

Затем она резко развернулась к ошеломленному мерзавцу, державшему ее за левую руку, и правой заехала ему под дых, сломав часть грудины. От удара неприятель согнулся пополам.

Перед тем как ударить, Нинон успела увидеть ужас в его глазах, и ей стало любопытно, на кого же она в этот момент была похожа. Или он просто был напуган написанным на ее лице желанием все сокрушить? Когда он согнулся, Нинон увидела у него за поясом пистолет. Чтобы вытащить оружие, ей пришлось перегнуться через него, причем искаженное лицо мужчины оказалось прижатым к ее обнаженному торсу.

Джеки Глисон тем временем орал на раззявившего рот незадачливого насильника, чтобы тот убирался прочь с дороги. До него не дошло, что можно просто обогнуть стол. У нее же проблем с подвижностью не возникло. Пистолет легко выскочил из-за пояса этого болвана, и она просто обошла свой живой щит, чтобы всадить пулю в голову Джеки Глисону. В тот момент она не обратила внимание на необычность оружия — она была знакома с огнестрельным оружием всех времен и народов. Звук выстрела больно резанул по ушам, но все же она осталась довольна — это был один из многих звуков, означавших смерть врагов.

Часть ее была в ужасе от такого поведения, но была и другая, которая не возражала.

Выбор дался ей с трудом, но она все же решила застрелить мужчину, который до этого держал ее за правую руку. Насильник был ближе, но у того, второго, был пистолет, который он уже практически нащупал.

Время потекло как в замедленной съемке. Она была достаточно образованна, чтобы знать, отчего это происходит. Гипоталамус стимулировал работу гипофиза. Адреналин, а точнее адренокортикотропин, гормон, выделяемый гипофизом, растекался по ее телу, готовя мышцы к тому, чтобы сделать невозможное ради спасения своей жизни. А тем временем вампирский вирус, которым заразил ее Мигель, проснулся и радостно ринулся в бой. В ней моментально проснулась жажда крови, помогая и без того напрягшимся мышцам войти в автономный режим рефлексивных движений. Эта жажда требовала стремительных, агрессивных поступков. Она заставила палец нажать на курок, прежде чем Нинон успела взвесить в уме все плюсы и минусы и тихо-мирно сбежать без кровопролития.

Может, Нинон и смогла бы не выпустить тварь наружу, но решила позволить инстинктам управлять собой. Это была именно та помощь, за которой она сюда приехала, поэтому не стоило тратить время на раздумья о том, что же она натворила. Она почувствовала в себе невероятную свирепость и жажду жизни. Эта тварь сделает все, лишь бы остаться в живых. Чудовище внутри было прирожденным убийцей. А она нет.

Благодаря своим неестественно быстрым реакциям, она успела уложить второго мерзавца, прежде чем насильник смог до нее добраться. Звук выстрела получился очень громким, опасно громким, если учесть, что Сен-Жермен находился где-то поблизости. Но она не смогла бы врукопашную справиться со всеми четырьмя. Пока не смогла. Вампиризм в ней еще только набирал силы.

Она бросила быстрый взгляд на мужчину с порванной диафрагмой, чтобы убедиться, что он все еще лежит на полу и не представляет собой угрозы. Не стоило рвать ее любимое платье и кусать ее за плечо. За это она была на него особенно зла.

CD-плеер вдруг замолчал — с треском и шипением, которое обычно бывает при резком всплеске напряжения. Нинон посмотрела на руки и увидела, что вся светится таким нестерпимым светом, что еще немного — и комната загорится.

Черт! Теперь ничто не заглушит звуков выстрелов. Однако все может и обойтись, если Сен-Жермен, не останавливаясь, прошел дальше. Стены здесь были достаточно толстыми, чтобы поглотить звук. И все же не стоит рисковать, когда есть и другие способы. Оставалось расправиться еще с одним — если получится зайти сзади, ему можно просто сломать шею.

Она напряглась, готовясь к прыжку, как вдруг дверь слева открылась и в комнату ворвался еще один мужчина с пистолетом. Его рот и подбородок были в крови. Новая опасность! Но существу, завладевшему ее разумом, было уже все равно. Оно все рассчитало и решило, что и с этим тоже справится.

Но сначала нужно покончить с четвертым. Левой свободной рукой Нинон ударила насильника в нос, стараясь проломить череп. Затем, оттолкнувшись от мужчины, словно от перекладины, она взметнулась в воздух. Тут весьма кстати пришелся давно забытый удар каратэ, который как-то раз, будучи сильно пьяным, в надежде затащить Нинон в койку показал вышедший на пенсию секретный агент ЦРУ. Пятый даже не успел воспользоваться пистолетом, как ее правый каблук пробил ему грудную клетку и вонзился прямо в сердце. Он тут же свалился замертво.

Однако она не успела удержать равновесие и выдернуть каблук, поэтому, падая, он потащил ее за собой. Она даже вскрикнула от досады, что попала в ловушку трупа. Она со всех сил рванулась и услышала, как треснул, сломавшись, каблук.

Черт! Черт! Теперь еще и туфли развалились.

И тут до нее снова донесся звук отворяющейся двери. Она с отчаянной скоростью бросилась на звук, целясь в том направлении, благо пистолет все еще был в руке. Но все, что она успела, — это перевести дух, прежде чем человек, очень похожий на Сен-Жермена, направил на нее дробовик.

— *Bonjour*, Нинон. А теперь скажи «до свидания».

Это был голос Сен-Жермена, глаза Сен-Жермена.

Она нажала на курок, но пистолет оказался незаряжен. Она открыла было рот, пытаясь крикнуть, и бросилась на него, чтобы выбить оружие из рук, как раздался взрыв, и у Нинон на пути встала стена из ошметков плоти и крови, которая отбросила ее назад.

Думаю, Нинон не сразу осознала, что ее не застрелили и что это взорвался Сен-Жермен, забрызгав ее полуобнаженное тело кровью, а не она сама.

— Мигель? — спросила она с большой долей неуверенности в голосе. Я не могу винить ее за то, что она меня не узнала. Когда она видела меня в последний раз, мое лицо было цело и я не хромал.

— Нам нужно идти. Ждешь вежде гули.

Я шепелявил. Левая половина лица меня не слушалась, мышцы были повреждены.

Я перепрыгнул через Сен-Жермена — на удивление, он был жив — и бросился к ней. Она не отшатнулась от меня — я сам остановился, заглянув ей в глаза. Взгляд Нинон был прикован к Сен-Жермену, ее трясло. Но не от страха. Она вся искрилась. Нет, не от сексуального возбуждения — скорее, это было другое вожделение. Передо мной было дикое животное, которое вот-вот сорвется с привязи. В ней наконец-то проснулся вампир. Думаю, я в состоянии понять, что она в тот момент испытывала. Мне и самому хотелось вспороть Сен-Жермену живот и вываляться в его крови. Раз уж на то пошло, мне хотелось бы порвать его на мелкие кусочки. А учитывая, что он был злейшим врагом Нинон, ее желание сделать это наверняка было гораздо сильнее.

Однако, даже если бы я и решился пойти на поводу у своих желаний, у нас просто не было времени исполнять прихоти собственных монстров. Вокруг еще хватало гулей.

Мои глаза наконец-то привыкли к темноте, и только сейчас я смог оценить масштабы побоища. Увиденное меня впечатлило. Пять трупов, не считая извивающегося на полу Сен-Жермена, который пытался подняться на ноги. Нинон была крайне напряжена. Неудивительно, что ее жажда крови так возросла. Я вообще поражаюсь, как она до сих пор не каталась в крови убитых ею созданий. При мысли об этом меня передернуло.

Сен-Жермен дотянулся до меня и схватил за больную ногу. Пользуясь тем, что минута молчания давно прошла, я забрал у Нинон пистолет, старый револьвер, и зарядил его лежащими в кармане патронами. Затем повернулся и выпустил всю обойму Сен-Жермену в голову. Покончив с этим, я сунул разряженный пистолет в карман. Затем взял ружье Джеки Глисона и разрядил и его тоже. Мелкокалиберное оружие, настоящие музейные экспонаты — в них даже не было магазинов, а каждую пулю нужно было заряжать отдельно. К тому же они не давали такого разрушительного эффекта, как мне хотелось бы.

Теперь вспоминаю, что в тот момент я как-то не задумался над тем, что привожу в действие своего рода приговор — расстреливаю преступника. Я думал лишь о том, что у нас закончились патроны. Прежде чем вернуться за Нинон, я отнес карабин с патронами в джип. И уже на обратном пути увидел гулей и Сен-Жермена. Я хотел было вернуться за карабином, но тут началась стрельба. Прошло несколько долгих секунд, прежде чем пули сделали свое дело и Сен-Жермен наконец-то свалился на пол. Я снес ему почти полголовы, и он действительно был очень похож на мертвеца. И все же я ему не доверял. Меня переполнял первобытный ужас, и я больше не верил в действие законов природы. Он поднимется снова. Не знаю, что его оживляет, но тут дело не только в мозгах. Можете назвать мой страх беспричинным, но я не верил, что от Сен-Жермена так легко избавиться. Это не зомби, которого можно уложить одной пулей. А зло, настоящее зло, так просто не сдается. Это была вторая в мире вечная вещь.

Присмотревшись к Нинон повнимательнее, я заметил, что она ранена. Выпущенные в Сен-Жермена пули прошли навылет и задели ее. Но, как она уверяла, это несмертельно. Я видел, как она выковыривает холостой выпал. Кожа снова стала целой и невредимой, но Нинон начала дрожать. И больше всего мне не нравился ее взгляд. Страх смерти, пережитый человеком, может навсегда застыть в его глазах. Не думаю, что она уже достигла этой стадии, но все же стоило как можно скорее убираться из «комнаты страха». Еще немного, и она никогда больше не сможет сойти за человека. Ко мне это тоже относится.

Я знал, что позже совесть наверняка загрызет меня, но в данный момент не разрешал себе об этом думать. Мы оба дышали и могли бежать — это уже радовало.

— Это был не Сен-Жермен, — наконец прошептала она, прижимая руку к маленьким ранкам на груди. Нинон заболевала на глазах: она словно позеленела, а ее ярко накрашенный рот напоминал зияющую рану. Я искренне ей сочувствовал: последствия адреналинового безумия действительно ужасны. Особенно когда она начнет понимать, что натворила, поддавшись жажде крови. И даже если не будешь чувствовать себя виноватым, страх перед монстром внутри отныне будет сопровождать тебя везде и всегда, потому что теперь ты знаешь, на что этот монстр способен. К тому же ей наверняка было больно. Я знал, что мы способны очень быстро исцеляться, — при этом пусть и недолго, но мое лицо болело просто нестерпимо. По-моему, наш дар не обладает болеутоляющим эффектом.

— Мигель, *cher*! Это не Сен-Жермен!

Ее слова выражали одновременно и нежный порыв, и плохие новости.

— Что? Но это должен быть он!

Я посмотрел на тело. Лицо напоминало кровавое месиво, и все же он был похож на человека, которого я видел с крыши. Кажется, даже одежда та же самая. Хотя, конечно, джинсы и белая рубашка — это стандартный набор.

— Нет.

Теперь я тоже начал сомневаться. Может, все дело в том, что он был практически расчленен, но я больше не испытывал к нему прежнего влечения.

— Это не он, говорю тебе! *Это* похоже на него, но… Может, это клон, или двойник, или что-то еще, — настаивала она.

Клон? Значит, его зло удвоилось? Но прежде чем я смог до конца осознать эту страшную мысль, мы услышали жуткую помесь шипения и рева. Звук доносился с юга, со стороны площади, где происходило прерванное празднество.

— Даффай! Шюда! — Я схватил ее за руку и потащил в заднюю часть дома. Нинон споткнулась об одно из тел, но я успел ее подхватить. — Гули ужнали. Нам нужно бежать. Быштро.

Ей не нужно было повторять дважды.

Мы пробежали через комнату, где хранились ружья, и выскочили на улицу. Мы оба хромали. У меня была повреждена голень, у нее сломан каблук. Но при этом, я уверен, мы могли бы участвовать в олимпийском забеге. Забавно. Оказывается, когда за вами гонится стадо гулей и закончились патроны, на ногах вырастают крылья.

Я в ужасе. Я видела своего Человека в черном! Человека с красными табличками, на которых было написано мое имя, и дюжиной пузырьков с эликсиром — того самого, который пришел ко мне семьдесят лет назад. И он сказал мне, что у него есть сын, которого будут звать Сен-Жермен.

Из письма Нинон де Ланкло

Если судить о любви по ее последствиям, то она больше напоминает ненависть, чем дружбу.

Франсуа де Ларошфуко

Женщина готова отпустить мужчину на все четыре стороны — только не в объятия другой женщины.

«Урок любви» Нинон де Ланкло

Вам необходимо чем-то занять свое сердце.

Из письма Нинон де Ланкло
к маркизу де Севиньи

Глава 19

Я постоянно думал о странном комплекте оружия, которое мы нашли в городке. Наверное, потому что уж лучше было думать об этом, чем о чем-то другом. Может быть, я просто жертва американского кино, но мне всегда казалось, что торговцы наркотиками должны быть лучше экипированы и более продвинуты в техническом плане. Может, многие удрали еще при первом намеке на опасность, прихватив с собой все новое оружие? А если они отправились на срочное задание, то почему не прихватили и тех малоприятных типов?

Однако совсем скоро я и думать забыл о таких банальных вещах. Потому что уже с тридцати ярдов было видно, что мой внедорожник пережил «ампутацию» двигателя и кардинальное изменение интерьера — наверняка постарался Кинг-Конг или стадо придурков с дубинами. При ближайшем рассмотрении выяснилось, что Коразон тоже пропал.

Нинон, понятное дело, расстроилась. Но ненадолго. Готов поклясться, что у этого кота больше, чем девять жизней. Стоило Нинон его позвать, как он тут же появился: весь мокрый (бог его знает, чем он там занимался), а в зубах какой-то высушенный грызун со свернутой шеей. Выглядел он целым и невредимым, только слегка оцепеневшим. Я не мог его в этом упрекнуть. На меня стычка с гулем произвела тот же эффект.

К сожалению, позвать движок, как кота, не представлялось возможным. Он так и остался лежать на сплюснутом кактусе у дороги: его монтажные опоры смотрели в небо, а сам он напоминал автомобильный аналог сбитого на дороге животного. Я не хотел даже представлять, какой силой должно было обладать существо, чтобы вот так запросто выдрать двигатель из автомобиля. Хотя, вынужден признать, пара-тройка очень колоритных образов все же успели закрасться мне в голову, прежде чем я успел отключить воображение и приказать себе снова начать дышать.

— Я рад, что это была всего лишь машина, а не фаллический символ или что-то еще, — пробормотал я.

Мой комментарий вызвал лишь слабую улыбку.

— Вообще-то это можно рассматривать и как плохую новость, и как хорошую, — продолжал я. Я уже перестал шепелявить. Поразительно, но щека начала заживать, кожа и мышцы заново срастались. Конечно, я и раньше знал, что, будучи вампиром, обладаю хорошей способностью к регенерации — к тому же, по словам Нинон, наш небольшой фокус с божественным огнем ее только усилил, — но мне еще ни разу не приходилось убеждаться в этом на практике. Не то чтобы теперь я чувствовал себя непобедимым и неуязвимым. Но это хоть немного примиряло с невзгодами, обрушившимися на нас в такой поистине напряженный день.

— Что плохое, я уже вижу, — сказала она, поднимая пробитую канистру с бензином. Совсем немного горючего еще плескалось на донышке. Поморщившись, она направилась к багажнику джипа и вытащила оттуда чистую одежду и влажные салфетки. Рана у нее на груди уже успела затянуться и покрыться корочкой, поэтому когда Нинон вытерла кровь, то стала выглядеть вполне здоровой. — А хорошее?

— Внедорожник в итоге найдут и выйдут на мой след. Если я хочу исчезнуть, инсценировав собственную смерть, то мне это только на руку. Особенно если оставить здесь следы крови для пущего драматизма.

Я подобрал свою расшвырянную одежду. Кое-что даже уцелело. Это не могло не радовать, потому что теперешний вариант больше не тянул на «от кутюр».

Кроме того, я с облегчением заметил, что мой портативный компьютер в шикарном кейсе тоже уцелел. Мысленно я пообещал себе никогда больше не жаловаться на дороговизну компьютерных сумок.

— Никакой крови, — отрезала Нинон, и я едва не хлопнул себя по лбу. Конечно же, о какой крови может быть речь! Совершенно ни к чему, чтобы они сделали анализ ДНК и заинтересовались выявленными аномалиями. — А в остальном отличная мысль! Особенно если мы сожжем автомобиль. Последний раз, когда мне нужно было исчезнуть, я якобы пропала в Бермудском треугольнике. Но мне всегда казалось, что это ужасно банально. Вот авария в мексиканской глуши — это совсем другое дело.

Узнаю́ мою Нинон, всегда спокойную и рассудительную. Мы стали приводить себя в порядок, потом переоделись. И хотя не договаривались, все же то и дело потягивали носом воздух, чтобы удостовериться, что мы здесь одни.

— Если у тебя где-то отложены деньги под твоим настоящим именем, то лучше как можно быстрее их забрать. Если ты «умрешь», то придется оставаться «мертвым» до конца, — неожиданно сказала она.

Я кивнул.

— Если мы организуем перевод и изъятие крупной вложенной суммы в ближайшем городе, то все решат, что грабители отправились следом и убили тебя по дороге. Вот и хорошая новость. И тебе в этом году больше не придется платить налоги.

Меня передернуло, по коже побежали мурашки. И все же гули пугали меня гораздо больше, нежели налоговая служба США.

— Где-нибудь поблизости есть населенный пункт? Я имею в виду, достаточно крупный, чтобы в нем был банк? — спросил я.

— Да. По крайней мере, был. Думаю, впредь нам не сто́ит ни на что полагаться. Наглость Сен-Жермена достигла невероятных масштабов.

— Сколько живет гуль? — поинтересовался я. — И как насчет зомби?

Другими словами, сколько эти существа еще будут нас преследовать? Или заставлять нас гоняться за ними?

— По такой жаре зомби… если предположить, что, когда его поднимали, он был в отличном состоянии… может протянуть не более пяти лет — скорее всего, три. Гуль? Не знаю. Но вряд ли дольше. Даже если они будут прятаться от солнца, жара и другие организмы все равно сожрут их плоть. Хотя, если Сен-Жермен будет постоянно обновлять недостающие части тела… Не знаю. Зомби сейчас меня волнуют не так сильно. Если нам удастся убить Сен-Жермена, то они просто будут слоняться по окрестностям, пока не сгниют окончательно. Гули же пойдут следом за нами. И если нас не заполучат, то отправятся в населенные районы в поисках жертв. Нам придется их убить.

Она закончила одеваться и заткнула пистолет себе за пояс. Я заметил, что нож по-прежнему с ней.

— С ружьем, карабинной винтовкой, девятимиллиметровым пистолетом и древним револьвером, для которого у нас почти не осталось патронов? Ах да, я забыл еще ножи — они нам пригодятся особо.

Она кивнула.

— Да. Пока не найдем что-то получше. Может…

Нинон внезапно умолкла и резко крутнулась на месте — Коразон мог бы гордиться скоростью ее реакции. Она мгновенно выхватила нож, поэтому, когда с неба на нас обрушилось чье-то тело, она встретила его лицом к лицу и во всеоружии. Лезвие вошло прямо посередине груди. Нинон схватила существо за правую руку и, выворачивая ее в суставе, щелкнула им, как хлыстом. От пронзительного крика, с которым тело упало на землю, чуть не лопнули барабанные перепонки. Чисто рефлекторно, не дожидаясь команды от мозга, я выхватил свой нож и вонзил его существу в голову. Оно пару раз дернулось и застыло.

И только тогда до меня наконец дошло, что на нас напал не гуль.

Нинон поняла это одновременно со мной и отпрянула назад. У меня на глазах кровь отхлынула от ее лица.

— Мигель, — произнесла она не своим голосом. Мне на секунду показалось, что она сейчас потеряет сознание. — Пожалуйста, скажи, что это не твоя мать.

Моя мать? Я снова взглянул на сморщенное тело с шелушащейся кожей и когтями. У него был открыт рот, виднелось жало на кончике языка. Это определенно был вампир. Но была ли это *mamita*? Я несколько раз пробежался по телу глазами, не в силах разобрать, что же лежит передо мной. В конце концов мой взгляд остановился на животе.

— Нет, — сказал я со странным облегчением. — На животе должен был быть шрам от аппендицита. В любом случае, у бедолаги экзема или что-то в этом роде.

— Не экзема, скорее солнечный ожог, — сказала Нинон, прислонившись к джипу и медленно сползая вниз. Она сделала пару глубоких вздохов, и мертвенная бледность стала понемногу сходить с ее лица. — Она какое-то время пробыла на солнце. Быть может, это она разгромила машину, а не гули.

Вполне возможно, но я так не думал. Вампиры обычно нападали на людей, бескровные предметы их не интересовали.

— Как она сюда попала? Я не чувствую запаха воды.

Я глубоко вдохнул и тут же об этом пожалел. Существо явно начало гнить. Оно стремительно разлагалось, практически у нас на глазах. Прямо как в фильмах.

— После последних ливней под землей могли образоваться водоносные слои.

Нинон пожала плечами. В вампирах она явно была несильна.

И тут мы, оторопев, уставились друг на друга. Если вампир смог добраться до нас по подземной реке, то что помешает Д. З. сделать то же самое?

Я нагнулся, чтобы вытащить наши траншейные ножи. На этот раз хлюпающий звук меня обеспокоил. Я пошел к багажнику и взял откуда пару влажных салфеток, припасенных Нинон, чтобы вытереть лезвия. Подгоняемый мыслями о Д. З., я делал все очень быстро.

— Положи одежду и тряпки во внедорожник, — сказала Нинон, беря канистру для бензина. — Сейчас мы все сожжем.

— Не надо, — сказал я, когда увидел, что она потянулась к телу.

Нинон замерла.

— Нам нужно сжечь и его тоже.

— Я знаю. Но лучше я сам это сделаю.

— Это лишнее. Я могу…

— Я сам, — повторил я. — Зачем тебе снова пачкаться? Лучше достань из машины все, что нам может пригодиться, и отнеси в джип.

Она кивнула, но мы оба понимали, что это была совсем не та причина, по которой я не хотел, чтобы она прикасалась к телу. Это создание не было *mamita*, но вполне могло ею оказаться. Поэтому это мое дело.

— Мигель! — окликнула она меня. Я обернулся. Она ткнула пальцем в бок внедорожника. Кто-то вывел в пыли: *Lara Vieja*. Почерк показался мне смутно знакомым, но за всю жизнь я получил от *mamita* лишь одно письмо. К тому же большинство граффити, как правило, похожи друг на друга, поэтому я не стал торопиться с выводами.

— Что это может значить? — спросил я. — Старуха Лара? Так звали это создание?

— Нет, *Lara Vieja* — это заброшенный город. Пару лет назад его смыло сильным наводнением.

— То есть это нужно расценивать как подсказку?

— Скорее как вызов. Или предупреждение. А может, и то и другое.

Я был того же мнения. Что бы ни делали гули, это все сводилось к насмешке.

И все же эта надпись меня заинтриговала. Гули, конечно, умнее зомби, но умеют ли они писать? Или у нас появился друг? А может, это враг нашего врага, который хочет помочь нам его найти?

— Мы примем вызов?

— Мир слишком велик. Сен-Жермен может скрываться где угодно, поэтому другого выбора у нас нет.

Я видел огромное количество вариантов, только вряд ли Нинон станет бежать без оглядки до самого Северного полюса.

Мы подождали, пока огонь разгорится, и тут же отправились. От вампира к тому времени уже не осталось практически ничего, что можно было бы сжечь. И все же я испытывал дурноту, когда смотрел, как его пожирает пламя.

Нинон отвернулась первой. Она открыла дверцу джипа со стороны водителя, потом вдруг повернулась ко мне:

— Хочешь теперь ты повести?

— Даже не представляешь, как сильно, — пробормотал я.

Я взял протянутые ключи. При других обстоятельствах, думаю, мы бы поддержали друг друга, успокоили и утешили. Но в тот момент время было дорого, и мы не могли позволить себе слабость, спутницу сочувствия. Если раньше и были какие-то сомнения, то сейчас они развеялись — война объявлена. Полем боя была назначена *Lara Vieja*.

Несколько минут мы ехали молча, а потом Нинон сказала:

— Мигель…

Я взглянул на нее, но она даже не повернулась в мою сторону. Казалось, она целиком поглощена видом из окна. Или же просто высматривает гулей.

— То создание напало на нас? Я не перегнула палку?

Никогда прежде я не слышал, чтобы Нинон говорила неуверенно. Ее вопрос меня немного удивил.

— Да, оно нападало, — ответил я, стараясь придать голосу максимум твердости, потому что вампир покушался именно на нее. На Нинон. Следующие слова дались мне легче, чем я того ожидал. — И если на тебя нападет еще вампир, то не вздумай медлить, думая о том, что это может быть моя мать. Поверь, уж она-то медлить не станет, если ей взбредет в голову, что ты представляешь для меня угрозу.

— Мигель… — Она судорожно сглотнула. — Ты ведь знаешь, что Д. З. управляет вампирами. Он уже успел побывать у тебя в голове, но ты до сих пор не утратил способность сопротивляться. Ты тоже не должен медлить, если кто-то из них придет за тобой. Даже если это будет твоя мать.

— Я знаю.

Я успокаивающе погладил ее по колену. Она наконец взглянула на меня потемневшими глазами, и я заставил себя кивнуть для пущей убедительности. Мне до сих пор было не по себе.

— И я не стану медлить, если вдруг она нападет на меня. Или на тебя.

Это не было пустым обещанием. Все, что посмеет покуситься на меня или на Нинон — будь то гуль, вампир, зомби, *mamita*, Д. З., — тут же будет застрелено или заколото.

— Как я рада, что моя мать мертва, — прошептала Нинон. — Видела бы она сейчас… она бы этого не пережила. Или Сен-Жермен отправил бы ее на тот свет.

Это была не шутка. Я бы тоже хотел, чтобы моя мать была мертва, но все же не настолько, чтобы самому ее убивать. И не настолько, чтобы желать ей смерти от рук Д. З.

Зачастую мужчины терпят поражение в любви скорее из-за своей неуклюжести, нежели от женской ловкости.

«Урок любви»
из «Карты страны нежности»
Нинон де Ланкло

Чтобы достичь величия, человек должен жить так, словно он никогда не умрет.

Франсуа де Ларошфуко

Мы несем ответственность не только за наши действия, но и за наше бездействие.

Мольѐр

Глава 20

Наше столкновение с вампиром заставило меня задуматься о *mamita*. Прежде я думал, что мои сыновьи чувства к ней угасли, и даже мысленно с этим смирился, поэтому не видел причин испытывать боль при мысли о ее избавлении от такого рабского существования. И вообще я едва знал *mamita*, поэтому с чего бы стал переживать за нее, кроме разве что из обычного человеческого участия, которого у меня с каждым днем становилось все меньше. И все же я переживал. Кроме того, у меня в голове то и дело всплывали кое-какие вопросы. Тупые, горькие вопросы, почему и как она превратилась в вампира. Мне уже приходилось читать об ацтекских ритуалах рождения, тех самых, при которых вызывают богов. Это и натолкнуло меня на мысль о том, что *mamita*, находясь в бреду, могла случайно призвать на помощь Д. З., чтобы он спас ее. Или это могло произойти при попытке крестить новорожденного по христианскому обычаю, чтобы я не умер в грехе и не попал в лимб[1], — тогда ее кровь и попала в воду. Последнее казалось мне более правдоподобным. Я даже представить себе не мог, как можно, находясь в полубессознательном состоянии, произнести заклинание: «Приди, о боже, взгляни на моего ребенка, приди в мир, где так много жары, холода и ветра. Я даю солнцу выпить его кровь и позволяю воде смыть с него все пятна, дабы сделать этого ребенка достойным».

Нет, скорее всего, он пришел на запах ее крови. Он любил женщин, которые умирали при родах. Этот запах послужил приманкой для акулы, находящейся неподалеку. Наверное, просто ей не повезло.

Все дело было в том, что *mamita* тоже не знала, что именно произошло, или не хотела говорить, а поскольку у Д. З. я спра-

---

[1] У католиков область между раем и адом, где пребывают души праведников, умерших до пришествия Христа, и души некрещёных младенцев.

шивать не собирался, то, похоже, так и не найду ответы на свои вопросы. Оставалось только смириться и думать, что, возможно, трагедия произошла без каких-либо на то причин, поэтому никого не стоит в ней винить.

Мы нашли город, в котором был банк и, на первый взгляд, не было зомби, и организовали перевод средств и снятие крупной суммы наличных с моих банковских счетов. Я не стал снимать весь остаток со счета или вообще его закрывать — это выглядело бы как преднамеренная попытка скрыться, а мне было совершенно ни к чему, чтобы мое бывшее начальство в параноидальном порыве ринулось организовывать мои поиски. По крайней мере, не сейчас. Нам нужно успеть проделать хотя бы пару миль пути, прежде чем кто-то начнет на нас охоту.

Я сидел в маленьком кабинете в своем прокуренном наряде — я переоделся, но абсолютно вся наша одежда пропахла дымом — и изо всех сил старался быть как можно более незапоминающимся, пытаясь внушить себе, что индивидуальности во мне меньше, чем в овоще. Но, боюсь, мне это не удалось — возможно, из-за того, что мы с Нинон так и не удосужились снять солнечные очки. Думаю, менеджер банка принял меня за тупого гринго [1], который хочет заняться торговлей наркотиками, а Нинон — за «злую фею», которая сбивает меня с пути истинного. Думаю, он не удивится, когда найдут разгромленный внедорожник и не обнаружат в нем моего тела. Теоретически меня это устраивало. Но на практике мне не очень нравилось, когда на меня смотрят, как на отбросы, как на очередного ничтожного американишку.

Нинон имела богатый опыт в подобного рода делах и была чертовски обаятельна, но несмотря на то, как это показывают в фильмах, и на искреннее желание менеджера ей угодить, перемещение денег через границу происходило не так быстро, как хотелось бы. Кто знает, может, на Кайманах или в Швейцарии, где такие операции производятся ежедневно, все протекало бы быстрее. И хотя мне назначили прийти забрать деньги

---

1 Иностранец.

только на следующий день — доллары, а не песо, — я все же чувствовал удовлетворение оттого, что наконец-то стал предпринимать какие-то шаги, перешел к активным действиям. Я никогда не был силен в позиции выжидания и «ничегонеделания». На поддержание равновесия требуется куда больше сил, чем уходит на настоящую драку.

Я не вдавался в подробности, рассказывая о своей работе, и делать этого не собираюсь, скажу лишь одно: то, за что меня так ценит государство, не так-то просто найти. Я уникален, и мое начальство вряд ли обрадуется, потеряв меня. Я обладаю так называемой гиперсосредоточенностью, что-то вроде способности системного мышления, граничащей с аномалией. Проще говоря, я просто *знаю* — даже те вещи, с которыми раньше сталкиваться не приходилось. Мне показывают данные, часто необработанные сведения или довольно неожиданную подборку фактов из газет и Интернета, и иногда мне удается по крупицам собрать массу информации буквально из ничего. Тот факт, что зачастую я даже не знаю, над чем работаю, мое начальство не волнует. Достаточно того, что я видел сверхсекретную информацию, которую теперь могу передать кому-то еще. И теперь единственный способ меня нейтрализовать — по крайней мере, более параноидальные правительства поступили бы именно так — это устранить в физическом плане. Мое исчезновение — это радикальный шаг, но вполне обоснованный. Я прекрасно это понимал, и все же мне было немного не по себе оттого, что приходится убивать Мигеля Стюарта.

Мы потратили часть дорожных денег на сигнализацию для джипа. И снова на нас смотрели искоса из-за того, что мы ставим приборы на такую развалюху. Но при этом я считал идею Нинон превосходной. Это было все равно, что вешать колокольчик кошке на шею. Мы не могли помешать гулям или вампирам разгромить джип, но так мы хотя бы узнаем, когда они начнут это делать. Если бы городок шел в ногу с прогрессом и был знаком с последними новинками техники, я бы установил сенсоры движения на нашей гостиничной двери, да и на всем нашем пути, чтобы быть оповещенным о приближении врага заранее. Нам необходимо было создать себе как можно больше преимуществ.

Я по-прежнему с нежностью вспоминал штурмовые вертолеты, но все же поборол в себе желание поинтересоваться у местных жителей, где можно купить взрывчатку или хотя бы настоящее армейское оружие. Этот городок был слишком мал даже для оружейного магазина. К тому же я не хотел засветиться слишком сильно, оставив в памяти горожан очень яркие воспоминания о себе, которыми они могли бы поделиться с моим начальством, когда оно доберется наконец сюда, пытаясь выяснить причины моего исчезновения. Сорвавшаяся наркосделка вполне может «прокатить». Американец, приехавший отдыхать и натворивший глупостей, — этим никого не удивишь. Но торговля оружием — совсем другое дело.

Оружейный магазин — не единственное, чего недоставало в этом уездном центре. Городские оплоты торговли были ограничены в выборе одежды. Здесь продавались шорты и футболки с рекламой пива и сигарет и всего лишь одна пара джинсов моего размера, которые стоили втридорога. А парадную белую рубашку и вовсе ни за какие деньги нельзя было купить. Я с тоской смотрел на стопки футболок со стариной Джо[1] и на шляпы, вонявшие жженой резиной, и с грустью вспоминал о своих рубашках с воротничками на пуговицах и о костюмах. Я знал, что Нинон сейчас еще тяжелее — с выражением отчаяния она выбрала себе пару вещей. Было большой наглостью с моей стороны строить планы, испытывая тем самым судьбу, но я не мог удержаться, чтобы не пообещать себе устроить поход по дорогим магазинам в ближайшем крупном городе. Я чувствую себя куда более уверенным и исполненным желанием жить, когда на мне чистая одежда, которая вдобавок еще и хорошо сидит.

Вечер оказался не в пример лучше. Мы вполне мирно провели ночь в отеле, в котором было даже обслуживание номеров. Никто из живых членов мертвой семьи нас не потревожил, хотя поначалу это место напомнило мне дом отдыха, куда люди

---

[1] Прозвище верблюда, изображенного на пачке сигарет «Camel».

приезжают в ожидании горького или, наоборот, долгожданного конца. Признаться, я слегка помедлил, прежде чем заходить в фойе. Согласитесь, толпа людей преклонного возраста в канотье и соответствующих рубашках, собравшихся в одном месте, — не такое уж частое зрелище. Если не считать предвыборные кампании в Айове или туристические группы пенсионеров, едущих обычно в Рено или Атлантик-Сити пускать на ветер наследство своих детей.

Пока я стоял перед дверью отеля, не решаясь войти, Нинон смотрела на меня, приподняв бровь в немом вопросе, что же не так. Быстро осмотревшись, я увидел неподалеку туристический автобус. И хотя общая атмосфера дряхлости и уныния по-прежнему не давала мне покоя, мы все же решили снять здесь номер.

Как двое приговоренных, мы сполна насладились нашей «последней трапезой», настоящим чувственным праздником по меркам других, и уснули. Это был сон в пол-глаза в ожидании вторжения, но впервые я просто наслаждался процессом сна в обнимку с женщиной.

На следующее утро мы выехали рано и отправились на север. За рулем была Нинон, поэтому восходящее солнце вовсю припекало мне щеку. Оно было прекрасно — в красных и розовых сполохах, но я понемногу начинал его ненавидеть. После многодневного пребывания под солнцем я напоминал себе дубленую кожу. Однако это было лучше, чем дождь и все те неприятности, которые он мог нам принести.

Нинон сказала, что мы уже рядом с Чихуахуан, практически на самой границе с США. Я не чувствовал запаха Рио-Гранде, но поверил ей на слово, особенно когда она снова съехала с проторенного пути на старую проселочную дорогу, по которой, наверное, ездили еще караваны фургонов.

— Приехали.

В лучах утреннего солнца руины *Lara Vieja* были прекрасны и печальны. Большинство мелких построек разрушил поток воды, который затопил город, и они возвращали свою глину земле — туда, откуда она и была добыта. Пережить наводнение удалось только фундаментам из песчаника, глядя на которые оставалось лишь догадываться, что здесь могло быть — банк, кафе, магазин, школа, дом.

Наводнение было ужасным. Достаточно ужасным и достаточно быстрым, чтобы иметь сверхъестественное происхождение, хотя произошло оно задолго до того, как Нинон или я приехали в Мексику, поэтому, пожалуй, с нами это никак не связано. Я искренне надеялся, что людям удалось спастись, однако подозревал, что в действительности это было не так. Вокруг не видно было костей или трупов, однако, как показывал недавний опыт, это еще ни о чем не говорило — ни в пользу одного, ни в пользу другого. Всевозможные падальщики могли просто растащить останки.

Город превратился в сплошные развалины, однако церковь и отель уцелели — изрядно потрепанные, но все же переполненные гордостью оттого, что продолжают служить по назначению, давая приют застрявшим здесь привидениям. Всю мебель вынесло потоком на улицу, а на стенах остались потеки, достигавшие высоты семи футов. Но сквозь распахнутые двери и выбитые окна я видел, что фрески и канделябры под потолком остались нетронутыми.

Наверняка церковный подвал и винный погреб гостиницы не пострадали — идеальное место, где зомби могли бы насладиться полуденной сиестой.

Я подумал, что будет чертовски стыдно, если придется и здесь все сжечь. Признаться, мы были готовы к такому исходу. В багажнике джипа было много горючего. Я не хотел снова быть застигнут врасплох.

Мы остановились прямо посреди главной площади. От брусчатки, которой была вымощена площадь, остались лишь жалкие остатки, расколотые, потрескавшиеся булыжники, которые стремились как можно скорее покончить с этим неестественным для них «рукотворным» состоянием и вернуться назад, в естественную среду «обитания». Мы выбрались из джипа, внимательно прислушиваясь, приглядываясь и ментально прощупывая местность.

Как бы прекрасно здесь ни было, но с точки зрения безопасности было чему не понравиться. По периметру город был окружен расколотыми валунами, плотной стеной кактусов, выжженной полынью и кустарниковыми зарослями, в которых застряли церковные скамьи, разломанные диваны, покореженные кровати и даже старая «косолапая» ванна. Все это служило отличным прикрытием для любого, кто хотел бы подобраться к нам незамеченным. Кроме того, стрелять в эту свалку означало рисковать быть раненным срикошетившей пулей.

Однако пули оставались нашей последней надеждой. А пока предпочтение отдавалось разведке.

— Они здесь? — спросил я, имею в виду отнюдь не горожан.

— Да. Сам послушай.

Я прислушался, но по-прежнему не замечал никаких признаков жизни или движения. Думаю, именно полнейшее отсутствие звуков выдавало присутствие плохих ребят.

И как во всех заброшенных городах, где мы побывали, не было видно койотов или каких-то еще животных. Птицы, змеи, жители нор — все они были не робкого десятка и тут же ринулись бы в эти готовые жилища, стоило только воде сойти. Но здесь не было ничего, даже скорпиона, прилипшего к разрушенным стенам. Тут также не было «граффити» на стенах, битых бутылок, следов от пуль — ничего, что свидетельствовало бы о том, что вандалы пришли обглодать кости *Lara Vieja*. Что-то заставляло их держаться отсюда подальше. Вопрос лишь в том, чья это работа — Д. З. или Сен-Жермена.

Я посмотрел в сторону пустыни. Там тоже ничего не дышало, не лаяло, не чирикало. Однако ветер вернулся. Его дурацкое бессвязное бормотание просачивалось сквозь раскрытые двери и зияющие провалы окон — он рассказывал нам свои безумные истории. Он пригнал тучи. В воздухе собирался озон.

Я медленно повернулся, глядя на покрытую красными пятнами церковь, на верхушке которой на огромной почерневшей балке по-прежнему висел колокол, на отель, стены которого были двух оттенков розового — там, куда добралась вода, цвет штукатурки был насыщеннее. Его чугунные кованые балконы были по-прежнему на месте. Французские двери из синего стекла, которого давно не осталось, были плотно закрыты, словно старались уберечь комнаты от солнечных лучей. Над аркой главного входа все еще различима выгравированная там надпись: «Отель Лойола, 1864».

Нинон поморщилась, когда новый порыв раскаленного ветра окатил наши уставшие тела своим зловонным дыханием.

— Д. З. постарался? Но зачем ему это нужно? — спросила Нинон. — Должна же быть какая-то причина. Наверняка ему пришлось поднапрячься, чтобы устроить такой большой потоп.

— А ему не нужны причины. Достаточно его просто разозлить. Возможно, кто-то отнесся к нему без должного почтения. — Нинон непонимающе взглянула на меня. — Я серьезно. Может, ты и умеешь злиться, но Д. З. может затаить злобу всерьез и надолго, в этом ему нет равных. Кроме того, он бессмертен. У него было достаточно времени, чтобы превратить месть в искусство и отточить свои навыки.

— А мы точно это знаем? — спросила она, глядя на небо.

— То, что он бессмертен?

Если честно, то она поставила меня своим вопросом в тупик. Я задумался над этим, стараясь посмотреть под другим углом на то, что казалось непреложной истиной. И мне удалось несколько изменить свою точку зрения.

— Вообще-то мы этого точно не знаем. Тем каменным скрижалям уже сотни лет, отсюда можно сделать вывод, что он долгожитель. Но о его бессмертии там не сказано.

— Значит, для нас это может стать хорошей новостью. Его можно убить стандартными средствами.

— Боюсь, что нет, — покачал я головой.

Д. З. представлял собой гораздо бóльшую проблему. Достаточно вспомнить день, с которого наши беды, собственно, и начались, и последующие события.

— Итак, какие будут соображения по поводу происходящего? Начнем с обители Бога? Или ты бы предпочла мирскую обитель? — поинтересовался я. — Думаю, для начала мы можем немного поковыряться в мусоре. По-моему, это идеальное место, где могли бы укрыться гули.

— Церковь тоже открыта, и там не так много мест, где можно спрятаться, — ответила Нинон.

Она пошла к багажнику джипа, достала карабин, перебросила его через плечо, чтобы руки были свободны, и насыпала в сумочку патронов. За пояс она уже успела засунуть нож и пистолет. Рубашка на ней навыпуск, так что можно быстро выхватить их. Пожалуй, на этот раз понадобится довольно много времени, чтобы нас обезоружить.

— Согласен. Пойдем помолимся и посмотрим, удастся ли уговорить ангелов встать на нашу сторону.

Я держал в руках ружье, а помимо уже имеющегося в сапоге ножа решил добавить в свой арсенал еще и монтажный лом. Было предчувствие, что у нас возникнет желание открыть все, что заперто.

— Так пойдем же и убьем во имя Христа, если это велит нам сделать Господь, — сказала Нинон, захлопывая багажник джипа.

Ее легкое богохульство меня крайне удивило. Оно говорило о злости и отвращении, которые она прятала глубоко внутри — от меня и, возможно, от себя.

Ее слова были вызывающе дерзки, и все же я не удивился, когда Нинон на миг замерла на пороге церкви, выказывая несвойственную ей нерешительность. Я не мог ее в этом винить. Даже я, при всем своем неверии, сомневался, прежде чем зайти внутрь. Это была священная земля, место поклонения, дом Божий. Его стены были насквозь пропитаны верой. Не нужно быть рьяным католиком, чтобы дважды подумать, прежде чем совершить один из самых тяжких грехов прямо в приемной у Господа Бога.

— Как это глупо! Я самый настоящий ходячий атавизм, — сказала она тихо. — Я существо из другой эпохи. Я могу сколько угодно прикрываться щитом из науки и логики двадцать первого века, но в душе все так же верую в черта и Бога и считаю это предзнаменованием свыше.

Саман хрустнул, и маленький кусочек штукатурки упал к нашим ногам. Наверное, так он восставал против жестокости солнца, которое терзало его день ото дня. Или здание предупреждало нас, советуя держаться подальше.

— Мигель, я гораздо старше этой церкви — мне почти четыреста лет, и сегодня я как никогда чувствую тяжесть каждого прожитого года. Я бы все отдала, лишь бы избежать этого столкновения. Но не могу. Меня не покидает мысль о том, что, вероятно, это возможность искупить грех четырехсотлетней давности, который я совершила, приняв дар от Черного человека. А может, как в старой притче: «Кто должен делать всю сложную работу? — Тот, кто может».

Я кивнул.

— Вот мы и можем.

— Да.

— Наверняка Сен-Жермен на это и рассчитывает.

— Я знаю.

— Я никогда не верил в Бога, — признался я. — И никогда раньше не верил в *зло* — в то, которое с большой буквы «З». Я всегда представлял его как некую общую массу, распределяющуюся ровным слоем, как космическая пыль во время Большого взрыва. Что оно по своей природе произвольно и встречается нечасто.

— А как ты думаешь теперь?

— Не знаю, верю ли я непосредственно в Дьявола, но уверен, что зло таки существует, — я имею в виду зло, наделенное разумом. Возможно, когда-то в мире было не так много порока и разврата, но сейчас и невооруженным взглядом видно, что зло из случайного явления превратилось в закономерность и широко распространилось. Я вижу в этом систему. Не хочу показаться нескромным, но я никогда не ошибаюсь по части систем и закономерностей. — Я тут же постарался пояснить все вышесказанное: — Я вижу, что есть на свете люди и места, которые работают как пылесосы со специальным фильтром. И в итоге скапливают достаточное количество мелких крупиц зла, которое впоследствии перерабатывают во что-то еще.

Называй это как хочешь — хоть карма, хоть гнев Божий. Может, это просто невезение, или аномалия, или скопление слишком большого числа неправильных внутриатомных частиц. Все, что угодно. Все недолгое время пребывания в этом прекрасном, новом для меня мире я задаюсь одним и тем же вопросом: какое место мы занимаем в пищевой цепи?

— И что ты решил по этому поводу? — спросила она. Она спросила с меньшим любопытством, чем обычно испытывают в ожидании вердикта. Она не интересовалась моим мнением или взглядом на природу вещей, не настаивала на том, что это Бог и Сатана ведут борьбу при помощи избранных воинов.

— Нам, помнится, еще в школе говорили, что даже когда с планеты исчезнет все живое, тараканы уцелеют. Теперь я знаю, что есть существа более стойкие и выносливые, чем тараканы. Последними на этой земле будут зомби и вампиры Д. З.

— И мы. Возможно.

— Возможно.

— В общем, кем бы мы ни были — божественными избранниками или жертвами плохих ионов, нам нужно двигаться вперед.

Я хотел было с ней не согласиться. Если все дело в плохих ионах и промыслом божьим здесь не пахнет, то мы морально не обязаны вступать в это гибельное противостояние. Но Нинон с гордо поднятой головой уже входила в церковь. Я не собирался оставлять ее там одну. Не знаю, о чем она думала, когда заходила, но я в этот момент отчетливо слышал голос нашего учителя средней школы, произносящий его любимое изречение: «Трус переживает тысячу смертей, смелый — только одну».

— Давай! Вперед! Сделаем это! — выпалила она на одном дыхании. — Мне до смерти надоела Мексика. Мигель, если мы сегодня не погибнем, то я хочу в любое место, которое не кишит зомби и где более мягкое солнце.

— Аминь, аминь, аминь… — пробормотал я. Конечно, я мог сказать и кое-что другое. Например: «Да, черт побери!» Но потом решил, что не повредит быть более благочестивым, — на случай, если Нинон права и мы действительно посланники Божьи.

В церкви пахло тленом, причем запах был довольно насыщенным. Я был не в восторге от перспективы вдохнуть в легкие всевозможные виды плесени и милдью, разросшиеся как на дрожжах в сырой штукатурке. Однако посмотрим правде в глаза: содержащиеся в воздухе примеси были не самой большой нашей бедой. Кота запах тоже не вдохновил. Он презрительно фыркнул и предпочел остаться снаружи. Умный зверюга! Он наверняка еще нас с Нинон переживет. Из него могла бы получиться хорошая сигнализация, сообщающая о том, что враг на подходе, он стал бы нашей «канарейкой в шахте», но Нинон лишь почесала кота за ухом и вошла, не упрекнув его ни словом.

Я подумал, что если мне когда-нибудь доведется пережить реинкарнацию, то в новой жизни я хотел бы стать ее котом.

Мы быстро осмотрели церковь. Из нее все было выметено подчистую — алтарь, религиозная живопись, скамьи. Единственным, что указывало на то, что кто-то успел побывать здесь до нас, были следы, отпечатавшиеся в тонком слое красноватой пыли, которая покрывала пол. От центра помещения цепочка следов вела к железным воротам, охраняющим каменные ступени вниз, предположительно в склеп. Кое-где виднелись отпечатки босых ног, а некоторые, похоже, были обуты в один ботинок — для туристов это не совсем нормально, а вот для зомби в самый раз. Церковь стояла здесь еще до того, как был построен город, и монахи, основавшие ее, практиковали захоронения в криптах. Зомби наверняка будут чувствовать себя здесь как дома, а останки праведных братьев-монахов послужат отличной закуской, если зомби или гули вдруг проголодаются.

Было слышно, как где-то в темноте капает вода, и это сильно действовало на нервы. Вода означала возможность присутствия вампиров — если не Д. З. собственной персоной. Я искренне завидовал людям, которым приходилось выбирать исключительно между Сциллой и Харибдой. Наш ассортимент зол был гораздо богаче и разнообразнее.

К тому же в воздухе стоял туман, состоящий из частиц слишком мелких, чтобы нос мог их отфильтровать, таких мелких, что они проникали даже сквозь опущенные веки, попадали внутрь тела, раздражали сознание. Думаю, это было физическое воплощение тех самых частиц зла, о которых я рассказывал Нинон.

— Мне было бы гораздо спокойнее, если бы мы «отметились» в отеле, прежде чем туда спускаться, — сказал я мягко. — Здесь только один вход и выход, поэтому я хочу убедиться, что никто не нападет на нас сзади.

Нинон кивнула и пошла назад к двери.

Какое же это облегчение — снова оказаться на улице! И хотя свистеть здесь было так же неуместно, как на кладбище, пока мы шли через площадь я мурлыкал под нос «*Hotel California*»[1]. Это казалось мне более чем актуальным в месте, откуда ты сможешь выписаться, но которое, скорее всего, никогда не покинешь[2].

Нинон неодобрительно покачала головой, не оценив мой «черный» юмор.

— Тебе действительно не помешало бы стать менее серьезной, — заметил я.

— Не искушай судьбу, — осадила она меня. — Я с ней уже давно знакома, и могу с уверенностью сказать, что она ужасна.

Можно подумать, я и сам этого не знаю.

Внутри отель оказался таким же непривлекательным, как и снаружи. Как и следовало ожидать, на нижних этажах почти ничего не осталось, за исключением разве что стойки «ресепшена», приколоченной к полу гвоздями. Это была довольно массивная штуковина из дерева и камня, которая вполне могла сойти за ацтекский алтарь для жертвоприношений. Между прочим, вполне возможно, так оно и было, и я подумал, что это стало одной из причин, почему Д. З. выбрал именно это место.

Прямо при входе в фойе находился бассейн глубиной в девять дюймов, в котором скопилась вода. У него было илистое дно,

---

[1] Песня группы «Иглз» «Отель Калифорния».

[2] Игра слов, созвучных со строчкой из песни «you can chek out anytime you'd like but you can never leave» — «можешь выписаться в любой момент, но никогда не сможешь уехать».

плавали склизкая тина и личинки москитов. Когда мы зашли в воду, чтобы перейти его вброд, он встретил нас какими-то утробными, чавкающими звуками. Я старался не думать о том, что здесь могут водиться еще и пиявки, но мысли как нарочно сами лезли в голову. Конечно, в сложившейся ситуации мы должны были приветствовать любой признак жизни, но я просто не мог заставить себя радоваться существам, которые извивались в воде.

На первом этаже кроме фойе было помещение, предположительно, служившее столовой, и последней мы обнаружили маленькую кухню — длинное и узкое помещение с огромной стальной духовкой и ручным насосом в каменной раковине. Кроме того, здесь стояли микроволновые печи. У меня с некоторых пор появилась фобия относительно всякого рода «студенческих приколов», поэтому я открыл духовку и заглянул внутрь. Никаких отрезанных голов. Никаких гулей вместе с зомби. С микроволновками тоже шутить не стали. На первом этаже мы обнаружили три лестницы. Главная лестница, парадная, была широкой, с чугунными коваными светильниками на стенах и низкими широкими ступенями, по которым легко было подниматься пожилым людям и дамам на высоких каблуках. Остальные две лестницы были служебными — персоналу по ним нужно было передвигаться бочком, а светильников, чтобы освещать путь, не было и подавно. Возможно, я недооценил строителей, но создавалось впечатление, что даже если кто-то из слуг и сломает себе шею на «черной» лестнице, то что из этого? Невелика потеря. Рабочая сила здесь была дешевой и в избытке.

Мы решили подняться на второй этаж именно по парадной лестнице не потому, что снобы, а по той лишь причине, что нам хотелось передвигаться рядом, плечом к плечу, и стрелять в неприятеля, не рискуя зацепить друг друга. Пятна солнечного света на полу через одинаковые промежутки тоже были отнюдь не лишними.

Окна в холле наверху были расположены над дверями номеров и пропускали небольшие порции света, чего нельзя сказать о воздухе. Жара все нарастала, превращая отель в сушилку для хмеля. Мудрый зомби определенно выбрал бы прохладу и сумрак подвала, но поскольку умом они не отличались, я все время, пока продолжались поиски, был начеку.

Мы с трудом открыли дверь первого номера, в который решили зайти, — по каким-то непонятным причинам это был номер 301, несмотря на то что находился он на втором этаже. Набухшая от влаги древесина провисла на петлях, и дверь царапала по полу, производя больше шума, чем мне хотелось бы. Мы очутились в комнате, которая когда-то наверняка была роскошной. Но теперь из мебели осталась лишь кровать, застеленная сильно полинявшим гобеленом, и кофр из красного дерева. Целясь из ружья, я открыл его — и мне было абсолютно все равно, что Нинон может обо мне подумать. Внутри не было ничего, кроме сморщенных детских перчаток, которые изрядно напоминали руки мумии. Изгрызенные стены номера некогда были раем для пауков и грызунов. Сейчас здесь не осталось ничего, кроме пыли.

Мы заглянули еще в пару комнат, но везде было одно и то же. Спустя некоторое время мы прекратили поиски. Если бы здесь кто-то прятался, мы бы уже давно услышали скрежет открывающейся двери.

— Готов подниматься выше?

Я кивнул. Третий этаж представлял собой чердачное помещение с комнатами, оборудованными для прислуги — той самой, которая обходилась без света на лестнице. Жара здесь была нестерпимой, воздух полон зловонных испарений, однако это не стало поводом для неосмотрительной поспешности. Мы перемещались быстро, но при этом осторожно, однако снова не нашли ничего, кроме мерзкой паутины, отходов грызунов и одинокого кресла-качалки у маленького журнального столика, на котором стоял стеклянный кувшин с засохшими цветами. Спустя десять минут мы снова оказались в фойе. Я знаю это совершенно точно, потому что являюсь обладателем часов, которые можешь окунуть в воду, а они все равно будут тикать.

Оставался подвал, куда мы еще не заглядывали. Как и фойе, он был сделан из камня и выложен саманом. Там, где должна была быть лестница, плескался самый грязный в мире бассейн, в котором плавали бутылки с вином и целые острова полусгнившей еды. Внизу, под водой, могли оказаться зомби — они не нуждались в воздухе, по крайней мере так мне сказала Нинон. От одной этой мысли меня бросило в дрожь, вот и пища для новых кошмаров. Но в воде у нас практически не было шансов с ними справиться, поэтому не стоило даже рисковать. Мы хорошо видели в темноте, однако на мутную, илистую воду наши способности не распространялись. В любом случае мы разделаемся с зомби, которые достаточно тупые, чтобы оставаться внизу. За последние несколько месяцев они должны были превратиться там в куски тушеного мяса.

Оставалась только церковная крипта — мы с самого начала знали, что туда в любом случае придется спускаться. Путь через площадь оказался короток, а в церкви было темно и неприятно, как никогда.

Мы стояли перед железной решеткой, которая охраняла вход в крипту. У меня был монтажный ломик, но я не торопился им воспользоваться.

— У меня родился новый план, — сказал я Нинон.

— Я вся внимание.

— Мы медленно спускаемся вниз. Очень, очень медленно. Ищем лабораторию Сен-Жермена и его самого, но при первых же признаках опасности мчимся назад, захлопываем решетку, разливаем вокруг горючее и устраиваем настоящее Четвертое июля для поджигателя, праздник жизни для пиромана.

Я знал, что поджигать исторические достопримечательности категорически возбранялось, но в тот день мне было абсолютно все равно. Если благодаря этому мы сможем избавиться от стада гулей и взглянуть на настоящего Сен-Жермена, то я хоть на углях Лувра установлю жаровню для венских сосисок.

— Мне план нравится, за исключением одного. Нам нужно сначала убедиться, что это действительно Сен-Жермен, а не его клон. Мигель, нам нужно убить его, понимаешь? Мы обязаны это сделать. Иначе он так и будет нас преследовать, создавая все больше гулей… да просто творя зло. Пока он не умрет, это не прекратится.

Я кивнул. Ясное дело, никакого «отпущения с миром» парню не светит, к тому же он не верил живым и никого живьем не отпускал.

— Я понял. Несмотря на ту якобы подсказку, нет гарантии, что он там. Я бы на его месте поступил как настоящий генерал и управлял своими войсками с о-очень большого расстояния.

Нинон нахмурилась.

— Он крайне самонадеян. Думаю, он захотел бы оказаться здесь, чтобы посмотреть, как я умираю.

— Возможно, но только в случае, если его тупость превышает чрезмерное тщеславие.

Она вздохнула.

— Он не тупой. А просто… сумасшедший.

— А, тогда ладно.

— Ладно, пойдем за бензином и зажигалками. Если внизу нас поджидают гули, я не хочу стоять и теребить в руках ключи от машины.

— Чертовски точно подмечено.

Еще пять минут ушло на то, чтобы принести горючее и зажигалки. Теперь уже откладывать было некуда. Настало время приступать к нашей ужасной миссии.

Подземная крипта оказалась такой, как мы и ожидали, — холодной, темной, безмолвной и сырой. Лестница была узкой, а стены и ступени покрыты черной маслянистой пленкой, которой мы старались не касаться. Наверняка у монахов была «напряженка» с местами для захоронений, потому что первый скелет, стоящий по стойке «смирно» и весь покрытый какой-то липкой гадостью, повстречался нам еще на полпути к цели. Я не стал проверять, как он умудрялся стоять так прямо. Его шерстяная сутана большей частью сгнила, и теперь наружу торчали коричневые кости. Каким-то образом вышло так, что деревянный крест, висящий у него на шее, оказался зажатым в зубах. Меня ничуть не волновал изумленный оскал, с которым он впился зубами в почерневшее дерево, или то, как пустые глазницы смотрели нам вслед.

Requiescat In Pace, Hermano[1]. И будь так добр, оставайся мертв.

Меня беспокоило то, что нигде не было видно трансформатора или силовых кабелей. Вряд ли Сен-Жермен стал бы работать в темноте. Если это его база, то должны присутствовать хоть какие-то следы человеческой, или чьей-то еще, деятельности.

У подножья ступеней обстановка выглядела более обнадеживающей. Мы зажгли фонари и осмотрелись. В подвальном помещении было, по крайней мере, две комнаты. В первой груду скелетов просто отодвинули в сторону, освобождая место для трех раскладных столов, какими обычно пользуются выезжающие на дом массажисты. И сумасшедшие некроманты. Были здесь и силовые кабели, которые подсоединялись к какому-то электроприбору.

Нинон глубоко вздохнула и пошла вдоль проводов. Я направился в другую сторону.

На одном из столов я увидел целый ряд стеклянных пробирок с разнообразными жидкостями, внутри которых плавали какие-то отвратительные сгустки. За столом стояла ванна, полная красноватой жидкости, достаточно большая, чтобы в нее поместилось тело. Я осторожно продвигался вперед, постоянно принюхиваясь. Химикаты обжигали ноздри так, словно я вдыхал аммиак, однако в помещении не было новых для меня запахов. Я несилен в клонировании, но все это очень напоминало лабораторию Франкенштейна, где когда-то разгуливал Борис Карлофф[2].

— Это может быть одной из лабораторий Черного человека? — спросил я.

---

[1] Покойся в мире, брат! (*Лат., исп.)*

[2] Уильям Генри Пратт, киноактер, в 1931 году прославился в роли Чудовища в фильме «Франкенштейн».

— Мигель… — произнесла Нинон спокойно, но настойчиво. Я проследил взглядом за лучом ее фонаря, направленным на груду черепов, и увидел тело — точнее, скелет, который выглядел очень хрупким, чуть ли не рассыпа́лся на глазах. В скелете не было ничего особенного, вот только он не был покрыт слизью, а значит, попал сюда недавно. Была в нем еще пара странностей. Голова была отрублена, а в грудь вонзен деревянный кол.

— Ты можешь определить, было ли это вампиром? — спросила Нинон, наклоняясь и медленно, глубоко дыша. Она закашлялась и отшатнулась назад. Я порой начинаю ненавидеть наше восприятие за остроту. Это полезная штука, но почему-то все, с чем мы сталкиваемся в последнее время, обладает отвратительным запахом.

— Сложно сказать, но убит он как вампир.

Mamita была ниже ростом, или это мне хотелось так думать.

— Значит, Д. З. уже успел побывать здесь и встретиться с Сен-Жерменом.

— И получил очень резкий отказ в ответ на предложение пополнить его свиту. Наверное, именно тогда Д. З. и послал вампира, чтобы тот нашел нас и сообщил о *Lara Vieja*.

— Сообщил *тебе*. Это существо хотело меня убить, — возразила Нинон. — И я очень сомневаюсь, то это был Д. З. Скорее, твоя мать.

Mamita. Да, это было более правдоподобно. Д. З. хотел моей смерти больше, чем чего-либо на свете. Я снова взглянул на скелет. Вряд ли это была она. Я не допускал и мысли о том, что она может быть мертва. Это определенно вызвало бы у меня душевное потрясение, а мне необходимо было оставаться собранным.

— Значит, здесь нам сто́ит опасаться только гулей и зомби, — сказал я, стараясь, чтобы голос звучал как можно оптимистичнее. Но в таком месте это было решительно невозможно. В застоявшемся воздухе слова падали мертвым грузом.

— И может быть, Сен-Жермена.

Не сговариваясь, мы посмотрели на тяжелую дверь, вмурованную в стену, — настоящую, из камня. Она была обита медными пластинами с изображениями святых мучеников. На ней не было надписи, которая гласила бы: «Отринь надежду, всяк сюда входящий», но в этом не было необходимости.

— Ты что-нибудь слышишь? — спросил я, изо всех сил напрягая слух.

— Нет.

— А запах?

— Тоже нет. — Она секунду помолчала, а потом сказала то, что я меньше всего хотел услышать: — Но они здесь. Я это чувствую. Нам нужно открыть эту дверь. Иначе огонь не сможет туда проникнуть.

— Тогда давай принесем одну из канистр, — предложил я.

— Сходи один. Думаю, неразумно оставлять эту дверь без присмотра. Может, они чувствуют меня, как я чувствую их. — Нинон сняла с плеча карабин и сунула его подмышку. — Сейчас они хотя бы собрались в кучу. Можем разделаться со всеми сразу.

— Знаешь, как обычно показывают в фильмах ужасов? Герои начинают действовать поодиночке, и кого-то из них обязательно убивают. Я настаиваю, чтобы ты пошла со мной.

— Это не кино, — сказала она нетерпеливо. — Иди. Только быстро. Я начинаю ненавидеть это место.

Я тоже, поэтому перестал пререкаться и пошел к лестнице.

Мы умираем лишь однажды — зато надолго.

Мольер

На смерть, равно как и на солнце, нельзя долго смотреть, не отводя глаз.

Франсуа де Ларошфуко

Говорите с возлюбленной только о ней, и крайне редко о себе. Поймите, что ей во сто крат интереснее ее собственная неотразимость и привлекательность, чем все ваши переживания вместе взятые.

«Урок любви»
из «Карты страны нежности»
Нинон де Ланкло

Разлука убивает слабое влечение, а сильную страсть, наоборот, укрепляет, также как ветер, который гасит свечи, костры разжигает.

Франсуа де Ларошфуко

Глава 21

На лестнице я наткнулся на гуля.

К счастью, на этот раз я почувствовал существо еще до того как увидел — или оно увидело меня — и выключил карманный фонарик, чтобы глаза успели привыкнуть к темноте. Я молча стоял и ждал, пока оно появится. Оно и появилось, идя по нашему следу.

Теперь, когда опасность фактически подступила, я был спокоен как никогда и способен трезво мыслить. Учитывая то, что за обитой металлом дверью крипты Нинон почуяла целую кучу плохих ребят, которых пока не стоило беспокоить, у меня не оставалось другого выбора, кроме как расправиться с этим исключительно при помощи ножа, молясь про себя, чтобы убийство произошло быстро и тихо. К тому же одним выстрелом вряд ли удастся его свалить, а второй попытки у меня может и не быть. Кроме того, на звуки выстрелов тут же сбежится все стадо гулей. Это если предположить, что они до сих пор не знают, где мы находимся. А ведь могут действительно не знать…

Наверное, этот гуль отбился от стаи и бродил по зарослям кактусов в поисках, чего бы перекусить, в то время как мы прочесывали отель. Бо́льшую часть наших поисков мы не вылезали из воды, а учитывая, что они больше полагаются на запах и звук, нежели на зрение, он вполне мог и не догадываться о нашей непосредственной близости. Если мне удастся разделаться с этим еще до того, как он поднимет тревогу, то у нас есть все шансы развести костер для барбекю и убраться прочь, прежде чем остальные узнают, что мы в городе.

Значит, я должен его убить. Сам. Без шума и пыли. Столкнуться с ним лицом к лицу на скользких ступеньках было не самой предпочтительной стратегией нападения. При этом я окажусь в крайне невыгодном положении. Зайти с другой стороны не представлялось возможным. Нас разделял один-единственный лестничный пролет. В поисках выхода из сложившейся ситуации я перебрал в уме все возможные варианты, пока неподвижно ждал приближения сопящего, шумно втягивающего носом воздух монстра.

Как я уже говорил, я не умею и не люблю ждать. Но я понятия не имел, что делать, пока это проклятое создание торчало в проходе, как пробка в бутылке. Нинон подчеркнула, что это не кино, но я готов был искать вдохновения в классике Голливуда. Я решил попробовать старый трюк с брошенным камнем, который так часто показывают в фильмах о шпионах, когда находчивые американские заключенные хотят отвлечь внимание злобных стражников-нацистов. К счастью, камни в кладке расшатались от длительного пребывания в воде, и я без особых усилий смог выковырять один.

Бросать сейчас было крайне неудобно, поэтому я решил немного выждать. Камень должен был пролететь точно у него над головой. Будет крайне глупо заехать камнем ему в лицо, потому что тогда существо узнает, что я здесь, а помимо этого еще и разозлится.

«Взять, Ровер! Догони кирпич!», — подумал я, подбрасывая камень высоко вверх.

О чудо, сработало! Я увидел, как гуль едва не подскочил от неожиданности и тут же исчез, словно читал сценарий и выучил свою роль. Я стремительно и бесшумно взбежал по лестнице, следя за дыханием, изо всех сил стараясь двигаться как можно осторожнее, чтобы слизкая жижа под ногами не хлюпала. Поднимаясь, я то и дело хватался за мощи святых братьев, выставленные вдоль стены, чтобы не поскользнуться и не потерять равновесие. Странно, но последний участок пути оказался самым сложным. Скелеты закончились, поэтому держаться приходилось только за слизкие стены.

И хотя я не издал ни звука, эта тварь почуяла меня, прежде чем я успел справиться с дверью. Гуль развернулся мне навстречу, когда я, скользя, влетел, точнее вкатился в комнату. Он был очень быстрым, но на моей стороне были инерция движения и траншейный нож. Поспешность до добра не доведет — истинная правда, особенно в бою, по крайней мере для меня. Первый запал прошел. Придется хорошенько поработать над техникой, если я планирую жить еще долго и счастливо. Я мог наброситься на гуля с ножом, но вместо этого лягнул его ногой, выводя из равновесия и прикладывая максимум усилий, чтобы столкнуть его с лестницы. Я сделаю что угодно, лишь бы он не сомкнул вокруг меня свои лапищи, как у гориллы.

От удара каблуком моего сапога он охнул, но выбросил вперед левую руку и схватил меня железной хваткой за лодыжку. В правой руке он крепко сжимал какой-то предмет, хотя мог бы спастись, ухватившись за железную решетку.

Мои глаза наконец привыкли к более яркому освещению, и я смог разглядеть, что он сжимал. У него была ручная граната! Чертовски классная ручная граната, прямо как в фильмах. Надо будет обязательно рассказать об этом «Мисс Это-Реальная-Жизнь-А-Не-Кино». Больше никаких насмешек. Голливуд был прав абсолютно во всем: в том, что разбиваться поодиночке глупо, в трюке с камнем, а теперь и в том, что у плохих парней обычно более крутое оружие.

Гуль балансировал на краю лестницы, и мы встретились взглядами. У существа были злые желтые глаза, доставшиеся ему, наверное, от козла. Кроме того, его взгляд был осмысленным, не то что у зомби. Если раньше у меня и были сомнения по поводу того, с кем предстоит драться, то теперь они исчезли. Это был гуль, разумное существо.

Однако на обладании разумом всякое сходство между нами заканчивалось. Это существо и отдаленно не было человеком. У него не было волос, а кожа казалась выжженной, почти вощеной. Как и у других гулей, строение костей нижней части его тела слегка отличалось, а руки и ноги были слишком длинными для туловища.

Боясь, что когтистые пальцы вот-вот раздробят мне лодыжку, я рухнул на лестницу, изменяя центр тяжести и выводя врага из равновесия. А когда существо опрокинулось назад, я выбросил вторую ногу вперед, целясь ему прямо в лицо. Монстр полетел в темноту.

Слава Богу, что гули не кричат. Звук его падения должен был предупредить Нинон, но я надеялся, что никто, кроме нее, этого не услышит.

С лестницы я наблюдал, как он кубарем летит вниз, а сам тем временем поглаживал и успокаивал свою трясущуюся ногу. Спасибо, Господи, что на мне сапоги, иначе разрывов ткани не миновать. Если так и дальше будет продолжаться, то я превращусь в ходячую карту шрамов, на которой будут помечены основные вехи нашего путешествия по Мексике. Как бы то ни было, кожа голенища сапога была изодрана в клочья.

Существо, как шарик для пинбола, скакало по каменному рукаву спуска в подземелье и глухо постанывало, ударяясь о потолок, стены, ступеньки. При каждом ударе, в промежутках между перелетами, у него из груди вырывался лишь невнятный стон. Но вот он окончательно приземлился и яростно зашипел, отчего воздух в лестничном колодце буквально затрясся. Да, бесшумно не получилось. Но, черт побери, почему они не кричат, как нормальные животные? Значит, у него все-таки не было голосовых связок. Наверное, Сен-Жермен решил, что гуля достаточно просто видеть, а слышать необязательно. Думаю, он в чем-то прав. Все их разговоры наверняка свелись бы к требованию пищи.

Еще одной отличительной чертой гуля, помимо безмолвия, была ударопрочность. Этот гуль, как и первый, совершенно не пострадал при падении. Все, чего я добился, сбросив чудовище с лестницы, — это не на шутку его разозлил и отогнал от горючего. Если бы внизу не было Нинон, я бы немедленно облил его бензином и поджег.

Но Нинон была там, поэтому монстр не спешил подниматься ко мне.

Нинон! Это было как удар обухом по голове. Впервые за все время меня сковал страх, и я почувствовал, как сооруженный в спешке каркас моего мужества заходил ходуном.

— Твою мать!

Я попросил свою лодыжку еще немного потерпеть и ринулся за гулем, держа нож наготове.

Он отшатнулся, пытаясь спрятаться в темноте. Но это не сработало. Ведь я очень хорошо вижу даже при слабом освещении. Чудовище по-прежнему сжимало гранату, но чека так и оставалась нетронутой. Видно, он знал, что не выживет, если произойдет взрыв. Может, он не хотел умирать, особенно когда этого можно было избежать.

А возможно, где-то поблизости находился его создатель, и гуль не рискнул причинить ему вред, разве только в самом крайнем случае.

Некоторое время мы просто стояли напротив друг друга. Гуль скалил свои нечеловечески длинные зубы — судя по всему, он тоже не умел ждать. С небывалой скоростью это создание достигло середины комнаты. Спустя полсекунды он уже набросился на меня, расцарапал правой рукой лицо — и что такого с моим лицом, что они все так к нему тянутся? — и заклацал челюстями, пытаясь своими ужасными зубами вцепиться мне в глотку.

Я не мог как следует ударить его ножом. Гуль был слишком близко, и это мешало достаточно размахнуться. Вместо этого я откатился назад и, используя инерцию движения его тела, перекинул гуля через себя. Я подтянул колени к груди, а затем изо всех сил выбросил ноги назад — такому брыканию и осел бы позавидовал! И снова отбросил гуля прочь, лягнув его что было сил.

С ужасным треском я проломил дыру у него в брюхе, отбивая внутренние органы и разрывая хрящи. Струя черной слизи хлынула по моей ноге. Она была едкой, словно кислота, и воняла, как адская выгребная яма, но это меня не остановило. Я уже знал, что даже травмы внутренних органов не остановят это существо. Я перекувыркнулся и снова нанес удар, целясь на этот раз в голову.

Я попал, но ожидаемого эффекта не достиг. Тварь зашипела и отступила к лестнице, а оттуда к канистрам с горючим. Гуль выглядел взбешенным. Я знал, что когда его ярость зашкалит, то он наверняка швырнет в нас с Нинон гранатой, а вслед полетит канистра с бензином.

Я ринулся следом, запрыгнул ему на спину и ударил ножом. Что-то шлепнулось на пол и откатилось в сторону. Я был уверен, что попал в сердце, но это его не остановило. Обрушившись на гуля всем своим весом, я выдавил у него из легких весь воздух, но, видимо, он спокойно мог обходиться и без него.

Понимая, что из гранаты, возможно, выдернута чека и у меня оставались считанные секунды, я выдернул нож у него из спины и всадил в голову. Удар получился неудачным, нож вошел по касательной, скользнул по черепу и только оцарапал кожу. Я уже готов был нанести новый удар, как увидел Нинон. Она появилась откуда-то слева, быстро и бесшумно. Ее нож беспрепятственно вошел в монстра и так же легко вышел.

Из его тела хлынул новый поток слизи, и я поспешно оттолкнул гуля от себя. Он умирал недолго. Мы отпрянули назад, когда он, извиваясь в судорогах на полу, попытался дотянуться до нас своей ужасной пастью и когтистыми лапами.

Наконец он затих. Ничего не взорвалось.

— Он один? — прошептала Нинон.

— Думаю, да. Включи фонарик. Где-то здесь должна быть граната.

— Граната?

Нинон — единственная женщина из всех, что я знал, которую такое сообщение могло осчастливить.

Я присоединился к ее ликованию, когда увидел, что чека на месте. Теперь открыть эту чертову дверь не составит проблем. Все, что нам останется, это мельком туда заглянуть. И если там будет слишком много живых, то мы просто кинем в них небольшую порцию взрывчатки, захлопнем дверь и умчимся отсюда.

— Ты в порядке? — спросила она, кладя руку мне на плечо.

— С каждым разом все лучше и лучше, — ответил я. И постарался забыть о пульсирующей лодыжке и порванной заново щеке.

Местные говорят о недуге, который делает душу черной, вызывая жажду крови своих братьев… И нет никакого способа исцелить почерневшую душу, кроме смерти.

Отец Эстебан Бартоломью де лас Касас

У человека определенно есть душа; но непонятно мне, как соглашается она быть заточенной в тело. Одно лишь знаю точно, что коль уж душа моя вырвется наружу, то без хорошей драки в чужое тело я ее не пущу.

Байрон

Наиболее суеверные эпохи всегда были эпохами самых ужасных преступлений.

Вольтер

Наверное, быть старым — это все равно что иметь в голове много комнат, в которых горит свет и люди играют свои роли. Люди, которых ты знаешь, но уже не помнишь по именам.

Франсуа де Ларошфуко

Если вы не любили, то вы и не жили.

Мольер

Глава 22

Все происходило, как мы и запланировали. Мы открыли металлическую дверь, посмотрели на груду дремлющих гулей и воспользовались гранатой. Я впервые с такой легкостью убивал воскрешенных из мертвых. И, должен признаться, мне это понравилось.

Нас накрыло взрывной волной уже на лестнице, до которой мы успели добежать. Звук взрыва больно ударил по барабанным перепонкам, и мы вскрикнули. Я не обращал внимания на осыпающуюся штукатурку и жалобно стонущие потолочные балки. Мы вернулись, открыли изрядно покореженную дверь и заглянули внутрь. Комната была полна тел, но эти тела все еще шевелились.

Прежде чем зайти, мы некоторое время топтались на пороге в нерешительности, которую я собираюсь списать на страх того, что старые перекрытия не выдержат и потолок обрушится нам на головы. Нам нужно было войти, чтобы поискать тело Сен-Жермена, но никто из нас не мог заставить себя рыться в гуще взорванных гулей. Поэтому мы просто открыли канистру с бензином и бросили ее в огонь, тлевший на деревянных балках стен. Мы подождали, пока она накалится до свиста, и снова захлопнули за собой двери.

На этот раз взрыв получился меньше, а может, наши уши еще не «отошли» после первого.

Пошатываясь, мы поднялись в церковный зал. Мы были перепачканы слизью и прокопчены дымом, но на трясущихся ногах направились за новыми канистрами с горючим. Конечно, мы могли оставить все как есть, церковь бы и так сгорела, но больше не полагались на волю случая. Внизу была лаборатория, и ею могли воспользоваться снова.

Я опустился на корточки перед одной из красных канистр, когда из-под темного купола церкви на нас спикировала троица созданий: два из них были серым ночным кошмаром во плоти, сплошь состоявшим из зубов и когтей, в то время как в третьем угадывалось что-то человеческое. Времени передать словами тревожные сигналы, которые посылали в мой мозг глаза, не было, как не было времени прицелиться, потому что они уже оказались над нами. К счастью, предводитель стаи пролетел мимо и спикировал на другую опасность, которую мы также не почувствовали.

Брюшные мышцы напряглись до предела, готовясь к рывку. Я с ужасом понимал, что двигаюсь медленно, слишком медленно, и меня спасло лишь то, что второе существо тоже пролетело мимо. Но Нинон не была до такой степени шокирована этим внезапным нападением, как я. Со стороны казалось, что ее тело движется без особых усилий, когда она выронила карманный фонарик и направила карабин сначала на вошедшего в церковь блондина, а затем на летящего вампира, который отклонился от курса и теперь, выпустив когти, устремился на нее. Я не мог выстрелить, не рискуя попасть в Нинон. Тем временем она отбросила винтовку и схватила вампира за руку. Воспользовавшись инерцией полета, она с такой сокрушительной силой швырнула монстра на остатки ризницы, что покалечила не только его, но и отколола куски самана со стены. Сверху дождем посыпалась штукатурка, словно разорвался мешок пылесоса, но прежде чем она коснулась земли, Нинон успела поднять с пола винтовку и снова направить ее на вошедшего мужчину. Это был Сен-Жермен.

Другой вампир отступил от Сен-Жермена и тоже бросился на Нинон. Верный своему обещанию, я не стал медлить. Я вцепился существу в лысую голову и снова воспользовался инерцией его собственного несущегося тела. Я позволил ему долететь до предела, а затем с силой дернул за шею, как будто щелкнул хлыстом. Потом швырнул мертвое тело в Сен-Жермена.

Да уж, меткости мне стоило подучиться! Последний вампир, шипящий сгусток из клыков и когтей, камнем падал на Сен-Жермена, и именно в него попал брошенный мною труп. Два тела врезались друг в друга так, что только кости захрустели. Но вскоре раздался еще более невыносимый пронзительный клекот: это живой вампир старался стряхнуть с себя мертвого сородича и одновременно оторвать Сен-Жермену голову.

Нинон стояла с винтовкой в руках, но не стреляла. Понадобилась бесконечно долгая минута, чтобы вампир все же обезглавил свою жертву. Однако ему тоже досталось. Сен-Жермен сумел вырвать сердце у него из груди. Видимо, убить вампира можно и без помощи осинового кола — достаточно просто лишить его сердца. Буквально через секунду эти двое рухнули на землю: один был без головы, другой лишился «вместилища духа», которое было зажато в мертвой руке Сен-Жермена.

Мы с Нинон стояли молча, не в силах оторвать взгляда от останков Сен-Жермена. Мы ждали, когда же он поднимется, но он не шевелился.

До меня наконец-то дошло, что кусок шелушащейся кожи с лица второго вампира прилип к моей руке — он отделился от черепа вампира, как хирургическая резиновая перчатка. Я вскрикнул от отвращения и затряс рукой, пытаясь стряхнуть с себя эту дрянь.

— Это были вампиры? — спросила Нинон, нервно поглядывая на три тела, а потом вверх, на темный свод. Там ничего больше не двигалось, но ее это не успокоило. Она по-прежнему держала винтовку наготове.

— Да.

И хотя я заранее знал, что мои худшие подозрения оправдаются, но все же решил проверить. Я присел рядом с телом третьего вампира. На том месте, где должен был быть аппендицит, я увидел шрам. Нинон подошла ближе и опустилась на корточки рядом со мной.

— Это твоя мать? — спросила она шепотом.

— Да. Это *mamita*.

— Мне очень жаль.

И я знал, что это на самом деле так. *Mamita* была вампиром, она напала на Нинон, но это чудовище все же было моей мамой, и Нинон не могла не соболезновать мне. Думаю, я испытывал подобное двойственное чувство.

— Она погибла, спасая тебя.

— В который раз.

Да, она погибла, спасая меня, но в это время ее подруги пытались прикончить Нинон. Как прикажете на это реагировать?

— Мигель… — Нинон прокашлялась. Она поднялась на ноги, винтовка снова наготове. — Кажется, у нас проблема.

— Думаешь, это снова не Сен-Жермен? — спросил я и тоже встал. Моим смятенным чувствам придется подождать.

— Точно не могу сказать, но… Нет. Я не верю, что это он. Он не кажется мне достаточно старым, достаточно злым. Думаю, это просто еще один клон.

Клоны. Отлично. Оказывается, у мистера Зло есть ксерокс.

— Сожжем весь город, — предложил я.

Нинон кивнула.

— О да, до основания.

Писательство как проституция. Сначала ты делаешь это по любви, затем для ближайших друзей, а потом за деньги.

Мольер

В арифметике любви один плюс один равняется вселенной. Два минус один равняется нулю.

Нинон де Ланкло

Грамматика управляет даже королями.

Мольер

Сегодня для меня рождается новое солнце. Все живет, движется, разговаривает со мной о моей страсти, все призывает меня ее лелеять.

Нинон де Ланкло

Глава 23

Отмечая кончину *Lara Vieja*, дым взмыл в небо отвратительными черными клубами. Нинон повернулась спиной к тлеющей церкви и улыбнулась мне. Ее чумазое лицо светилось радостью. Если бы неподалеку обретались простые смертные, то они наверняка попадали бы на колени, закрывая руками глаза от нестерпимого света. А посему я надеялся, что древние божества нас сейчас не видят, — судя по тому, что мне приходилось читать, они не терпели слишком красивых людей, завидуя им.

— Гулей больше нет. Мы не добрались до Сен-Жермена, но можем наконец-то покинуть это место.

Я хотел разделить ее радость, поверить ее словам, но надежда превратилась для меня в давно забытое чувство.

— Ты уверена? — только и спросил я.

— Да. Думаю, что даже у Сен-Жермена вряд ли припасено еще одно стадо гулей. К тому же, вероятно, он давно уже сбежал за границу — туда, где Д. З. его не достанет.

— Надеюсь, ты права. Мне надоело быть защитником мексиканской общественности, истребителем нежити.

Коразон возник как всегда неожиданно, запрыгнув на капот джипа с очередной истерзанной мышью в зубах.

— Лентяй возвращается, — заметил я. — Кот, ты хорошо поужинал, пока мы убивали монстров?

Кот выбросил остатки ужина и медленно облизнулся. Что-то блеснуло на солнце — что-то похожее на крошечную косточку.

Нинон открыла рот от удивления и схватила Коразона, прежде чем я успел сказать хоть слово. Она держала его перед собой на вытянутых руках на уровне лица. Они напряженно и не мигая смотрели друг другу в глаза.

— Его язык!.. Д. З. каким-то образом умудрился и до него добраться! — воскликнул я. Кот-вампир? Всякий раз, когда казалось, что меня уже ничем не удивишь, происходило что-то такое, что доказывало мою неправоту.

— Или один из сегодняшних вампиров.

— Нет, только Д. З. может создать вампира. Наверняка это был он.

— *Merde!* Значит, он был здесь.

— Да, и подождал, чтобы посмотреть, убьем мы Сен-Жермена или нет.

Нинон кивнула с отсутствующим видом.

— *Mon chat*[1], — сказала она, нежно тряся кота. — Я не злюсь на тебя за то, что ты стал вампиром, но нужно выработать кое-какие правила, согласен? Ты не должен пить кровь из всего живого. Иначе у нас будет целая армия зомбированных мышей.

Коразон старательно изображал из себя бедное и беззащитное создание, но это было сложно, когда на морде его явно читалось, что он считает хозяйку истеричкой. Конечно же, у него были правила! За кого она его принимает: за безмозглого пса, который легко теряет контроль над собой?

— Не думаю, что это случилось сегодня, — произнес я медленно. — Он уже несколько дней пьет кровь из мышей и крыс. Он тоже был осторожен.

Я сказал это не просто для того, чтобы успокоить Нинон. Похоже, у кота действительно были свои правила, по крайней мере — распорядок. Я уже дважды видел его с мертвыми грызунами. Теперь, вспоминая об этом, я понимаю, что он выпил их кровь, а потом сломал им шеи. Но даже если предположить, что он заразный, — он самец, пусть даже и кот, поэтому его жертвы не будут восставать из мертвых. Для создания нового вампира необходим целый, неповрежденный хребет. Даже если он каким-то образом ухитрится впрыскивать яд в крошечные позвоночники грызунов, то со сломанными шеями они все равно не восстанут.

Нинон успокоилась и прижала кота к себе. Коразон закрыл глаза и замурлыкал. Он изо всех сил старался выглядеть белым и пушистым, словно внутри него и не было никакой твари.

---

[1] Мой котик (*фр.*).

Глядя на него, ни за что нельзя было догадаться, что его новое хобби — пить кровь и высасывать мозги.

— Прости меня, *mon cher*. Я должна была тебя защитить.

Я ничего не сказал. Но у меня было сильное подозрение, что такое положение вещей Коразона устраивало. У него не было моральных устоев, которые бы его мучили, к тому же теперь он стал очень сильным и будет жить даже дольше, чем положено.

Мы сожгли весь поселок. Возможно, мы переборщили, но зачем рисковать? *Lara Vieja* на этот раз по-настоящему исчезла. Не осталось ничего, даже привидений.

Покончив с поджогами, мы вернулись в город и забрали у печального менеджера банка все мои деньги. Отель манил горячей едой и прохладным душем, но мне там все равно не нравилось. Поэтому мы проделали еще несколько миль на запад и сняли номер в дешевом придорожном мотеле. Мы не стали оставаться там на ночь, просто искупались и переоделись. Мы поехали в Тихуану. Там Нинон договорилась насчет нового паспорта для меня. Как оказалось, у нее были не обремененные моралью высокопоставленные друзья, которые за деньги рады сделать для нее все, что угодно.

Мы нашли тихое местечко на окраине города, где было всего пара человек туристов и можно было спокойно перекусить и где пиво было не таким пресным, как везде. Время коктейлей еще не наступило, поэтому мы практически в полном одиночестве восседали на высоких крутящихся стульях, повернувшись лицом к большому, засиженному мухами зеркалу, с помощью которого можно было контролировать вход в здание. Единственным звуком, врывающимся в наш тихий разговор, был деланно громкий смех пары школьников, которые были в восторге от того, что оказались в месте, где им не возбранялось вести себя как угодно плохо. Чем-то они напомнили меня самого много-много лет назад, и я тихо помолился про себя, чтобы эти детишки вернулись домой целыми и невредимыми.

После обеда мы прошлись по магазинам. Нам пришлось расстаться примерно на полчаса, пока каждый выбирал себе новую одежду, потому что запах резины, исходящий от нашлепок на недавно приобретенных футболках, стал просто невыносимым. Крупные супермаркеты и американские бренды сюда еще не добрались, поэтому приходилось довольствоваться товарами местного производства. Это означало льняные рубахи, которые на вкус среднего американца содержали слишком много вышивки. Они были слишком кричащими, и все же я заставил себя купить одну из них.

Вечером Нинон преподнесла мне другой подарок — гитару. Она была прекрасна! На полированном дереве золотом пылал закат, а инкрустирована она была перламутром.

— Это тебе на будущее, — пояснила она.

Я некоторое время не мог выпустить инструмент из рук, наслаждаясь тонкой работой. Я не знал, смогу ли когда-нибудь на ней играть. Руки у меня постепенно заживали. Думаю, рано или поздно я физически смогу исполнять фламенко на гитаре. Вот только мне не хватало душевного порыва. Не уверен, что музыка во мне еще осталась.

— Куда бы ты хотела поехать теперь, когда все кончено? — спросил я ее в тот вечер. Я лежал в нашем номере, положив голову на спинку кровати и глядя по телевизору местные новости. Это был еще далеко не конец, но мы оба делали вид, что все позади, так как нашим измученным душам нужна была передышка. Она заключалась в том, чтобы пересечь границу США и снова попытаться зажить так называемой «нормальной жизнью», пока мы не решим, как поступить с Сен-Жерменом.

— Сначала в вофл-хаус выпить брусничного сиропа. А потом ненадолго в Новый Орлеан. У меня дом во Французском квартале, в последний раз я была там еще до урагана. Те, кого я просила присмотреть за ним, говорят, что все в порядке, но все же…

— Новый Орлеан? А разумно ли это? Я имею в виду, может, хватит с тебя призраков прошлого? Там же практически в каждом доме живет привидение.

К тому же нельзя было забывать о шпионах Сен-Жермена.

— Я знаю. Но и я теперь не просто полупризрак. В любом случае, надолго мы там не задержимся. Я просто хочу еще раз там побывать. В последнее время Новый Орлеан стал мне ближе и роднее, чем Париж, и я скучаю по нему. Я бы очень хотела показать тебе город, когда там все окончательно отреставрируют. — Она взглянула на меня, и я почувствовал облегчение. Не то что бы я думал, что каждый пойдет своей дорогой, едва только мы окажемся в Штатах, но до сих пор она эту тему не поднимала. — Хочешь поехать в Калифорнию?

Я хотел, но отрицательно помотал головой. Еще слишком рано там показываться. Мигелю Стюарту необходимо переждать, пока его поиски не прекратятся.

— Позже. Наверное. Ты когда-нибудь бывала в винной стране? Осенью ей нет равных. Три года назад я ездил туда давить ногами виноград. Это было замечательно. Конечно, перепачкался с головы до ног, но получил море удовольствия.

Теперь была ее очередь качать головой.

— Я бы с удовольствием. Я не присутствовала при сборе винограда с тех самых пор, как уехала из Франции.

— Вот в следующем году и поедем.

Она перевернулась и прильнула ко мне. Мы были вместе всего пару дней, а мне казалось, что она рядом со мной уже целую вечность.

Нинон подняла голову, и наши взгляды встретились. Мне любопытно было, что она видела в моих глазах. Потому что сам я понятия не имел, что там можно рассмотреть.

Она коснулась моей щеки.

«Люблю ли я тебя?» — спросили ее глаза. Этот немой вопрос она задавала скорее себе, чем мне.

«Можешь ли ты полюбить меня как возможность, как надежду на будущее?»

«Я… я не знаю. А ты? Можешь ли ты полюбить?»

«Я тоже не знаю. Иногда мне кажется, что мы не узнаем любовь, даже если она подойдет совсем близко и поцелует нас в губы».

— Наверное. Если бы я тебя любила… — она запнулась.

— То что? — спросил я. Мое сердце учащенно забилось.

— Если бы я тебя любила, то, скажем, осталась бы с тобой… Только если бы и ты меня любил.

Я улыбнулся и почувствовал, как сердце успокоилось.

— Если бы я любил тебя, я бы ушел… Если бы ты меня не любила.

— Если бы.

Я кивнул.

— Если бы.

— У меня редко складываются отношения. По крайней мере, с возлюбленными. И я всегда была против замужества. Сам знаешь.

— Знаю. Я тоже всегда ставил крест на своих отношениях и не пытался их воскрешать, — сказал я. — Уходя уходи. Но сейчас все так просто, как никогда.

— *Oui*. Думаю, для нас обоих это уже пройденный этап. Мы словно заново родились. — Она отвернулась. На этом разговор о чувствах был окончен, но я был рад, что мы наконец все-таки затронули эту тему. Стоило нам заговорить о планах на будущее, как ее речь стала отрывистой. — Знаешь, что мы должны сделать сейчас? Нам нужно найти Байрона, поэта лорда Байрона, и предупредить его насчет Сен-Жермена. Это он убил Диппеля, и они с женой сейчас наверняка в неменьшей опасности.

— Но как мы его найдем? — спросил я, слегка удивившись, что прославленный поэт до сих пор жив. Наверное, она уже упоминала об этом раньше, где-то в моих снах. С каждым днем мы все больше обменивались мыслями.

Она улыбнулась мне, прекрасно понимая: мысль о том, что мы такие не одни, хорошо согревала.

— Мы просмотрим объявления в основных американских газетах. Особенно нужно обратить внимание на «Таймз Пикайюн», потому что он будет искать нас там.

— Почему?

— Потому что он знает, что я когда-то там жила. Он и сам раньше там жил.

— Хорошо. Что конкретно будет сказано в объявлении?

— О, что-нибудь вроде: «Лорд Байрон, позвоните домой». Кроме того, мы воспользуемся электронной почтой. Ее сложнее отследить. — Она улыбнулась краешком губ улыбкой Моны Лизы, которая означала, что ей известно что-то такое, чего я не знаю. — И мы воспользуемся его последним псевдонимом. Конечно же, это Дамиан Рутвен, собственной персоной.

— Тот самый Дамиан Рутвен — литературный критик? — Я вспомнил, как он пропал. Это вызвало немалый переполох, пока не обрушился ураган Катрина и не отвлек всех от загадки его исчезновения. — Так, так, так... По-моему, я знаю еще один способ привлечь его внимание. Только мне нужно немного времени, чтобы все хорошенько «подчистить».

С этими словами я указал на свой компьютер.

— Твой рассказ? — воскликнула она. — *Bon*! Отличная мысль.

— Да, мне тоже так кажется. Он уж точно не оставит без внимания книгу о Нинон де Ланкло и Сен-Жермене.

— *Oui*. И прочтет ее от корки до корки.

— Я сяду за работу, как только мы окажемся в Штатах. Это не займет много времени. У меня уже почти все готово, нужно только слегка отполировать.

— *Bon*, — сказала она и потянулась к телефону. — Я бы сейчас не отказалась от бокала шампанского.

Вот так и подошла к концу эта часть повествования. Отправлю рукопись своему редактору, как только все утрясется и мы осядем в... каком-нибудь месте. Это последняя книга, на которую у меня заключен договор с издательством. Новой в ближайшее время вряд ли стоит ожидать. Я не могу пока рисковать, связываясь с кем-нибудь из моей прежней жизни. Крис наверняка изрядно ее подкорректирует — возможно, даже вообще меня из нее вырежет, чтобы скрыть мой псевдоним. И все же главное останется и попадет в руки тем, кто знает, как сейчас обстоят дела у остальных «детей» Диппеля. А это главное.

Да, многое уже позади, но все же события развиваются до сих пор. Д. З. так и не объявился, что само по себе настораживает.

А мы с Нинон наконец-то стали осваиваться с чувствами, которые испытываем друг к другу, — а что еще нужно в любовном романе? Я же предупреждал вас еще в середине рассказа. Я не могу придумать более радужного окончания, чем то, как мы с Нинон, держась за руки, уходим навстречу лучам восходящего солнца и всему, что ждет впереди на нашем, надеюсь, долгом жизненном пути. Но это еще не конец. И далеко не конец.

В конце концов, любой восход сейчас смотрится весьма эффектно, а восток — такое же неплохое направление, как и любое другое.

Заметка редактора: Это последнее послание, написанное предположительно рукой Нинон де Ланкло и оставленное в книге после долгих споров.

Байрон, mon cher, я позволила Мигелю поведать наш рассказ. У него такой красочный слог, а к тому же дар изображать все в лучшем свете, oui? Но я должна была добавить небольшой постскриптум от себя, чтобы ты знал, что все это правда. Мы не получали никаких вестей от Сен-Жермена с тех самых пор, как вернулись в Штаты, но я не верю, что на этом наши беды закончились. Не знаю, кто погиб тогда в Lara Vieja, но уж точно не наш заклятый враг. Я знаю сына Черного человека, и этот «доппельгангер» не был им. Поэтому свяжись со мной как можно быстрее, и мы вместе что-нибудь придумаем. Мигель завел себе почтовый ящик под псевдонимом: melaniejaxn@hotmail.com. Мы будем регулярно его проверять.

Adieu, Нинон.

Да, маркиз, я сдержу данное вам обещание и при любых обстоятельствах буду говорить одну лишь правду, чего бы это мне ни стоило. Я обладаю большей твердостью ума, чем вы даже можете себе представить, и вполне возможно, что в ходе нашей переписки, вам может показаться, что я в этом качестве зашла слишком далеко, вплоть до суровости. Но при этом, пожалуйста, не забывайте, что я лишь снаружи женщина, а сердце и разум мои больше присущи мужчине…

Сказать вам, что делает любовь столь опасной? Это слишком обширное понятие, чтобы мы могли его сформулировать. Но, честно говоря, любовь, если трактовать ее как страсть, не более чем слепой инстинкт, который и оценивать нужно соответственно. Это аппетит, который влечет нас к одному объекту больше, чем к другому, и мы даже не отдаем себе отчет в своем выборе. Если рассматривать любовь как дружеские узы, в которых преобладает здравый рассудок, то чувство перестает быть страстью и утрачивает право называться любовью. Это скорее обоюдное уважение и почтение, которое само по себе является весьма неплохим влечением, но при этом слишком уравновешенно, а потому не в силах пробудить ото сна.

Если вы так же неистово пойдете по стопам древних героев нашего повествования, переняв их непомерную чувственность, то совсем скоро убедитесь в том, как такое ложное безрассудство способно свести эту завораживающую страсть на скорбное «нет», причем зачастую трагическое: совершенное безумие! Но очистите ее от наносной напыщенности и предвзятости и поймете, сколько счастья и удовольствия она может вам принести. Смею вас уверить, что едва рыцарским странствиям будет позволено сложить союз наших двух сердец, любовь тут же станет вяла и безрассудна.

Единственный способ избежать этих крайностей — это следовать курсом, который я вам указала. Сейчас рядом с вами нет человека, который вызвал бы у вас не просто легкую заинтересованность, и можете поверить, что этим человеком может стать женщина такого склада, о котором я сейчас рассказываю. Вам нужно занять кем-то свое сердце, и такая женщина как раз способна заполнить эту пустоту. Постарайтесь хотя бы справедливо оценить мои указания, и тогда я готова буду поручиться за успешный исход.

Я обещала привести вам доказательства, и я сдержала свое слово. До свидания!

Завтра у меня будут аббат Шатонеф и, наверное, Мольер. Мы будем перечитывать «Тартюфа», чтобы внести в него существенные поправки. Помните, маркиз, что всякий, кто отвергает вышеизложенные правила, изрядно напоминает мне персонаж этой пьесы.

Письмо Нинон де Ланкло к маркизу де Севиньи

От автора

Добро пожаловать в мою книгу, и если у вас есть свободная минутка, давайте немного пообщаемся. Подойдите ближе, чтобы мои уставшие от компьютера глаза могли лучше вас видеть. Измученные пальцы скоро перестанут меня слушаться, и все же, прежде чем мы попрощаемся, я хотела бы успеть поделиться с вами кое-чем еще.

Прежде всего, позвольте поблагодарить вас за то, что успели вскочить на мой стремительно несущийся литературный поезд и отправились вместе со мной в это захватывающее путешествие. Надеюсь, вам понравился визит в современный мир Нинон — эти «Опасные связи» того ада, в котором она живет, по крайней мере, в моем воображении. Надеюсь, ее дух не разгневается на меня за то, что я сотворила от ее имени. Пожалуйста, если однажды встретите ее во сне, замолвите за меня словечко...

Нинон Ланкло как исторический персонаж всегда вызывала у меня восхищение. Не только тем, что была одной из самых ярких личностей и неординарных умов семнадцатого столетия, а еще и тем, что через всю свою жизнь пронесла моральные убеждения о правах женщины, и это в век, когда еще сжигали непокорных, осмелившихся восстать против духовенства или короля.

Кое-кто может посчитать, что такое понятие, как мораль, Нинон незнакомо. В конце концов, она не признавала норм своего времени, когда все достоинства женщины сводились к целомудрию, по цене которого она и получала мужа. Но не следует забывать, что Нинон получила мужское воспитание, была обучена думать и рассуждать как мужчина той эпохи, — и уж поверьте мне, французские аристократы семнадцатого столетия не чурались плотских утех и до брака. Они даже не взглянули бы на математическое или философское уравнение, в котором высокородность или достоинство мужчины приравнивалось бы к целомудрию. Нинон также высмеивала мысль о том, что проникновение мужчины в женщину означало моральный крах. Просто мужской член не обладал над ней такой властью.

Она обращала внимание на то, что как только женщина продавалась замуж, ее имущество, судьба, ее тело и дети, которых она рожала, — все это переходило в собственность мужчины, который покупал ее одним лишь словом «беру». Мужчины из высшего общества (как, впрочем, и низшие классы) зачастую были вероломны и жестоки, и женщине не у кого было искать защиты от применяемого к ней насилия. Нинон отреклась от этого благословляемого Церковью рабства, хотя осталась верна простой и безыскусной вере, которую переняла от матери. Она шла не против самой веры, а против лгунов и мошенников (таких как кардинал Ришелье), которые через Церковь претворяли в жизнь собственные политические и личные замыслы.

И хотя она всячески отрицала институт брака как таковой, понимая что первый романтический порыв не может длиться вечно, тем не менее она знала, что человек не любивший может умереть от одиночества. Поэтому она отдала предпочтение любовникам и друзьям. Но не всем без разбору. И в самом деле, не положение в обществе, не богатство, не слава и не красота служили пропуском в ее постель или гостиную. Она была благосклонна лишь к тем, в ком находила удовольствие и радость, и лишь до тех пор, пока эти удовольствие и радость не заканчивались. Это очень хорошо просматривается в ее письмах, которые легли в основу романа «Опасные связи» (к слову, прообразом искусителя Вальмона в «Опасных связях» стал реальный персонаж — герцог де Ришелье).

И в довершение ко всему Нинон написала трактат об отношениях мужчины и женщины, который по сегодняшний день не утратил своей актуальности. Она правила пьесы Мольера, имела влияние на развитие философии Сен-Эвремона и осталась ему верным другом на всю жизнь, даже после его изгнания. Она встала на защиту Декарта, когда факультет теологии привлек его к суду по обвинению в богохульстве. Заплатила за обучение Вольтера (ох уж этот неблагодарный мальчишка!). Смягчила, как могла, суровую политику печально известного интригана кардинала де Ришелье, давая вместе с тем завуалированные советы глупому королю. Ею восхищалась и с ней советовалась королева Швеции. Она организовала салон, где, вопреки порицанию Церкви, собирались лучшие умы Европы. Она была талантливым музыкантом, говорила на нескольких языках… и организовала неофициальную школу любви, где учила французов тому, что прелюдию нужно начинать с мозга, а не с груди. Между прочим, своей репутацией великих любовников французы обязаны именно ее обучению. Ее любили как мужчины, так и женщины, поэтому когда королева Франции попыталась заточить ее в монастырь, то весь Париж восстал.

Конечно, многие рассказы о ней весьма преувеличены. Я очень сомневаюсь в том, что она действительно продала душу Дьяволу в обмен на вечную красоту. Как и Байрон. Когда она умерла, друзья причислили ее к лику святых. Впоследствии враги попытались очернить светлую память о ней. И в какой-то мере и тем и другим это удалось. Поэтому пусть история выносит вердикт относительно того, кем и чем она на самом деле являлась. К сожалению, я так и не смогла раздобыть ее дневник. Все изречения в этой книге, которые якобы принадлежат Нинон, на самом деле придуманы мной.

Негодяй в этом рассказе скроен из такого же славного сукна, и часть меня противилась тому, чтобы превращать его в отрицательного героя. Но если принять во внимание, что он сын своего отца, то безумие и порча рано или поздно все равно обрушатся на него и посеют в нем зерно разрушения.

Сен-Жермен как исторический персонаж до сих пор остается загадкой. Этот пророк и алхимик, художник и музыкант, металлург предположительно родился в 1712 году и, по мнению большинства, скончался в 1784. Но ходили слухи о его появлении и вмешательстве в политику Европы не позднее 1822 года. (Кто-то подумает, что это можно легко проверить: достаточно просто взглянуть на цифры, выгравированные на его могильной плите. Однако по Европе раскидано как минимум три его могилы, и ни на одной из них даты смерти не совпадают.) За все это время его ни разу не видели постаревшим, как ни разу не видели, чтобы он ел. Поэтому его продляющая молодость диета так и останется тайной за семью печатями. Он утверждал, что мысленно перемещался в иные земли и разговаривал с мертвыми. Многие считают, что он вампир, а кто я такая, чтобы это отрицать? Особенно если это может послужить таким замечательным сюжетом для рассказа.

Если вас заинтересовали эти две потрясающие личности, то я дала ссылки на источники, с которых лучше всего начать знакомство с этими харизматичными искусителями. А именно ими они и являлись — искусные обольстители и кукловоды, как в личной, так и в публичной жизни. Мы не приравниваем их к Дон Жуану или Казанове либо другим великим любовникам, хотя оба они были не менее чарующи и красивы. Но они обладают более яркими достижениями в других областях, которые затмевают их любовные победы. Они могли обольщать без физической близости, а посему могут быть отнесены к числу ярчайших личностей, таких как Жанна Д'Арк, Распутин, Ленин, Кеннеди, Малькольм Экс… и даже Элвис Пресли. Люди, способные свергнуть государственный строй, начинать и заканчивать войны, вселять в людей веру и поднимать их на восстания. Англичане или французы (а может, венгры — так как настоящее происхождение Сен-Жермена до сих пор остается под вопросом)… мы узнаем о них из школьных учебников по истории.

А что касается Мигеля — здесь уж решайте сами. Мне всегда нравились герои с эдакой «подковыркой».

Все! Чары спали! Рассказ окончен, и призрак Нинон больше не преследует меня. Теперь я могу спать спокойно.

Использованные источники

Life, Letters and Epicurean Philosophy of Ninon de L'Enclos, The Celebrated Beauty of the Seventeenth Century by Charles Henry Robinson

Nymphos and Other Maniacs by Irving Wallace

The Technique of the Love Affair by Doris Langley Moore

The Immortal Ninon by Phyllis Tholin

Ninon de L'Enclos and her Century by Mary C. Rowsell

Ninon de Lanclos by Emile Magne

The Comte de St. Germain: The Secret of Kings by Cooper-Oakley

The Art of Seduction by Robert Greene, Joost Elffers

A Field Guide to Demons, Fairies, Fallen Angels, and Other Subversive Spirits by Carol K. Mack, Dinah Mack

Dictionary of Angels: Including the Fallen Angels by Gustav Davidson

Two Pleasant Hours in the National Museum, The Most Important Monuments and Relics by Jose Jimmenez Gomez

Daily Life of the Aztecs by Jacques Soustelle

The Zombie Survival Guide by Max Brooks

Літературно-художнє видання

ДЖЕКСОН Мелані
Омана
(російською мовою)

Головний редактор *С. С. Скляр*
Відповідальний за випуск *К. В. Шаповалова*
Редактор *Н. С. Дорохіна*
Художній редактор *М. В. Євдокимова*
Технічний редактор *А. Г. Верьовкін*
Коректор *І. Л. Д'яченко*

Підписано до друку 08.02.2008.
Формат 84x108/32. Друк офсетний.
Гарнітура «Minion». Ум. друк. арк. 18,48.
Наклад 15 000 пр. Зам. № 8-0174.

Книжковий Клуб «Клуб Сімейного Дозвілля»
Св. № 04059243Ю0017536 від 13.03.2000
61140, Харків-140, просп. Гагаріна, 20а
E-mail: cop@bookclub.ua

Віддруковано у ВАТ «Харківська книжкова фабрика "Глобус"»
61012, м. Харків, вул. Енгельса, 11

Литературно-художественное издание

ДЖЕКСОН Мелани
Наваждение

Главный редактор *С. С. Скляр*
Ответственный за выпуск *Е. В. Шаповалова*
Редактор *Н. С. Дорохина*
Художественный редактор *М. В. Евдокимова*
Технический редактор *А. Г. Веревкин*
Корректор *И. Л. Дьяченко*

Подписано в печать 08.02.2008.
Формат 84x108/32. Печать офсетная.
Гарнитура «Minion». Усл. печ. л. 18,48.
Тираж 15 000 экз. Зак. № 8-0174.

ООО «Книжный клуб
“Клуб семейного досуга”»
308025, г. Белгород, ул. Сумская, 168

Отпечатано в ОАО «Харьковская книжная фабрика “Глобус”»
61012, г. Харьков, ул. Энгельса, 11

Книжный Клуб «Клуб Семейного Досуга»

УКРАИНА
служба работы с клиентами:
тел. +38-057-783-88-88
e-mail: *support@bookclub.ua*
Интернет-магазин: *www.bookclub.ua*

Адреса фирменных магазинов смотрите на сайте и в каталоге
По вопросам приобретения оптовых партий
обращайтесь по тел. +38-057-703-44-57
e-mail: trade@bookclub.ua

РОССИЯ
служба работы с клиентами:

тел. +7-4722-36-25-25
Интернет-магазин: *www.ksdbook.ru*
«Книжный клуб», а/я 4, Белгород, 308037

Джексон М.

Д40 Наваждение [Текст] : пер. с англ. Ю. Лелюк. — Харьков : Книжный Клуб «Клуб Семейного Досуга» ; Белгород : ООО «Книжный клуб "Клуб семейного досуга"», 2008. — 352 с.

ISBN 978-966-343-871-9 (Украина).
ISBN 978-5-9910-0335-3 (Россия).
ISBN 978-0-505-52690-5 (англ.).

Тяжело больной восемнадцатилетней Нинон была предложена вечная юность и красота. Вот только кем? Быть может, самим Дьяволом…

Прошло несколько сотен лет, а Нинон все так же молода и прекрасна. Она понимает, что зло в мире набирает силу, и решает выступить на борьбу с ним. У нее за спиной так много потерь, что вряд ли найдется сила, способная остановить девушку. И вместе с молодым красавцем Мигелем — вампиром, пытающимся сдержать собственную жажду крови, — она отправляется на поиски врага.

Важко хворій вісімнадцятирічній Нінон запропоновано вічну юність і красу. Але ж ким саме? Можливо, Дияволом...

Минуло кілька сот літ, а Нінон все така ж молода і чарівна. Вона розуміє, що зло у світі набирає сили, і вирішує розпочати боротьбу з ним. За її плечами так багато втрат, що навряд чи знайдеться сила, здатна зупинити дівчину. І разом з молодим красенем Міґелем — вампіром, котрий намагається стримати власну спрагу крові, — вона вирушає на пошуки ворога...

ББК 84.7США